A estrada subterrânea

Colson Whitehead

A estrada subterrânea

Tradução de Paulo Ramos

ALFAGUARA

ALFAGUARA

A ESTRADA SUBTERRÂNEA
Título original: *The Underground Railroad*
Copyright © 2016 por Colson Whitehead

© desta edição:
2020, Penguin Random House
Grupo Editorial Unipessoal, Lda.
Av. da Liberdade, 245 – 7.º A
1250-143 Lisboa
correio@penguinrandomhouse.com
www.gostodeler.pt
#gostodeler

Tradução: Paulo Ramos
Revisão: Catarina Sacramento e Nuno Quintas
Paginação: Segundo Capítulo®
Capa: adaptação de Teresa Coelho
Fotografia do autor © Madeline Whitehead

1.ª edição: Setembro 2017
1.ª republicação: Agosto 2020
ISBN: 978-989-665-280-7
Depósito legal: 472391/20

Esta obra foi composta em Garamond
e impressa sobre papel Lux Cream 70 g 1.8

Impressão e acabamento:
Printer Portuguesa

Alfaguara é uma chancela de:

Penguin
Random House
Grupo Editorial

À Julie

Índice

Ajarry

A primeira vez que Caesar propôs a Cora fugirem para Norte, ela respondeu-lhe que não.

Isto foi a avó dela a falar. A avó de Cora viu o mar pela primeira vez naquele final de tarde brilhante no porto de Ouidah e a água ofuscou-a depois do tempo que esteve nas masmorras da fortaleza. Ficavam nas masmorras até à chegada do barco. Os assaltantes daomeanos começaram por raptar os homens e depois, na lua seguinte, regressaram à aldeia para levar as mulheres e as crianças, acorrentando-as aos pares e obrigando-as a caminhar até ao mar. Ao olhar para a escuridão da soleira da porta, Ajarry pensou que iria juntar-se ao pai, ali no escuro. Os sobreviventes da sua aldeia contaram-lhe que, quando o pai não conseguiu acompanhar o passo da marcha forçada, os caçadores de escravos esmagaram-lhe a cabeça e deixaram o corpo à beira do caminho. A mãe tinha morrido há alguns anos.

A avó de Cora foi vendida diversas vezes ao longo do trajecto até à fortaleza, passou de uns negreiros para outros em troca de conchas de búzio e contas de vidro. Era difícil dizer quanto pagaram por ela em Ouidah, pois fazia parte de um lote de oitenta e oito almas trocadas por sessenta caixotes de rum e pólvora, cujo preço subiu após o leilão habitual em Coast English. Homens em boas condições físicas e mulheres em idade fértil valiam mais do que as crianças, o que dificultava a contabilidade individual.

O *Nanny* zarpara de Liverpool e fizera duas paragens ao longo da Costa do Ouro. Em vez de optar por uma carga de cultura e natureza específicas, o comandante fez diferentes aquisições: quem sabia que tipo de motim poderiam os seus cativos preparar se partilhassem uma língua comum? Era o último porto de escala do navio antes da travessia do Atlântico. Em sussurro, dois marinheiros louros arrastaram Ajarry para o navio; a pele deles era branca como marfim.

O ar nauseabundo do porão, a escuridão do confinamento e os gritos daqueles que estavam agrilhoados ao seu lado conseguiram levar Ajarry à loucura. Devido à sua tenra idade, os captores não descarregaram imediatamente nela os seus impulsos, mas alguns dos companheiros mais experientes acabaram por abusar dela durante as seis semanas da viagem. Tentou matar-se duas vezes durante a travessia até à América, uma negando-se a comer e outra por afogamento. Os marinheiros impediram-na em ambas, pois conheciam bem os esquemas e as manias dos escravos. Ajarry nem sequer conseguiu chegar à amurada quando tentou saltar pela borda fora. O seu aspecto lastimável, reconhecível em milhares de escravos antes dela, traiu-lhe as intenções. Acorrentada da cabeça aos pés e dos pés à cabeça, numa miséria exponencial.

Embora tentassem que não os separassem no leilão em Ouidah, os outros membros da sua família foram comprados por comerciantes portugueses da fragata *Vivilia*, avistada quatro meses mais tarde à deriva a dez milhas das Bermudas. A peste dizimara todos os que iam a bordo. As autoridades atearam fogo à embarcação e ficaram a observá-la enquanto ardia e se afundava. A avó de Cora nunca soube do destino do barco. Durante o resto da vida imaginou os primos a trabalharem para donos simpáticos e generosos no Norte, vendidos em leilões melhores do que os dela, a tecerem ou a fiarem, nada de trabalhos no campo. Nas suas histórias, Isay, Sidoo e os outros tinham conseguido comprar a liberdade de alguma maneira e viviam como homens e mulheres livres na cidade da Pensilvânia, um lugar onde uma vez ouvira dois homens brancos a discutir. Estas fantasias serviram de conforto a Ajarry quando os fardos foram de tal ordem que a podiam ter desfeito em mil pedaços.

A avó de Cora voltou a ser vendida depois de passar um mês na casa de quarentena Sullivan's Island, quando os médicos confirmaram que ela e o resto da carga do *Nanny* não sofriam de quaisquer doenças. Outro dia agitado no Mercado. Um grande leilão atrai sempre uma multidão colorida. Vendedores e compradores de todos os pontos da costa convergiram para Charleston; observaram os olhos, as articulações e a coluna da mercadoria como se suspeitassem de doenças venéreas e outras maleitas. Os espectadores deliciavam-se com ostras frescas e milho quente enquanto os gritos dos leiloeiros ecoavam pelo ar. Os escravos perfilavam-se nus em cima da plataforma. Houve uma licitação muito concorrida por um grupo de garanhões ashanti, aqueles africanos famosos pela sua diligência e musculatura, e o capataz de uma pedreira de calcário comprou um grupo de miúdos a bom preço depois de muito regatear. A avó de Cora viu um rapazito no meio dos mirones a comer um chupa-chupa colorido e ficou a pensar no que estaria ele a meter na boca.

Pouco antes do pôr-do-sol, um agente comprou-a por duzentos e vinte e seis dólares. Poderia ter valido mais, mas naquela temporada havia excesso de raparigas. Vestia um fato feito com o tecido mais branco que ela alguma vez vira e nos dedos brilhavam-lhe anéis com pedras de diferentes cores. Ela sentiu o frio do metal na pele quando ele lhe apertou os seios para ver se ela ainda estava em flor. Marcaram-na, não era a primeira vez nem seria a última, e acorrentaram-na ao resto das aquisições do dia. Nessa noite, a cáfila iniciou a longa caminhada para sul, cambaleando atrás da carroça do comprador. Nessa altura, o *Nanny* já ia a caminho de Liverpool, carregado de açúcar e tabaco. Ouviam-se menos gritos no porão.

Tantas vezes foi vendida, trocada e revendida ao longo dos anos seguintes, que poderíamos pensar que a avó de Cora estava amaldiçoada. Os seus proprietários foram à ruína com uma frequência surpreendente. O seu primeiro dono deixou-se enganar por um homem que lhe vendeu um aparelho que limpava o algodão duas vezes mais depressa do que a máquina de Whitney. Os diagramas eram convincentes mas, no final, Ajarry acabou por fazer parte dos bens que o juiz mandou leiloar para liquidar as dívidas. Deram duzentos e dezoito dólares por ela num negócio feito à pressa, uma quebra de preço que ficou a dever-se às realidades do mercado local. Outro dono morreu de hidropisia e depois a viúva vendeu a propriedade, de modo a arranjar dinheiro para financiar o regresso à sua Europa natal, onde havia menos promiscuidade. Ajarry pertenceu durante três meses a um galês que acabou por a perder, tal como a outros três escravos e dois porcos, num jogo de *whist*. E assim por diante.

O preço dela foi flutuando. Quando se é vendido tantas vezes, o mundo ensina-nos a prestar atenção. Não tardou a aprender a adaptar-se às novas plantações, a distinguir os rebenta-negros dos meramente cruéis, os preguiçosos dos trabalhadores, os informadores dos guardadores de segredos. A classificar patrões e patroas segundo graus de malvadez, propriedades de diferentes dimensões e ambições. Por vezes, os produtores pretendiam apenas levar uma vida humilde, mas também havia aqueles homens e mulheres que queriam possuir o mundo, como se se tratasse apenas de uma questão de ampliarem as suas propriedades. Duzentos e quarenta e oito, duzentos e sessenta e duzentos e setenta dólares. Para onde quer que fosse era só açúcar e índigo, excepto naquela semana em que esteve a dobrar folhas de tabaco antes de voltar a ser vendida. Apareceu um comprador na plantação de tabaco à procura de escravas em idade fértil, de preferência com os dentes todos e de feitio dócil. Agora era uma mulher. Lá foi ela.

Sabia que os cientistas brancos observavam as coisas para perceber como funcionavam. O movimento das estrelas ao longo da noite, o contributo dos humores no sangue. As temperaturas ideais para uma boa colheita de algodão. Ajarry criou uma ciência a partir do seu próprio corpo negro e foi acumulando observações. Cada coisa tinha um valor e, à medida que este mudava, tudo o resto acompanhava a mudança. Uma cabaça estalada vale menos do que outra da qual a água não escorre, um anzol que segura o peixe vale mais do que outro que perdeu o isco. O estranho é que na América as pessoas eram coisas. Ninguém gastaria dinheiro num velho que não sobreviveria a uma travessia do oceano. Não faltavam compradores para um jovem de uma tribo forte. Uma escrava nova pronta a reproduzir-se era como a casa da moeda, dinheiro que gera dinheiro. Se somos uma coisa — uma carroça, um cavalo ou um escravo —, o nosso valor determina as nossas possibilidades. Ela prestava atenção ao seu lugar.

Por fim, a Geórgia. Um empregado da plantação dos Randalls comprou-a por duzentos e noventa e dois dólares, apesar daquele novo vazio no olhar que lhe conferia um aspecto algo apatetado. Durante o resto da vida nunca mais saiu da terra dos Randalls. Sentia-se em casa, nesta ilha à vista de nada.

A avó de Cora casou-se três vezes. A sua predilecção eram ombros largos e mãos grandes, tal como o velho Randall, embora os trabalhos que dono e escrava tivessem em mente fossem diferentes. As duas plantações estavam bem abastecidas: noventa negros na metade norte e oitenta e cinco na metade sul. Por isso, geralmente, Ajarry tinha muito por onde escolher. Quando tal não acontecia, sabia ser paciente.

O primeiro marido ganhou uma sede enorme por *whisky* de milho e deu em usar aquelas grandes mãos para lhe dar murros ainda maiores. Ajarry não ficou triste ao vê-lo desaparecer estrada fora quando o venderam para uma plantação de cana-de-açúcar na Florida. A sua escolha seguinte recaiu sobre um dos rapazes dóceis da metade sul. Antes de ter sido levado pela cólera, gostava de contar histórias da Bíblia, pois o seu anterior dono tinha ideias bastante liberais no que dizia respeito a escravos e religião. Ela adorava as histórias e parábolas e assumia que os homens brancos tinham um objectivo: falar de salvação pode dar ideias aos africanos. Pobres filhos de Cam. O seu último marido ficara com as orelhas em chaga por ter ido roubar mel, e até ele morrer nunca deixaram de deitar pus.

Ajarry deu à luz cinco filhos destes homens, todos eles paridos no mesmo catre da cabana, para o qual apontava sempre que eles se portavam mal. Foi dali que vocês vieram e volto a pô-los lá se não me ouvirem. Se os ensinasse a obedecer, talvez acatassem as ordens de todos os donos que pudessem vir a ter e conseguissem sobreviver. Infelizmente, dois matou-os a febre. Um dos rapazes cortou-se num pé enquanto brincava com um arado ferrugento e envenenou-se-lhe o sangue. O mais novo nunca mais acordou depois de um capataz lhe ter batido na cabeça com um cacete de madeira. Uns atrás dos outros. Pelo menos nunca foram vendidos, foram as palavras que uma idosa disse a Ajarry. O que até era verdade... pois, nessa época, os Randalls raramente vendiam crianças. Sabia-se onde e como é que os filhos iriam morrer. O único rebento que conseguiu ultrapassar os dez anos de idade foi a mãe de Cora, Mabel.

Ajarry morreu no meio do algodão, os flocos flutuaram à sua volta como a espuma das ondas no brutal oceano. Foi a última da sua aldeia, desmaiada entre as camadas por causa de um nó no cérebro, o sangue escorria-lhe pelo nariz e uma espuma branca cobria-lhe os lábios. Como se pudesse ter sido em qualquer outro lugar. A liberdade estava reservada a outras pessoas, àquelas que viviam na cidade da Pensilvânia, que fervilhava de agitação mil quilómetros mais a norte. Tinham-na avaliado e reavaliado desde a noite em que a raptaram, e todos os dias acordava no prato de uma nova balança. Se soubermos aquilo que valemos, saberemos o nosso lugar na ordem. Escapar dos limites da plantação seria escapar aos princípios fundamentais da existência: impossível.

Foi a sua avó quem falou naquela noite de domingo quando Caesar referiu a estrada subterrânea a Cora, e ela lhe disse que não.

Três semanas mais tarde disse que sim.

Desta vez, foi a mãe dela a falar.

Geórgia

RECOMPENSA DE TRINTA DÓLARES

Fugiu ao abaixo assinado, residente em Salisbury, no dia 5 do corrente mês, uma rapariga negra que dá pelo nome de LIZZIE. Supõe-se que a referida rapariga se encontre nas proximidades da plantação da senhora Steel. Darei a recompensa acima referida contra a entrega da rapariga ou de informações de que está detida em qualquer prisão deste estado. Todas as pessoas estão proibidas de dar abrigo a esta rapariga sob pena de serem punidas por lei.

W. M. DIXON
18 DE JULHO DE 1820

O aniversário de Jockey só acontecia uma ou duas vezes por ano, e tentavam que a comemoração valesse a pena. Acontecia sempre ao domingo, quando só trabalhavam meio dia. Às três da tarde, os patrões assinalavam o final da labuta e a plantação norte apressava-se para os preparativos. Consertava-se, limpava-se o musgo, reparavam-se os buracos no telhado. A festa tinha prioridade, a menos que se tivesse autorização para ir à cidade vender artesanato ou se tivesse arranjado um trabalho no exterior durante esse dia. Mesmo que alguém estivesse disposto a prescindir de um ganho extra — e ninguém mostrava tal disposição —, era impossível um escravo ser suficientemente descarado para dizer a um branco que não podia trabalhar porque era o seu aniversário. Todos sabiam que os pretos não faziam anos.

Cora sentou-se à porta da sua cabana, num banco de ácer, e começou a limpar a sujidade das unhas. Sempre que podia, ajudava com nabos ou verduras para as festas de aniversário, mas hoje não havia nada. Alguém gritou ao fundo da ruela, quase de certeza um dos rapazes novos, que Connelly ainda não domesticara por completo, e o alarido deu lugar a uma discussão. As vozes soavam alto, mas pareciam mais de irritação do que de fúria. Iria ser um aniversário memorável, se as pessoas já estavam com esta disposição.

— Se pudesses escolher o teu aniversário, qual seria? — perguntou-lhe Lovey.

Cora não conseguiu ver o rosto de Lovey, pois esta tinha o sol pelas costas, mas conhecia a expressão da amiga. Era uma rapariga simples e nessa noite haveria uma comemoração. Adorava estes momentos raros, fossem o aniversário de Jockey, o Natal ou uma dessas noites de colheita em que todos os que tivessem um par de mãos tinham por onde escolher e os Randalls mandavam os capatazes distribuir *whisky* de milho para os fazer felizes. Deu trabalho, mas a Lua fê-lo valer a pena. A rapariga foi a primeira a dizer ao violinista para começar a tocar e a primeira a dançar. Ignorando os protestos de Cora, tentou puxá-la para a pista. Como se, enquanto rodopiassem de braço dado, Lovey olhasse para os olhos de um rapaz a cada volta e Cora fizesse o mesmo. Mas Cora não se deixou arrastar e sacudiu-lhe o braço. Ficou a ver.

— Eu disse-te quando é que nasci — afirmou Cora. Nascera no Inverno. A mãe dela, Mabel, queixara-se repetidas vezes de como o parto fora difícil, da geada invulgar daquela manhã, do vento que soprava por entre as frinchas da cabana. Como a mãe se esvaíra em sangue durante dias e Connelly só se dera ao trabalho de chamar um médico quando ela já parecia quase um fantasma. De vez em quando, a mente de Cora pregava-lhe partidas e ela transformava a história numa das suas memórias, na qual integrava os rostos de fantasmas, todos escravos mortos, que olhavam lá do alto para ela com amor e indulgência. Mesmo as pessoas que odiava, aquelas que a tinham maltratado ou lhe roubaram a comida após a partida da mãe.

— Se pudesses escolher — começou Lovey.

— Não posso — cortou Cora. — Já está tudo decidido por nós.

— É melhor mudares de humor — retorquiu Lovey, e pôs-se a andar.

Cora massajou as pernas, grata por estar sentada. Houvesse ou não festarola, era ali que Cora terminava todos os domingos depois de o seu meio dia de trabalho chegar ao fim: empoleirada no seu banco, à procura de coisas para arranjar. Considerava aquelas poucas horas de todas as semanas o momento em que era senhora de si própria, dedicava-se a arrancar ervas daninhas, a matar lagartas, a cuidar das labaças e a tentar lançar um olhar feroz a quem planeava invadir o seu território. Fazer a cama era uma tarefa necessária, mas também uma mensagem de que não perdera a determinação desde o dia da machadada.

A terra sob os seus pés tinha uma história, a história mais antiga de que Cora se recordava. Quanto Ajarry ali chegara, logo após a longa caminhada até à plantação, por trás da sua cabana, que ficava ao fim da ruela dos alojamentos dos escravos, só havia um monte de esterco e mato. Mais além estendiam-se os campos e depois disso o pântano. Então, certa noite, Randall teve um sonho acerca de um mar branco que se estendia a perder de vista e resolveu trocar o cultivo do fiável índigo pelo do algodão Sea Island. Estabeleceu novos contactos em Nova Orleães e negociou com especuladores apoiados pelo Banco de Inglaterra. O dinheiro começou a entrar como nunca se tinha visto. A Europa estava faminta por algodão e precisava de ser alimentada, fardo a fardo. Um dia, os homens mais corpulentos abateram as árvores e à noite, ao regressarem dos campos, começaram a cortar os troncos para construírem uma nova fila de cabanas.

Olhando agora para elas, à medida que as pessoas iam entrando e saindo enquanto se preparavam, Cora tinha dificuldade em imaginar a época em que estas catorze cabanas ainda não existiam ali. Apesar de todo o desgaste, das queixas que cada passo suscitava do fundo da madeira, as cabanas tinham a qualidade eterna dos montes a oeste e do riacho que dividia a propriedade. As cabanas irradiavam permanência e, por sua vez, conjuravam sentimentos intemporais naqueles que nelas viviam e morriam: inveja e rancor. Se tivessem deixado mais espaço entre as cabanas velhas e as novas, teriam poupado muito sofrimento ao longo dos anos.

Os brancos digladiavam-se na presença de juízes por causa desta ou daquela delimitação de terreno com centenas de quilómetros de distância que tinha sido traçada num mapa. Os escravos batiam-se com igual fervor pelas minúsculas parcelas que pisavam. A ruela entre as cabanas dava para prender uma cabra, construir um galinheiro ou plantar alguns produtos que enchiam a barriga por cima daquela mistela que era servida na cantina todas as manhãs. Mas era preciso ser-se dos primeiros a chegar. Quando Randall e, mais tarde, os filhos, tiveram a ideia de vender escravos, ainda a tinta do contrato não secara e já alguém tentava deitar a mão ao espaço desocupado. Ver alguém na tranquilidade da noite a sorrir ou a cantarolar, podia dar ao vizinho ideias de o obrigar a queixar-se, usando para tal métodos de intimidação ou várias provocações. Quem iria ouvir as queixas? Aqui não havia juízes.

«Mas a minha mãe não os deixaria tocar no seu terreno», disse Mabel à filha. Um terreno a brincar, pois a parcela de Ajarry mal chegava aos três metros quadrados. «Disse-lhes que lhes espetava um martelo na cabeça, se se atrevessem a olhar para ele.»

A imagem da avó a atacar outros escravos não encaixava nas lembranças que Cora guardava da mulher, mas assim que começou a cuidar do terreno percebeu a verdade do quadro. Ajarry continuou a tratar da horta durante as mudanças da prosperidade. Os Randalls compraram os terrenos dos Spencers quando esta família decidiu tentar a sorte mais a oeste. Compraram a plantação seguinte a sul e substituíram o cultivo de arroz pelo de algodão, ao mesmo tempo que acrescentaram mais duas cabanas em cada fileira, mas o terreno de Ajarry continuou no meio daquilo tudo, inamovível, como um cepo bem enterrado. Após a morte de Ajarry, Mabel passou a tratar dos inhames e dos quiabos, do que quer que gostasse. A confusão começou quando chegou a vez de Cora.

Quando Mabel desapareceu, Cora ficou perdida. Tinha então uns dez ou onze anos — não havia ninguém que pudesse confirmar. Enquanto o choque de Cora durou, o seu mundo tingiu-se de cinzento. A primeira cor a reaparecer foi o intenso castanho-avermelhado do terreno da família. Reavivou-lhe a memória de pessoas e de coisas, e resolveu aceitar o desafio, apesar de ser muito nova, baixinha e de saber que já não podia contar com ninguém para a proteger. Devido à sua calma e teimosia, Mabel nunca granjeara popularidade, mas as pessoas continuaram a respeitar Ajarry. A sombra de Ajarry servira-lhe de protecção, mas agora a maior parte dos primeiros escravos dos Randalls já estava debaixo da terra ou fora vendida, o que na prática equivalia a terem desaparecido. Ainda restaria alguém que tivesse sido leal à sua avó? Cora passou a aldeia em revista: nem uma alma. Tinham morrido todos.

Bateu-se por esse pedaço de terra. Havia aquelas pestinhas, demasiado novas para o trabalho a sério. Cora correu ao pontapé as crianças que lhe pisavam os rebentos e gritou-lhes quando desenterravam os inhames, mas no mesmo tom de voz com que as chamava para corridas e outros jogos nas festas de Jockey. Tratava-as com carinho.

No entanto, os pretendentes começaram a entrar em cena. Ava. A mãe de Cora e Ava cresceram juntas na plantação. Foram tratadas com a mesma hospitalidade dos Randalls, de falsidades tão rotineiras e familiares que eram uma espécie de atmosfera, ou de uma monstruosidade tão imaginativa que a sua mente recusava aceitá-las. Por vezes, estas experiências ligavam uma pessoa a outra, da mesma maneira que noutras ocasiões a vergonha da impotência convertia todas as testemunhas em inimigos. Ava e Mabel não se davam bem.

Ava era rija e forte, as suas mãos tão rápidas como uma cobra-d'água. A velocidade era bastante útil para furtar ou dar umas chapadas nos filhos por serem preguiçosos ou cometerem outros pecados. Mimava mais as galinhas do que os filhos e cobiçava a terra de Cora para ampliar a sua capoeira. «É um desperdício», dizia Ava, passando a língua pelos dentes. «Tudo aquilo só para ela.» Ava e Cora dormiam ao lado uma da outra todas as noites no sótão e, apesar de estarem ali encafuadas com mais oito pessoas, Cora conseguia sentir todas as frustrações de Ava como se estas atravessassem a madeira. A respiração da mulher era húmida de raiva, amarga. Fazia questão de tocar em Cora sempre que se levantava para verter águas.

«Agora estás no Hob», disse Moses a Cora uma tarde em que ela foi dar uma ajuda com os fardos. Moses fizera um acordo com Ava utilizando uma espécie de moeda. Desde que Connelly promovera o escravo a capataz, a um dos braços-direitos do supervisor, Moses passara a controlar as intrigas na cabana. Era preciso manter a ordem nas fileiras e havia coisas que um branco não conseguia fazer. Moses aceitou a função com entusiasmo. Cora achava o rosto dele asqueroso, como um nó a rebentar de um tronco atarracado e seboso. Não ficou admirada quando ele revelou o seu carácter — se esperarmos o tempo suficiente, isso acaba sempre por acontecer. Como o romper da aurora. Cora escapuliu-se para o Hob, para onde os miseráveis eram banidos. Não havia recursos, nem leis, à excepção daquelas que eram reescritas todos os dias. Já alguém deixara espaço para as coisas dela.

Ninguém se lembrava de quem havia sido o infeliz que dera o nome à cabana, mas vivera o suficiente para personificar qualidades antes que eles o tivessem desfeito. Aqueles que tinham ficado aleijados pelos castigos dos supervisores eram metidos no Hob, sorte igual era a dos que haviam sido esmagados pelo trabalho de maneiras visíveis ou invisíveis; tal como o destino dos que enlouqueciam era serem metidos no Hob, o mesmo podiam esperar os vadios.

No Hob começaram por viver os homens aleijados, os meios-homens. Depois instalaram-se as mulheres. Brancos e negros abusaram violentamente dos corpos destas mulheres e os seus bebés nasciam atrofiados e mirrados, tantos foram os maus-tratos que acabaram por perder o juízo e na escuridão repetiam os nomes dos seus filhos mortos: Eve, Elizabeth, N'thaniel, Tom. Cora deitava-se enrolada no chão da sala principal, tal era o medo de dormir lá em cima com elas, essas criaturas abjectas. Amaldiçoava-se pela sua mesquinhez, mesmo quando se sentia impotente para a combater. Fixava as formas escuras. A lareira, as traves que suportavam o sótão, as ferramentas penduradas em pregos nas paredes. Era a primeira vez que passava uma noite fora da cabana onde nascera. Ali tão perto e ao mesmo tempo tão longe.

Tratou-se apenas de uma questão de tempo até Ava pôr em prática a fase seguinte do seu estratagema. E lá estava o Velho Abraham a intrometer-se. O Velho Abraham, que não era velho de maneira alguma mas que se comportava como um misantropo ancião desde que aprendera a sentar-se. Não tinha planos, mas queria que por uma questão de princípio a parcela desaparecesse. Por que razão é que todos os outros deveriam respeitar as reivindicações desta miúda só porque em tempos a avó dela pusera o pé naquele pedaço de terra? O Velho Abraham não queria saber de tradições. Tinha sido vendido demasiadas vezes com a desculpa de ter peso a mais. Enquanto andava nos seus afazeres, foram muitas as ocasiões em que Cora o ouviu conspirar sobre a redistribuição da sua parcela. «Tudo aquilo para ela.» Três míseros metros quadrados.

*

Foi então que Blake apareceu. Naquele Verão, o jovem Terrance Randall começou a preparar-se para o dia em que ele e o irmão tomariam conta da plantação. Comprou um grupo de pretos nas Carolinas. A seis deles, fantis e mandingas, e a acreditar nas palavras do vendedor, a Natureza dotara de corpos e temperamento talhados para o trabalho. Só por eles, Blake, Pot, Edward e os restantes formavam uma tribo na terra dos Randalls e não pareciam dispostos a servir-se do que não fosse deles. Terrance Randall fez saber que eram os seus novos favoritos e Connelly tratou de garantir que ninguém se esquecesse disso. Aprendia-se a desviar dos homens quando estavam de mau humor ou nas noites de sábado, depois de já terem emborcado a sidra toda.

Blake era um colosso, um homem que comia por dois e que não tardou a mostrar que Terrance Randall tivera boa visão ao investir nele, pois conseguiria um bom preço da progenitura só daquele macho. Eram frequentes os espectáculos em que Blake lutava com os companheiros ou com quaisquer outros, causando um grande alvoroço e impondo-se inevitavelmente como vencedor. A voz dele ecoava pelas cabanas enquanto trabalhava, e mesmo aqueles que o detestavam acabavam por cantar em coro com ele. O homem tinha uma personalidade execrável, mas os sons que saíam do seu corpo animavam os trabalhadores.

Depois de algumas semanas a farejar e a avaliar a metade norte, Blake decidiu que o terreno de Cora seria o sítio ideal para prender o seu cão. Sol, brisa, proximidade. Blake chamara o rafeiro para junto de si durante uma deslocação à cidade. O cão ficou, permanecendo junto ao fumeiro enquanto Blake trabalhava e ladrando ao mais pequeno ruído das noites agitadas da Geórgia.

30

Blake tinha jeito para a carpintaria — não se tratara, como tantas vezes sucede, de uma mentira inventada pelo vendedor para pedir um preço mais elevado por ele. Construiu uma casota para o cachorro e tentou captar elogios. Os comentários foram genuínos, pois a casota estava muito bem feita, com proporções correctas e ângulos limpos. Tinha uma porta com dobradiça e, na parede posterior, recortara um sol e uma lua.

— Não é uma mansão bonita? — perguntou Blake ao Velho Abraham. Desde que chegara, Blake apreciara a franqueza por vezes motivadora dele.

— Um óptimo trabalho. Aquilo é uma camita lá dentro?

Blake cosera uma fronha e enchera-a com musgo. Achou que o espaço no exterior da sua cabana era o local mais indicado para a casota do cão. Até então não reparara em Cora, mas agora procurava fitá-la nos olhos quando ela estava por perto, um sinal de que deixara de ser invisível.

Ela tentou cobrar algumas dívidas da mãe, aquelas de que sabia. Recusaram pagar-lhas. Como Beau, a costureira que Mabel tratara quando teve uma febre súbita. Mabel dispensara à rapariga a sua porção do jantar e levara-lhe à boca um caldo de verduras e raízes até ela voltar a abrir os olhos. Beau respondeu-lhe que pagara essa dívida e outras e mandou Cora regressar ao Hob. Cora lembrava-se de que Mabel servira de álibi a Calvin quando desapareceram algumas alfaias de lavoura. Connelly, que adorava usar o chicote, teria esfolado as costas de Calvin se ela não tivesse inventado uma história para o defender. E teria feito o mesmo a Mabel se descobrisse que ela estava a mentir. Depois do jantar, Cora foi ter com Calvin sorrateiramente: Preciso de ajuda. Ele enxotou-a. Mabel contara que nunca tinha descoberto para que finalidade utilizara ele aquelas ferramentas.

Pouco depois de Blake dar a conhecer as suas intenções, Cora acordou, certa manhã, e descobriu a devassa. Saiu do Hob e foi ver a horta. A aurora havia sido bastante fria e acima do chão ainda pairava uma ligeira neblina. Foi então que viu aquilo: espalhados pelos degraus da cabana de Blake, os restos dos talos do que teriam sido as suas primeiras couves, já ressequidos. Via-se que alguém revolvera e pisara a terra, de modo a preparar um bonito quintal para a casota do cão, que ocupava o centro do seu terreno como se fosse uma grande mansão no coração de uma plantação.

O cão deitou a cabeça fora da porta, como se lhe quisesse fazer ver que sabia que em tempos aquele terreno lhe pertencera, mas que isso lhe era indiferente.

Blake saiu da sua cabana e cruzou os braços. Mandou uma cuspidela.

As pessoas foram-se reunindo em redor do campo de visão de Cora; todas com os olhos postos nela, uma sombra de mexericos e censuras. A mãe já não estava ali. Tinham-na transferido para a casa dos miseráveis e ninguém correra em seu auxílio. Agora, aquele homem três vezes maior do que ela, um brutamontes, apoderara-se do seu pedaço de terra.

Cora reflectira acerca da estratégia a utilizar. Anos mais tarde, poderia ter recorrido às mulheres do Hob ou a Lovey, mas isto era agora. A avó avisara que racharia a cabeça ao meio a quem se atrevesse a tocar no seu pedaço de terra. A Cora pareceu excessivo. Como que por um truque de magia, regressou ao Hob e pegou num machado pendurado na parede, aquele para o qual costumava olhar quando não conseguia adormecer. Deixado por um dos anteriores moradores que tivera um dos muitos tristes fins possíveis: tuberculose, pele arrancada à chicotada ou desfeito em merda no meio do chão.

Por esta altura, a notícia já se espalhara e os espectadores tinham acorrido à porta das suas cabanas, de cabeça inclinada, na expectativa. Cora caminhou entre eles, de corpo arqueado como se enfrentasse um vendaval. Ninguém tentou travá-la naquele ambiente tão estranho. Ao primeiro golpe desfez o telhado da casota; o cão ganiu, pois acabara de ficar sem metade da cauda, e foi a correr esconder-se num buraco por baixo da cabana do dono. Com um segundo golpe destruiu o lado esquerdo da casota e só precisou de mais um golpe para acabar de vez com esta.

Ficou ali de pé, muito direita e a segurar o machado com as duas mãos. O machado abanou no ar, como se enfrentasse um fantasma, mas ela não vacilou.

Blake cerrou os punhos e avançou para Cora. Os seus rapazes atrás, tensos. E depois parou. O que aconteceu naquele momento entre estas duas figuras — o jovem corpulento e a rapariga esbelta em camisa de noite — tornou-se uma questão de perspectiva. Para aqueles que observavam a partir da primeira fila de cabanas, o rosto de Blake distorcia-se de surpresa e preocupação, como o de um homem que acabasse de cair num reino de vespas. Os que se encontravam do lado das cabanas novas viam os olhos de Cora moverem-se de um lado para o outro como dardos, dando a impressão de que ela avaliava o avanço de uma horda e não de um homem só. Um exército com o qual, no entanto, estava preparada para medir forças. Independentemente da perspectiva, o importante era a mensagem que um transmitia através da sua postura e expressão e que o outro interpretava como: Podes levar a melhor sobre mim, mas isso vai sair-te caro.

Ficaram ali durante breves instantes até que Alice tocou a sineta para o pequeno-almoço. Ninguém iria prescindir da comida. Depois de regressarem do campo, Cora limpou o lixo que enchia o seu pedaço de terra. Fez rebolar o bloco feito de ácer, um desperdício do projecto de construção de alguém, e este tornou-se o seu poiso sempre que tinha algum tempo livre.

33

Se Cora não fazia parte do Hob até às maquinações de Ava, agora passara a fazer. O seu ocupante mais infame, mas também o de mais longa duração. O trabalho acabava por dar cabo dos incapazes — sempre assim fora — e os que enlouqueciam eram vendidos ao preço da chuva ou degolavam-se. Os lugares nunca ficavam vagos por muito tempo. Cora permaneceu. O Hob era a sua casa.

Serviu-se do que sobrou da casota do cão para fazer uma fogueira. Aqueceu-a e ao resto do Hob durante uma noite, mas Cora tornou-se uma lenda para sempre na plantação dos Randalls. Blake e os amigos começaram a contar histórias. Blake fartou-se de contar que acordara de uma sesta atrás dos estábulos e encontrara Cora de pé diante dele com um machado e desfeita em lágrimas. Era exímio em mímica e a história valia pelos seus gestos. Mal o peito de Cora começou a despontar, Edward, o mais ruim do bando de Blake, gabou-se de que ela saracoteava o vestido ao cruzar-se com ele, fazia sugestões lascivas e ameaçou arrancar-lhe o escalpe quando não quis nada com ela. As raparigas contavam em sussurro que nas noites de lua cheia a viam escapulir-se das cabanas em direcção à floresta, onde fornicava com burros e bodes. Mesmo aqueles que consideraram tais histórias pouco ou nada credíveis acharam por bem manter esta estranha rapariga afastada do círculo de respeitabilidade.

Assim que se soube que a feminilidade de Cora florescera, Edward, Pot e mais uns quantos da metade sul arrastaram-na para trás do fumeiro. Se alguém viu ou ouviu, ninguém fez nada. As mulheres do Hob coseram-na. Nessa altura, Blake já se tinha ido embora. É provável que naquele dia em que a enfrentou tivesse encorajado os amigos a vingarem-se dele: Isto vai sair-te caro! Mas ele já não estava por ali. Fugiu três anos depois de ela ter dado cabo da casota e escondeu-se no pântano durante algumas semanas. Era pelo ladrar do seu cão que os vigilantes sabiam onde ele se encontrava. Cora poderia ter dito que era o que ele merecia, se a punição dele não a fizesse tremer só de pensar nisso.

Já tinham arrastado a grande mesa da cozinha, que cobriram de comida para a celebração de Jockey. Numa das extremidades, um caçador esfolava uns guaxinins e na outra Florence raspava a sujidade de uma pilha de batatas-doces. O lume sob o grande caldeirão estalava e crepitava. A sopa fervia na panela preta, pedaços de couve rodopiavam em volta da cabeça de porco, que tão depressa vinha ao de cima como desaparecia com aquele olho a espreitar pela espuma acinzentada. O pequeno Chester entrou a correr e tentou apanhar uma mão-cheia de feijão--frade, mas Alice afastou-o dando-lhe uma bordoada com a concha da sopa.

— Hoje não há nada, Cora? — perguntou Alice.

— Ainda é muito cedo — respondeu Cora.

Alice esboçou um breve trejeito de desapontamento e regressou aos seus afazeres.

É assim que uma mentira deve ser, pensou Cora, e não fez por dissimulá-la. Era como se a sua pequena horta se tivesse recusado. No último aniversário de Jockey oferecera duas couves, que tinham sido muito bem aceites. Cora cometera o erro de voltar atrás quando ia a sair da cozinha e apanhou Alice a deitar as couves para o lixo. Cambaleou até à luz do sol. Pensaria a mulher que a sua comida estava adulterada? Teria sido assim que Alice se livrara de tudo o que Cora oferecera nos últimos cinco anos, que se desfizera de todas as cabeças de nabo e molhos de labaças? Isto teria começado com Cora, com Mabel ou com a avó? Não valia a pena fazer frente à mulher. Alice fora querida de Randall,

36

e agora de James Randall, que crescera a comer as suas tartes de maçã. Havia uma ordem na miséria, a miséria encoberta nas misérias, e estava destinado manter-se esta sina.

Os irmãos Randall. Desde miúdo que era fácil acalmar as fúrias ou birras de James com uma guloseima da cozinha de Alice, como a tarte de maçã. Terrance, o seu irmão mais novo, era de uma qualidade diferente. A cozinheira ainda não se esquecera daquela vez em que o menino Terrance dera bem a entender que não gostara de um dos seus caldos. Tinha então dez anos. Começara a revelar esses sinais assim que começara a andar, e aperfeiçoara os aspectos mais desprezíveis da sua personalidade quando entrou na fase adulta e assumiu as suas responsabilidades. O feitio de James assemelhava-se ao de um búzio, encerrando-se nos seus apetites privados, mas Terrance forjou o seu poder com todas as suas fantasias, fossem estas efémeras ou enraizadas. Como era o seu direito.

As panelas borbulhavam e os miúdos guinchavam à volta de Cora, ansiosos pelas delícias que se adivinhavam. Da metade sul: menos que nada. Há uns anos, os irmãos Randall tinham atirado uma moeda ao ar para determinar quem ficaria com a administração de cada metade da plantação e foi isso que tornou este dia possível. Não se faziam festas como esta na parte de Terrance, pois o mais novo dos irmãos era avaro quanto ao divertimento dos escravos. Os filhos de Randall geriam as suas heranças de acordo com os respectivos temperamentos: James contentava-se com a segurança de uma colheita razoável, em aumentar lenta mas inevitavelmente a sua propriedade. Terra e pretos para cuidarem dela era uma segurança que nenhum banco jamais poderia oferecer. Terrance assumiu uma atitude mais activa, andava sempre a fazer planos para arranjar maneira de aumentar os carregamentos que enviava para Nova Orleães. Espremia cada dólar o mais possível. Quando sangue negro equivalia a dinheiro, este homem de negócios experiente sabia como abrir a veia.

Chester e os seus amigos agarraram Cora e assustaram-na. Mas eram apenas crianças e estava na hora das corridas. Era sempre ela quem alinhava os miúdos na linha de partida, apontando-lhes para os pés, acalmando os mais nervosos e, se fosse preciso, mudando alguns para a corrida dos mais velhos. Naquele ano subiu Chester de escalão. Era um perdido, tal como ela, pois os pais tinham sido vendidos ainda ele nem sequer andava. Cora cuidou dele. Cabelo quase rapado e olhos avermelhados. Não parara de crescer nos seis meses anteriores, o trabalho despertara algo no seu corpo franzino. Connelly disse que ele tinha qualidades para ser um apanhador excelente, um raro elogio vindo de quem vinha.

— Vê se corres depressa — disse-lhe Cora.

Cruzou os braços e ergueu a cabeça: Não precisas de √me dizer nada. Chester era quase um homem, apesar de não o saber. No ano seguinte já não correria. Cora ficou a vê-lo de um dos lados do caminho, desajeitado, a brincar com os amigos, a planear diabruras.

Jovens e velhos, os escravos agrupavam-se de ambos os lados do caminho dos cavalos. As mulheres que tinham perdido os filhos afastaram-se pouco a pouco, mortificando-se com conjecturas e com aquilo que nunca teriam. Grupos de homens emborcavam canecas de sidra e esqueciam as suas humilhações. As mulheres do Hob raramente participavam nas festas, mas Nag despachou-se com os seus modos práticos e afastou os mais pequenos das suas distracções.

Lovey foi para a linha da meta como juiz. Todos, excepto as crianças, sabiam que, sempre que podia, ela declarava vencedores os seus queridos. Jockey também presidiu à chegada, sentado na sua decrépita cadeira de braços, aquela que costumava usar para admirar as estrelas na maior parte das noites. Sempre que fazia anos arrastava-se para cima e para baixo pelo beco para prestar a devida atenção às diversões organizadas em seu nome. Os corredores foram ter com Jockey depois de terem corrido e ele depositou um pedaço de bolo de gengibre na palma das mãos deles, sem se importar com aquilo que os outros lhe tinham oferecido.

Chester arfava, de mãos apoiadas nos joelhos. Tinha sido ultrapassado no final.

— Estiveste quase a ganhar — animou-o Cora.

O rapaz retorquiu:

— Quase. — E foi à procura da sua fatia de bolo de gengibre.

Cora deu um toque no braço do homem após a última corrida. Devido aos seus olhos leitosos, nunca se poderia dizer quanto é que ele vira.

— Que idade tens tu, Jockey?

— Oh, deixa-me ver… — E afastou-se.

Ela tinha a certeza de que ele dissera ter cento e um anos na última festa. Teria apenas metade, o que significava que era o escravo mais velho que alguém já conhecera nas duas plantações dos Randalls. Quando se chega a esta idade, tanto se pode ter noventa e oito como cento e oito. A única coisa que o mundo ainda pode ter para nos mostrar serão as mais recentes encarnações da crueldade.

Dezasseis ou dezassete. Era a idade que Cora calculava ter. Um ano desde que Connelly a mandara arranjar um marido. Dois anos desde que Pot e os amigos tinham abusado dela. Não voltaram a violá-la, e depois desse dia nenhum homem que valesse a pena lhe prestou atenção, tanto devido à cabana a que chamava lar como às histórias a propósito da sua loucura. Seis anos desde que a mãe partira.

Cora considerou que Jockey tinha um bom plano para os seus aniversários. De surpresa, um domingo, Jockey acordava para anunciar a comemoração, e era tudo. Umas vezes calhava a meio das chuvas da Primavera, outras após as colheitas. Saltou alguns anos, esqueceu-se ou achou que, por algum motivo de queixa pessoal, a plantação não merecia. Ninguém dava importância aos caprichos dele. Já era suficiente que fosse o homem de cor mais velho que eles alguma vez conheceram e que sobrevivera a todos os tormentos, dos maiores aos menores, inventados e postos em prática pelos brancos. Tinha os olhos enevoados, coxeava de uma perna e a sua mão deformada estava permanentemente cerrada, como se ainda agarrasse o cabo de uma pá, mas continuava vivo.

Agora os brancos tinham-no deixado em paz. O velho Randall nunca disse nada acerca dos seus aniversários e James seguiu o exemplo quando assumiu o controlo. Connelly, o capataz, desaparecia todos os domingos quando chamava uma escrava qualquer que decidira fazer sua mulher nesse mês. Os brancos não diziam nada, como se tivessem desistido ou decidido que um pouco de liberdade era a pior punição de todas, o que tornava a recompensa da verdadeira liberdade um alívio doloroso.

Um dia, Jockey seria obrigado a escolher a data exacta do seu nascimento. Se vivesse o suficiente. Se isto fosse verdade, então, se Cora escolhesse um dia para o aniversário dela, talvez pudesse acertar na data correcta. De facto, hoje podia ser o seu aniversário. Mas o que ganharia com isso, por saber o dia em que se nasceu no mundo dos brancos? Não parecia ser coisa para recordar, antes para esquecer.

— Cora.

A maior parte da metade norte já avançara pela cozinha à procura de comida, mas Caesar deixara-se ficar para trás. Ali estava ele. Ela ainda não tivera oportunidade de falar com o homem desde que ele chegara à plantação. Os novos escravos eram rapidamente avisados a respeito das mulheres do Hob. Poupava-se tempo.

— Posso falar contigo? — perguntou-lhe ele.

James Randall comprara-o e a outros três escravos a um vendedor ambulante a seguir às mortes provocadas pelas febres, ano e meio antes. Duas mulheres para trabalharem na lavandaria, Caesar e Prince para reforçarem o grupo dos que trabalhavam nos campos. Já o tinha visto a talhar blocos de pinho com as suas facas curvas de esculpir. Sabia que ele não se misturava com os tipos mais briguentos da plantação e que, por vezes, saía com Frances, uma das criadas. Ainda andariam juntos? Lovey devia saber. Apesar de ser uma miúda, Lovey estava sempre a par de todos os casos entre homens e mulheres, de todos os arranjinhos pendentes.

Cora sentiu-se lisonjeada.

— Em que posso ajudar-te, Caesar?

Ele nem sequer se preocupou em ver se alguém poderia estar a ouvir. Sabia que não estava ninguém porque planeara o momento.

— Vou para o Norte — disse ele. — Daqui a pouco tempo. Vou fugir. Quero que venhas comigo.

Quem lhe teria metido tal disparate na cabeça?, pensou Cora.

— Tu vais para o Norte e eu vou comer — respondeu-lhe.

Caesar agarrou-lhe um braço, com firmeza mas sem a magoar. Apesar de magro, o seu corpo era musculado, como o de qualquer outro rapaz da sua idade que trabalhasse no campo, mas sabia dosear a força. Rosto arredondado e nariz achatado: lembrou-se das covinhas quando ele ria. Porque guardara ela esta recordação?

— Não quero que me denuncies — disse ele. — Tenho de confiar em ti acerca disto. Mas, não tarda, vou-me embora, e quero-te. Para dares sorte.

Foi então que ela o percebeu. Não se tratava de uma ideia louca que alguém lhe metera na cabeça. Era mesmo uma loucura que ele estava disposto a cometer. O rapaz era um simplório. Ao sentir o aroma da carne de guaxinim ela recordou-se que havia uma festa e sacudiu-lhe o braço.

— Não tenciono ser morta pelo Connelly, pelos vigilantes nem por cobras.

Enquanto bebia a primeira tigela de sopa, Cora continuava a pensar naquele disparate. Os brancos tentam matar-nos lentamente todos os dias e, às vezes, demasiado depressa. Para quê facilitar? Ali estava um tipo de trabalho que se poderia rejeitar.

Encontrou Lovey, mas não lhe fez perguntas sobre os mexericos das raparigas acerca de Caesar e Frances. Se o plano dele era mesmo a sério, Frances estava viúva.

Fora a conversa mais demorada que tivera com qualquer rapaz desde que passara a viver no Hob.

Acenderam as tochas para os combates. Alguém desenterrara umas garrafas de *whisky* de milho e sidra, que passaram de mão em mão na devida altura para animar o entusiasmo dos espectadores. Nessa altura, os homens casados que viviam nas outras plantações já marcavam presença nas suas visitas domingueiras. Durante os quilómetros da caminhada, haviam tido tempo suficiente para fantasiar. Algumas mulheres depositavam mais esperanças no casamento do que outras.

Lovey gargalhou:

— Eu lutava de boa vontade com ele. — E acenou com a cabeça na direcção de Major.

Major olhou como se a tivesse ouvido. Estava a revelar-se um macho dos bons. Trabalhava no duro e raras vezes obrigara os capatazes a chicotearem-no. Mantinha o respeito por Lovey devido à idade dela e não seria de admirar se um dia destes Connelly arranjasse maneira de os juntar. O rapaz e o seu adversário enfrentaram-se no meio da relva. Desforrem-se um no outro se não conseguem desforrar-se em quem o merece. Os miúdos espreitavam entre os mais velhos e faziam apostas sem nada terem para apostar. Por enquanto limitavam-se a arrancar ervas daninhas e a limpar o lixo, mas um dia o trabalho nos campos torná-los-ia tão grandes e tão fortes como os homens que agora se agarravam e mediam forças no meio da relva. Agarra-o, vai-te a ele, dá-lhe uma lição.

Assim que a música e a dança começaram, ficaram todos ainda mais agradecidos a Jockey. Uma vez mais, escolhera o dia certo para o seu aniversário. Captou a tensão partilhada, a apreensão geral muito para lá dos factos rotineiros daquela escravidão. Acumulara-se. Nas últimas horas dissipara-se grande parte daquele sentimento doentio. Todos poderiam enfrentar a labuta do dia seguinte, a daqueles que ainda estavam por vir e os dias sem fim com os seus espíritos reanimados, por pouco que o estivessem, graças a uma noite para recordar pois na próxima festa de aniversário poderiam continuar a olhar em frente. Formavam todos um círculo que afastava estes espíritos humanos da degradação lá fora.

Noble pegou num pandeiro e começou a tocar. Tanto trabalhava depressa nos campos como promovia a alegria fora destes; nessa noite pôs em prática as suas duas habilidades. Palmas, movimentos compassados de braços e ancas. Há instrumentos e executantes humanos, mas por vezes um violino ou um tambor transformam em instrumentos aqueles que os tocam, e submetem-se todos à música. Era isto que acontecia quando George e Wesley tocavam violino e banjo nos dias de festança. Jockey sentou-se na sua cadeira e, descalço, marcou o compasso com os pés na terra. Os escravos avançaram e dançaram.

Cora não se mexeu. Desconfiava daqueles momentos em que a música nos arrebata e em que de repente se pode estar junto de um homem sem saber o que ele pode fazer. Os corpos em movimento, livres. Puxam por nós, agarram-nos as mãos, mesmo que o façam sem maus pensamentos. Um dia, num aniversário de Jockey, Wesley deu-lhes a conhecer uma música que aprendera no tempo que passara no Norte, uma canção nova que nenhum deles tinha ouvido. Cora atrevera-se a ir para o meio dos dançarinos, a fechar os olhos e a rodopiar e, quando os abriu, Edward estava à sua frente, de olhos em chamas. Mesmo com Edward e Pot mortos — Edward enforcado, depois de descobrirem que carregara o seu saco do algodão com pedras para aldrabar a balança, e Pot no chão, após ter sido mordido por uma ratazana que o deixou negro e roxo —, afastou a ideia de conceder a si mesma um pouco de rédea solta. George tocava o seu violino e as notas ecoavam pela noite como fagulhas de uma fogueira. Ninguém se aproximou dela para a puxar para aquela loucura.

A música parou. O círculo quebrou-se. Por vezes há um escravo que se perde num remoinho breve de libertação. Embalado nos súbitos devaneios da ondulação ou ao desvendar os mistérios de um sonho ao romper da manhã. A meio de uma canção numa noite quente de domingo. Então, é quando aquilo acontece, sempre — o grito do capataz, o chamamento para o trabalho, a sombra do senhor, a recordação de que ela só é um ser humano durante um breve momento da eternidade da sua servidão.

Os irmãos Randall saíram da mansão e estavam no meio deles.

Os escravos afastaram-se, tentando calcular qual a distância que representava a proporção certa entre medo e respeito. Godfrey, o criado de James, segurava um candeeiro. De acordo com o Velho Abraham, James era parecido com a mãe, corpulento como um barril e com a mesma expressão decidida, e Terrance saíra ao pai, alto, com cara de coruja e sempre pronto a aterrar em cima de uma presa. Além das terras, herdaram o alfaiate do pai, que aparecia uma vez por mês na sua carroça a cair aos pedaços com amostras de linho e algodão. Os irmãos usavam roupas semelhantes quando eram crianças e mantiveram esse costume já adultos. As suas calças e camisas brancas estavam sempre tão limpas quanto as raparigas da lavandaria as conseguiam lavar, e aquela tonalidade alaranjada fazia os homens parecer fantasmas acabados de sair das trevas.

— Senhor James — disse Jockey. Agarrou o braço da cadeira com a mão saudável, como se pretendesse levantar-se, mas não se mexeu. — Senhor Terrance.

— Não se sintam incomodados pela nossa presença — afirmou Terrance. — Eu e o meu irmão estávamos a falar de negócios e ouvimos a música. Eu disse-lhe: É a chinfrineira mais horrorosa que já ouvi.

Os Randalls tinham estado a beber vinho por cálices de vidro cinzelado e dava ideia de já terem esvaziado algumas garrafas. Cora procurou o rosto de Caesar no meio da multidão. Não o encontrou. Não estivera presente da última vez que os irmãos apareceram juntos na metade norte. Seria bom não esquecermos as várias lições a tirar dessas ocasiões. Acontecia sempre qualquer coisa quando os Randalls se aventuravam pelas cabanas. Mais cedo ou mais tarde. Uma coisa nova que não conseguíamos prever até nos acontecer.

James delegara as operações diárias em Connelly, o seu homem de confiança, e raramente aparecia. Podia fazer uma visita com um convidado, um vizinho importante ou um agricultor curioso de outro lado da floresta, mas era raro. James raramente dirigia a palavra aos seus pretos, que tinham aprendido à custa do chicote que deviam continuar a trabalhar e a ignorar a presença dele. Quando Terrance aparecia na parte do irmão, costumava avaliar cada um dos escravos e tomar notas acerca de quais eram os mais capazes e quais as mulheres mais atraentes. Contentava-se em apreciar as mulheres do irmão e deliciava-se energicamente

com as da sua metade. «Gosto de provar as minhas ameixas», dizia Terrance enquanto rondava pelas filas de cabanas
em busca daquelas que combinavam com as fantasias dele.
Violava as relações de afecto, chegando mesmo a visitar os
escravos nas suas noites de núpcias para mostrar aos maridos a maneira correcta de cumprirem os deveres conjugais.
Provava as ameixas, tirava-lhes a pele e deixava a sua marca.

Era conhecido que James tinha um feitio diferente.
Ao contrário do pai e do irmão, não usava aquilo que lhe
pertencia para se satisfazer. De vez em quando convidava
mulheres do condado para jantar, e Alice encarregava-se
sempre de garantir a confecção das refeições mais sump-
tuosas e sedutoras que estivessem ao seu alcance. A senhora
Randall já tinha morrido há muitos anos e Alice pensava
que uma mulher seria uma presença civilizadora na plantação. Durante meses seguidos, de quando em vez, James
recebia aquelas criaturas pálidas, e era ver as suas charretes
brancas percorrerem os trilhos lamacentos que conduziam
à mansão. As cozinheiras riam e especulavam. E depois
aparecia uma nova mulher.

A acreditar nas palavras do seu mordomo Prideful,
James reservava as suas energias eróticas para os quartos
especiais de um estabelecimento de Nova Orleães. Muito
liberal e moderna, a *madame* conhecia bem os meandros
dos desejos humanos. Era difícil acreditar nas histórias
de Prideful, embora este garantisse que era o pessoal do
estabelecimento, com quem crescera ao longo dos anos,
que lhe contava tudo. Mas que raio de branco é que se
submeteria com prazer ao chicote?

Terrance raspou o chão com a bengala, a que pertencera ao pai e cujo punho era uma cabeça de lobo de prata.
Muitos ainda se lembravam como mordia a pele.

— Então lembrei-me de que o James me tinha falado
de um preto que tinha aqui — disse Terrance — que consegue recitar a Declaração de Independência. Por mais que

tentasse, não consegui acreditar. Por isso pensei que hoje ele talvez me pudesse mostrar, já que está toda a gente na rua, a julgar pela barulheira.

— Vamos já tratar disso — disse James. — Onde é que está o rapaz? O Michael.

Ninguém abriu o bico. Num gesto patético, Godfrey apontou a luz do candeeiro em volta. Moses era o capataz que, por azar, estava mais perto dos irmãos Randall. Pigarreou:

— O Michael morreu, senhor James.

Moses mandou um dos miúdos ir chamar Connelly, mesmo que para isso tivesse de interromper o capataz nas suas concubinagens de domingo à noite. Pela expressão de James, Moses percebeu logo que o melhor mesmo era começar a dar explicações.

Na verdade, Michael, o escravo de quem se falava, possuía o dom de recitar longos trechos. Segundo Connelly, que ouvira a história do vendedor de negros, o anterior dono de Michael ficara fascinado pelas capacidades dos papagaios da América do Sul e concluíra que, se estas aves conseguiam aprender redondilhas, os escravos também seriam capazes de as decorar. Bastava olhar para a cabeça de um preto para ver que o seu cérebro era muito maior do que o de uma ave.

O pai de Michael era o cocheiro do dono deles, e Michael fora dotado com aquele tipo de inteligência animal que às vezes se observa nos porcos. O dono e o seu improvável pupilo começaram com rimas simples e breves trechos de trovadores britânicos. Avançaram vagarosamente nas palavras que o preto não percebia e as quais — diga-se a verdade — o dono também mal compreendia o sentido, pois este professor fora um réprobo que tinham corrido de todos os ofícios decentes que ocupara e decidira que este derradeiro cargo seria a sua vingança secreta. Faziam milagres, o cultivador de tabaco e o filho do cocheiro: a Declaração da Independência era a sua obra-prima.

«Uma história de injúrias e usurpações sem fim.»

Os dons de Michael nunca passaram de um truque de salão, para divertir os visitantes antes que as conversas versassem as capacidades reduzidas dos pretos, como acontecia sempre. O dono acabou por se fartar e vendeu o rapaz no Sul. Quando Michael chegou aos Randalls, já ia marcado por muita tortura e castigos. Era um trabalhador medíocre. Queixava-se dos ruídos e da magia negra que lhe entorpeciam a memória. Desesperado, Connelly massacrou o pouco cérebro que lhe restava. Foi uma punição à qual Michael não fazia tenção de resistir, e acabou por alcançar o seu objectivo.

— Deviam ter-me dito — afirmou James num tom de mero desagrado. As declamações de Michael tinham sido uma diversão original das duas vezes que exibira o escravo aos convidados.

Terrance gostava de irritar o irmão.

— James, tens de aprender a cuidar melhor daquilo que te pertence.

— Não te metas.

— Eu já sabia que deixavas os teus escravos divertirem-se, mas não fazia ideia de que a diversão fosse assim tão extravagante. Estão a tentar fazer-me passar por mau?

— Não finjas que te importas com aquilo que os pretos pensam de ti, Terrance.

O copo de James estava vazio. Deu meia-volta para se ir embora.

— Só mais uma canção, James. Eu cresci a ouvir estas músicas.

George e Wesley estavam desesperados. Nem sombra de Noble e do seu pandeiro. James cerrou os lábios, fez um gesto e os homens começaram a tocar.

Terrance bateu com a bengala. A sua expressão endureceu ao contemplar a multidão.

— Vocês não dançam? Tenho de insistir. Tu e tu.

Nem sequer esperaram pelo sinal do patrão. Apesar de hesitantes, os escravos da metade norte convergiram para o terreiro, tentaram retomar o ritmo e dar espectáculo. Desde o tempo em que perseguira Cora que a pérfida Ava não perdera o seu poder de dissimulação: gritou e bateu com os pés como se estivesse no auge das comemorações do Natal. Já estavam muito habituados a dar espectáculo para o patrão, sabiam tirar proveito de máscaras de trejeitos e expressões, de modo que afastaram o medo enquanto se empenhavam na exibição. Oh, como rodopiavam e gritavam, cantavam e dançavam! Esta era, sem dúvida, a música mais animada que alguma vez tinham ouvido e os músicos os mais exímios executantes que a raça de cor tinha para oferecer. Cora também avançou para o círculo, observando as reacções dos irmãos Randall a cada volta, tal como faziam todos os outros. Jockey batia com as mãos nas pernas para marcar o ritmo. Cora viu o rosto de Caesar, que permanecera na sombra da cozinha, inexpressivo. Depois retirou-se.

— Tu!

A voz de Terrance. Erguia a mão diante de si como se estivesse tingida por uma nódoa eterna que só ele conseguia ver. Então Cora percebeu do que se tratava: uma simples gota de vinho manchava o punho da sua adorada camisa branca. Chester tocara nele.

Chester esboçou um sorriso forçado e inclinou-se diante do branco.

— Desculpe, patrão! Desculpe, patrão!

O branco deu-lhe várias bengaladas nos ombros e na cabeça. O rapaz gritou e encolheu-se no chão enquanto continuava a ser vergastado. Terrance ora erguia ora baixava o braço. James parecia exausto.

Uma gota. Cora sentiu-se tomada por um sentimento, por um feitiço sob o qual não estava há anos, desde que pegara no machado, desfizera a casota do cão de Blake em pedaços e mandara as tábuas pelo ar. Vira homens enforcados em árvores, abandonados aos falcões e aos corvos. Mulheres rasgadas até aos ossos pelas chicotadas. Corpos de vivos e mortos queimados em piras. Pés cortados para evitar as fugas e mãos decepadas para impedir roubos. Já vira rapazes e raparigas mais novos do que este a serem açoitados e nada fizera. Esta noite aquele sentimento voltou a encher-lhe o coração. Agarrou-se a este e, antes que o seu lado escravo se apoderasse do seu lado humano, lançou-se sobre o rapaz para o proteger. Agarrou a bengala na mão como os homens dos pântanos agarram as cobras e viu o ornamento do punho. Os dentes prateados na bocarra do lobo de prata. Então, a bengala escapou-lhe da mão. Caiu-lhe em cima da cabeça. E outra vez até que os dentes prateados lhe rasgaram os olhos e o sangue correu pela terra.

Nesse ano estavam sete mulheres no Hob. Mary era a mais velha. Estava no Hob porque costumava ter ataques: espumava da boca como um cão raivoso e contorcia-se na terra enquanto revirava os olhos selvaticamente. Desentendera-se durante anos com outra mulher do campo chamada Bertha, que acabou por lhe lançar uma maldição. O Velho Abraham queixava-se de que Mary já tinha problemas desde criança, mas que ninguém lhe dera ouvidos. Vendo bem as coisas, estes ataques não eram nada quando comparados com aqueles que sofrera na juventude. Quando ficaram para trás, estava destroçada, confusa e apática, o que lhe provocou castigos por não trabalhar e a impediu de trabalhar por estar a recuperar dos castigos. Quando a má-disposição dos capatazes se virava contra uma pessoa, qualquer um podia ser arrastado. Mary transferiu as suas coisas para o Hob, de modo a evitar o desprezo das companheiras de cabana. Foi a arrastar os pés durante todo o caminho como se alguém pudesse intervir.

Mary trabalhava na leitaria com Margaret e Rida. Antes de terem sido compradas por James Randall, estas duas haviam vivido uma tal teia de sofrimentos que nem sequer poderiam entrelaçar-se no tecido da plantação. Margaret fazia uns sons guturais tenebrosos nos momentos mais inoportunos, sons animais, miseravelmente pungentes, e blasfémias vulgares. Quando o dono fazia as rondas, tapava a boca com a mão, de modo que o seu tormento não atraísse as atenções. A higiene era coisa que nada dizia a Rida e não havia incentivos ou ameaças que a demovessem. Tresandava.

Lucy e Titania nunca falavam, a primeira por opção e a segunda porque um dos seus anteriores donos lhe cortara a língua. Trabalhavam na cozinha às ordens de Alice, que preferia ajudantes que não estivessem a tagarelar durante todo o dia e que ouvissem a sua voz.

Duas outras mulheres suicidaram-se nessa Primavera, o que foi mais do que a média habitual, mas nada de extraordinário. Ninguém cujo nome seria lembrado quando o Inverno chegasse, tão superficial fora a sua marca. Restavam Nag e Cora, que se ocupavam de todas as fases do algodão.

Cora mal se tinha de pé no final da jorna e Nag apressou-se a apoiá-la e a levá-la para o Hob. O capataz olhou furioso para a maneira como caminhavam devagar pelas canadas, mas não disse nada. A loucura evidente de Cora livrara-a de uma eventual repreensão. Passaram por Caesar, que gozava o tempo livre num dos barracões com um grupo de jovens e esculpia um pedaço de madeira com a sua faca. Cora desviou o olhar e fingiu que não o vira, como fazia desde a proposta dele.

Já tinham passado duas semanas desde o aniversário de Jockey e ela ainda não recuperara por completo. As bengaladas na cara deixaram-lhe um olho inchado e fechado e uma grande ferida na têmpora. O inchaço acabou por desaparecer, mas no lugar das dentadas do lobo de prata via-se agora uma cicatriz lastimável em forma de X. Deitou pus durante vários dias. Foi o prémio por aquela noite de festa. Muito piores foram as chicotadas que Connelly lhe deu na manhã seguinte sob os ramos impiedosos da árvore do castigo.

Connelly fora um dos primeiros homens que o velho Randall contratara. James manteve-o às suas ordens. Quando Cora era jovem, o cabelo do capataz era de um ruivo irlandês muito brilhante cujos caracóis sob as abas do chapéu pareciam as asas de um cardeal. Nesse tempo fazia a patrulha munido de um chapéu-de-chuva preto, mas acabou por desistir e agora as suas camisas brancas contrastavam com a pele bronzeada. O cabelo embranquecera e a barriga já lhe transbordava do cinto, mas à excepção disso continuava a ser o mesmo homem que chicoteara a avó e a mãe, que vigiava a aldeia com um passo trôpego que lhe fazia lembrar um velho touro. Não havia pressa quando ele decidia não ter pressa. As únicas ocasiões em que se apressava era para ir buscar o chicote. Nessas alturas dava mostras de energia e tenacidade, como uma criança com um novo passatempo.

O capataz não gostara nada do que sucedera durante a visita inesperada dos irmãos Randall. Primeiro, tinham interrompido Connelly num momento de prazer com Gloria, a sua actual diversão. Agrediu o mensageiro e foi obrigado a sair da cama. Segundo, havia o problema de Michael. Connelly não informara James acerca do desaparecimento do escravo porque, de um modo geral, o seu patrão não queria saber das flutuações rotineiras de mão-de-obra, mas agora a curiosidade de Terrance fazia disso um problema.

Como se tudo isto não bastasse, ainda havia a falta de jeito de Chester e a atitude incompreensível de Cora. Connelly tratou-lhes da pele logo ao romper da aurora da manhã seguinte. Começou por Chester, para seguir a ordem pela qual as transgressões tinham ocorrido, e ordenou que depois lhes esfregassem as costas ensanguentadas com uma mistura de água, sal e malaguetas. Foi a primeira tareia a sério de Chester, e a de Cora em mais de seis meses. Connelly repetiu a dose de chicotadas durante as duas manhãs seguintes. Segundo os escravos da casa, o senhor James estava mais aborrecido pelo facto de o irmão ter tocado naquilo que lhe pertencia, e diante de tantas

53

testemunhas, do que com Chester e Cora. Ou seja, a ira dos irmãos em relação um ao outro assentava numa questão de propriedade. Chester nunca mais voltou a dirigir a palavra a Cora.

Nag ajudou-a a subir os degraus do Hob. Cora desmaiou mal entraram na cabana e ficaram longe do alcance da vista do resto da aldeia.

— Deixa-me ir buscar-te o jantar — disse Nag.

Tal como Cora, Nag fora transferida para o Hob por uma questão de política. Durante anos havia sido a preferida de Connelly, na cama de quem passava a maior parte das noites. Com uns olhos pálidos acinzentados e ancas bamboleantes, Nag já era uma rapariga demasiado altiva para uma negra antes mesmo de o capataz lhe ter concedido os seus parcos favores. Depois tornou-se insuportável, orgulhosa e gabava-se de escapar aos maus-tratos que os outros sofriam. A mãe convivera bastante com brancos e ensinara-lhe as práticas mais licenciosas. Entregou-se diligentemente a tal tarefa, mesmo quando ele lhe começou a trocar os filhos. A troca de escravos entre as metades norte e sul da grande plantação dos Randalls era constante, procurando cada uma atirar para a outra os pretos chicoteados, os trabalhadores nas últimas ou os piores patifes num jogo sem regras. Os filhos de Nag eram moeda de troca. Connelly não suportava os seus bastardos mulatos quando os caracóis destes reflectiam o seu ruivo irlandês à luz do sol.

Certa manhã, Connelly deixou bem claro que nunca mais queria Nag na sua cama. Era o dia pelo qual os inimigos dela tanto aguardavam. Todos sabiam que haveria de chegar, menos ela. Ao regressar dos campos ficou a saber que os seus haveres tinham sido transferidos para o Hob e a aldeia ficou a saber que ela perdera estatuto. Os outros ficaram mais saciados com a vergonha dela do que com qualquer comida. Como seria de esperar, o Hob endureceu-a; aquela cabana tendia a modelar a personalidade de cada um.

Nag nunca tinha sido próxima da mãe de Cora, mas isso não a impediu de travar amizade com a rapariga quando esta ficou à deriva. Após a noite da festa e nos dias sangrentos que se seguiram, ela e Mary cuidaram de Cora, aplicando-lhe salmoura e emplastros na pele em mísero estado e garantindo que ela comia. Acariciaram--lhe a cabeça e, através dela, cantaram canções de embalar para os filhos que haviam perdido. Lovey também visitou a amiga, mas a jovem não era imune à reputação do Hob e tremia na presença de Nag, de Mary e das outras. Ficou lá até os seus nervos não aguentarem mais.

Cora dormia no chão e gemia. Duas semanas após as chicotadas, teve tonturas e sentiu o cérebro a martelar. Durante a maior parte do tempo conseguia controlar-se e trabalhar, mas às vezes só era capaz de se manter de pé até ao pôr-do-sol. De hora a hora, quando a rapariga da água passava, bebia a concha toda e sentia o metal nos dentes. Agora nada lhe restava.

Mary apareceu e disse:

— Outra vez doente. — Trazia um pano molhado e colocou-o na testa de Cora. Ainda mantinha sentimentos maternais, apesar da perda dos seus cinco filhos — três mortos ainda antes de conseguirem andar e os outros ven-didos quando já tinham idade suficiente para carregar água e arrancar as ervas daninhas em volta da mansão. Mary descendia de uma linhagem pura de ashantis, tal como os seus dois maridos. Filhos desta estirpe vendiam-se depressa. Cora mexeu os lábios para agradecer em silêncio. As pare-des da cabana esmagavam-na. Lá em cima, no sótão, uma das outras mulheres — Rida, a julgar pelo fedor — reme-xeu e fez barulho. Nag acariciou os nós dos dedos das mãos de Cora e disse:

— Não sei o que será pior. Se tu doente e fora da vista, se tu de pé e lá fora quando o senhor Terrance vier amanhã.

A ideia daquela visita deixou Cora de rastos. James Randall estava de cama. Adoecera após uma ida a Nova Orleáes para negociar com uma delegação de agentes comerciais de Liverpool e de a ter ido ver ao seu miserável refúgio. Ao regressar, desmaiara na sua charrete e desde então ninguém lhe pôs a vista em cima. Agora o pessoal da casa sussurrava que Terrance iria assumir o controlo enquanto o irmão recuperava. De manhã iria inspeccionar a metade norte numa operação para harmonizar as coisas como elas eram na metade sul.

Ninguém duvidava que iria ser o raio de uma harmonia sangrenta.

Deixou de sentir as mãos das amigas, as paredes aliviaram a pressão e ela desmaiou. Cora acordou a meio da noite, com a cabeça apoiada numa colcha de linho enrolada. Lá em cima estavam todos a dormir. Passou os dedos pela cicatriz que tinha na têmpora. Pareceu-lhe que estava molhada. Sabia porque se precipitara para proteger Chester. Porém, bloqueava quando tentava recordar a urgência daquele momento, o grão do sentimento que a movera. Escondera-se naquele canto obscuro do seu íntimo do qual saíra e de onde não poderia ser arrancado. Para aliviar a inquietação arrastou-se até ao seu terreno, sentou-se no banco, inspirou o ar e ficou à escuta. Havia coisas no pântano que sibilavam e chapinhavam, uma caçada no meio da escuridão viva. Caminhar até lá à noite, em direcção a norte e aos Estados Livres. É preciso uma pessoa libertar-se dos sentidos para fazer uma coisa dessas.

Mas a mãe dela libertara-se.

Seguindo o exemplo de Ajarry, que nunca pôs um pé fora da terra dos Randalls a partir do momento em que lá chegou, Mabel também só saiu da plantação no dia da sua fuga. Não revelara as suas intenções a ninguém, pelo

menos nenhuma das pessoas que foram depois interroga-
das admitiu ter conhecimento delas. Uma façanha inau-
dita numa aldeia repleta de traidores e delatores prontos
a vender os entes mais queridos para escaparem à dentada
do chicote.

Cora adormeceu encostada à barriga da mãe e nunca
mais a viu. Foi o velho Randall quem deu o alarme e chamou os vigilantes. Menos de uma hora depois, os caçadores, antecedidos pelos seus cães *Nate Ketchum*, já estavam
no pântano. De uma linhagem apuradíssima, o faro dos
escravos corria pelo sangue dos *Ketchum*. Ao longo de gerações, e depois de muito terem mordido e desfeito as mãos
mais rebeldes, estes cães tinham aprendido a detectar o
cheiro dos pretos pelos condados em redor. Quando a
tensão das trelas não lhes permitiu avançarem mais, começaram a ladrar de tal maneira que não houve alma daquele
bando de perseguidores que não quisesse refugiar-se na
sua cabana. Todavia, sabiam que a ordem era de captura;
por isso, os escravos acataram-na, não lhes restando outro
remédio senão suportar o barulho tenebroso dos cães e as
visões sangrentas que se adivinhavam.

Num raio de centenas de quilómetros em redor, não
faltaram cartazes nem panfletos. Os negros livres sobrevi-
viam perseguindo fugitivos que se escondiam nas florestas e sacando informações aos seus prováveis cúmplices.
Os perseguidores interrogaram e ameaçaram os proprietários de outras plantações de algodão, passaram a pente fino
todos os terrenos em redor e não encontraram quaisquer
escravos foragidos. Ao fim de tal demanda, tanto cães de
fila como homens regressaram sem nada.

Randall contratou os serviços de uma bruxa para lançar um feitiço sobre a sua propriedade, de maneira que
alguém com sangue africano que fugisse sofresse de imediato uma hedionda paralisia. A bruxa enterrou fetiches em
locais secretos, recebeu os honorários e foi-se embora na

sua carroça puxada por mulas. O alcance daquela maldição deu lugar a um aceso debate por toda a aldeia: aplicava-se apenas àqueles que tencionavam fugir ou a todas as pessoas de cor que pisavam o risco? Uma semana depois, os escravos voltaram a caçar e a esgaravatar no pântano. Era aí que arranjavam comida.

De Mabel, nem sinal. Antes dela, ninguém escapara da plantação dos Randalls. Os fugitivos eram sempre capturados, traídos por amigos; não tinham sabido interpretar as estrelas e acabavam por mergulhar ainda mais fundo no labirinto da escravidão. No regresso esperavam-nos mais suplícios até que os deixassem morrer, e aqueles que permaneciam eram obrigados a assistir aos sofrimentos tenebrosos da sua morte.

Ridgeway, o infame caçador de escravos, foi chamado à plantação uma semana mais tarde. Cavalgou com os seus sócios, cinco homens de má reputação, conduzidos por um batedor índio que usava um colar do qual pendiam várias orelhas encarquilhadas. Ridgeway tinha dois metros de altura, um rosto de feições vincadas e um pescoço bastante grosso. Apesar de ter mantido sempre um comportamento sereno, gerou uma atmosfera ameaçadora como aquelas nuvens cinzentas que parecem estar muito longe mas de repente desencadeiam uma trovoada violenta.

A conversa com Ridgeway durou meia hora. Tomou notas num pequeno diário e, pelo que disse o pessoal da casa, era um homem de uma concentração extrema e com uma maneira de falar algo floreada. Só voltou passados dois anos, pouco antes da morte do velho Randall, para se desculpar pessoalmente pelo seu fracasso. O índio já não fazia parte da sua comitiva e em seu lugar vinha um jovem cavaleiro de cabelo preto comprido que usava uma argola com troféus semelhantes por cima do colete de cabedal. Ridgeway andava pelas redondezas para visitar um plantador vizinho e, como prova das suas capturas, mostrou duas cabeças de fugitivos que guardava num saco de pele. Na Geórgia era um crime capital ultrapassar a fronteira do estado e, por vezes, os proprietários preferiam uma punição exemplar em vez da devolução dos escravos que lhes pertenciam.

O caçador de escravos falou dos rumores acerca de um novo ramal da estrada subterrânea e disse que, embora parecesse impossível, estava a operar na zona sul do estado. O velho Randall escarneceu e Ridgeway garantiu ao seu anfitrião que os simpatizantes seriam apanhados, besuntados com alcatrão e cobertos de penas, ou punidos segundo qualquer outro costume local mais apropriado. Ridgeway desculpou-se uma vez mais e não tardou a fazer-se ao caminho com o seu bando pela estrada do condado rumo à sua próxima missão. O trabalho dele não tinha fim, pois eram muitos os escravos que devia expulsar dos seus esconderijos e devolver aos brancos para que as contas batessem certas.

Mabel preparara a bagagem para a sua aventura. Uma faca de mato, pederneira e mecha. Roubara os sapatos a uma companheira da cabana porque estavam melhores do que os dela. Durante semanas, o seu terreno vazio foi testemunhando aquele milagre. Antes de fugir foi desenterrando todos os nabos e inhames do seu quintal, uma carga algo pesada e pouco aconselhável para uma caminhada que exigia pé ligeiro. Os altos e baixos na terra serviam de lembrete a todos os que passavam. Então, uma manhã a terra fora alisada. Cora ajoelhara-se e plantara tudo de novo. Era a sua herança.

Agora, à luz do luar, a cabeça latejava-lhe, mas Cora observava a sua minúscula horta. Ervas daninhas, escaravelhos, pegadas de diferentes animais. Não cuidava do seu terreno desde a festa. Chegara a altura de retomar o trabalho.

À excepção de um momento perturbador, a visita de Terrance no dia seguinte decorreu sem incidentes. Connelly conduziu-o pela parte do irmão, tal como fizera alguns anos antes quando Terrance dera uma volta em condições. Surpreendentemente, teve um comportamento bastante civilizado e absteve-se daqueles comentários sardónicos que todos lhe conheciam. Discutiram os números do carregamento do último ano e examinaram os registos das pesagens do anterior mês de Setembro. Terrance criticou a caligrafia miserável do capataz, mas, tirando isso, os dois homens entenderam-se cordialmente. Não inspeccionaram os escravos nem a aldeia.

Montaram a cavalo para contornar os campos e compararam o progresso dos cultivos nas duas metades. No local onde Terrance e Connelly atravessaram os campos de algodão, os escravos que ficaram mais ao alcance da vista deles redobraram os esforços numa vaga furiosa. Durante semanas, aquelas mãos arrancaram ervas daninhas e agora abriam carreiros com as enxadas. Agora os talos davam pelos ombros de Cora; dobravam-se, agitavam-se e brotavam folhas e cápsulas que todas as manhãs estavam maiores. No mês seguinte, as cápsulas explodiriam de brancura. Rezava para que as plantas fossem suficientemente altas para a encobrirem quando os brancos passassem. Viu-lhes as costas depois de terem passado por ela. Então, Terrance virou-se. Acenou com a cabeça, apontou a bengala na direcção dela e prosseguiu.

James morreu dois dias mais tarde. Dos rins, afirmou o médico.

Aqueles que viviam há mais tempo na plantação dos Randalls não puderam deixar de comparar os funerais de pai e filho. O mais velho dos Randalls tinha sido um membro muito respeitado da comunidade de agricultores.

Agora eram os arrivistas ocidentais que atraíam todas as atenções, mas os verdadeiros pioneiros haviam sido Randall e os seus companheiros, que muitos anos antes conseguiram dar vida a este inferno húmido da Geórgia. Os outros camponeses tiveram-no em grande consideração por ter sido um visionário ao ser o primeiro da região a mudar para o algodão e a liderar esta produção tão rentável. Foram muitos os jovens agricultores afogados em dívidas a pedir conselhos a Randall — que os deu de graça e generosamente — e no seu tempo gozou de um respeito invejável.

Os escravos tiveram tempo para assistir ao funeral do velho Randall. Ficaram num grupo à parte e sossegado enquanto os respeitados homens e mulheres brancos prestavam homenagem ao seu querido pai. Foram os pretos da casa que carregaram o caixão, o que à partida todos consideraram escandaloso mas acabaram por considerar uma prova de afecto genuíno, daquele que partilharam com os seus escravos, com as amas de cujo peito mamaram em tempos mais inocentes e com as criadas que lhes espalharam o sabão pelo corpo na hora do banho. Começou a chover no final da cerimónia e esta terminou de imediato, mas ficaram todos aliviados porque a seca fora muito prolongada. O algodão estava com sede.

Quando James morreu, os irmãos Randall já tinham cortado os laços sociais com os companheiros e protegidos do pai. Em teoria, James tinha muitos parceiros de negócio, alguns dos quais conhecera pessoalmente, mas os amigos eram poucos. Diga-se que, quanto a amizades, o irmão de Terrance nunca recebera sequer uma dose deste sentimento humano. O seu funeral foi pouco concorrido. Os escravos trabalhavam nos campos — a colheita aproximava-se e não havia tempo a perder. Deixara tudo escrito no testamento, afirmou Terrance. James foi sepultado perto dos pais num canto recatado da sua enorme propriedade, perto dos mastins do pai, *Platão* e *Demóstenes*, dos quais tanto os brancos como os pretos tinham gostado muito, embora fosse impossível mantê-los afastados das galinhas.

Terrance deslocou-se a Nova Orleães para tratar dos negócios do irmão relativos à venda do algodão. Embora os tempos nunca tivessem sido fáceis, a partir do momento em que Terrance assumiu o controlo das duas metades estes ainda se tornaram mais difíceis. A metade norte beneficiara sempre de um ambiente mais descontraído. James fora tão implacável e brutal como qualquer outro branco, mas seria um exemplo de moderação quando comparado com o irmão mais novo. As histórias que se contavam da metade sul eram de arrepiar, tanto em grandeza como nos aspectos particulares.

Big Anthony aproveitou a sua oportunidade. Não era o tipo mais esperto da aldeia, mas ninguém poderia dizer que lhe faltava sentido de oportunidade. Foi o primeiro a tentar fugir depois de Mabel. Não se preocupou com a maldição da bruxa e caminhou quarenta quilómetros sem problemas até ser descoberto a dormir num palheiro. Os polícias devolveram-no numa jaula de ferro feita por um dos seus primos. «Fugiste como um pássaro, mereces uma gaiola.» Na frente da jaula tinha uma placa para o nome do ocupante, mas ninguém se preocupara em usá-la. Levaram a jaula quando se foram embora.

Na véspera do castigo de Big Anthony — sempre que os brancos procediam a uma punição tinham o cuidado de a encenar —, Caesar passou pelo Hob. Mary deixou-o entrar. Ficou intrigada. Eram poucas as visitas e, quanto a homens, apenas os capatazes para trazerem más notícias. Cora não contara a ninguém a proposta que ele lhe fizera.

A cabana estava cheia de mulheres que dormiam ou ficaram à escuta. Cora pousou umas roupas para remendar no chão e levou-o lá para fora.

*

O velho Randall construíra uma escola para os filhos e para os netos que esperava vir a ter um dia. Parecia improvável que nos tempos mais próximos aquele casebre vazio cumprisse os seus desígnios. Desde que os filhos de Randall haviam deixado os estudos servia apenas para alguns encontros fortuitos e para ministrar lições de outro tipo. Lovey viu Caesar e Cora encaminharem-se para a casa e esta abanou a cabeça para alegria da amiga.

A escola em ruínas cheirava a ranço. Servia de lar habitual a pequenos animais. Há muito que as carteiras tinham sido retiradas, e o espaço era agora ocupado por folhas mortas e teias de aranha. Pensou se ele teria trazido Frances até aqui e o que poderiam ter feito. Caesar vira Cora nua a ser chicoteada e o sangue a escorrer-lhe da pele.

Caesar espreitou pela janela e disse:

— Lamento aquilo que te aconteceu.

— É o que eles costumam fazer — retorquiu Cora.

Havia duas semanas considerara-o um idiota. Esta noite comportou-se como se fosse muito mais velho, como um daqueles anciãos que nos contam uma história cuja verdadeira mensagem só compreendemos após alguns dias ou semanas, quando se torna impossível evitar os factos.

— Agora vens comigo? — perguntou Caesar. — Acho que já está mais do que na hora de irmos.

Ela não conseguia percebê-lo. Nas manhãs das chicotadas, Caesar mantivera-se na frente do grupo. Era costume os escravos assistirem ao castigo dos seus iguais como lição de moral. A determinada altura do martírio tiveram todos de virar costas, mesmo que por breves instantes, como se sentissem a dor do escravo e que, mais cedo ou mais tarde, seriam eles a sofrer igual castigo. Era como se estivesse no seu lugar. Contudo, Caesar não se virou. Não a olhou nos olhos, mas fixou antes algo muito além dela, algo grandioso e difícil de entender.

Ela falou:

— Achas que sou um amuleto da sorte porque a Mabel fugiu. Mas não sou. Já me viste. Já viste aquilo que nos acontece quando temos ideias na cabeça.

Caesar mostrou-se impassível.

— As coisas vão piorar quando ele voltar.

Ela respondeu-lhe:

— Agora já estão mal, pior do que alguma vez estiveram. — E deixou-o ali sozinho.

As pranchas de madeira que Terrance encomendara explicaram o adiamento da punição de Big Anthony. Os carpinteiros trabalharam toda a noite para concluírem a picota, decorando-a com gravuras ambiciosas mas toscas: esculpiram na madeira minotauros, sereias mamalhudas e outras criaturas fantásticas. O aparelho de tortura foi instalado no prado da frente, onde a erva era abundante. Dois capatazes agarraram Big Anthony e deixaram-no ali ficar no primeiro dia.

No segundo dia chegou um grupo de visitantes numa carruagem, pessoas importantes de Atlanta e Savannah. Senhoras de formas generosas e cavalheiros que Terrance conhecera nas suas viagens, além de um jornalista de Londres que andava a fazer uma reportagem sobre a América. Sentaram-se a uma mesa instalada no relvado, saborearam a sopa de tartaruga e o borrego de Alice e teceram elogios à cozinheira, que nunca os receberia. Big Anthony foi chicoteado enquanto durou o repasto e os comensais comeram vagarosamente. Entre uma dentada e outra, o jornalista foi tomando notas num papel. A seguir à sobremesa, o animado grupo retirou-se para dentro de casa a fim de fugir aos mosquitos, mas o castigo de Big Anthony prosseguiu.

No terceiro dia, logo a seguir ao almoço, mandaram chamar todos os que trabalhavam nos campos.

As lavadeiras, cozinheiras e moços de estrebaria interromperam aquilo que estavam a fazer e o mesmo fez o pessoal da casa. Reuniram-se todos no relvado diante da mansão. As visitas de Randall tomaram rum com especiarias enquanto Big Anthony era besuntado com óleo e queimado. As testemunhas foram poupadas aos gritos do homem porque já alguém o havia castrado no primeiro dia, depois enchera-lhe a boca com os órgãos viris e cosera-a. A madeira fumegava, carbonizada e queimada, as figuras gravadas contorciam-se nas chamas como se estivessem vivas.

Terrance dirigiu-se aos escravos das metades norte e sul. A partir dali passava a existir apenas uma plantação, unida em propósitos e métodos. Expressou o seu pesar pela morte do irmão e também a consolação por saber que agora James estava no céu junto do pai e da mãe. Caminhou por entre os escravos enquanto falava, batendo com a bengala, passando a mão pela cabeça dos mais pequenos e elogiando alguns dos ilustres mais velhos da metade sul. Inspeccionou os dentes de um jovem corpulento que nunca tinha visto, abriu-lhe desmesuradamente a boca para ver bem e depois fez um aceno de aprovação. Afirmou que, de maneira a alimentar a procura insaciável de algodão a nível mundial, a quota diária de cada apanhador seria aumentada numa percentagem a determinar pelos valores da colheita anterior. Os campos seriam reorganizados para receberem um número mais eficiente de carreiros. Continuou a andar. Esbofeteou um homem por estar a chorar diante dos restos do amigo que apodreciam junto das tábuas.

Quando Terrance chegou perto de Cora, enfiou uma mão na blusa dela, agarrou-lhe o peito e apertou. Ela não se mexeu. Ninguém se mexera desde que ele começara a falar, nem sequer para tapar o nariz e evitar o cheiro a carne queimada de Big Anthony. Acabaram-se as festas além do Natal e da Páscoa, informou. Passaria a organizar e aprovar pessoalmente todos os casamentos, de modo a garantir que os pares se adequavam e tinham uma boa prole. Seria aplicado um novo imposto sobre o trabalho fora da plantação ao domingo. Acenou com a cabeça na direcção de Cora e prosseguiu a revista por entre os seus africanos enquanto os punha a par de todos estes melhoramentos.

O discurso de Terrance chegou ao fim. Ficava assente que os escravos seriam mantidos até que Connelly resolvesse livrar-se deles. As senhoras de Savannah tomaram mais uma bebida refrescante do jarro. O jornalista estreou um novo bloco e continuou a tomar notas. O patrão Terrance voltou para junto dos convidados e partiram para um passeio pelos campos de algodão.

Ela nunca tinha sido do outro e agora era deste. Ou se calhar tinha sido sempre dele e só agora é que ficara a saber. Cora ficou absorta nos seus pensamentos. Estes flutuavam algures para lá do escravo carbonizado, da mansão e das linhas que demarcavam a propriedade dos Randalls. Tentou preenchê-los com pormenores de histórias, passando em revista os relatos dos escravos que haviam visto aquele mundo. Foi-se agarrando a pedaços — casas de pedra branca polida, um oceano tão vasto que não se via uma única árvore, uma oficina de um ferreiro negro que era patrão de si próprio — e os seus pensamentos esquivaram-se como um peixe e fugiram a toda a velocidade. Teria mesmo de ver tudo aquilo com os seus próprios olhos.

A quem poderia dizer? Lovey e Nag guardariam segredo, mas temia a vingança de Terrance. O melhor mesmo era que a ignorância delas fosse sincera. Não, a única pessoa com quem poderia discutir o plano era com o seu arquitecto.

Aproximou-se dele na noite do discurso de Terrance e ele agiu como se ela já tivesse concordado há muito. Caesar era um homem de cor completamente diferente de todos os outros que conhecera. Nascera numa pequena quinta na Virgínia que pertencia a uma viúva já de idade. As preocupações da senhora Garner resumiam-se aos seus cozinhados e a cuidar das flores do canteiro. Caesar e o pai tratavam do cultivo e dos estábulos, ao passo que a mãe se ocupava dos assuntos domésticos. Produziam uma quantidade modesta de vegetais que vendiam na cidade. A família dele vivia numa casa de duas divisões na parte de trás da propriedade. Pintaram-na de branco com frisos amarelo-claro, tal como a casa de um branco que a mãe dele vira uma vez.

A única coisa que a senhora Garner desejava era passar os últimos dias de vida confortavelmente. Não concordava com os argumentos populares a favor da escravatura, mas considerava-a um mal necessário atendendo às evidentes deficiências intelectuais da tribo africana. Seria desastroso libertá-los da escravidão de uma só vez... como é que iriam gerir os seus assuntos sem um olho cuidadoso e paciente que os orientasse? A senhora Garner ia dando uma ajuda à sua maneira, ensinando os seus escravos a ler para que pudessem receber a palavra de Deus pelos seus próprios olhos. Era liberal com os salvo-condutos, permitia que Caesar e a família passeassem por todo o condado conforme lhes apetecesse e, com isso, irritava os vizinhos. De acordo com a sua escala, estava a prepará-los para a libertação que os aguardava pois prometera libertá-los quando morresse.

Quando a senhora Garner morreu, Caesar e a família sentiram bastante a falta dela, continuaram a tratar da quinta e ficaram à espera das cartas de alforria oficiais. Ela não deixara testamento. A sua única familiar era uma sobrinha que vivia em Boston e que contratou um advogado local para tratar da venda dos bens da senhora Garner. Foi um dia terrível quando ele apareceu acompanhado por uns agentes da autoridade e informou Caesar e os pais dele de que iriam ser vendidos. Pior: vendidos para sul, com as suas aterradoras lendas de crueldade e ódio. Caesar e a família juntaram-se à marcha dos escravos: o pai foi para um lado, a mãe para outro e Caesar seguiu o seu destino. A despedida foi comovente, mas interrompida pelo chicote do comerciante. Apesar de muito aborrecido com tal espectáculo, ao qual já assistira inúmeras vezes, o vendedor limitou-se a chicotear sem ânimo aquela família tão amargurada. Caesar, em contrapartida, pensou que, se podia suportar aquela chicotada tão fraca, resistiria com certeza a outras vergastadas mais fortes que se adivinhavam. Vendido num leilão em Savannah, acabou por ir parar à plantação dos Randalls, onde o despertar foi aterrador.

— Sabes ler? — perguntou Cora.

— Sei.

É evidente que não poderia fazer-lhe uma demonstração, mas, se conseguissem sair da plantação, talvez ficassem dependentes deste raro dom.

Encontravam-se na escola, na leitaria depois de terminado o trabalho aí, onde quer que pudessem. Agora que decidira jogar o tudo por tudo com ele, Cora fervilhava de ideias. Sugeriu que esperassem pela lua cheia. Caesar contrapôs que, após a fuga de Big Anthony, os capatazes e os mestres redobraram os cuidados e que estariam ainda mais vigilantes na lua cheia, aquele farol de luz branca que tanta vez motivara a mente dos escravos para a fuga. Não, disse-lhe. Ele queria o mais cedo possível. Na noite seguinte. A lua em quarto crescente teria de ser suficiente. Com certeza que os agentes da estrada subterrânea estariam à espera.

A estrada subterrânea — Caesar andara muito ocupado. Será que eles actuavam no coração da Geórgia? Cora deixou-se dominar pela ideia da fuga. À parte os seus preparativos, como iriam alertar a tempo os agentes da estrada? Caesar não tinha qualquer pretexto para sair da plantação até domingo. Disse-lhe que a fuga deles provocaria tal alvoroço que não seria preciso avisar o seu homem.

A senhora Garner plantara as sementes da fuga de Caesar de muitas maneiras, mas uma instrução em particular chamou-lhe a atenção para a estrada subterrânea. Foi numa tarde de sábado, quando estavam sentados no alpendre da frente. Na estrada principal desfilava diante deles o espectáculo de fim-de-semana: vendedores com as suas carroças, famílias a caminho do mercado e escravos miseráveis acorrentados pelo pescoço uns aos outros num passo arrastado. Enquanto Caesar lhe massajava os pés, a viúva encorajou-o a desenvolver uma aptidão, uma que lhe pudesse ser útil quando fosse um homem livre. Tornou-se assim carpinteiro e aprendeu a arte na oficina de um unitarista de espírito liberal. Acabou por vender umas taças muito bem feitas no mercado: como a senhora Garner observara, ele tinha jeito com as mãos.

Continuou a praticar o seu ofício na plantação dos Randalls, juntando-se à caravana de vendedoras de musgo, costureiras e jornaleiros que todos os domingos iam à cidade. Ele vendia pouco, mas esta viagem semanal ajudava-o a recordar-se amargamente da vida no Norte. O fim da tarde era uma tortura por ter de se afastar daquele cortejo que desfilava à sua frente, aquele bailado fascinante entre comércio e desejo.

Um branco encurvado e de cabelo grisalho aproximou--se dele a um sábado para o convidar a ir à sua loja. Propôs vender os artigos de Caesar durante a semana e ambos poderiam lucrar com isso. Caesar já tinha reparado no homem, a cirandar por entre a animação dos vendedores e por ter parado diante dos seus artigos com uma expressão curiosa. Não lhe dera qualquer importância, mas agora o pedido deixava-o de pé atrás. O facto de ter sido vendido para o Sul alterara drasticamente a sua posição face aos brancos. Ficou alerta.

O homem vendia mantimentos, produtos secos e ferramentas agrícolas. Embora não estivessem clientes na loja, baixou o tom de voz e perguntou-lhe:

— Tu sabes ler, não sabes?

— Senhor?

Disse-o com o sotaque habitual dos rapazes da Geórgia.

— Eu vi-te na praça, a leres os sinais. Um jornal. Tens de ter mais cuidado contigo. Não sou o único que consegue ver uma coisa dessas.

O senhor Fletcher era da Pensilvânia. Mudara-se para a Geórgia porque, descobrira tardiamente, a mulher recusava viver noutro sítio qualquer. Tinha uma ideia muito pessoal sobre os ares aqui em baixo e os seus efeitos na melhoria da circulação. Concordava com a esposa no que dizia respeito aos ares, mas quanto a tudo o resto o lugar era uma miséria. O senhor Fletcher abominava a escravatura porque a considerava uma afronta diante de Deus. Nunca fora activista do movimento abolicionista do Norte mas, ao observar em primeira mão aquele sistema monstruoso, foi tomado por pensamentos que não reconheceu. Pensamentos que poderiam tê-lo levado a fugir da cidade ou pior.

Confiou em Caesar, arriscando-se a que o escravo o pudesse denunciar para receber uma recompensa. Por seu turno, Caesar também confiou nele. Já tinha encontrado outros brancos como este, sinceros e que acreditavam nas palavras que lhes saíam da boca. Quanto à veracidade das suas palavras, isso já era outro assunto, mas pelo menos acreditavam nelas. O branco do Sul tinha sido cuspido da barriga do diabo e não havia maneira de prever qual seria o seu próximo acto diabólico.

No final daquele primeiro encontro, Fletcher ficou com três taças de Caesar e disse-lhe para voltar na semana seguinte. As taças não se venderam, mas o empreendimento da dupla prosseguiu à medida que as suas conversas lhe iam dando forma. Caesar pensou: a ideia era como um pedaço de madeira que exigia que a habilidade e o engenho humanos lhe revelassem a nova forma que guardava no interior.

Os domingos eram os melhores dias. Aos domingos, a mulher dele ia visitar os primos. Fletcher nunca se afeiçoara àquele ramo da família, nem este a ele devido ao temperamento tão peculiar. Fletcher contou-lhe que a ideia mais aceite era a de que a estrada subterrânea não actuava nestes confins do Sul. Caesar já sabia disso. Na Virgínia é possível fugir pelo rio Delaware ou pelo Chesapeake numa barcaça, evitando as patrulhas e os caçadores de recompensas, contando para isso com a inteligência e a mão invisível da Providência. Ou, então, a estrada subterrânea pode ajudar através das suas linhas secretas principais e de caminhos misteriosos.

A literatura contra a escravatura era ilegal nesta zona da nação. Os abolicionistas e simpatizantes que tinham descido até à Geórgia e à Florida acabaram por ser corridos, açoitados, perseguidos por multidões que os cobriram de alcatrão e penas. No reino do algodão não havia lugar para os metodistas nem para os seus disparates. Os plantadores não toleravam tal contágio.

Apesar de tudo isto, tinha sido instalada uma estação. Se Caesar conseguisse percorrer os cinquenta quilómetros até casa de Fletcher, o comerciante comprometia-se a indicar-lhe o caminho até à estrada subterrânea.

— Quantos escravos é que ele já ajudou? — perguntou Cora.

— Nenhum — respondeu-lhe Caesar. Não deixou que a voz lhe tremesse, tanto para tranquilizar Cora como a si mesmo. Contou-lhe que Fletcher já antes falara com outro escravo, mas que o homem nunca chegara ao ponto de encontro. Uma semana depois, o jornal noticiou a captura do homem e os pormenores da sua punição.

— Como sabemos que não está a enganar-nos?

— Não está.

Caesar já pensara nisso. Bastavam as conversas com Fletcher na loja deste para lhe dar credibilidade. Não eram precisos esquemas elaborados. Caesar e Cora ouviam os insectos à medida que a enormidade do seu plano avançava sobre eles.

— Ele vai ajudar-nos. Tem de nos ajudar — disse Cora.

Caesar agarrou-lhe nas mãos, mas esse gesto fê-lo sentir-se desconfortável de imediato, pelo que as largou.

— Amanhã à noite — disse-lhe ele.

Cora não conseguiu dormir durante aquela que seria a sua última noite na cabana, embora precisasse de descansar. As outras mulheres do Hob dormiam ao lado dela no sótão, ouvia-lhes a respiração: Esta é a Nag; aquela é a Rida, que a cada minuto exala de modo irregular. Amanhã por esta hora já andaria a vaguear pela noite fora. Terá sido o que a mãe sentiu quando tomou a mesma decisão? As recordações de Cora já eram remotas. Aquilo de que mais se lembrava era da tristeza dela. A sua mãe fora uma mulher do Hob antes de este existir. Com a relutância de sempre em combinar, aquela carga que a esmagava permanentemente e que a desfazia, Cora não conseguia ter uma ideia definida da mãe. Quem era ela? Onde estaria agora? Porque a deixara? Sem um beijo especial para dizer: Mais tarde, quando te lembrares deste momento, compreenderás que eu estava a despedir-me, mesmo que tu não soubesses.

No seu último dia no campo, Cora escavou a terra com tanta fúria como se estivesse a abrir um túnel. Ao longo dele e para lá dele está a salvação.

Despediu-se sem dizer adeus. No dia anterior sentou-se com Lovey a seguir ao jantar e conversaram de uma maneira como já não faziam desde o aniversário de Jockey. Cora tentou passar através de palavras gentis um presente a que a amiga se pudesse agarrar mais tarde. *Claro que fizeste isso por ela, tu és uma pessoa simpática. É claro que o Major gosta de ti, ele consegue ver em ti aquilo que eu vejo em ti.*

Cora guardou a sua última refeição para as mulheres do Hob. Era raro passarem os tempos livres juntas, mas tentava aliviar-lhes os sofrimentos. O que seria delas? Eram desterradas, mas o Hob proporcionava-lhes um certo tipo de protecção assim que se instalavam nele. Ao representarem a sua extravagância, a forma como uma escrava esboçava um sorriso amarelo e agia como uma criança para evitar que lhe batessem, escapavam à trama complexa das cabanas. Houve noites em que as paredes do Hob se converteram numa fortaleza, protegendo-as de conflitos e conspirações. Os brancos dão cabo de nós, mas às vezes os tipos de cor também.

Deixou as suas coisas num monte junto à porta: um pente, um quadrado de prata polida que Ajarry roubara há muitos anos, a pilha de pedras azuis a que Nag chamava as suas «pedras índias». A sua despedida.

Guardou o machado. Guardou a mecha e a pederneira. E, tal como a mãe, desenterrou os inhames. Na noite seguinte já alguém teria reivindicado o terreno, pensou ela, e revolvido a terra. Colocara uma cerca para fazer um galinheiro ou instalara uma casota de cão. Ou talvez mantivesse aquilo como um quintal. Uma âncora nas águas viciosas da plantação para impedir que a levassem na corrente. Até decidir ser levada por esta.

Encontraram-se no campo de algodão quando a aldeia já estava em silêncio. Caesar olhou com um ar trocista para o saco dos inhames, mas não disse nada. Avançaram pelo meio das plantas altas, tão colados a estas que só a meio do caminho é que se lembraram de começar a correr. A velocidade estonteou-os; a impossibilidade da situação. O seu medo chamava por eles mesmo que mais ninguém o fizesse. Tinham seis horas até descobrirem que tinham desaparecido, e mais uma ou duas até a maior parte dos homens chegar ao local onde agora se encontravam. Porém, o medo já seguia no seu encalço, como fazia todos os dias na plantação, e ritmava-lhes o andamento.

Atravessaram o prado, cujo solo era demasiado fino para ser cultivado, e entraram no pântano. Já tinham passado tantos anos desde que Cora brincara naquela água escura com as outras crianças, assustando-se umas às outras com histórias de ursos, jacarés e cobras-d'água. Os homens caçavam lontras e castores no pântano, e as vendedoras de musgo raspavam-no das árvores; todos procuravam aventurar-se mais além, mas acabavam por ser puxados pelas correntes invisíveis da plantação. Nos últimos meses, Caesar acompanhara alguns dos homens nas suas expedições de pesca e caça para aprender como pisar a turfa e o lodo, onde ficar junto dos canaviais e como encontrar ilhas de terra firme. Serviu-se da bengala para examinar a terra escura diante deles. O plano era avançarem para oeste até chegarem a um grupo de ilhas que um caçador lhe mostrara, e depois virarem para nordeste até ao final do pântano. Apesar do desvio, aquela preciosa terra firme agilizou-lhes a caminhada para norte.

Mal tinham dado uns passos quando ouviram a voz e pararam. Cora olhou para Caesar à espera de uma pista. Ele fez-lhe um sinal com as mãos e ficou à escuta. Não era uma voz zangada. Tão-pouco de homem.

Caesar abanou a cabeça quando percebeu de quem era a culpa.

— Lovey, chiu!

Lovey teve discernimento suficiente para ficar calada assim que chegou perto deles.

— Eu sabia que estavas a tramar alguma — sussurrou, quando os apanhou. — A encontrares-te com ele às escondidas e sem falares do assunto. E depois foste desenterrar os inhames que ainda nem sequer estavam maduros!

Arranjara um pano velho com o qual fizera um saco que pendurara ao ombro.

— Volta para trás antes que dês cabo da nossa vida — ordenou Caesar.

— Eu vou para onde vocês forem — respondeu-lhe Lovey.

Cora franziu o sobrolho. Se mandasse Lovey para trás, a rapariga podia ser apanhada a espiolhar a sua cabana. Lovey não conseguia manter a boca fechada, pelo menos a partir do momento em que lhe puxavam pela língua. Não queria ficar responsável pela rapariga, mas não via outra maneira.

— Ele não nos irá levar aos três — afirmou Caesar.

— Ele sabe que também vou? — perguntou Cora.

Ele abanou a cabeça.

— Então, leva duas surpresas pelo preço de uma —
disse ela e levantou o seu saco. — De qualquer maneira,
temos bastante comida.

Tinha a noite toda para se habituar àquela ideia. Ainda
os esperava uma longa caminhada pela frente antes de
poderem dormir. Lovey acabou por deixar de gritar sempre
que ouvia os sons das criaturas nocturnas ou como daquela
vez em que se atolou e ficou com água pela cintura. Cora
conhecia bem esse lado choramingas da amiga, mas desconhecia a outra vertente, a que se apoderara dela e a levara
a fugir. No entanto, é algo em que qualquer escravo está
sempre a pensar: de manhã, à tarde e à noite. A sonhar.
Todos os sonhos são sonhos de fuga, mesmo que não pare-
çam. Quando sonhou com uns sapatos novos, Lovey aproveitou a oportunidade sem pensar e indiferente ao chicote.

Avançaram os três para oeste e acabaram por sair do
pântano. Cora não poderia tê-los guiado. Não sabia como
Caesar o conseguira, mas ele continuava a surpreendê-la.
É claro que tinha um mapa na cabeça e conseguia ler as
estrelas tão bem como as letras.

Os suspiros e as pragas que Lovey rogava sempre que
precisava de descansar evitaram que Cora fizesse perguntas.
Quando lhe pediram para dar uma vista de olhos no saco
dela, viram que estava praticamente vazio e não continha
nada de útil, apenas bugigangas que apanhara, como um
pequeno pato de madeira e uma garrafa de vidro azul. Em
termos práticos, Caesar era um navegador capaz quando se
tratava de descobrir ilhas, embora Cora não pudesse dizer
se continuavam ou não no caminho certo. Dirigiram-se
então para nordeste e quando o Sol começou a nascer já
tinham saído do pântano.

— Eles sabem — disse Lovey quando o Sol cor de
laranja rompeu a oeste. O trio descansou mais um pouco
e cortou um inhame em fatias. Os mosquitos e as mel-
gas perseguiam-nos. Formavam nuvens à luz do dia,

sugavam-lhes os pescoços enlameados, já de si cobertos de golpes e espinhos. Isto não incomodou Cora. Era o mais longe que alguma vez estivera de casa. Mesmo que a apanhassem agora e levassem de volta acorrentada, estes quilómetros ninguém lhos tiraria.

Caesar bateu com a bengala no chão e voltaram a levantar-se. Na paragem seguinte disse-lhes que tinha de ir procurar a estrada do condado. Prometeu-lhes que regressaria em breve, mas precisava de avaliar a distância que haviam avançado. Lovey teve o bom senso de não lhe perguntar o que aconteceria se ele não voltasse. Para as tranquilizar, deixou o saco e o odre encostados a um cipreste. Ou para as ajudar, caso ele não pudesse.

— Eu sabia — disse Lovey, que, apesar de exausta, continuava a refilar. As raparigas sentaram-se, encostadas a umas árvores, gratas por aquela terra firme e seca.

Cora contou-lhe o que faltara contar na altura do aniversário de Jockey.

— Eu sabia — repetiu Lovey.

— Ele acha que eu dou sorte porque a minha mãe foi a única.

— Queres sorte, arranja uma pata de coelho — ironizou Lovey.

— O que vai fazer a tua mãe? — perguntou Cora.

Lovey e a mãe haviam chegado à plantação dos Randalls quando ela tinha cinco anos. O seu dono anterior era avesso a gastar dinheiro com roupas para os miúdos e, por isso, foi a primeira vez que se vestiu. A mãe, Jeer, nascera em África e adorava contar à filha e às amigas histórias da sua infância numa pequena aldeia junto a um rio e de todos os animais que viviam nas redondezas. A apanha do algodão destruíra-lhe o corpo; tinha as articulações rígidas e inchadas, andava dobrada e com muita dificuldade. Quando Jeer deixou de poder trabalhar, passou a tomar conta dos bebés quando as mães iam para

77

os campos. Apesar dos tormentos, tratou sempre a filha com carinho, e por isso aquele seu grande sorriso desdentado pareceu uma machadada quando Lovey se afastou.

— Vai ter orgulho em mim — respondeu Lovey. Deitou-se e virou-se de costas.

Caesar voltou mais depressa do que elas esperavam. Disse-lhes que estavam muito perto da estrada, que tinham feito um bom tempo. Agora precisavam de se esforçar, afastar-se o mais possível antes que os perseguidores se fizessem ao caminho. Os cavaleiros não levariam muito tempo a anular-lhes a vantagem.

— Quando podemos dormir? — quis saber Cora.

— Vamos afastar-nos da estrada e depois veremos — respondeu-lhe Caesar.

Pelo seu comportamento via-se que também estava esgotado. Pararam pouco depois para descansar. Quando Caesar acordou Cora, o Sol começava a desaparecer. Ela não se mexera, apesar de ter o corpo deitado sobre as raízes de um velho carvalho. Lovey já estava acordada. Chegaram a uma clareira já quase de noite, um campo de milho nas traseiras de uma quinta particular. Os donos estavam em casa e ocupados nos seus afazeres, entrando e saindo da pequena cabana. Os fugitivos afastaram-se e esperaram que a família apagasse as luzes. Dali até à quinta de Fletcher o caminho mais directo era por terrenos habitados, mas era muito perigoso. Permaneceram na floresta e andaram às voltas.

No fim de contas, foram os porcos que as denunciaram. Estavam a seguir um trilho usado por javalis quando surgiram brancos por detrás das árvores. Eram quatro. Depois de terem deitado iscos no trilho, os caçadores de javalis aguardavam pelas suas presas, de hábitos nocturnos durante o tempo quente. Os fugitivos eram um tipo de animal diferente, mas muito mais recompensador.

Atendendo ao rigor das notícias, não havia dúvidas quanto à identidade do trio. Dois dos caçadores atiraram--se à presa mais pequena e imobilizaram-na no chão. Depois de terem andado tão tranquilos durante tanto tempo — os escravos a escaparem à detecção dos caçadores e estes a escaparem à detecção das suas presas —, todos eles gritaram a plenos pulmões. Caesar lutou com um homem corpulento de barba comprida e escura. Embora o fugitivo fosse mais jovem e forte, o homem não se ficou atrás e agarrou-o pela cintura. Caesar bateu-se como se já tivesse lutado com muitos brancos, algo impossível pois nesse caso já estaria debaixo da terra há muito tempo. Era contra isto que os fugitivos se batiam, pois seria esse o seu destino se estes homens levassem a melhor e os devolvessem ao seu proprietário.

Lovey berrou quando dois homens a arrastaram para a escuridão. O que se encarregou de Cora era novo e magricela, talvez fosse filho de um dos outros caçadores. Apesar de apanhada de surpresa, o sangue começou a ferver-lhe no momento em que ele lhe pôs as mãos em cima. Recordou--se da noite atrás do fumeiro quando Edward, Pot e os outros a violaram. Reagiu, bateu-se com todas as forças dos seus membros, mordeu, esbofeteou, esmurrou lutando como nunca tinha sido capaz até então. Percebeu que deixara cair o machado e precisava dele. Edward já estava a fazer tijolo e este puto não tardaria a juntar-se a ele antes que a apanhassem.

O rapaz atirou-a ao chão. Ela rebolou e bateu com a cabeça num cepo. Ele lançou-se sobre ela e imobilizou-a. O sangue dela fervia... esticou uma mão, agarrou uma pedra e bateu com ela na cabeça do rapaz. Ele vacilou e ela repetiu o ataque. Os gemidos dele deixaram de se ouvir.

O tempo era um produto da imaginação. Caesar chamou o nome dela e ajudou-a a levantar-se. Tanto quanto a escuridão lhe deixava ver, o barbudo desatara a fugir.

79

— Por aqui!

Cora gritou pelo nome da amiga.

Não havia sinal dela nem maneira de descobrir para onde a tinham levado. Cora hesitou e ele puxou-a bruscamente para diante. Limitou-se a acatar as instruções dele.

Pararam de correr quando perceberam que não faziam a mínima ideia do caminho que estavam a seguir. Cora via apenas a escuridão e as suas lágrimas. Caesar salvara o odre, mas tinham perdido o resto dos mantimentos e Lovey também. Ele orientou-se pelas constelações e os fugitivos avançaram aos tropeções, como que atraídos pela noite. Não trocaram uma palavra durante horas. Começaram a duvidar das escolhas e decisões do seu esquema. Se tivessem mandado a rapariga para trás no pântano. Se tivessem dado uma volta mais larga em redor das quintas. Se Cora é que tivesse ficado para trás agarrada pelos dois homens. Se nunca tivessem fugido de todo.

Caesar descobriu um lugar seguro e treparam às árvores, nas quais dormiram como guaxinins.

Quando ela se espreguiçou, o Sol já ia alto e Caesar andava de um lado para o outro entre dois pinheiros a falar sozinho. Com os braços e as pernas dormentes devido aos ramos duros, desceu do seu poleiro. Caesar estava com um ar sério. Naquela altura, as notícias sobre a cena de pancadaria da noite anterior já se tinham espalhado. As patrulhas sabiam a direcção em que eles seguiam.

— Falaste-lhe da estrada subterrânea?

— Julgo que não.

— Eu também acho que não. Fomos parvos por não termos pensado nisso.

O riacho que atravessaram a vau ao meio-dia era um marco. Estavam perto, informou-a Caesar. Cerca de dois quilómetros mais adiante, deixou-a para ir explorar o terreno. Quando regressou seguiram por um caminho mais elevado na floresta, que mal os deixava ver as casas por entre o arvoredo.

— É isto mesmo! — exclamou Caesar. Era uma pequena cabana só de um piso construída de frente para um pasto. A terra havia sido desbravada, mas estava em pousio. O cata-vento vermelho indicava a Caesar que a casa era mesmo aquela e pelas cortinas amarelas corridas na janela das traseiras sabia que Fletcher se encontrava em casa, mas a mulher não.

— Se a Lovey lhes contou — deixou Cora escapar.

Do local onde se encontravam não avistaram outras casas nem pessoas. Cora e Caesar correram pelo meio da erva, expondo-se pela primeira vez desde o pântano. Sentia-se desprotegida ao ar livre, como se tivesse sido atirada para uma das grandes frigideiras pretas de Alice e as labaredas a queimassem por baixo. Esperaram na porta das traseiras que Fletcher respondesse à sua batida. Cora imaginou os homens a reunirem-se na floresta, a prepararem-se para avançar pelo campo. Ou talvez já estivessem à espera deles lá dentro. Se a Lovey lhes contou. Por fim, Fletcher abriu e mandou-os entrar para a cozinha.

A cozinha era pequena mas confortável. Via-se o fundo escuro de panelas penduradas em ganchos e jarras de vidro com flores de cores vivas do pasto. Um cão velho de olhos avermelhados não se mexeu do seu canto, indiferente aos visitantes. Cora e Caesar beberam avidamente do jarro que Fletcher lhes ofereceu. O anfitrião ficou triste ao saber da passageira extra, mas desde o princípio que tantas coisas tinham corrido mal.

O comerciante contou-lhes as novidades. Primeiro, a mãe de Lovey, Jeer, notou a ausência da filha e saiu da cabana para ir à procura dela. Os rapazes gostavam de Lovey e esta gostava deles. Um dos capatazes viu Jeer e obrigou-a a contar o que se passava.

Cora e Caesar olharam um para o outro. O seu avanço de seis horas não passara de uma fantasia. As patrulhas tinham começado a persegui-los desde o início.

Fletcher contou-lhes que a meio da manhã já todos os homens disponíveis do condado se haviam alistado na busca. A recompensa que Terrance ofereceu não tinha precedentes. Foram afixados cartazes em todos os espaços públicos. Todos os canalhas da pior espécie participaram na caçada. Bêbedos, marginais ou brancos pobres que nem sequer tinham dinheiro para um par de sapatos deliciaram-se com esta oportunidade de açoitar a população de cor.

Bandos de patrulhas invadiram as aldeias dos escravos, fizeram rusgas nas casas de homens livres, pilharam e roubaram.

A Providência esteve do lado dos fugitivos: os perseguidores pensaram que se tinham escondido no pântano — com duas raparigas atrás, quaisquer outras ambições deviam ter sido encurtadas. A maior parte dos escravos abria caminho até à água escura: como neste sul tão remoto não havia brancos que os ajudassem, não existia nenhuma estrada subterrânea à espera para salvar um preto desobediente. Foi este erro de avaliação que permitiu que o trio tivesse conseguido chegar tão longe em direcção a Nordeste.

Até que os caçadores de javalis lhes caíram em cima. Lovey já voltara para a plantação dos Randalls. Os perseguidores já tinham ido duas vezes a casa de Fletcher para espalhar a notícia e darem uma vista de olhos pelas redondezas. Mas a pior novidade é que o mais novo dos caçadores — um miúdo de doze anos — ainda não recuperara a consciência devido aos ferimentos. Para os habitantes do condado, agora Caesar e Cora eram assassinos. Os brancos queriam sangue.

Caesar cobriu a cara e Fletcher pousou uma das mãos no ombro para o acalmar. Cora não reagiu a esta informação, e isso foi notório. Os homens ficaram à espera. Cortou um pedaço de pão. A mortificação de Caesar teria de ser suficiente para a dupla.

A história da fuga e o seu relato da luta na floresta aliviaram bastante a consternação de Fletcher. O facto de estarem ali os três na sua cozinha significava que Lovey não sabia da estrada subterrânea e que eles nunca tinham mencionado o nome do comerciante. Podiam seguir em frente.

Enquanto Caesar e Cora devoravam o resto do pão escuro e fatias de presunto, os homens discutiram se seria melhor aventurarem-se já ou esperar que anoitecesse. Cora achou que o melhor seria ficar calada. Era a primeira vez que estava neste mundo e havia muita coisa que desconhecia. O seu desejo era sair dali o mais depressa possível: cada quilómetro a mais que a separasse da plantação era uma vitória que iria acrescentar ao seu palmarés.

Os homens decidiram que o mais prudente seria avançarem mesmo nas barbas deles, com os escravos escondidos debaixo de um cobertor na parte de trás da carroça de Fletcher. Evitava o problema de terem de se esconder na cave e de controlarem as entradas e saídas da senhora Fletcher.

— Se vocês acham... — disse Cora. O cão peidou-se.

Percorreram a estrada silenciosa com Caesar e Cora aninhados entre os caixotes de Fletcher. Sincopada pela sombra das árvores, a luz do sol atravessava o cobertor enquanto Fletcher ia falando com os cavalos. Cora fechou os olhos, mas a visão do rapaz deitado na cama, com a cabeça ligada, e daquele barbudo enorme debruçado sobre ele, não a deixou adormecer. Era mais novo do que ela calculara, mas não devia ter posto as mãos no corpo dela. O rapaz devia ter escolhido outro passatempo em vez de caçar javalis à noite. Decidiu que não iria preocupar-se com o facto de ele recuperar ou não; iriam ser mortos, quer ele acordasse quer não.

O barulho da cidade despertou-a. Só podia imaginar como seria, as pessoas de um lado para o outro, as lojas cheias, o movimento das charretes e das carroças. As vozes estavam perto, a tagarelice de uma multidão heterogénea. Caesar agarrou-lhe a mão. A maneira como iam entre os caixotes impediu-a de lhe ver a cara, mas conhecia a expressão dele. Então Fletcher parou a carroça. Cora ficou à espera de que alguém puxasse o cobertor para trás e imaginou a confusão que se seguiria. A luz intensa do Sol. Fletcher preso e chicoteado, o mais provável era ser mesmo linchado por ter protegido assassinos e não meros

84

escravos. Cora e Caesar espancados sem rodeios pela multidão enquanto aguardavam que os devolvessem a Terrance, e todos os tormentos que o seu dono imaginara que ultrapassassem os de Big Anthony. Além daqueles que já teria infligido a Lovey, se é que não aguardara que os três fugitivos estivessem reunidos. Susteve a respiração.

Fletcher parara para cumprimentar um amigo. Cora deixou escapar um som quando o homem se encostou à carroça e a abanou, mas ele não ouviu. O homem saudou Fletcher e transmitiu-lhe as novidades sobre o grupo de perseguidores e as buscas... os assassinos tinham sido capturados! Fletcher deu graças a Deus. Ouviu-se outra voz que refutou esse boato. Os escravos continuavam a monte, tinham roubado galinhas a um camponês num assalto matinal, mas os cães já lhes conheciam o cheiro. Fletcher repetiu as graças ao Deus que zelava pelo branco e pelos seus interesses. Não havia novidades quanto ao rapaz. Uma lástima, disse Fletcher.

A carroça não tardou a fazer-se de novo à estrada do condado. Fletcher disse:

— Vocês puseram-nos a perseguir as caudas. — Não se percebeu se falava com os escravos ou com os cavalos. Cora voltou a adormecer, o esforço da fuga ainda cobrava os seus efeitos. Dormir impediu-a de pensar em Lovey. Quando voltou a abrir os olhos, já estava escuro. Caesar deu-lhe um toque para a tranquilizar. Ouviu-se um ruído, qualquer coisa a tilintar e o som de uma fechadura. Fletcher puxou o cobertor e, enquanto entrava no celeiro, os fugitivos esticaram os braços e pernas dormentes.

A primeira coisa que ela viu foram as correntes. Milhares delas penduradas em pregos nas paredes, num inventário mórbido de algemas e grilhetas, grilhões para os tornozelos, pulsos e pescoço, de todas as formas e feitios. Algemas que impediam as pessoas de fugir ou sequer de mexer as mãos, mas que serviam também para suspender corpos no ar a fim de serem açoitados. Uma fileira destinava-se às crianças: algemas pequenas ligadas por correntes presas à parede por argolas. Noutra fila viam-se algemas tão grossas que nenhuma serra conseguiria cortar, mas também tão finas que só o receio da punição impedia quem as usasse de as separar. Numa secção destacava-se uma fila de açaimes decorados, e também havia uma pilha de bolas de ferro e correntes num canto. As bolas estavam dispostas numa pirâmide da qual as correntes pendiam formando vários esses. Algumas grilhetas estavam ferrugentas, outras partidas e outras ainda pareciam ter sido forjadas nessa manhã. Cora dirigiu-se para uma secção da colecção e tocou num aro de metal com bicos no interior. Percebeu que servia para usar ao pescoço.

— Um mostruário aterrador. Fui apanhando estas peças aqui e ali — disse um homem.

Não o tinham ouvido entrar; teria estado ali o tempo todo? Vestia umas calças cinzentas e uma camisa de tecido fino que não lhe escondia o aspecto esquelético. Cora já vira escravos esfomeados com mais carne nos ossos.

— Algumas recordações das minhas viagens — disse o branco. Falava de uma maneira estranha, que trouxe à memória de Cora o modo como cantarolavam aqueles que tinham perdido o juízo na plantação.

Fletcher apresentou-o como sendo Lumbly. Apertou-lhes as mãos quase sem fazer força.

— Você é o condutor? — perguntou Caesar.

— Não sou bom com o vapor. Sou mais um agente de estação — respondeu Lumbly.

E acrescentou que quando não se preocupava com questões ferroviárias levava uma vida tranquila na sua quinta. Aquela era a sua terra. Explicou-lhes que ela e Caesar tiveram de vir tapados pelo cobertor ou então vendados, pois o melhor era não saberem onde se encontravam.

— Hoje estava à espera de três passageiros. Se calhar podem esticar-se.

Antes de conseguirem perceber as palavras dele, Fletcher informou-os de que estava na hora de voltar para junto da mulher:

— A minha parte termina aqui, meus amigos.

Abraçou os fugitivos com um afecto desesperado. Cora não conseguiu evitar e encolheu-se. No espaço de dois dias, dois brancos tinham-na agarrado. Seria isto uma condição da sua liberdade?

Caesar ficou a ver em silêncio o comerciante partir na carroça. Fletcher orientou os cavalos e depois a sua voz desapareceu ao longe. Via-se-lhe no rosto que estava preocupado. Fletcher correra um grande risco por causa deles, sobretudo porque a situação se complicara mais do que ele esperara. A única moeda para pagar aquela dívida seria a sobrevivência deles e ajudarem outros quando as circunstâncias o permitissem. Pelo menos eram estas as contas que ela fazia. Caesar ainda devia mais ao homem pelo facto de antes o ter levado para a loja dele durante todos aqueles meses. Foi isto que ela lhe viu no rosto: não era preocupação, mas responsabilidade. Lumbly fechou a porta do celeiro e as correntes tilintaram com a vibração.

Lumbly não era tão sentimental. Acendeu uma lanterna e passou-a a Caesar, ao mesmo tempo que afastou o feno com os pés e abriu um alçapão. Vendo a ansiedade deles, disse:

— Eu vou à frente, se quiserem.

A escadaria era de pedra e lá do fundo emanava um cheiro acre. Não ia dar a uma cave, mas prolongava-se mais para baixo. Cora reparou que dera muito trabalho a construir. Os degraus eram íngremes, mas o alinhamento das pedras era uniforme e facilitava a descida. Foi então que chegaram ao túnel e não teve palavras para explicar aquilo que estava à sua frente.

As escadas davam acesso a uma pequena plataforma. As bocas negras do túnel gigantesco abriam-se em cada uma das extremidades. Devia ter uns seis metros de altura, as paredes revestiam-se de pedras escuras e claras que formavam um padrão alternado. Fora um espírito verdadeiramente engenhoso que tornara aquele projecto possível. Cora e Caesar repararam nos carris. Dois carris de aço percorriam todo o comprimento visível do túnel, fixados à terra por travessas de madeira. Dava ideia de que os carris de aço corriam tanto para sul como para norte, surgindo de uma fonte inconcebível e disparando em direcção a um terminal miraculoso. Alguém pensara o suficiente para acomodar um pequeno banco na plataforma. Cora sentiu-se tonta e sentou-se.

Caesar mal conseguia falar.

— Até onde vai este túnel?

Lumbly encolheu os ombros.

— Vai suficientemente longe para vocês.

— Isto deve ter levado anos.

— Muitos mais do que imaginas. Demorou bastante tempo a resolver o problema da ventilação.

— Quem é que o construiu?

— Quem é que constrói tudo neste país?

Cora reparou que Lumbly apreciava o espanto deles. Via-se que não era a primeira vez que fazia aquele espectáculo.

Caesar perguntou:

— Mas como?

— Com as mãos, com que mais havia de ser? Temos de falar da vossa partida.

Lumbly puxou um papel amarelado do bolso e semicerrou os olhos.

— Têm duas opções. Temos um comboio que sai daqui a uma hora e outro daqui a seis. Não é o horário mais conveniente. O ideal seria que os nossos passageiros pudessem programar as suas chegadas mais comodamente, mas operamos sob determinados constrangimentos.

— O próximo — disse Cora sem hesitar e pondo-se de pé.

— O problema é que não vão para o mesmo lugar — explicou Lumbly. — Um vai para um lado e o outro...

— Para onde? — perguntou Cora.

— Vai para muito longe daqui, é tudo o que vos posso dizer. Percebam que é muito difícil comunicar todas as mudanças de rotas. Locais, expressos, que estações estão fechadas, até onde se estendem os túneis. O problema é que há destinos que podem ser mais a gosto do que outros. Há estações que são descobertas, linhas descontinuadas. Nunca se sabe o que vos espera lá em cima até desembarcarem.

Os fugitivos não compreendiam. De acordo com as palavras do agente da estação, uma rota podia ser mais directa, mas também mais perigosa. Estaria ele a dizer que uma rota era mais longa? Lumbly não deu mais explicações e insistiu que lhes contara tudo o que sabia. No fim, a escolha seria sempre dos escravos, como sempre, excepto no local de onde tinham escapado. Depois de consultar a parceira, Caesar afirmou:

— Vamos apanhar o próximo.

— É lá convosco — disse Lumbly e apontou para o banco.

Ficaram à espera. A pedido de Caesar, o agente da estação contou-lhes como fora trabalhar para a via subterrânea. Cora não conseguia prestar atenção, o túnel fascinava-a. Quantas mãos teriam sido necessárias para construir aquele espaço? E os túneis mais para lá, até onde e a que distância chegariam? Pensou nos campos de algodão, como estes corriam sob os sulcos durante a colheita, os corpos africanos trabalhando como se fossem um só, tão depressa quanto as suas forças o permitiam. Os campos a perder de vista a estourarem de cápsulas brancas, presas como estrelas no céu na mais clara das noites claras. Quando os escravos terminavam, apagavam a cor dos campos. Era uma operação magnífica, desde a sementeira até ao enfardamento, mas nenhum deles poderia orgulhar-se do seu trabalho. Tinha-lhes sido roubado, sangrado. O túnel, os carris, as almas desesperadas que encontravam a salvação na coordenação das suas estações e horários... isto, sim, era uma maravilha, um motivo de orgulho. Ficou a pensar se aqueles que construíram esta coisa teriam recebido a recompensa merecida.

— Todos os estados são diferentes — dizia Lumbly. — Cada um é um estado de possibilidades, com os seus costumes e maneiras de fazer as coisas muito próprios. Andando através deles, irão ver a extensão do país antes de chegarem ao vosso destino final.

Nessa altura, o banco vibrou. Calaram-se e a vibração tornou-se um som. Lumbly mandou-os avançar para a berma do cais. A coisa chegou com toda a sua enorme estranheza. Caesar tinha visto comboios na Virgínia; Cora só ouvira falar das máquinas. Não se assemelhava a nada do que imaginara. A locomotiva era preta, uma carripana desengonçada na qual se destacava a frente triangular, o limpa-trilhos, embora não devessem existir muitos animais no sítio para onde este engenho se dirigia. Depois via-se o bolbo da chaminé, um tubo coberto de fuligem. O corpo principal consistia numa enorme caixa preta encimada pela cabina do maquinista. Por baixo deste, pistões e cilindros enormes pareciam dançar sincopadamente com dez rodas, dois conjuntos mais pequenos à frente e três atrás. A locomotiva só rebocava um vagão decrépito ao qual já faltavam muitas tábuas nos painéis laterais.

O maquinista, um negro, acenou-lhes da cabina com um sorriso desdentado e disse-lhes:

— Todos a bordo!

Para acabar de vez com as perguntas aborrecidas de Caesar, Lumbly desengatou a porta do vagão, fê-la deslizar para trás e perguntou:

— Vamos avançar?

Cora e Caesar entraram no vagão e Lumbly não tardou a fechá-los lá dentro. Espreitou por entre as frinchas das tábuas.

— Digo sempre que, se quiserem ver como esta nação é, têm de andar pelos carris. Olhem para fora à medida que forem ganhando velocidade e irão ver o verdadeiro rosto da América.

Bateu na parede do vagão para dar o sinal e o comboio arrancou.

Os fugitivos desequilibraram-se e cambalearam até aos fardos de palha que serviam de assentos. O vagão rangia e vibrava. Não era um modelo novo e, durante a viagem, foram várias as ocasiões em que Cora receou que se desconjuntasse todo. Estava vazio, à excepção dos fardos de palha, de alguns ratos mortos e de uns quantos pregos dobrados. Depois descobriu uns trapos queimados com que alguém tentara fazer uma fogueira. Caesar estava estupefacto com toda aquela série de acontecimentos curiosos e enrolou-se no chão. Seguindo as últimas instruções de Lumbly, Cora espreitou pelas frinchas das tábuas, mas só viu escuridão, quilómetro após quilómetro.

Quando a luz do sol voltou, já estavam na Carolina do Sul. Olhou para um arranha-céus, vacilou e ficou a pensar qual a distância que já viajara.

Ridgeway

O pai de Arnold Ridgeway era ferreiro. O brilho intenso do ferro fundido enfeitiçava-o, o modo como a cor surgia devagar e depois rapidamente no caldeirão se apoderava dele como uma emoção, a flexibilidade súbita e a contorção irrequieta da coisa enquanto esperava por um propósito. A sua forja era uma janela para as energias primitivas do mundo.

Tinha um parceiro de *saloon* chamado Tom Bird, um mulato que se tornava sentimentalão depois de devidamente regado com *whisky*. Tom Bird partilhava histórias sobre o Grande Espírito naquelas noites em que se sentia afastado dos desígnios da sua vida. O Grande Espírito vivia em todas as coisas — na terra, no céu, nos animais e nas florestas —, fluindo por estas e ligando-as numa linha divina. Embora o pai de Ridgeway desdenhasse das conversas sobre religião, as declarações de Tom Bird acerca do Grande Espírito fizeram-no recordar aquilo que sentia em relação ao ferro. Não se inclinava perante qualquer deus, excepto o ferro incandescente que trabalhava na sua forja. Já lera sobre os grandes vulcões, acerca da cidade perdida de Pompeia, destruída pelo fogo cuspido pelas montanhas e derramado pelas encostas abaixo. O fogo líquido era o verdadeiro sangue da terra. A sua missão era enfurecer, esmagar e converter o metal em coisas úteis que faziam a sociedade funcionar: pregos, ferraduras, charruas, facas, armas. Correntes. Chamava a isto trabalhar o espírito.

Quando podia, o jovem Ridgeway ficava num canto enquanto o pai trabalhava o ferro da Pensilvânia. Fundia,

martelava e dançava à volta da bigorna. O suor escorria-
-lhe pela cara, coberta de fuligem, da cabeça aos pés, mais
preto do que um diabo africano. «Tens de trabalhar esse
espírito, rapaz.» Um dia iria encontrar o seu espírito, dizia-
-lhe o pai.

Tratava-se de encorajamento. Ridgeway arcou com ele
como um fardo solitário. Não existia modelo para o tipo
de homem que queria tornar-se. Não podia virar-se para
a bigorna porque era impossível superar o talento do pai.
Na cidade observava os rostos dos homens da mesma
maneira que o pai procurava impurezas no metal. Por toda
a parte, os homens desempenhavam tarefas frívolas e inú-
teis. O camponês esperava à chuva como um imbecil, o
lojista dispunha filas e filas de mercadorias necessárias mas
sem interesse. Os artesãos criavam artigos que não passavam de coisas frágeis quando comparadas com os artefac-
tos de ferro do pai. Nem sequer os homens mais abastados,
que tanto exerciam influência sobre o comércio longínquo
em Londres como no comércio local, lhe serviram de ins-
piração. Reconhecia o lugar destes no sistema, as casas
enormes que construíam assentes em números, mas não
os respeitava. Se ao fim do dia não se estava um pouco
sujo, então não se era um grande homem.

Todas as manhãs, os sons do pai a martelar o metal
assemelhavam-se aos passos de um destino que nunca se
aproximava.

Ridgeway tinha catorze anos quando se juntou aos
homens das patrulhas. Desengonçado, quase com dois
metros de altura, corpulento e decidido. O seu corpo não
deixava transparecer a confusão interna. Vencia os companheiros assim que lhes espiava as fraquezas. Ridgeway
era muito novo para a patrulha, mas o negócio estava a
mudar. O reino do algodão enchera os campos de escravos. As revoltas nas ilhas das Caraíbas e incidentes inquie-
tantes mais perto de casa deixaram os agricultores locais

preocupados. Que branco no seu perfeito juízo não estaria preocupado, fosse negreiro ou qualquer outra coisa? O tamanho das patrulhas aumentou, tal como o seu mandato. Um rapaz poderia arranjar trabalho.

O chefe da patrulha do condado era o exemplar mais feroz no qual Ridgeway alguma vez pusera os olhos. Chandler era um fanfarrão arruaceiro, o terror local com que as pessoas decentes evitavam cruzar-se, atravessando a rua para o outro lado mesmo quando a chuva deixava tudo num mar de lama. Passava mais tempo na prisão do que os fugitivos que prendera, a ressonar numa cela ao lado dos miseráveis que apanhara horas antes. Era um modelo de imperfeições, mas muito próximo daquilo que Ridgeway procurava. Cumprir as regras, aplicá-las, mas também desrespeitá-las. Ajudou o facto de o pai odiar Chandler, pois ainda não se esquecera de uma briga havia uns anos. Ridgeway adorava o pai, mas o facto de o homem estar sempre a falar de espíritos lembrou-lhe a sua própria falta de objectivos.

O trabalho na patrulha não era difícil. Mandavam parar todos os pretos que vissem e pediam-lhes os salvo-condutos. Mandavam parar os pretos que sabiam que eram livres apenas para se divertirem, mas também para lembrar aos africanos que havia forças que estavam contra eles, pertencessem ou não a um branco. Faziam rusgas pelas aldeias de escravos à procura de qualquer coisa de errado, um sorriso ou um livro. Chicoteavam os pretos desobedientes antes de os levarem para a prisão ou de os entregarem directamente aos donos, se estivessem para aí virados e não estivesse quase na hora de largarem o trabalho.

A notícia de uma fuga era sinónimo de uma actividade animada. Invadiam as plantações atrás da presa e interrogavam uma série de pessoas de cor amedrontadas. Os homens livres já sabiam aquilo que estava para vir, escondiam os seus bens e lamentavam-se quando os brancos lhes desfaziam a mobília e os vidros, ao mesmo tempo que rezavam para que os danos se limitassem aos objectos. Havia regalias, além da emoção de envergonhar um homem diante da sua família ou de espancar um tipo incauto que olhara da maneira errada: na velha quinta de Mutter encontravam-se as putas de cor mais atraentes — o senhor Mutter era uma pessoa de bom gosto —, e a excitação da caçada deixava os jovens patrulheiros de bom humor. De acordo com alguns, os alambiques dos velhos da plantação dos Stones produziam o melhor *whisky* de milho do condado. Uma apreensão permitiu que Chandler reabastecesse os seus barris.

Naquele tempo, Ridgeway controlava os seus apetites, retirando-se quando os seus confederados se exibiam das maneiras mais ignominiosas. As outras patrulhas eram rapazes e homens de mau carácter, atraídos por aquele tipo de trabalho. Noutro país teriam sido considerados criminosos, mas isto era a América. Gostava sobretudo do trabalho nocturno, quando ficavam à espera de um tipo que se escapava pelos bosques para ir visitar a mulher numa plantação ao fundo da estrada, ou de um caçador de esquilos que tentava complementar a sua refeição diária de papas. As outras patrulhas usavam armas e abatiam euforicamente qualquer tipo que fosse suficientemente estúpido para se pôr em fuga, mas Ridgeway imitava o estilo de Chandler. A natureza dotara-o das armas necessárias. Ridgeway corria atrás deles como se fossem coelhos e, a seguir, dominava-os com a força dos punhos. Batia-lhes por andarem lá fora, espancava-os por fugirem, a caça parecia ser o único remédio para a sua ansiedade. Lançava-se à carga no meio da escuridão, os ramos chicoteavam-lhe a cara e tropeçava nos cepos e caía de cu, mas voltava a levantar-se. Durante as caçadas, o seu sangue cantava e ficava ao rubro.

Quando o pai terminava o dia de labuta, tinha diante dele o fruto do seu trabalho: um mosquete, um ancinho, lâminas para a suspensão de uma charrete. Ridgeway enfrentava o homem ou a mulher que capturara. Um fazia ferramentas, o outro recuperava-as. O pai gozava com ele acerca do espírito. Que tipo de vocação era aquela para perseguir pretos que pouco mais inteligentes eram do que um cão?

Ridgeway tinha agora dezoito anos, era um homem.

— Agora trabalhamos os dois para o senhor Eli Whitney — disse ele. Era verdade; o pai acabara de dar emprego a dois aprendizes e arranjara uns contratos no exterior para pequenos ferreiros. A máquina de tecer algodão permitia obter mais rendimento deste produto e, por sua vez, passaram a ser necessárias mais ferramentas de ferro para as colheitas, ferraduras para os cavalos, rodas e outras peças de ferro para os vagões que iam até ao mercado. Mais escravos e mais ferro para os acorrentar. A produção de algodão fazia nascer comunidades, o que exigia pregos e vigas para as casas, ferramentas para construir casas, estradas que as ligassem e mais ferro para manter tudo isto a funcionar. O pai que ficasse lá com o seu espírito e desdém. Os dois homens faziam parte do mesmo sistema e serviam uma nação que ascendia ao seu destino.

Um escravo fugitivo tanto podia valer apenas dois dólares, se o dono fosse um sovina ou o preto já estivesse nas últimas, como cem dólares, ou mesmo o dobro, se fosse apanhado fora do estado. Ridgeway tornou-se um respeitável caçador de escravos após a sua primeira viagem a Nova Jérsia, quando lá foi para recuperar o que pertencia a um plantador local. Betsy fez todo o caminho desde os campos de tabaco da Virgínia até Trenton. Escondera-se com uns primos até que um amigo do seu dono a reconheceu no mercado. O proprietário oferecera aos rapazes da região vinte dólares pela entrega, além de todas as despesas razoáveis.

Nunca tinha viajado até táo longe. Quanto mais avançava para norte, mais esfomeadas ficavam as suas ideias: como era grande aquele país! Cada cidade era mais lunática e complicada do que a anterior. A barulheira de Washington provocou-lhe tonturas. Vomitou quando dobrou uma esquina e viu o estaleiro das obras de construçáo do Capitólio, esvaziou as tripas de uma ostra estragada ou devido à monstruosidade daquela coisa que lhe provocara uma rebeliáo no seu íntimo. Procurou as tabernas mais baratas e, enquanto coçava os piolhos, as histórias dos homens corriam pela sua mente. Até uma curta viagem de *ferry* o levou a uma nova ilha-nação, vistosa e imponente.

Na prisáo de Trenton, o xerife tratou-o como um homem de respeito. Isto náo era chicotear um rapaz de cor ao crepúsculo ou dar cabo de uma festa de escravos por pura diversáo. Isto era trabalho de homem. Num bosque nos arredores de Richmond, Betsy fez-lhe uma proposta sensual em troca da liberdade, puxando o vestido para cima com os seus dedos esguios. Tinha uma cintura fina, boca grande e olhos cinzentos. Ele náo lhe prometeu nada. Era a primeira vez que estava com uma mulher. Ela cuspiu-lhe quando ele voltou a fechar-lhe as algemas e outra vez quando chegaram à mansáo do dono dela. O dono e os filhos riram quando ele limpou a cara, mas os vinte dólares foram para umas botas novas e um casaco de brocado que vira numa loja de roupa cara em Washington. Usou aquelas botas durante muitos anos. No entanto, a barriga começou a sair-lhe do casaco muito mais cedo.

Nova Iorque foi o início de uma época selvagem. Ridgeway continuou a trabalhar em recuperações, dirigindo-se para norte quando os agentes enviavam notícias de que tinham capturado um fugitivo da Virgínia ou da Carolina do Norte. Nova Iorque tornou-se um destino frequente, e após explorar novos aspectos do seu carácter, Ridgeway preparou-se para assentar arraiais. O comércio da devolução de fugitivos era simples. Tratava-se de usar métodos violentos e partir umas cabeças. Mais para norte, a metrópole gargantuesca, o movimento pela liberdade e a ingenuidade da comunidade de cor convergiam para dar a imagem da verdadeira escala da caçada.

Ele era do tipo que aprendia depressa, mais do género de recordar do que de estudar. Os simpatizantes e os capitães mercenários faziam contrabando de fugitivos para os portos da cidade. Em contrapartida, os estivadores, os trabalhadores das docas e os escriturários forneciam-lhe informações e ele apanhava os canalhas quando estavam prestes a alcançar a liberdade. Os homens livres passavam informações acerca dos seus irmãos e irmãs africanos, comparando as descrições dos fugitivos publicadas nos jornais com as das criaturas furtivas que rondavam as igrejas e casas de oração frequentadas por negros e os *saloons. Barry é um tipo bastante corpulento, que mede entre um metro e sessenta e dois metros de altura, tem olhos pequenos e um aspecto insolente. A gravidez de Hasty já está muito avançada e presume-se que tenha sido levada por alguém porque não suportaria a fadiga da viagem.* Barry encolheu-se a soluçar. Hasty e a sua cria uivaram durante todo o caminho até Charlotte.

Não tardou a ter três casacos de bom corte. Ridgeway integrou-se num círculo de caçadores de escravos, uns gorilas que vestiam fatos pretos e usavam chapéu de coco. Tinha de provar que não era pacóvio, nem que fosse apenas uma vez. Juntos perseguiam os fugitivos durante dias, escondendo-se nas proximidades dos locais de trabalho até que surgisse uma oportunidade e então, à noite, irrompiam pelas cabanas dos negros e raptavam-nos. Depois de anos fora da plantação, após se terem casado e constituído família, convenciam-se de que eram livres. Como se os seus donos se esquecessem daquilo que lhes pertencia. As suas ilusões tornavam-nos presas fáceis. Ele desprezava os negreiros, os gangues Five Points que amarravam homens livres e os arrastavam até ao Sul para serem vendidos em leilões. Isso era comportamento baixo, comportamento de patrulha. Agora ele era um verdadeiro caçador de escravos.

A cidade de Nova Iorque era uma fábrica de sentimentos contra a escravatura. Ridgeway precisava da autorização dos tribunais antes de poder levar os acusados para o Sul. Os advogados abolicionistas erguiam barricadas de papelada, todas as semanas inventavam um novo estratagema. Argumentavam que Nova Iorque era um Estado Livre e que, como por magia, qualquer pessoa de cor se tornava livre assim que pisasse os limites do território. Exploravam discrepâncias compreensíveis entre os cartazes e os indivíduos presentes na sala do tribunal — onde estava a prova de que este Benjamin Jones era mesmo o Benjamin Jones em questão? Muitos plantadores nem sequer conseguiam distinguir as escravas umas das outras, mesmo depois de terem ido para a cama com elas. Por isso, não era de admirar que perdessem o rasto àquilo que lhes pertencia. Tornou-se um jogo, tentar tirar os pretos da prisão antes que os advogados revelassem qual seria a sua próxima jogada. A idiotice extrema contra o poder do dinheiro. A troco de uma gorjeta, os funcionários do Registo Civil entregavam-lhe fugitivos que acabavam de ser presos e assinavam-lhes a libertação à pressa. Já iam a meio do caminho até Nova Jérsia antes de os abolicionistas terem saído da cama.

Ridgeway contornava os tribunais sempre que necessário, mas não abusava. Era um aborrecimento enorme ser mandado parar na estrada de um Estado Livre quando a propriedade perdida sabia explicar muito bem o que lhe acontecera. Bastava que saíssem das plantações para aprenderem a ler, aquilo era uma doença.

Enquanto Ridgeway esperava pelos contrabandistas nas docas, ancoravam navios magníficos vindos da Europa que descarregavam os passageiros. Traziam tudo o que possuíam nuns sacos e vinham meio famintos. Fosse como fosse, pareciam tão desafortunados como os pretos. No entanto, acabariam por encontrar os seus devidos lugares, tal como ele encontrara. Todo o seu mundo que crescia no Sul era a continuação da ondulação destas primeiras chegadas. Este fluxo branco e sujo sem lugar para onde ir senão para fora. Para sul, para oeste. Eram as mesmas leis que regiam o lixo e as pessoas. As sarjetas da cidade transbordavam de desperdícios e rejeitados... mas o tempo encarregar-se-ia de arranjar lugar para toda esta confusão.

Ridgeway observou-os a desembarcarem cambaleantes pelos portalós, ranhosos e aturdidos, subjugados pela cidade. As possibilidades abriam-se diante destes viajantes como um banquete, e tinham passado tanta fome durante toda a sua vida. Nunca tinham visto coisas como estas, mas iriam deixar a sua marca nesta terra nova, com tanta certeza como o haviam feito aquelas almas famosas em Jamestown, que se apropriaram de tudo seguindo uma lógica racial imparável. Se os pretos merecessem ser livres, não viveriam acorrentados. Se os vermelhos devessem ser donos das suas terras, estas ainda lhes pertenceriam. Se o branco não estivesse destinado a dominar este novo mundo, então não seria seu agora.

Aqui estava o Grande Espírito, o fio divino que liga todo o esforço humano: se o conseguimos manter, então pertence-nos. É propriedade nossa, seja um escravo ou um continente. O imperativo americano.

Ridgeway ficou famoso graças à sua habilidade em garantir que a propriedade continuasse a ser propriedade. Quando um fugitivo se escapava por uma rua abaixo, ele sabia para onde o homem se dirigia. Conhecia-lhe o rumo e o objectivo. O seu truque era: Não especulem para onde o escravo irá a seguir. Em vez disso, concentrem-se na ideia de que está a fugir de vocês. Não de um dono cruel, nem da vasta rede do comércio negreiro, mas de vocês em particular. Trabalhou vezes sem conta os seus factos de ferro, em becos, pinhais e pântanos. Por fim, deixou o pai para trás, mais o fardo da sua filosofia. Ridgeway não trabalhava o espírito. Não era o ferreiro que impunha a ordem. Não era o martelo. Não era a bigorna. Ele era o calor.

O pai morreu e o ferreiro ao fundo da estrada tomou--lhe o lugar. Chegara a altura de regressar ao Sul, à Virgínia e a mais longe, onde quer que o trabalho o conduzisse — e voltou com um gangue. Os fugitivos eram muitos e sozinho não conseguia dar conta de todos. Eli Whitney enterrara o pai, o velho estivera sempre a tossir fuligem no leito de morte, e mantivera Ridgeway como caçador. As plantações estavam duas vezes maiores, com o dobro da população, os fugitivos ainda mais mas também mais espertos, as recompensas crescentes. Os plantadores arranjaram maneira de impedir a intervenção dos homens da lei e dos abolicionistas no Sul. A estrada subterrânea ainda não tinha linhas dignas desse nome. Os iscos vestidos como pretos, os códigos secretos nas últimas páginas dos jornais. Gabavam-se à boca cheia da sua subversão, expulsando os escravos pela porta das traseiras quando os caçadores de escravos entravam pela porta da frente. Tratava-se de uma conspiração criminosa destinada a roubar a propriedade e Ridgeway sofreu este descaramento como um insulto pessoal.

Houve um comerciante de Delaware que o irritou em especial: August Carter. De compleição robusta, segundo a tradição anglo-saxónica, tinha uns olhos azuis frios que faziam com que o mais desatento prestasse atenção aos seus argumentos eloquentes. Um tipo do piorio, um abolicionista que possuía uma tipografia. «Terá lugar às 14 horas no Miller's Hall uma reunião de massas dos amigos da liberdade para deporem contra o iníquo poder da escravatura que controla a nação.» Sabiam todos que a casa de Carter era uma estação — apenas uma centena de metros a separava do rio —, mesmo quando os raides eram infrutíferos. Os fugitivos que se tornavam activistas elogiavam a generosidade dele nos discursos que proferiam em Boston. A ala abolicionista dos metodistas fazia circular os seus panfletos nas manhãs de domingo e os jornais londrinos publicaram os argumentos dele sem sequer os refutarem. Uma tipografia e amigos entre os juízes obrigaram Ridgeway a retirar as suas acusações pelo menos três vezes, e estivera prestes a mandá-lo para a prisão; era de se lhe tirar o chapéu.

A única coisa que o caçador de escravos pôde foi ir ter com o homem depois da meia-noite. Antes disso, esmerou-se a coser uns capuzes feitos com sacos brancos de farinha, mas depois da visita quase não conseguiu mexer os dedos — ficou com os punhos inchados durante dois dias de tanto ter esmurrado a cara do homem. Permitiu que os seus homens violassem a mulher do indivíduo de maneiras que nunca os teria deixado se se tratasse de uma preta. Durante muitos anos, sempre que via uma fogueira, o cheiro fazia Ridgeway lembrar-se do fumo da casa de Carter a elevar-se no céu e esboçava-se-lhe na boca um sorriso. Mais tarde, ouviu que o homem se mudara para Worcester e se tornara sapateiro.

As mães escravas passaram a dizer: Portem-se bem ou o senhor Ridgeway vem buscar-vos!

Por seu turno, para os donos dos escravos, as palavras de ordem passaram a ser: Mandem o Ridgeway tratar do assunto.

Quando foi chamado pela primeira vez à plantação dos Randalls, esperava-o um desafio. De tempos a tempos, os escravos conseguiam enganá-lo. Ele era extraordinário, mas não sobrenatural. Falhou, e o desaparecimento de Mabel aborreceu-o durante mais tempo do que o devido, a ecoar na fortaleza da sua mente.

Ao regressar, agora com a incumbência de encontrar a filha daquela mulher, soube porque é que a missão anterior o deixara tão vexado. Por mais impossível que parecesse, a estrada subterrânea tinha uma ramificação na Geórgia. Ele iria descobri-la e destruí-la.

Carolina do Sul

30 DÓLARES DE RECOMPENSA

serão dados a qualquer pessoa que me entregar ou detiver em qualquer prisão do estado, de maneira a que eu possa reavê-la, uma RAPARIGA PRETA-amarelada de 18 anos que me fugiu há nove meses. É uma rapariga muito astuta e não duvido que irá tentar fazer-se passar por uma pessoa livre. Tem uma cicatriz bem visível no cotovelo provocada por uma queimadura. Fui informado de que anda escondida por Edenton e arredores.

BENJ. P. WELLS
Murfreesboro, 5 de Janeiro de 1812

Os Andersons viviam numa bonita casa na esquina da Washington com a Main, a alguns quarteirões do burburinho das lojas e dos armazéns, na zona onde os mais abastados da cidade construíram as suas residências privadas. Atrás do amplo alpendre da frente, onde o senhor e a senhora Anderson gostavam de se sentar à noite, ele a esgaravatar o tabaco no seu saco de seda e a mulher a esforçar os olhos na costura, ficavam o salão, a sala de jantar e a cozinha. Bessie passava a maior parte do tempo no primeiro andar, a correr atrás das crianças, a preparar as refeições e a arrumar. Ao cimo das escadas ficavam os aposentos — Maisie e o pequeno Raymond partilhavam o mesmo quarto — e a segunda casa de banho. Raymond fazia umas longas sestas à tarde e Bessie gostava de se sentar à janela enquanto ele se perdia nos seus sonhos. Do seu lugar só conseguia ver os dois últimos andares do Griffin Building, com aquelas cornijas brancas que brilhavam à luz do sol.

Naquele dia preparou o pão com compota para o almoço de Maisie, levou o filho a passear e limpou as pratas e os vidros. Depois de Bessie ter mudado a roupa das camas, ela e Raymond foram buscar Maisie à escola e deram uma volta pelo parque. Um violinista tocava as melodias mais recentes junto à fonte enquanto as crianças e os seus amigos brincavam às escondidas e à cabra-cega. Teve de afastar Raymond de um miúdo briguento, com cuidado para não aborrecer a mãe do diabito com quem não poderia medir forças. Era sexta-feira, o que significava que terminaria o dia com uma ida às compras. De qualquer maneira, as nuvens já haviam desaparecido. Bessie mandou pôr a carne salgada, o leite e o resto dos ingredientes para o jantar na conta da família e assinou com um X.

A senhora Anderson chegou a casa às seis da tarde. O médico da família aconselhara-a a passar mais tempo fora de casa. O seu trabalho na angariação de fundos para o novo hospital era uma ajuda nesse sentido, além dos lanches com as outras senhoras da vizinhança. Estava bem-disposta, rodeada pelos filhos, que beijava e abraçava, e prometeu-lhes uma surpresa depois do jantar. Maisie deu pulos e guinchos. A senhora Anderson agradeceu a Bessie pela ajuda e desejou-lhe as boas-noites.

O caminho até aos dormitórios do outro lado da cidade era relativamente curto. Havia atalhos, mas Bessie gostava da agitação nocturna da Main Street, de passar por entre os habitantes, brancos ou de cor. Caminhou junto às lojas, sempre a espreitar para as grandes montras envidraçadas. A modista com as suas criações coloridas, cheias de rendas e montadas em grandes armações, as lojas repletas de artigos maravilhosos, os grandes armazéns rivais dos dois lados da Main Street. Brincou a escolher as últimas novidades das montras. Toda aquela abundância ainda a surpreendia, mas aquilo que mais a impressionava era o Griffin Building.

Com os seus doze andares, era um dos edifícios mais altos da nação e, com certeza, batia qualquer outro prédio no Sul. Era o orgulho da cidade. O banco dominava o primeiro andar, com o tecto abobadado e mármores do Tennessee. Bessie não tinha negócios aí, mas conhecia os andares mais acima. Na semana anterior levara as crianças a verem o pai no dia de anos dele e deliciara-se a ouvir o eco dos seus passos naquela entrada estupenda. O elevador, o único num raio de centenas de quilómetros, levou-os ao oitavo andar. Maisie e Raymond não ficaram impressionados com a máquina, porque já lá tinham ido várias vezes, mas Bessie ficou tão encantada como assustada com tal magia e agarrou-se ao corrimão de bronze para a eventualidade de um desastre.

Passaram pelos pisos dos corretores de seguros, gabinetes do governo e empresas de exportação. Os espaços vazios eram raros; uma morada no Griffin significava uma vantagem enorme para a reputação de qualquer empresa. O andar do senhor Anderson parecia um viveiro de escritórios de advogados, tapetes de luxo, paredes com painéis de madeira castanho-escura e portas com vidros martelados. O senhor Anderson trabalhava em contratos, sobretudo no comércio do algodão. Ficou muito admirado ao ver a família. Recebeu de bom grado o pequeno bolo que os filhos lhe ofereceram, mas deixou claro que estava ansioso por voltar para as suas papeladas. Bessie temeu por instantes que ele a repreendesse, mas tal não aconteceu. Fora a senhora Anderson quem insistira naquela visita. A secretária do senhor Anderson acompanhou-os à porta e Bessie tratou de apressar as crianças até à pastelaria.

Nessa noite, Bessie passou pelas portas de latão brilhante do banco e prosseguiu o caminho até casa. Todos os dias aquele edifício notável servia de monumento à alteração profunda da sua situação. Caminhou pelo passeio como uma mulher livre. Ninguém a perseguiu ou violou. Por vezes, algumas pessoas do círculo da senhora Anderson, que reconheciam Bessie como sua empregada, até lhe sorriam.

Bessie atravessou a rua para evitar a confusão dos *saloons* e a sua clientela pouco ou nada respeitável. Parou antes de começar a procurar o rosto de Sam entre os bêbedos. Do outro lado da esquina ficavam as casas modestas dos residentes brancos menos prósperos. Acelerou o passo. Havia uma casa cinzenta na esquina cujos donos não se importavam com as exibições de ferocidade do seu cão, e uma linha de casas nas quais as mulheres espreitavam às janelas com expressões austeras. A maior parte dos brancos desta parte da cidade trabalhava como capatazes ou operários nas grandes fábricas. A tendência era para não darem trabalho a mão-de-obra de cor e, por isso, Bessie não sabia muito acerca do seu dia-a-dia.

Nessa altura chegara aos dormitórios. Os prédios de dois andares, de tijolo vermelho, tinham ficado prontos pouco tempo antes de Bessie chegar. Com o passar do tempo, os arbustos e as sebes do perímetro iriam conferir-lhes sombra e carácter; por agora, as intenções pareciam ser boas. O tijolo era de uma cor pura e imaculada, sem uma única mancha de lama salpicada pela chuva. Não se viam lagartas em canto algum. No interior, a tinta branca ainda cheirava a fresco nos espaços comuns, nos refeitórios e nos quartos de beliches. Bessie não era a única rapariga com medo de tocar em qualquer coisa além das maçanetas das portas, para não deixar marcas ou riscos.

Bessie cumprimentou os outros moradores à medida que se ia cruzando com eles no passeio. A maioria regressava do trabalho. Outros estavam de saída para irem cuidar de crianças, de forma que os pais destas pudessem ter uma noite agradável. Apenas metade dos residentes de cor trabalhava ao sábado, por isso as noites de sexta-feira eram de grande azáfama.

Chegou ao número 18. Deu as boas-noites às raparigas que entrançavam o cabelo na sala comum e subiu as escadas para trocar de roupa antes do jantar. Quando Bessie chegara à cidade, a maior parte das oitenta camas dos quartos de beliches já estava ocupada. Um dia mais cedo e teria podido dormir numa cama por baixo de uma das janelas. Teria de esperar algum tempo até que alguém saísse e ela pudesse mudar-se para um lugar melhor. Bessie gostava da brisa que corria pelas janelas. Havia noites em que, se virasse o corpo noutra direcção, conseguia ver as estrelas.

Bessie abriu a arca aos pés da cama e tirou o vestido azul que comprara na segunda semana em que chegara à Carolina do Sul. Alisou-o sobre as pernas. O toque do algodão macio na pele ainda a arrepiava. Juntou a roupa de trabalho e guardou-a no saco debaixo da cama. Nos últimos tempos tomava banho nas tardes de sábado, a seguir às aulas na escola. Este ritual era a maneira que encontrara de dormir melhor, um prazer a que se permitia nessas manhãs.

O jantar era frango assado com cenouras e batatas. Margaret, a cozinheira, vivia no número 8. As tutoras acharam que seria mais prudente se as pessoas encarregadas das limpezas e da cozinha dos dormitórios não vivessem nas casas que tinham a seu cargo. Não se tratava de uma ideia luminosa, mas tinha a sua lógica. Margaret abusava no sal, mas a carne de vaca ou de frango que cozinhava ficava sempre extremamente tenra. Bessie limpou o molho com um pedaço de pão enquanto ouvia as conversas sobre os planos para a noite. A maior parte das raparigas ficava em casa a conviver, mas algumas das mais novas iam ao *saloon* onde podiam entrar pessoas de cor e que abrira havia pouco tempo. Embora não fosse suposto, o *saloon* aceitava senhas de comida. Outro motivo para evitar aquele lugar, pensou Bessie. Levou a sua loiça para a cozinha e preparava-se para subir as escadas.

— Bessie?

— Boa noite, Miss Lucy — cumprimentou Bessie.

Era raro Miss Lucy ficar até tão tarde à sexta-feira. A maioria das tutoras desaparecia às seis da tarde. De acordo com as raparigas de outros dormitórios, o trabalho diligente de Miss Lucy envergonhava as colegas. A verdade é que Bessie aproveitara os seus conselhos muitas vezes. Admirava as suas roupas vistosas e que lhe assentavam tão bem. Miss Lucy usava o cabelo apanhado num carrapito e a fina armação de metal dos óculos conferia-lhe um aspecto austero, mas o seu sorriso fácil deixava transparecer que era boa pessoa.

— Como vão as coisas? — perguntou Miss Lucy.

— Acho que vou estar uma noite sossegada no bairro, Miss Lucy — respondeu Bessie.

— *Dormitório*, Bessie. Não é *bairro*.

— Sim, Miss Lucy.

— Vou *passar*, não é vou *estar*.

— Estou a esforçar-me.

— E a fazeres progressos esplêndidos!

Miss Lucy tocou no braço de Bessie.

— Quero falar contigo na segunda-feira de manhã, antes de saíres para o trabalho.

— Há algum problema, Miss Lucy?

— Nenhum, Bessie. Depois falamos.

Fez uma ligeira vénia e dirigiu-se para o escritório. Inclinara-se perante uma rapariga de cor.

Bessie Carpenter era o nome que estava nos papéis que Sam lhe deu na estação. Passados meses, Cora ainda não sabia como conseguira sobreviver à viagem desde a Geórgia. A escuridão do túnel não tardou a transformar o vagão num túmulo. A única luz que via era da cabina do maquinista e chegava através das frinchas da parte da frente daquele vagão decrépito. A certa altura, começou a tremer tanto que Cora se abraçou a Caesar e assim ficaram durante bastante tempo, apertados um contra o outro naqueles tremores urgentes sobre a palha. Soube-lhe bem agarrá-lo, antecipar a pressão do seu peito ofegante.

Então, a locomotiva desacelerou. Caesar levantou-se. Nem queriam acreditar, embora a sua excitação de fugitivos fosse bastante contida. Sempre que concluíam uma etapa da sua jornada, começava outra inesperada. O celeiro cheio de correntes, o buraco na terra, este vagão a desfazer-se aos bocados — a direcção da estrada subterrânea parecia apontar no sentido do bizarro. Cora contou a Caesar que, quando viu todas aquelas grilhetas, receou que Fletcher tivesse conspirado com Terrance desde o início e que tinham sido levados para uma câmara dos horrores. Todo aquele enredo, fuga e chegada faziam parte de uma elaborada peça de teatro ao vivo.

A estação assemelhava-se àquela de onde haviam partido. Em vez de um banco, viam-se uma mesa e cadeiras. Duas lanternas penduradas na parede e um pequeno cesto junto às escadas.

O maquinista deixou-os sair do vagão. Era um homem alto, meio calvo, apenas uma coroa de cabelo branco em volta da cabeça e uma corcunda de muitos anos de trabalho no campo. Limpou o suor e a fuligem da cara e preparava-se para falar quando começou a tossir violentamente. Depois de beber alguns goles de um frasco, o maquinista recuperou a compostura.

Dispensou os agradecimentos deles.

— O meu trabalho é este — disse ele. — Alimentar a caldeira, garantir que as coisas continuam a funcionar. Levar os passageiros até aonde eles têm de ir. — Regressou à cabina. — Esperem aqui até eles virem buscar-vos. — Pouco depois, o comboio tinha desaparecido, deixando para trás um rasto de vapor e barulho.

Havia mantimentos no cesto: pão, meia galinha, água e uma garrafa de cerveja. Estavam com tanta fome que sacudiram as migalhas que restaram no cesto. Cora até bebeu um gole de cerveja. Ao ouvir passos nas escadas, prepararam-se para receber o último representante da estrada subterrânea.

Sam era um branco de vinte e cinco anos que não exibia nenhuns daqueles maneirismos excêntricos dos seus colegas de profissão. De aparência robusta e jovial, vestia umas calças castanhas com suspensórios e uma camisa vermelha grossa já gasta de tanta lavagem. Usava um bigode de pontas encaracoladas que abanava de acordo com o seu entusiasmo. O agente da estação deu-lhes um aperto de mão e mediu-os de alto a baixo, como se não acreditasse no que estava à sua frente.

— Conseguiram. Estão mesmo aqui — disse-lhes Sam.

Trouxera mais comida. Sentaram-se na mesa instável e Sam descreveu-lhes o mundo lá em cima:

— Estão muito longe da Geórgia. A Carolina do Sul tem uma atitude muito mais esclarecida em relação ao progresso das pessoas de cor do que o resto do Sul. Vocês ficarão em segurança aqui até que possamos preparar a próxima etapa da vossa viagem. Pode levar algum tempo.

— Quanto? — perguntou Caesar.

— Não posso dizer. Há tantas pessoas a serem transferidas de um lado para o outro, uma estação de cada vez. É difícil trocar mensagens. A estrada subterrânea é obra de Deus, mas é uma loucura geri-la. — Observou-os a devorarem a comida com uma satisfação evidente. — Quem sabe? Talvez até vocês decidam ficar. Como vos disse, nunca viram nada que se assemelhe à Carolina do Sul.

Sam subiu as escadas e regressou com roupas e um pequeno barril de água.

— Vocês precisam de se lavar. Não se ofendam com as minhas palavras.

Sentou-se nas escadas para lhes dar privacidade. Caesar disse a Cora para ela se lavar primeiro e foi ter com Sam. Ele já a tinha visto nua, mas ela apreciou o gesto. Cora começou pelo rosto. Estava suja, cheirava mal e, quando torceu o pano, escorreu água escura. As roupas novas não eram daquele tecido rijo que davam aos negros, mas de um algodão tão macio que a fez sentir como se tivesse mesmo lavado o corpo com sabão. O vestido era simples, azul-claro de corte direito, mas nunca vestira nada igual. O algodão aparecia de uma maneira e terminava de outra.

Quando Caesar acabou de se lavar, Sam entregou-lhes os papéis deles.

— Os nomes estão errados — afirmou Caesar.

— Vocês são fugitivos — respondeu-lhe Sam. — Agora passam a ser esses. Têm de decorar os nomes e a vossa história.

Mais do que fugitivos... se calhar, assassinos. Cora não voltara a pensar no rapaz desde que entraram no subterrâneo. Caesar semicerrou os olhos ao pensar no mesmo. Ela resolveu contar a Sam a luta na floresta.

O agente da estação não proferiu qualquer juízo e pareceu genuinamente chocado com o destino de Lovey. Disse-lhes que tinha pena da amiga deles.

— Não ouvi falar disso. As notícias desse género não chegam até aqui, como acontece noutros lugares. Por aquilo que sabemos, o rapaz pode ter recuperado, mas isso não altera a vossa situação. O melhor mesmo é ficarem com nomes novos.

— Diz aqui que somos propriedade do Governo dos Estados Unidos — reparou Caesar.

— É um termo técnico — explicou Sam. As famílias brancas pegavam nas malas e bagagens e iam numa enchente até à Carolina do Sul em busca de oportunidades, desde locais tão distantes como Nova Iorque, segundo diziam os jornais. O mesmo faziam os homens e as mulheres livres, num movimento migratório como o país nunca vira. Uma parte dos de cor eram fugitivos, embora não houvesse maneira de dizer quantos, por motivos óbvios. A maioria das pessoas de cor do estado tinha sido comprada pelo governo. Salvas da forca nalguns casos ou compradas em leilões de propriedades. Os agentes da autoridade vigiavam os leilões maiores. A maioria era adquirida a brancos que decidiam virar costas à agricultura. A vida do campo não era para eles, mesmo que tivessem crescido nesse meio e que fosse essa a sua herança de família. Agora os tempos eram outros, uma nova era. O governo ofereceu-lhes condições e incentivos muito generosos para se mudarem para as grandes cidades, hipotecas e redução de impostos.

— E os escravos? — perguntou Cora. Não percebia nada de conversas de dinheiro, mas ao ouvir aquilo lembrou-se das pessoas que sabia terem sido vendidas como propriedade.

— Receberam comida, trabalho e casa. Passaram a poder andar livremente de um lado para o outro, a casar-se com quem quisessem, a criar filhos que nunca mais lhes seriam tirados. Bons trabalhos, também, não foi trabalho escravo. Mas em breve irá ver.

Por aquilo que ouvira, havia uma nota de venda num documento numa caixa de arquivo algures, mas era tudo. Nada que pudesse virar-se contra eles. Um confidente no Griffin Building forjara aqueles papéis para eles.

— Estão prontos? — perguntou Sam.

Caesar e Cora olharam um para o outro. Então ele estendeu-lhe a mão como um cavalheiro:

— Minha senhora?

Não conseguiu deixar de sorrir e subiram juntos as escadas até à luz do dia.

O governo comprara Bessie Carpenter e Christian Markson num leilão por falência na Carolina do Norte. Sam ajudou-os a ensaiar enquanto se dirigiam para a cidade. Ele vivia nos arredores, a cerca de três quilómetros, numa casa de campo que o avô construíra. Os pais tiveram uma loja de metais na Main Street, mas Sam optara por seguir um caminho diferente depois de eles terem

118

morrido. Vendeu a loja a um dos muitos recém-chegados que tinham ido para a Carolina do Sul em busca de uma vida nova e agora trabalhava num dos *saloons*, o Drift. O dono era seu amigo, e aquele ambiente combinava com a sua personalidade. Sam gostava de ver de perto o espectáculo do animal humano, e também de ter acesso aos segredos do funcionamento da cidade, assim que a bebida soltava as línguas. Era ele quem estabelecia o seu horário de trabalho, o que lhe dava tempo para o outro empreendimento. A estação ficava debaixo do seu celeiro, tal como a de Lumbly.

Quando já estavam perto, Sam deu-lhes instruções pormenorizadas para o Gabinete de Emprego.

— E se se perderem, só têm de procurar aquilo — apontou para o arranha-céus maravilhoso — e sigam sempre a direito quando chegarem à Main Street.

Entraria em contacto com eles quando tivesse mais informações.

Caesar e Cora seguiram pela estrada poeirenta até à cidade, incrédulos. Uma charrete apareceu numa curva e os dois estiveram prestes a atirar-se de mergulho para o mato. O condutor era um rapaz de cor que os cumprimentou levando a mão ao boné de uma maneira confiante. Despreocupado, como se não fosse nada. Tão jovem e já com uma atitude daquelas! Quando deixaram de o ver riram-se do seu comportamento ridículo. Cora esticou as costas e manteve a cabeça direita. Tinham de aprender a andar como pessoas livres.

Ao longo dos meses seguintes, Cora foi aprendendo a manter a postura. A escrita e a fala é que lhe exigiam mais atenção. Depois de conversar com Miss Lucy, tirou o livro de leitura da arca. Enquanto as outras raparigas se entretinham com mexericos e davam as boas-noites umas às outras, Cora treinava caligrafia. Da próxima vez que assinasse a lista de compras dos Andersons na mercearia, assinaria «Bessie» com uma letra muito cuidada. Soprou a vela quando a mão lhe começou a doer.

Era a cama mais macia em que já dormira. Aliás, era a única cama em que alguma vez se deitara.

Miss Handler devia ter sido criada entre os santos. Embora o velhote fosse uma perfeita nulidade no que dizia respeito aos rudimentos da escrita e da oralidade, a professora teve sempre uma atitude educada e tolerante. Toda a turma — a escola ficava cheia nas manhãs de sábado — rodava nas carteiras à medida que o velho ia tossindo e balbuciando as lições do dia. As duas raparigas à frente de Cora trocavam olhares e riam-se daqueles sons quase incompreensíveis.

Cora partilhou o desespero com o resto da turma. Era quase impossível compreender o discurso de Howard em circunstâncias normais. Ele tinha uma preferência pelo *pidgin* da sua língua africana perdida e pela maneira de falar dos escravos. Nos velhos tempos, a mãe dissera-lhe que a plantação falava aquele arraçado de língua. Haviam sido raptados das suas aldeias por toda a África e falavam uma infinidade de línguas. Com o passar do tempo, as palavras que atravessaram o oceano foram caindo em desuso. Por questões de simplificação, para lhes apagar a identidade, para abafar revoltas. Todas as palavras, excepto aquelas guardadas em segredo pelos que ainda se lembravam de quem tinham sido noutros tempos. «Guardam-nas como se fosse ouro precioso», dissera Mabel.

Estes já não eram os tempos da sua mãe nem da avó. As tentativas de Howard com o «Eu sou» consumiam um tempo precioso das aulas, já demasiado curto após uma semana de trabalho. Ela estava ali para aprender.

Uma rajada de vento fez as persianas rangerem nas dobradiças. Miss Handler pousou o pau de giz.

— Na Carolina do Norte, aquilo que estamos a fazer é um crime. Eu seria multada em cem dólares e vocês apanhariam trinta e nove chicotadas. É isso que está na lei. É provável que o vosso dono preferisse um castigo ainda mais severo.

Os olhos da mulher fitaram os de Cora. A professora era apenas alguns anos mais velha do que ela, mas fazia Cora sentir-se uma miúda ignorante.

— É difícil começar do zero. Há umas semanas, alguns de vocês estavam no ponto em que o Howard está agora. Leva tempo. E paciência.

Deu a aula por terminada. Sentindo-se repreendida, Cora apressou-se a arrumar as suas coisas, desejando ser a primeira a sair da sala. Howard limpou as lágrimas à manga da camisa.

A escola ficava a sul das alas de dormitórios das raparigas. Cora reparou que o edifício também servia para reuniões que exigissem um ambiente mais sério do que o das salas comuns, como assembleias acerca da higiene e de outros assuntos femininos. Dava para o verde do parque da população de cor. Nessa noite, uma das bandas do dormitório dos homens iria tocar no coreto para a comunidade.

Mereceram aquela repreensão de Miss Handler. Na Carolina do Sul mantinha-se uma atitude diferente em relação ao progresso das pessoas de cor, como Sam dissera a Cora na plataforma. Cora já apreciara este facto de diferentes maneiras nos últimos meses, mas os cuidados com a educação dos negros eram dos mais proveitosos. Uma vez, Connelly arrancara os olhos a um escravo por este estar a olhar para palavras. Jacob ficou sem trabalho, mas se o homem fosse mais talentoso o capataz tê-lo-ia submetido a uma punição menos drástica. Em contrapartida, impôs a todos os escravos um medo eterno de aprenderem a ler e a escrever.

Connelly avisara-os: Vocês não precisam de olhos para cortar o milho, ou então morram à fome, como está a acontecer agora ao Jacob.

Deixou a plantação para trás. Já não vivia lá.

Voou-lhe uma página do livro de leitura e foi atrás dela pelo relvado. O livro estava a desfazer-se de tanto ser usado por ela e por outros antes dela. Cora vira crianças, algumas mais novas do que Maisie, usarem o mesmo livro para aprenderem. Exemplares novos, com as lombadas impecáveis. Os da escola para os negros estavam velhos e ela tinha de apertar a letra por cima ou por baixo dos gatafunhos de outras pessoas, mas sabia que não seria chicoteada só por olhar para o seu livro.

A mãe teria orgulho nela. Como provavelmente a mãe de Lovey estaria orgulhosa da filha por esta ter fugido durante um dia e meio. Cora apanhou a página e tornou a colocá-la no livro. Voltou a fazer por esquecer a plantação. Estava a melhorar neste aspecto. Tinha uma mente astuta, embora retorcida. Os pensamentos que não lhe agradavam infiltravam-se pelos lados, por baixo, pelas fendas, vindos dos lugares que fechara a sete chaves.

Da mãe, por exemplo. Na terceira semana no dormitório foi bater à porta do gabinete de Miss Lucy. Se o governo mantinha registos de todas as pessoas de cor que tinham chegado, talvez entre os muitos nomes estivesse o da sua mãe. A vida de Mabel após a fuga era um enigma. Era possível que fosse uma das pessoas livres que tivesse ido para a Carolina do Sul à procura de uma oportunidade.

Miss Lucy trabalhava numa sala ao fundo do corredor da sala comum do número 18. Cora não confiava nela, mas ali estava. Miss Lucy mandou-a entrar. O gabinete estava atulhado de armários de arquivo, por entre os quais a tutora tinha de se espremer para chegar à secretária, mas procurava manter o espaço agradável com reproduções de cenas rurais penduradas nas paredes. Não havia espaço para uma segunda cadeira. Os visitantes tinham de ficar de pé para as audiências, o que fazia com que as visitas fossem breves.

Miss Lucy olhou para Cora por cima dos óculos.

— Qual é o nome dela?

— Mabel Randall.

— O teu apelido é Carpenter — disse Miss Lucy.

— Esse nome do meu pai. A minha mãe, ela Randall.

— *Esse é. A minha mãe é* — corrigiu-a Miss Lucy.

Inclinou-se sobre um dos armários e passou os dedos por papéis azuis, olhando para Cora de vez em quando. Miss Lucy mencionara que vivia com um grupo de tutoras numa pensão junto da praça. Cora tentou imaginar o que faria a mulher quando não estava a tomar conta do dormitório, como passaria os domingos. Teria um jovem cavalheiro que a levaria a passear? O que faria uma mulher branca independente na Carolina do Sul? Cora começava a ganhar coragem, mas ainda não se afastava dos dormitórios quando não ia trabalhar em casa dos Andersons. Pareceu--lhe ser o mais prudente durante os dias que se seguiram a ter saído do túnel.

Miss Lucy procurou noutro armário e abriu várias gavetas, mas em vão.

— Estes registos são só das pessoas que estão nos nossos dormitórios — disse. — Mas temos residências por todo o estado.

Escreveu o nome da mãe dela e prometeu-lhe verificar nos registos centrais do Griffin Building. Recordou a Cora, pela segunda vez, a importância das aulas de leitura e escrita que, apesar de opcionais, eram aconselháveis para a sua missão de promoção das pessoas de cor, sobretudo daquelas com boas aptidões. Depois Miss Lucy retomou o que estava a fazer.

Não passara de um capricho. Assim que Mabel fugira, Cora pensava nela o menos possível. Depois de chegar à Carolina do Sul é que percebeu que não banira a mãe por tristeza mas por raiva. Odiava-a. Após ter experimentado o gosto da liberdade, Cora não conseguia perceber como é que Mabel a abandonara naquele inferno. Uma criança. A fuga teria sido mais difícil, mas Cora já não era bebé. Se conseguia apanhar algodão, também era capaz de correr. Já poderia ter morrido naquele lugar, na sequência de brutalidades indescritíveis, se Caesar não tivesse aparecido. No comboio, naquele túnel imortal, perguntara-lhe por fim porque a levara com ele. Caesar respondera-lhe: «Porque sabia que eras capaz.»

Como a odiava. As noites sem fim que passara naquele sótão miserável, a congeminar, a dar pontapés à mulher ao seu lado, a pensar em maneiras de sair da plantação. Em esconder-se numa carroça carregada de algodão e saltar para a estrada a seguir a Nova Orleães. Em subornar um capataz com os seus favores. Em pegar no machado e fugir pelo pântano, como fizera a sua maldita mãe. Todas aquelas noites em que não dormira. À primeira luz da manhã convencia-se de que todos os seus planos não haviam passado de um sonho. Aqueles pensamentos não eram dela, de maneira nenhuma, pois andar às voltas com tudo aquilo na mente e não fazer nada era morrer.

Não sabia para onde fugira a mãe. Uma coisa era certa: Mabel não se servira da sua liberdade para poupar dinheiro a fim de comprar a filha e libertá-la da escravidão. Randall não o teria permitido, mas mesmo assim. Miss Lucy nunca encontrou o nome da sua mãe nos arquivos. Se o tivesse encontrado, Cora teria ido procurar Mabel para lhe fazer uma surpresa.

— Bessie, sentes-te bem?

Era Abigail do número 6, que de vez em quando aparecia para jantar. As raparigas que trabalhavam na Montgomery Street achavam-na simpática. Cora estivera de pé no meio da relva a olhar para o infinito. Respondeu a Abigail que estava tudo bem e voltou para os seus afazeres no dormitório. Sim, Cora precisava de ter mais cuidado com os seus pensamentos.

Embora por vezes a máscara de Cora descaísse, mostrou-se exímia em manter o disfarce de Bessie Carpenter, vinda há pouco tempo da Carolina do Norte. Preparara-se para a pergunta de Miss Lucy acerca do apelido da mãe e para outros caminhos que a conversa pudesse tomar. A entrevista no Gabinete de Emprego daquele primeiro dia terminara após algumas perguntas breves. Os recém-chegados tanto podiam trabalhar em casas como nos campos. Em qualquer dos casos, a maior parte das vagas era para trabalho doméstico. As famílias recebiam instruções para serem tolerantes perante a falta de experiência.

Apanhou um susto tremendo no exame médico, mas não foi devido às perguntas. Aqueles instrumentos brilhantes de aço no consultório pareceram-lhe ferramentas que Terrance Randall poderia muito bem ter encomendado ao ferreiro com a mais sinistra das intenções. .

Os consultórios ficavam no décimo andar do Griffin. Sobreviveu ao choque da sua primeira viagem de elevador e caminhou por um corredor comprido ladeado por cadeiras, nas quais se sentavam homens e mulheres de cor à espera de serem examinados. Depois de uma enfermeira com um uniforme branco impecável ter confirmado o seu nome numa lista, Cora juntou-se ao grupo das mulheres. As conversas nervosas eram compreensíveis: para a maior parte tratava-se da primeira vez que iam a um médico. Na plantação dos Randalls só se chamava o médico quando os remédios dos escravos, as raízes e os unguentos não davam resultado e uns braços de trabalho tão úteis estavam às portas da morte.

Na maioria dos casos, o médico já nada podia fazer, limitando-se a queixar-se das estradas enlameadas e a receber os honorários.

Chamaram o nome dela. Da janela do consultório tinha uma vista panorâmica da configuração da cidade e dos campos verdejantes que a circundavam por vários quilómetros. Foram homens que construíram uma coisa como esta, uma escadaria para o céu. Podia ficar ali todo o dia a admirar a paisagem, mas o exame interrompeu--lhe o devaneio. O doutor Campbell era do género eficiente, um cavalheiro corpulento que andava às voltas pelo consultório com a sua bata branca a abanar como se fosse uma capa. Observou-lhe o estado de saúde geral e a jovem enfermeira foi anotando tudo numa folha de papel azul. A que tribo pertenciam os seus antepassados e o que sabia ela acerca das suas características físicas? Já estivera doente alguma vez? Qual era o estado do coração e dos pulmões? Apercebeu-se de que as dores de cabeça de que sofria desde a tareia que levara de Terrance tinham desaparecido a partir do momento em que chegara à Carolina do Sul.

O teste de inteligência demorou pouco tempo e consistiu em jogar com algumas formas de madeira e numa série de charadas ilustradas. Despiu-se para o exame físico. O doutor Campbell observou-lhe as mãos. Estavam mais macias, mas continuavam a ser as de quem trabalhara no campo. Passou-lhe os dedos pelas cicatrizes das chicotadas. Ao calcular o número de chicotadas, falhou por metade. Usou uns instrumentos para lhe examinar as partes privadas. O exame foi doloroso e sentiu-se envergonhada; a atitude distante do médico não ajudou a aliviar o desconforto que sentia. Cora respondeu-lhe às perguntas sobre a violação. O doutor virou-se para a enfermeira e esta anotou as especulações dele quanto às possibilidades de ela vir a ser mãe.

127

Numa bandeja próxima encontrava-se uma série de instrumentos de metal impressionantes. O médico agarrou num dos mais aterradores, uma agulha fina presa a um cilindro de vidro.

— Vamos tirar-lhe um pouco de sangue — avisou ele.

— Para quê?

— O sangue diz-nos muitas coisas. Acerca de doenças e como é que estas se espalham. As pesquisas sobre o sangue são a novidade mais recente — explicou o médico.

A enfermeira agarrou um dos braços de Cora e o doutor Campbell espetou a agulha. Aquilo explicava os gritos que ouvira enquanto esperava lá fora e não deixou de dar o seu contributo. Depois o exame terminou. No corredor já só restavam os homens. As cadeiras estavam todas ocupadas.

Esta foi a sua última visita ao décimo andar do prédio. Assim que o novo hospital abriu, um dia a senhora Anderson contou-lhe que os consultórios dos médicos do governo estavam a ser transferidos. O piso já estava todo arrendado, acrescentara o senhor Anderson. O médico da senhora Anderson tinha consultório na Main Street, por cima do oftalmologista. Parecia um homem competente. Durante os meses em que Cora trabalhara para a família, o número de maus dias da mãe tinha reduzido consideravelmente. Os acessos de fúria, as tardes passadas fechada no quarto com os cortinados corridos e os maus modos para com as crianças tornaram-se menos frequentes. O facto de passar mais tempo fora de casa e os comprimidos tinham feito maravilhas.

Quando Cora terminou as lavagens de sábado e depois de já ter jantado, estava quase na hora do convívio social. Vestiu o seu novo vestido azul. Era o mais bonito do armazém para as pessoas de cor. Fazia o mínimo possível de compras devido aos preços. Ao acompanhar a senhora Anderson nas compras, ficara horrorizada ao ver que os artigos nos estabelecimentos que podia frequentar custavam o dobro e o triplo dos que se vendiam nas lojas para os brancos. O vestido custara-lhe o salário de uma semana e fora obrigada a usar senhas de alimentação. Tinha quase sempre muito cuidado com os gastos. O dinheiro era uma coisa nova e imprevisível que parecia ter vontade própria para ir onde lhe apetecesse. Algumas raparigas já deviam meses de salário e agora recorriam às senhas para tudo e para nada. Cora percebeu porquê: depois de a cidade deduzir as despesas com alimentação, alojamento e outras coisas como a limpeza dos dormitórios e os livros escolares, sobrava pouco. Era preciso usar o crédito das senhas com muita moderação. O vestido fora caso único, jurou Cora a si própria.

As raparigas do quarto de beliches estavam muito excitadas com a animação que teria lugar à noite. Cora não era excepção. Acabara de se arranjar. Talvez Caesar já estivesse no parque.

Esperava por ela num dos bancos com vista para o coreto e para os músicos. Sabia que ela não iria dançar. Visto do outro lado do parque, Caesar parecia mais velho do que nos tempos da Geórgia. Reconheceu-o pela roupa para dias de festa comprada nos armazéns para pessoas de cor, mas ele usava-a com mais confiança do que os outros homens da sua idade oriundos das plantações. O trabalho na fábrica assentava-lhe bem, tal como todos os outros aspectos das melhores condições em que se encontravam, é claro. Desde a última semana em que se tinham visto, ele deixara crescer o bigode.

Foi então que ela viu as flores. Cumprimentou-o e agradeceu-lhe o ramo. Ele elogiou-lhe o vestido. Tentara beijá-la um mês depois de terem saído do túnel. Ela fingira que nada tinha acontecido e desde aí ele resolvera aceitar o jogo. Um dia, a situação proporcionar-se-ia. Talvez nessa altura fosse ela quem lhe daria um beijo, mas ainda não sabia.

— Eu conheço-os — disse Caesar, apontando para a banda enquanto os músicos iam ocupando os seus lugares. — Julgo que devem ser mesmo melhores do que o George e o Wesley.

Para Cora e Caesar tornou-se muito mais fácil falarem da plantação dos Randalls em público à medida que os meses iam passando. Muito daquilo que diziam podia aplicar-se a qualquer antigo escravo que os ouvisse. Uma plantação nunca deixava de ser uma plantação; pode pensar-se que os infortúnios variam de pessoa para pessoa, mas o verdadeiro horror reside na universalidade destes. Fosse como fosse, em breve a música sobrepor-se-ia à sua conversa sobre a estrada subterrânea. Cora esperava que os músicos não os considerassem malcriados por não lhes prestarem atenção. Também não seria muito provável. Tocarem música como homens livres e não como propriedade de alguém ainda devia ser uma novidade muito apreciada. Executarem melodias sem o fardo de terem de proporcionar um dos poucos momentos de diversão à sua aldeia de escravos. Exibirem a sua arte em liberdade e com alegria.

As tutoras organizavam os convívios para promoverem relações saudáveis entre homens e mulheres de cor e para tentarem apagar parte dos danos que a escravatura infligira às suas personalidades. Na sua perspectiva, a música, a dança, a comida e a bebida naquele cenário relvado iluminado por lanternas cintilantes eram um tónico para as suas almas maltratadas. Para Caesar e Cora representava uma das raras oportunidades de estarem juntos.

Caesar trabalhava na fábrica de máquinas fora da cidade e o seu horário por turnos raramente coincidia com o dela. Gostava do trabalho. A fábrica produzia uma máquina diferente todas as semanas; a produção era determinada pelo volume das encomendas. Os homens organizavam-se autonomamente diante do tapete rolante e cada um ficava responsável pela montagem do componente que lhe estava atribuído na forma que se deslocava ao longo da cadeia. Quando o tapete começava a rolar não havia nada, apenas um monte de peças à espera, e quando o último homem terminava, o resultado ficava diante deles, completo. Era uma realização inesperada, nas palavras de Caesar, assistir ao produto acabado, em oposição ao trabalho desgarrado na plantação dos Randalls.

O trabalho era monótono, mas não esgotante; a mudança dos produtos ajudava a quebrar o tédio. As pausas prolongadas estavam bem distribuídas pelos turnos e tinham sido pensadas por um teórico do trabalho que os mestres e os administradores estavam sempre a citar. Os outros homens eram bons companheiros. Alguns ainda apresentavam as marcas dos castigos sofridos nas plantações, mas, embora ansiassem por reparar as humilhações sofridas, ainda se comportavam como se continuassem a viver sob um jugo de recursos limitados. No entanto, estes homens progrediam de semana para semana, fortificados pelas possibilidades das suas novas vidas.

Os antigos fugitivos trocavam notícias. Maisie perdera um dente. Esta semana a fábrica ia produzir motores para locomotivas: Caesar pensou se algum dia seriam usados na estrada subterrânea. Os preços nos armazéns tinham voltado a subir, notou ele. Para Cora, isto não eram novidades.

— Como está o Sam? — perguntou Cora. Caesar tinha mais facilidade em encontrar-se com o agente da estação.

— Com o seu feitio de sempre... alegre sem motivos para isso, podemos dizer. Um dos rufias da taberna deixou-lhe um olho negro. E ele sente-se muito orgulhoso disso. Digamos que foi uma coisa que ele sempre quis.

— E o outro?

Ele pousou as mãos sobre as coxas.

— Dentro de dias vai passar um comboio. Se o quisermos apanhar...

131

Pronunciou as últimas palavras como se já soubesse o que ela iria dizer.

— Talvez o próximo.

— Sim, talvez o próximo.

Já tinham passado três comboios desde a chegada deles. Da primeira vez conversaram horas a fio sobre se seria sensato partirem imediatamente do Sul escuro ou verem o que mais tinha a Carolina do Sul para lhes oferecer. Nessa altura, já haviam engordado alguns quilos, recebido salários e começavam a esquecer a labuta diária da plantação. Contudo, a conversa fora a sério, com Cora a tender para o comboio e Caesar a defender o potencial do local. Sam não ajudou nada: orgulhava-se da sua terra natal e defendia a evolução da Carolina do Sul em questões de raça. Não sabia qual iria ser o resultado da experiência, e além disso descendia de uma longa linhagem de agitadores que desconfiavam do governo mas, apesar disto, Sam mostrava-se esperançoso. Resolveram ficar. Talvez o próximo.

Quando o seguinte se aproximou, a discussão foi ainda mais curta. Cora acabara precisamente de saborear uma refeição excelente no dormitório. Caesar comprara uma camisa nova. A ideia de voltarem a passar fome na viagem não os seduziu, nem a perspetiva de deixarem para trás as coisas que já haviam comprado com o esforço do seu trabalho. O terceiro comboio passou e foi-se, e agora este quarto seguiria o mesmo destino.

— Talvez devêssemos ficar para sempre — disse Cora.

Caesar não abriu a boca. Estava uma noite bonita. Tal como ele prometera, os músicos eram mesmo talentosos e tocaram os temas que já tinham deixado todos felizes em encontros anteriores. O violinista viera de uma plantação qualquer, o tocador de banjo de outro estado: todos os dias, nos seus dormitórios, os músicos partilhavam melodias das suas regiões e o repertório foi aumentando.

O público contribuiu com danças das suas plantações copiando as de uns e de outros para os seus círculos. A brisa refrescava-os quando se afastavam para descansar ou namoriscar. Depois regressavam, voltavam a dançar, a rir e a bater palmas.

— Talvez devêssemos ficar — repetiu Caesar. Estava decidido.

O convívio terminou à meia-noite. Os músicos colocaram um chapéu para as gorjetas, mas na noite de sábado a maior parte das pessoas já nem senhas para comida tinha e, por isso, o chapéu ficou vazio. Cora deu as boas-noites a Caesar e dirigia-se para casa quando testemunhou um incidente.

A mulher corria pelo relvado junto à escola. Andava na casa dos vinte anos, era magra e estava despenteada. Tinha a blusa aberta até ao umbigo, deixando-lhe o peito a descoberto. Por instantes, Cora regressou à plantação dos Randalls e estava prestes a assistir a outra atrocidade.

Dois homens agarraram a mulher e, da maneira mais suave que conseguiram, impediram que continuasse naquele desvario. Juntou-se uma multidão. Uma rapariga foi chamar as tutoras à escola. Cora prosseguiu o seu caminho pelo meio das pessoas. A mulher soluçava descontroladamente até que, de repente, gritou:

— Os meus bebés! Eles vão levar os meus bebés!

Os curiosos suspiraram ao ouvir aquelas palavras que lhes eram tão familiares. Já as tinham ouvido tantas vezes durante as suas vidas nas plantações, os lamentos das mães pelos filhos que lhes roubavam. Cora lembrou-se daquilo que Caesar dissera acerca dos homens na fábrica, que continuavam a viver assombrados pela plantação e continuavam a sentir o peso desta, apesar de estarem a tantos quilómetros de distância. Vivia neles. Ainda vivia em todos eles, à espera para os massacrar e humilhar assim que surgisse a oportunidade.

A mulher ficou um pouco mais calma e levaram-na para o dormitório, situado mesmo ao fundo de uma das alas. Embora se sentisse confortável com a decisão de ficar, Cora teve uma longa noite pela frente, pois pensou várias vezes nos gritos da mulher, e nos seus próprios fantasmas.

— Serei capaz de me despedir? Dos Andersons e das crianças? — perguntou Cora.

Miss Lucy tinha a certeza de que isso se resolveria. A família gostava dela, disse-lhe.

— Fiz um mau trabalho?

Cora considerou que tivera todos os cuidados para se adaptar aos ritmos mais delicados das tarefas domésticas. Passou o polegar pelas pontas dos dedos: agora estavam tão macias.

— Fizeste um trabalho esplêndido, Bessie — respondeu-lhe Miss Lucy. — É por isso que, quando aparecer o tal novo lugar, teremos saudades tuas. A ideia foi minha e Miss Handler apoiou-a. O museu precisa de um tipo especial de rapariga e não têm sido muitas as residentes que se adaptaram tão bem como tu conseguiste. Deves aceitar isto como um elogio.

Cora sentia-se mais segura, mas permanecia no vão da porta.

— Mais alguma coisa, Bessie? — perguntou-lhe Miss Lucy ao mesmo tempo que procurava qualquer coisa nos seus papéis.

Já tinham passado dois dias sobre aquele incidente após o convívio, mas Cora continuava preocupada. Perguntou pela mulher que gritara.

Miss Lucy acenou com a cabeça num gesto de simpatia.

— Estás a referir-te à Gertrude — disse. — Sei que aquilo foi assustador. Ela está bem. Vão mantê-la na cama durante mais alguns dias até ficar boa outra vez.

Miss Lucy explicou-lhe que estava uma enfermeira por perto a vigiá-la.

— Por isso é que reservámos aquele dormitório para residentes com problemas nervosos. Não fazia sentido misturá-las com o resto da população. No número quarenta, elas recebem os cuidados de que necessitam.

— Não sabia que o quarenta era especial — afirmou Cora. — É o vosso Hob.

— O que dizes? — perguntou Miss Lucy, mas Cora não lhe deu mais explicações.

— Elas só ficam lá durante algum tempo — acrescentou a jovem branca. — Somos optimistas.

Cora não sabia o que significava ser *optimista*. Nessa noite perguntou às outras raparigas se conheciam a palavra. Nenhuma delas a ouvira. Por isso decidiu que significava *tentar*.

O caminho até ao museu era o mesmo que fazia para casa dos Andersons, até virar à direita no tribunal. Ficou triste com a perspectiva de deixar a família. Tivera pouco contacto com o pai, pois este saía de casa cedo e a janela do seu escritório era uma daquelas do Griffin que ficava com a luz acesa até mais tarde. O algodão também fazia dele escravo. No entanto, a senhora Anderson tinha sido boa patroa, sobretudo a partir do momento em que passara a tomar os medicamentos receitados pelo médico, e as crianças eram encantadoras. Maisie tinha dez anos. Com essa idade, na plantação dos Randalls, já toda a alegria estava mais do que enterrada. Num dia os miúdos estavam radiantes e no dia seguinte já haviam perdido todo o brilho; nesse espaço de tempo ficavam a conhecer uma nova realidade de escravidão. Sem dúvida que Maisie era mimada, mas existiam coisas muito piores do que ser-se mimado para quem era de cor. A miúda fez com que Cora pensasse naquilo que os seus próprios filhos poderiam vir a ser um dia.

Durante os seus passeios, já tinha visto muitas vezes o Museu das Maravilhas Naturais, mas nunca soube para que servia aquele edifício baixo de calcário. Ocupava um quarteirão inteiro. A escadaria de longos degraus planos era guardada por estátuas de leões que pareciam olhar sedentos para a grande fonte. Assim que Cora se aproximou desta, o som da água a correr abafou o ruído da rua e deixou-a sob os auspícios do museu.

Depois de entrar, conduziram-na por uma porta cujo acesso estava vedado ao público e ao longo de um labirinto de corredores. Através de portas meio abertas, Cora pôde observar actividades curiosas. Um homem estava a coser um texugo morto com uma agulha e linha. Outro segurava pedras amarelas que apontava a uma luz brilhante. Numa sala cheia de mesas de madeira compridas, viu pela primeira vez microscópios. Pareciam sapos pretos agachados em cima das mesas. Foi então que a apresentaram ao senhor Field, o curador da História Viva.

— Servirá perfeitamente. — disse ele examinando-a, ao mesmo tempo que os homens nas salas examinavam os projectos que tinham nas suas mesas de trabalho. Falava sempre depressa e de modo enérgico, sem qualquer pronúncia do Sul. Mais tarde veio a descobrir que o senhor Fields tinha sido contratado num museu em Boston para modernizar os métodos locais.

— Estou a ver que tem andado a comer mais desde que chegou. Já era de esperar, mas vai ficar bem — acrescentou ele.

— Começo por limpar isto aqui, senhor Fields?

Durante o caminho até ao seu novo trabalho, Cora decidira que iria evitar o mais possível a maneira de falar cadenciada que usava na plantação.

— Limpar? Oh, nem pensar nisso! Sabe o que fazemos aqui? — Fez uma pausa. — Já cá tinha estado?

Explicou-lhe para que serviam os museus. Neste, o centro era a história americana: apesar de se tratar de uma nação jovem, era preciso ensinar muita coisa ao público. A fauna e a flora selvagens do continente norte-americano, os minerais e outros esplendores do mundo por baixo dos seus pés. Algumas pessoas nunca saíram das regiões onde nasceram, disse-lhe ele. Tal como um caminho-de-ferro, o museu permitia que vissem o resto do país muito para lá da sua experiência limitada, desde a Florida ao Maine e ao longínquo Oeste. E verem quem o habitava.

— Pessoas como você — disse o senhor Fields.

Cora trabalhou em três salas. No primeiro dia, uns cortinados cinzentos tapavam as grandes janelas de vidro que os separavam do público. Na manhã seguinte, os cortinados desapareceram e chegou a multidão.

A primeira sala era a de Cenas da África Negra. Uma palhota com as paredes feitas de estacas de madeira unidas por cordas e telhado de colmo em bico dominava a exposição. Cora refugiava-se na sombra desta sempre que precisava de descansar de tantos rostos. Havia uma fogueira, cujas chamas eram representadas por cacos de vidro vermelho; um banco pequeno e mal feito; diversas ferramentas, cabaças e conchas. Três grandes pássaros pretos estavam suspensos no tecto por um arame: o efeito pretendido era um bando a sobrevoar em círculo as actividades dos nativos. A Cora, faziam-lhe lembrar os abutres que devoravam os mortos da plantação quando estes eram deixados ao abandono.

As paredes de um azul tranquilizante da sala Vida no Navio Negreiro evocavam o céu do oceano Atlântico. Cora encontrava-se aqui numa parte do convés de uma fragata, junto ao mastro, com vários pequenos barris e cabos enrolados. O seu traje africano era um pano colorido; de uniforme de marinheiro parecia um rufia, com uma túnica, calças e botas de cabedal. A história do rapaz africano

138

prosseguia depois de este ter embarcado e de ajudar em várias pequenas tarefas no convés, uma espécie de aprendiz. Cora cobriu o cabelo com uma touca vermelha. Junto à amurada colocaram o manequim de um marinheiro, de monóculo assestado. A cabeça era de cera e nesta pintaram uns olhos, a boca e a pele com umas cores assustadoras.

Um Dia Típico na Plantação permitia-lhe sentar-se numa roda de fiar e descansar os pés – o assento era tão seguro quanto o seu velho banco de ácer. Galinhas embalsamadas debicavam no chão; de vez em quando, Cora atirava-lhes sementes imaginárias. Tinha sérias desconfianças quanto à veracidade das cenas africanas e no navio. Como nesta sala ela era uma autoridade, não guardou as suas críticas. O senhor Fields aceitou que, de um modo geral, as rodas de fiar não eram usadas ao ar livre, e menos ainda junto à cabana de um escravo, mas contrapôs que, embora a autenticidade fosse a sua palavra de ordem, as dimensões da sala impunham determinadas concessões. Se ele conseguisse que a exposição ocupasse o espaço de um campo de algodão inteiro e tivesse orçamento para isso, poderia contar com o trabalho de uma dezena de actores. Talvez um dia.

As críticas de Cora não abrangeram o guarda-roupa do Dia Típico, que era feito de verdadeiro pano grosso para pretos. Ardia de vergonha duas vezes por dia quando se despia para depois vestir aquela indumentária.

O senhor Fields só tinha orçamento para três actrizes, ou figurantes, como se referia a elas. Isis e Betty, também recrutadas na escola de Miss Handler, tinham mais ou menos a mesma idade e o físico de Cora. Partilhavam as roupas. Nos intervalos, as três discutiam as vantagens e desvantagens dos seus novos empregos. O senhor Fields deixou-as estarem à vontade após um ou dois dias de adaptação. Betty gostava que ele nunca mostrasse o seu feitio, ao contrário da família para quem acabara de trabalhar que, de um modo geral, era simpática mas existia sempre a possibilidade de um mal-entendido ou de um mau humor que não estava para aturar. Isis gostava de não ter de falar. Viera de uma quinta pequena onde geralmente ficava por conta própria, excepto naquelas noites em que o dono precisava de companhia e era obrigada a beber do copo do vício. Cora sentia falta das lojas para brancos e das suas prateleiras sempre cheias, mas continuava a ter os passeios até casa à noite e o seu jogo de mudar as montras.

Em contrapartida, foi uma tarefa bastante difícil ignorar os visitantes do museu: as crianças batiam nos vidros e apontavam desrespeitosamente para as figurantes enquanto estas fingiam estar atarefadas com os nós de marinheiro. Às vezes, os visitantes gritavam coisas acerca das suas pantomimas, comentários a que as raparigas não podiam responder mas que em geral não passavam de sugestões ordinárias. As figurantes rendiam-se ao longo da exposição de hora a hora para quebrarem a monotonia de estarem sempre a fingir que esfregavam o convés, esculpiam instrumentos para a caça ou cuidavam dos inhames de madeira. O senhor Fields repetia-lhes constantemente a instrução para não ficarem muito tempo sentadas, mas também não as pressionava. Elas provocavam o *skipper* John, a alcunha que deram ao manequim de marinheiro, enquanto estavam sentadas nos bancos e mexiam nos cabos de cânhamo.

A exposição foi inaugurada no mesmo dia do hospital, como parte das celebrações de grande pompa que assinalaram os mais recentes feitos da cidade. O novo presidente da câmara havia sido eleito com a promessa de apostar no progresso e queria garantir que os cidadãos o associassem às iniciativas voltadas para o futuro do seu antecessor, implementadas quando ele ainda era um advogado que tratava de patentes no Griffin Building. Cora não esteve

presente nas festividades, mas nessa noite viu o magnífico fogo-de-artifício da janela do dormitório e conseguiu
ver o hospital de perto quando teve de fazer um *checkup*.
À medida que os residentes de cor se foram integrando
na vida da Carolina do Sul, os médicos passaram a vigiar
o seu bem-estar com a mesma dedicação das tutoras que
se ocupavam da sua adaptação emocional. Uma tarde,
enquanto passeavam pelo relvado, Miss Lucy contou a
Cora que todos os números, dados e notas representariam
um importante contributo para a compreensão da vida
das pessoas de cor.

Visto de frente, o hospital era um complexo de um
piso, grande e bonito, que parecia ter tanto de largura
como o Griffin Building tinha de altura. Era de uma construção espartana e desprovida de ornamentos como Cora
nunca vira, como se as paredes fossem suficientes para
anunciar a sua eficiência. A entrada para as pessoas de cor
ficava num dos lados, mas, à excepção deste pormenor, a
sua concepção original era idêntica à da entrada para os
brancos, e não um acrescento *a posteriori* como sucedia
tantas vezes.

Havia bastante movimento na ala para as pessoas de
cor na manhã em que Cora deu o nome ao recepcionista.
Um grupo de homens, alguns dos quais reconheceu dos
convívios sociais e das tardes no parque relvado, enchiam a
sala adjacente enquanto aguardavam pelos seus tratamentos
ao sangue. Até ter chegado à Carolina do Sul nunca ouvira
falar em problemas de sangue, mas afectavam um grande
número de homens dos dormitórios e deram origem a um
esforço tremendo por parte dos médicos da cidade. Ao que
parecia, os especialistas tinham a sua secção própria e os
pacientes iam desaparecendo por um corredor comprido
à medida que chamavam os seus nomes.

Desta vez foi vista por outro médico, mais simpático
do que o Dr. Campbell. Chamava-se Stevens, era do Norte

e tinha o cabelo preto com uns caracóis algo efeminados, efeito que contrariava graças a uma barba cuidadosamente aparada. Parecia demasiado jovem para já ser médico. Cora considerou aquela precocidade um tributo aos talentos dele. Enquanto foi examinada, Cora teve a impressão de estar a ser transportada num tapete rolante, como aqueles da linha de montagem de Caesar, que avançava para o fim da linha cuidadosa e diligentemente.

O exame físico não foi tão exaustivo quanto o primeiro. O médico leu os registos da consulta anterior e acrescentou as suas notas na folha de papel azul. Enquanto isso, fez-lhe perguntas acerca da vida dela no dormitório.

— Parece eficiente — afirmou o Dr. Stevens. E ainda acrescentou acerca do trabalho no museu: — Um serviço público curioso.

Depois de se vestir, o Dr. Stevens puxou um banco de madeira. Manteve uma atitude cordial quando lhe disse:

— Você teve relações íntimas. Já pensou em controlo da natalidade?

O médico sorriu. A Carolina do Sul encontrava-se a meio de um vasto programa de saúde pública, explicou o Dr. Stevens, para divulgar às pessoas uma nova técnica cirúrgica segundo a qual as trompas no interior da mulher eram cortadas para prevenir a formação de um bebé. O processo era simples, permanente e não tinha riscos. O novo hospital estava especialmente equipado e ele próprio estudara com o homem que fora pioneiro desta técnica, aperfeiçoada nas pacientes de cor internadas num asilo de Boston. Um dos motivos por que o tinham contratado foi para ensinar esta operação aos médicos locais e oferecer este dom à população de cor.

— O que acontece se eu não quiser?

— A escolha é sua, claro — respondeu o médico. — A partir desta semana passa a ser obrigatória para algumas mulheres deste estado. As mulheres de cor que já deram à luz mais de dois filhos, em nome do controlo da população. As débeis mentais e outras com problemas psiquiátricos, por razões óbvias. As que cometeram vários crimes. Mas isto não se aplica a si, Bessie. Estamos a falar de mulheres que já têm encargos suficientes. Isto é só uma oportunidade que tem de assumir o controlo do seu futuro.

Cora não era a primeira paciente recalcitrante. O Dr. Stevens pôs o assunto de parte, mas sem perder a sua atitude calorosa e contou-lhe que a tutora dela estava a par do programa e disponível para conversar sobre quaisquer preocupações.

Percorreu o corredor do hospital a toda a pressa, ansiosa por apanhar ar. Já estava muito habituada a escapar ilesa de encontros com as autoridades brancas. A franqueza das perguntas dele e as explicações subsequentes abalaram-na. Comparar aquilo que se passara na noite atrás do fumeiro com aquilo que acontecia entre um homem e a mulher que se amavam. Segundo o discurso do Dr. Stevens, era tudo a mesma coisa. Aquela ideia deu-lhe volta ao estômago. E depois havia a questão do *obrigatório*, que soava como se as mulheres, aquelas mulheres do Hob mas com caras diferentes, não pudessem dizer que não. Como se fossem um bem com que os médicos podiam fazer o que lhes apetecesse. A senhora Anderson sofria de crises de depressão. Isto fazia dela uma incapaz? Iria o médico dela fazer-lhe a mesma proposta? Não.

Quando procurava esquecer estes pensamentos, reparou que estava diante da casa dos Andersons. Os pés tinham-na levado enquanto a sua mente estivera num sítio qualquer. Talvez, no fundo, Cora pensasse nas crianças. Maisie estaria na escola, mas Raymond devia estar em casa. Andara demasiado ocupada nas duas últimas semanas para se despedir convenientemente.

A rapariga que abriu a porta olhou para Cora desconfiada, mesmo depois de ela ter explicado quem era.

— Eu pensava que ela se chamava Bessie — disse a rapariga. Era magra e baixa, mas encostou-se à porta, decidida a atirar o seu peso contra esta, de modo a impedir a entrada de intrusos. — Tu disseste que te chamas Cora.

Cora amaldiçoou o facto de se ter distraído por causa do médico. Explicou que o dono lhe chamava Bessie, mas no bairro todos a tratavam por Cora porque era muito parecida com a mãe.

— A senhora Anderson não está em casa — disse a rapariga. — E os meninos estão a brincar com uns amigos. É melhor voltares quando *ela em casa*. — E fechou a porta.

Desta vez, Cora seguiu pelo atalho até casa. Falar com Caesar poderia ter sido uma ajuda, mas ele estava na fábrica. Deitou-se na cama até à hora do jantar. A partir desse dia passou a seguir por um caminho para o museu que não passava pela casa dos Andersons.

Duas semanas mais tarde, o senhor Fields resolveu proporcionar às suas figurantes uma visita em condições ao museu. Com o tempo que Isis e Betty passaram atrás dos vidros, as suas capacidades de representação melhoraram. As duas fingiram estar verdadeiramente interessadas quando o senhor Fields falou das secções em corte das abóboras e dos anéis da vida dos veneráveis carvalhos-brancos, dos fragmentos de geodos com os cristais púrpura que mais pareciam dentes de vidro e das pequenas baratas e formigas que os cientistas haviam conservado numa substância especial. As raparigas não contiveram uma gargalhada perante o sorriso congelado do carcaju, o búteo-de-cauda-vermelha apanhado a meio de um mergulho e o enorme urso-negro que vigiava a janela. Predadores capturados no momento em que se preparavam para matar.

Cora fixou as caras de cera dos brancos. As figurantes do senhor Fields eram os únicos seres vivos em exposição. Os brancos eram feitos de gesso, arame e tinta. Numa vitrina, dois dos primeiros pioneiros, vestidos com calções de lã grossa e gibão, apontavam para o rochedo de Plymouth enquanto os seus companheiros de viagem olhavam a partir de navios pintados num mural. Entregues em segurança após uma difícil travessia rumo a um novo começo. Noutro expositor, o museu instalara uma cena do porto, na qual colonos brancos vestidos como índios Mohawk atiravam caixas de chá de um dos costados do navio com uma alegria exagerada. As pessoas usam diferentes tipos de correntes ao longo das suas vidas, mas não é difícil interpretar a rebelião, mesmo quando os revoltosos usam máscaras para tentar negar a culpa.

As figurantes caminharam ao longo das vitrinas como se fossem visitantes que tivessem pago bilhete. Dois exploradores decididos no alto de um cume observavam as montanhas a oeste, aquele território misterioso com os seus perigos e descobertas diante deles. Quem sabia o que estava além? Eram senhores das suas vidas e avançavam sem medo para os seus futuros.

No último expositor, um pele-vermelha recebia um pedaço de pergaminho de três brancos, numa pose altiva e de mãos abertas, num gesto de quem estava a negociar.

— Que é aquilo? — perguntou Isis.

— É um *tepee* verdadeiro, uma tenda dos Índios — respondeu o senhor Fields. — Gostamos de contar uma história em cada vitrina, para esclarecer a experiência americana. Todas as pessoas sabem a verdade deste encontro histórico, mas estar a vê-lo à nossa frente...

— Eles dormiam lá dentro? — quis saber Isis.

Ele explicou e, depois disto, as raparigas regressaram às suas vitrinas.

— O que tens a dizer, *skipper* John? — perguntou Cora ao seu colega marinheiro. — A verdade do nosso encontro histórico é esta? — Nos últimos tempos começara a conversar com o manequim, de modo a fazer algum

145

teatro para o público. A tinta estalara de uma das bochechas do boneco e deixara a cera cinzenta à vista.

Nos seus expositores, os coiotes embalsamados não
mentiam, pensou Cora. E tanto os formigueiros como
as rochas também contavam toda a verdade acerca de si
mesmos. No entanto, as vitrinas dos brancos apresentavam
tantas incoerências e contradições e disso eram exemplo os
três *habitats* de Cora. Os rapazes raptados não esfregavam
os conveses nem os raptores brancos lhes davam palmadi-
nhas na cabeça. Teriam acorrentado aquele expedito rapaz
africano de quem usava as botas de cabedal no porão e a
porcaria cobrir-lhe-ia o corpo da cabeça aos pés. Sim, por
vezes o trabalho dos escravos incluía a fiação, mas isso era
raro. Não havia notícia de escravos que tivessem morrido
no banco da roda de fiar nem sequer estrangulados pela
linha de um novelo. No entanto, ninguém queria falar
das verdades deste mundo. Menos ainda: ninguém estava
interessado em ouvi-las. Isto aplicava-se sem dúvida àqueles monstros brancos do outro lado da exposição naquele
preciso momento, com os seus focinhos gordurosos encostados aos vidros das vitrinas, enquanto gargalhavam
alarvemente e grunhiam. A verdade tem muitas *nuances* na
montra de uma loja. Há mãos que a manipulam enquanto
não estamos a olhar; é atraente, mas está sempre fora do
nosso alcance.

Os brancos vieram para esta terra à procura de um
novo começo e para fugirem à tirania dos seus senhores,
tal como as pessoas livres fugiam dos seus donos. Porém,
negavam aos outros aqueles ideais que tanto defendiam
para si próprios. Cora ouvira várias vezes Michael recitar
a Declaração da Independência quando estava na plantação dos Randalls e a voz dele a ecoar pela aldeia como um
fantasma enraivecido. Apesar de não compreender a maior
parte das palavras, não lhe passou despercebido a expressão
são criados iguais. Os brancos que a escreveram também

não a compreendiam porque, afinal, *todos os homens* não significava os homens todos. Não, se roubavam aquilo que pertencia a outras pessoas, quer fosse qualquer coisa que pudessem agarrar com as mãos, como a terra, quer algo que não pudessem, como a liberdade. A terra em que tanto trabalhara tinha pertencido aos Índios. Ela ouvira os brancos gabarem-se da eficácia dos massacres, da matança de mulheres e de bebés, de estrangularem o futuro destes logo à nascença.

Corpos roubados a trabalhar em terra roubada. Era uma máquina que nunca parava e cuja caldeira faminta era alimentada a sangue. Cora concluiu que, com aquelas operações que o Dr. Stevens lhe descrevera, os brancos tinham começado a roubar futuros a sério. Cortavam-nos, estripavam-nos e secavam-nos. Porque é isso que se faz quando se tira os bebés a alguém: rouba-se o seu futuro. Torturem-nos o mais que puderem enquanto eles estão nesta terra e, a seguir, roubem-lhes a esperança de que um dia o seu povo terá uma vida melhor.

— Não é isto mesmo, *skipper* John? — perguntou Cora.

Por vezes, se Cora virava a cabeça muito depressa, parecia-lhe que aquela coisa lhe piscava o olho.

Umas noites mais tarde, reparou que as luzes do número 40 estavam apagadas, embora fosse ainda cedo. Perguntou às outras raparigas.

— Foram transferidas para o hospital — respondeu uma. — Para poderem ficar melhores.

Na noite anterior à partida de Ridgeway para a Carolina do Sul, Cora passou algum tempo no telhado do Griffin Building a tentar ver de onde tinha vindo. Ainda faltava uma hora para a reunião com Caesar e Sam, e não lhe agradou a ideia de ficar na cama a preocupar-se e a ouvir as conversas das outras raparigas. No último sábado depois da escola, Martin, que trabalhava no Griffin e antes trabalhara numa plantação de tabaco, contou-lhe que a porta que dava para o telhado não estava fechada à chave. O acesso era fácil. Disse-lhe ainda que, se ela receava que uma das pessoas brancas que trabalhavam no décimo segundo andar lhe fizesse perguntas quando saísse do elevador, poderia ir pelas escadas nos últimos andares.

Tratou-se da sua segunda visita ao crepúsculo. A altura provocava-lhe tonturas. Sentia vontade de saltar e agarrar as nuvens cinzentas que pairavam lá em cima. Miss Handler falara à turma acerca das Grandes Pirâmides do Egipto e das maravilhas que os escravos tinham construído com as suas mãos e o seu suor. Se as pirâmides fossem tão altas como este edifício, será que os faraós se sentavam no topo e mediam os seus reinos para verem como o mundo diminuía quando alcançavam a distância apropriada? Pela Main Street abaixo, os operários estavam a construir edifícios de três e quatro pisos, mais altos do que a antiga linha dos estabelecimentos de dois andares. Cora passava todos os dias pelas construções. Por enquanto, ainda não havia nenhuma mais alta do que Griffin, mas um dia o prédio teria irmãos e irmãs que se ergueriam da terra. Sempre que deixava os seus sonhos percorrerem avenidas de esperança, essa sensação perturbava-a; o facto de a cidade ganhar vida própria.

Era para o lado leste do Griffin que ficavam as casas dos brancos e os seus novos projectos: a enorme praça da cidade, o hospital e o museu. Cora avançou para oeste, onde ficavam os dormitórios das pessoas de cor. A partir daí, as caixas do correio avançavam pelos bosques por desbravar numa sequência impressionante. Seria aí que viveria um dia? Numa pequena cabana numa rua ainda por abrir? Adormeceria o filho e a filha no andar de cima. Cora tentou imaginar o rosto do homem e os nomes dos filhos. A imaginação traiu-a. Olhou para sul, na direcção de Randall. O que esperava ver? A escuridão da noite já envolvera a zona sul.

E a zona norte? Talvez um dia a visitasse.

A brisa provocou-lhe um arrepio e avançou pela rua. Agora já era seguro ir ter com Sam.

Caesar não sabia por que razão o agente da estação os queria ver. Sam fizera-lhe sinal quando ele ia a passar pelo *saloon* e dissera-lhe: «Hoje à noite.» Cora não voltara à estação da estrada subterrânea desde que chegara, mas aquele dia estava tão vívido na sua memória que não teve dificuldade em encontrar a estrada. Os barulhos dos animais na floresta escura e os ramos a abanar e a ranger recordaram-lhe a sua fuga e o desaparecimento de Lovey a meio da noite.

Estugou o passo ao ver as luzes das janelas da casa de Sam por entre os ramos. Este abraçou-a com o seu entusiasmo habitual, sempre com a camisa encharcada de suor e a tresandar. Na visita anterior estava demasiado distraída para reparar na desarrumação, nos pratos sujos e empilhados, no pó e nos montes de roupa. Para conseguir chegar à cozinha teve de passar por cima de uma caixa de ferramentas tombada cujo conteúdo estava espalhado pelo chão, de modo que havia pregos por toda a parte. Antes de sair iria aconselhá-lo a entrar em contacto com o Gabinete de Emprego para lhe arranjarem uma empregada.

Caesar já tinha chegado e estava a beber uma garrafa de cerveja na mesa da cozinha. Trouxera uma das suas tigelas para Sam e passava os dedos pelo fundo como se procurasse uma fissura imperceptível. Cora já quase se esquecera de que ele gostava de fazer coisas de madeira. Nos últimos tempos não o tinha visto muito. Reparou, agradada, que ele comprara mais roupas vistosas no armazém para as pessoas de cor: um fato preto que lhe ficava muito bem. Alguém o ensinara a fazer o nó da gravata, ou talvez tivesse aprendido quando vivia na Virgínia, no tempo em que acreditava que a senhora de idade branca o libertaria e ele se preocupara em melhorar a sua aparência.

— Está para chegar um comboio? — perguntou Cora.

— Dentro de dias — respondeu Sam.

Caesar e Cora mexeram-se nas suas cadeiras.

— Sei que vocês não o querem apanhar — disse Sam. — Não interessa.

— Nós resolvemos ficar — afirmou Caesar.

— Quisemos ter a certeza antes de te dizer — acrescentou Cora.

Sam bufou e recostou-se na cadeira, que rangeu.

— Fico contente por vos ver deixar passar os comboios e estarem a fazer pela vida aqui — disse o agente da estação. — Mas se calhar vão ter de reconsiderar depois de ouvirem o que tenho para vos contar.

Sam ofereceu-lhes uns biscoitos — era um cliente fiel da Padaria Ideal da Main Street — e revelou-lhes a sua proposta.

— Quero avisá-los para se manterem afastados do Red's — disse ele.

— Estás com medo da concorrência? — ironizou Caesar. Não havia problemas quanto a isso. O *saloon* de Sam não servia pessoas de cor. Não, o Red's tinha o exclusivo dos residentes dos dormitórios que gostavam de beber e dançar. Aceitava facilmente as suas senhas para comida.

— É muito mais sinistro — afirmou Sam. — Para dizer a verdade, nem sei bem o que fazer quanto a isto.

Tratava-se de uma história bastante estranha. Caleb, o dono do Drift, era conhecido pela sua permanente má-disposição; Sam tinha fama de ser um empregado de balcão que gostava de conversar e um dos seus lemas preferidos era: «Ficamos a conhecer a vida real de um lugar se trabalharmos lá.» Um dos clientes habituais de Sam era um médico chamado Bertram, que o hospital contratara há pouco tempo. Não convivia com as outras pessoas do Norte, preferia o ambiente e a companhia boémia do Drift e matava a sede com *whisky*.

— Para afogar os pecados — disse Sam.

Numa noite como outra qualquer, Bertram manteve-se calado até ao terceiro copo, quando o *whisky* lhe soltou a língua e começou a falar animadamente sobre os nevões no Massachusetts, as praxes na faculdade de Medicina ou a inteligência relativa do opossum-da-virgínia. Na noite anterior, a sua conversa versara as companhias femininas, disse Sam. O médico era um frequentador habitual do estabelecimento de Miss Trumball, que preferia à Casa Lanchester, pois considerava que o estado de espírito das raparigas desta era taciturno, como se tivessem sido importadas do Maine ou de outras províncias dadas à melancolia.

— Sam? — perguntou Cora.

— Peço desculpa, Cora.

E resumiu: o Dr. Bertram enumerara algumas virtudes do estabelecimento de Miss Trumball e acrescentara: «Homem, seja lá o que você faça, e se gosta de pretas, não se aproxime do Red's Café.» Vários dos seus pacientes homens frequentavam o *saloon* e iam para a cama com as clientes. Os doentes dele acreditavam que estavam a ser tratados devido a doenças de sangue. No entanto, os tónicos administrados no hospital não passavam de água com açúcar. Com efeito, os pretos estavam a participar num estudo sobre os estágios latente e terciário da sífilis.

«Eles julgam que vocês os estão a ajudar?», perguntara Sam ao médico, que, apesar de ter mantido um tom de voz calmo, começara a corar.

«É uma investigação importante», dissera-lhe Bertram. «Descobrir como é que uma doença se espalha, a trajectória da infecção e aproximarmo-nos da cura.»

O Red's era o único *saloon* da cidade de brancos aberto aos negros e as autoridades reduziram a renda ao proprietário em troca de informações. O programa sobre a sífilis era um dos muitos estudos e experiências em curso na ala do hospital ocupada por doentes de cor. Sam sabia que a tribo Igbo do continente africano tinha uma predisposição para problemas de nervos? Suicídio e depressão? O médico contou a história de quarenta escravos, agrilhoados juntos num navio, que preferiram atirar-se todos ao mar do que viverem na escravidão. Só um tipo de mente muito especial conseguiria conceber e executar uma acção assim tão fantástica! Então, e se retocássemos os padrões reprodutivos dos pretos e lhes retirássemos aquela tendência melancólica? Se controlássemos outros comportamentos, com as agressões sexuais e a natureza violenta? Poderíamos proteger as nossas mulheres e filhas dos seus instintos selvagens que, para o Dr. Bertram, constituíam um motivo de medo muito especial dos homens brancos do Sul.

O médico aproximou-se mais dele. Sam tinha lido o jornal de hoje?

Sam abanara a cabeça num gesto de negação e bebera o que restava do copo do homem.

152

Pouco importava, e o médico insistiu que ao longo dos anos o empregado de balcão já devia ter visto os editoriais que abordavam a ansiedade acerca deste assunto. A América importara e criara tantos africanos que, em muitos estados, estes já eram mais numerosos do que os brancos. Só por esta razão a emancipação era impossível. Através de uma esterilização estratégica — primeiro as mulheres e, depois, os homens também —, poderíamos libertá-los da escravidão sem recearmos que eles dessem cabo de nós enquanto estávamos a dormir. Os arquitectos das revoltas na Jamaica tinham sido tipos oriundos do Benim e do Congo, obstinados e matreiros. Que tal se lhes fôssemos eliminando estas características do sangue pouco a pouco? O médico afirmara que os dados recolhidos das pessoas de cor e dos seus descendentes ao longo de anos e de décadas confirmariam um dos empreendimentos científicos mais ousados da História. A esterilização controlada, a investigação de doenças contagiosas e a aplicação de novas técnicas cirúrgicas àqueles que eram socialmente incapazes. Por tudo isto, ainda seria motivo de espanto que os melhores talentos da medicina estivessem a afluir à Carolina do Sul?

Um grupo de rufias entrou no bar de Bertram quando este estava completamente a abarrotar. Sam tinha muito trabalho. O médico ainda bebeu em sossego mais algum tempo, mas depois escapuliu-se.

— Vocês não são do género dos que vão ao Red's — disse Sam —, mas eu queria que ficassem a saber disto.

— O Red's — afirmou Cora. — Aquilo é mais do que o *saloon*, Sam. Temos de lhes dizer que lhes estão a mentir. Que estão doentes.

Caesar estava de acordo.

— Achas que acreditam mais em ti do que nos médicos brancos? — perguntou Sam. — Com que provas?

Não há uma autoridade à qual recorrer para pedir indemnizações... a cidade está a pagar por tudo isto. E depois temos todas as outras cidades onde as pessoas de cor têm estado a ser instaladas de acordo com o mesmo sistema. Não é só aqui que há um hospital novo.

Ficaram a conversar sobre o assunto à mesa da cozinha. Seria possível que não só os médicos mas todas as outras pessoas que controlavam a população de cor estivessem envolvidos neste esquema incrível? Orientando os negros por este ou por aquele caminho, comprando-os nos leilões de propriedades e em grande número, de maneira a realizarem esta experiência? Todas aquelas mãos brancas a trabalharem em sintonia, empenhadas em registar os seus factos e números em folhas de papel azul. Uma manhã, depois de Cora ter conversado com o Dr. Stevens, Miss Lucy interrompera-a quando ela ia a caminho do museu. Pensara por acaso no programa de controlo de natalidade do hospital? Talvez Cora pudesse falar disso às outras raparigas, por palavras que elas pudessem compreender. Isso seria muito apreciado, disse-lhe a mulher branca. Estavam a abrir novas vagas na cidade, oportunidades para pessoas que tivessem dado mostras daquilo que valiam.

Cora recordou-se da noite em que ela e Caesar tinham decidido ficar, da mulher aos gritos que vagueava pelo relvado quando o convívio terminara. «Eles vão levar os meus bebés.» A mulher não se queixava de uma injustiça que sofrera numa antiga plantação, mas de um crime perpetrado aqui, na Carolina do Sul. Eram os médicos que lhe roubavam os filhos, não os seus antigos donos.

— Eles queriam saber de que zona de África é que os meus pais tinham vindo — disse Caesar. — Como é que eu posso saber? Ele disse-me que eu tinha o nariz como os do Benim.

— Não há nada melhor do que elogiar um tipo antes de o capar — ironizou Sam.

— Tenho de contar isto à Meg — disse Caesar. — Algumas amigas dela passam as noites no Red's. Sei que se encontram lá com alguns homens.

— Quem é a Meg? — perguntou Cora.

— É uma amiga com quem tenho passado algum tempo.

— Eu vi-vos a passear na Main Street um dia destes — comentou Sam. — Ela é um espanto!

— Foi uma tarde agradável — disse Caesar. Deu um gole na cerveja e concentrou-se na garrafa escura para evitar o olhar de Cora.

Pouco avançaram em relação àquilo que poderiam fazer; debateram-se com o problema de saber para quem se deveriam virar e da reacção possível dos outros residentes de cor. Talvez preferissem nem sequer saber, disse Caesar. O que significavam estes rumores quando comparados com aquilo de que se haviam livrado? Que tipo de cálculos iriam fazer os seus vizinhos ao compararem todas as promessas das novas circunstâncias em que se encontravam com as alegações e a verdade dos seus passados? De acordo com a lei, a maioria continuava a ser propriedade e os seus nomes constavam de folhas de papel nos arquivos à guarda do Governo dos Estados Unidos. Por enquanto, a única coisa que podiam fazer era avisar as pessoas.

Cora e Caesar estavam quase a chegar à cidade quando ele falou:

— A Meg trabalha para uma daquelas famílias da Washington Street. Numa daquelas casas grandes, estás a ver?

Cora respondeu-lhe:

— Fico contente por teres amigas.

— Tens a certeza?

— Teremos feito mal em ficar? — perguntou Cora.

— Talvez fosse aqui que era suposto termos saído — respondeu-lhe Caesar. — Talvez não. O que diria a Lovey? Cora não sabia o que responder. Não voltaram a falar.

Dormiu mal. Nos oitenta beliches, as mulheres ressonavam e mexiam-se debaixo dos lençóis. Tinham ido para a cama a acreditar que estavam livres do controlo e das ordens dos brancos quanto àquilo que deviam fazer e ser. Que eram senhoras de si próprias. No entanto, as mulheres continuavam a ser agrupadas e domesticadas. Já não eram pura mercadoria como noutros tempos, mas gado: engravidadas ou esterilizadas. Enfiadas em dormitórios que pareciam galinheiros ou coelheiras.

De manhã, Cora foi para o trabalho com o resto das raparigas. Enquanto ela e as outras se vestiam, Isis perguntou se podia trocar de sala com Cora. Sentia-se maldisposta e queria descansar sentada à roda de fiar.

— Se eu pudesse descansar os pés por um bocadinho.

Após seis semanas no museu, Cora descobrira uma rotação que se ajustava à sua personalidade. Se começava pelo Dia Típico na Plantação, podia terminar os seus dois turnos na plantação logo a seguir à refeição do meio-dia. Detestava a vitrina ridícula dos escravos e preferia terminá-la o mais depressa possível. A progressão da Plantação para o Navio Negreiro e para a África Negra transmitia-lhe uma lógica que tinha um efeito calmante. Era como recuar no tempo, um afastamento da América. Terminar o dia com Cenas da África Negra transportava-a sempre para um rio de calma, a simples encenação tornava-se mais do que teatro, era um refúgio genuíno. Apesar disto, Cora aceitou o pedido de Isis. Iria terminar o dia como escrava.

Nos campos estava sempre sob o olhar implacável do capataz ou do patrão. «Dobra as costas!» «Trabalha naquela fila!» Em casa dos Andersons, quando Maisie ia para a escola ou estava com as amigas e o pequeno Raymond dormia, Cora trabalhava sem ser molestada nem vigiada. Era um pequeno tesouro a meio do dia. O seu trabalho recente na exposição fê-la regressar aos sulcos da Geórgia; os olhares pacóvios e boquiabertos dos visitantes faziam-na sentir-se novamente exposta.

Um dia resolveu retaliar contra uma branca ruiva que franziu o sobrolho ao observar as tarefas de Cora «no mar». Talvez a mulher se tivesse casado com um marinheiro de apetites incorrigíveis e odiasse a recordação — Cora desconhecia a origem da sua animosidade ou inquietação. A mulher irritou-a. Cora fixou-a nos olhos, de modo decidido e feroz, até que a mulher não aguentou e afastou-se relativamente depressa da vitrina para a secção agrícola.

Daí em diante, Cora passou a seleccionar um visitante por hora para lhe deitar um mau-olhado. Um jovem escriturário que se esgueirara da sua secretária no Griffin, um empresário; uma matrona implicativa rodeada por um bando de filhos malcriados; um daqueles jovens insuportáveis que gostavam de bater nos vidros para assustar as figurantes. Umas vezes era este, outras vezes aquela. Escolhia os elos mais fracos entre a multidão, aqueles que se iam abaixo com o seu olhar fixo. O elo mais fraco: gostava das ligações, de procurar a imperfeição na corrente que nos mantém na servidão. Visto isoladamente, o elo não representava grande coisa. No entanto, e apesar da sua fraqueza, na companhia dos seus pares tornava-se um ferro poderoso que subjugava milhões. As pessoas que escolhia, jovens ou de idade, da zona rica da cidade ou das ruas mais modestas, não a perseguiam individualmente mas, como comunidade, eram grilhetas. Se insistisse naquilo, em quebrar os elos mais fracos onde quer que os descobrisse, poderia conseguir qualquer coisa.

O seu mau-olhado foi ficando cada vez melhor. Observada a partir da roda de fiar dos escravos ou da fogueira de vidros vermelhos da cabana, qualquer visitante se assemelhava às baratas ou às traças expostas na secção dos insectos. As pessoas iam-se sempre abaixo, pois não esperavam por aquele estranho ataque; recuavam, desviavam o olhar para o chão ou obrigavam quem as acompanhava a afastar-se. Cora considerou que não podia existir melhor lição do que esta, a de mostrar que, apesar de se encontrar no seu meio ambiente, o escravo africano também podia olhar para os visitantes.

Naquele dia em que Isis se sentiu maldisposta durante a segunda actuação de Cora no navio, esta olhou pelo vidro e viu a pequena Maisie, com um daqueles vestidos que tantas vezes lavara e pendurara na corda para secarem. Era uma visita da escola. Cora reconheceu os rapazes e as raparigas que vinham com ela, embora as crianças não se lembrassem dela como antiga empregada dos Andersons. Maisie não reparou logo nela. Foi então que Cora a fixou com o seu mau-olhado e a miúda deu por ela. A professora explicou o significado da vitrina, as outras crianças apontaram para o *skipper* John e troçaram do seu sorriso idiota... e o rosto de Maisie contorceu-se de medo. Do lado de fora ninguém poderia dizer o que se passara entre elas, mas foi exactamente o mesmo que se passou naquele dia em que ela enfrentara Blake por causa da casota do cão. Cora pensara: Eu também te vou quebrar, Maisie, e assim fez, de tal maneira que a miúda se afastou da vitrina o mais depressa que conseguiu. Não foi capaz de encontrar justificação para aquilo que acabara de fazer, razão pela qual se sentiu acabrunhada até despir a farpela e regressar ao dormitório.

Nessa noite pediu para falar com Miss Lucy. Andara todo o dia a pensar naquilo que Sam lhes contara; como uma chama hedionda e cintilante que não desaparecesse da sua vista. A tutora já a ajudara várias vezes, mas agora as suas sugestões e conselhos pareciam antes artimanhas, daquelas a que os camponeses recorrem para fazer com que um burro siga pelo caminho pretendido.

A jovem branca estava a empilhar um molho de papéis quando Cora espreitou pelo seu gabinete. O nome dela estava escrito ali, e que notas à margem eram aquelas? Não, corrigiu-a: o nome da Bessie, não o dela.

— Tenho pouco tempo — avisou a tutora.

— Tenho visto pessoas a entrar no número quarenta, mas não vejo ninguém que morasse lá — disse Cora. — As outras ainda estão em tratamento no hospital?

Miss Lucy olhou para os papéis e assumiu uma atitude mais empertigada:

— Foram transferidas para outra cidade — respondeu.

— Precisamos de espaço para todas as que estão a chegar, por isso mulheres como a Gertrude, aquelas que precisam de ajuda, estão a ser mandadas para outros locais onde lhes podem dar uma atenção mais adequada.

— Não vão voltar?

— Pois não. — Miss Lucy observou-a. — Sei muito bem que isso te faz confusão. És uma rapariga esperta, Bessie. Continuo à espera de que te assumas como líder das outras raparigas, apesar de saber que neste momento julgas que não precisas da operação. Se te concentrasses nisso, podias ser uma grande ajuda para a tua raça.

— Eu posso decidir por mim própria — retorquiu Cora. — Porque é que elas não podem? Na plantação, o patrão decidia tudo por nós. Parece-me que aqui é a mesma coisa.

Miss Lucy não gostou da comparação:

— Se não consegues ver a diferença entre pessoas boas e honradas e as destrambelhadas, criminosas e imbecis, não és a pessoa que eu julgava que eras.

Não sou quem você pensava que eu era.

Foram interrompidas por outra das tutoras, uma velhota chamada Roberta que costumava fazer a ligação com o Gabinete de Emprego. Fora ela quem há uns meses arranjara trabalho a Cora na casa dos Andersons.

— Lucy? Estão à tua espera.

Miss Lucy resmungou.

— Já os tenho todos aqui — respondeu Miss Lucy à colega. — Mas os registos no Griffin são iguais. A Lei dos Escravos Fugitivos decreta que temos de entregar os fugitivos e que não podemos impedir a sua captura... não podemos desistir de tudo aquilo que temos estado a fazer só porque um caçador de escravos julga que merece a sua recompensa. Não protegemos assassinos. — Levantou-se e agarrou a pilha de papéis contra o peito. — Bessie, tratamos desse assunto amanhã, mas, por favor, pensa na nossa conversa.

Cora dirigiu-se à escadaria que dava acesso aos dormitórios. Sentou-se no terceiro degrau. Eles podiam andar à procura de alguém. Os dormitórios estavam cheios de fugitivos que tinham encontrado refúgio aqui, tanto na esteira das suas recentes fugas como após anos a tentarem fazer pela vida por si mesmos. Eles podiam andar à procura de alguém.

Eles perseguiam assassinos.

Cora começou por ir ao dormitório de Caesar; conhecia os horários dele, mas, de tão assustada que estava, não conseguiu lembrar-se dos turnos. No exterior não avistou quaisquer homens brancos, com aquele mau aspecto que ela julgava que estes tinham. Correu pelo relvado. O velhote de guarda ao dormitório deitou-lhe um olhar malicioso — a visita de qualquer rapariga à residência dos homens era sempre acompanhada por uma sensação de libertinagem — e disse-lhe que Caesar ainda estava na fábrica.

— Queres esperar por ele aqui comigo? — perguntou--lhe.

Estava a escurecer. Hesitou entre seguir, ou não, pela Main Street. Nos registos da cidade, o seu nome era Bessie. Os esboços nos folhetos que Terrance mandara imprimir após a sua fuga estavam mal desenhados, mas as semelhanças seriam suficientes para qualquer caçador de escravos experiente que olhasse duas vezes para ela. Não descansaria enquanto não se encontrasse com Caesar e Sam. Seguiu pela Elm Street, paralela à Main, até que chegou ao quarteirão do Drift. Sempre que dobrava uma esquina, esperava por um bando de homens montados a cavalo, armados de tochas e mosquetes e de sorriso maldoso. O Drift estava cheio de tipos que já tinham começado a beber desde o início da noite, alguns dos quais reconheceu e outros não. Teve de passar duas vezes pela janela do *saloon* antes de o agente da estação a ver e lhe fazer sinal para entrar pelas traseiras.

Os homens no *saloon* riam. Ela esgueirou-se pelo foco de luz que iluminava o beco. A porta da casa de banho estava entreaberta: vazia. Sam escondia-se nas sombras, mas pousara um pé em cima de umas caixas para apertar os atacadores das botas.

— Estava a tentar descobrir uma maneira de falar com vocês — disse ele. — O caçador de escravos chama-se Ridgeway. Neste momento está a falar com a Polícia, acerca de ti e do Caesar. Servi *whisky* a dois dos homens dele.

Passou-lhe um folheto. Era um daqueles boletins de que Fletcher falara na sua cabana, mas com uma diferença: agora ela sabia ler e a palavra *crime* cravou-se-lhe no coração.

Ouviu-se um barulho vindo do bar e Cora escondeu-se na sombra. Sam disse-lhe que não podia sair nas próximas horas. Iria reunir o máximo de informações que conseguisse e tentaria apanhar Caesar na fábrica. O melhor era que Cora fosse andando para casa dele e ficasse à espera.

Correu como já não corria há muito tempo, sempre pela berma da estrada e atirando-se para o meio do bosque ao ouvir a aproximação de qualquer viajante. Entrou em casa de Sam pela porta das traseiras e acendeu uma vela na cozinha. Incapaz de se sentar, e depois de andar de um lado para o outro, Cora fez a única coisa que a poderia acalmar: a loiça estava toda lavada quando Sam chegou a casa.

— Isto está mau — disse o agente da estação. — Um dos caçadores de recompensas entrou logo depois de termos falado. Tinha um aro com orelhas à volta do pescoço, como um pele-vermelha, um tipo mesmo com mau aspecto. Contou aos outros que sabiam onde é que tu estavas. Saíram para irem ter com o chefe, o Ridgeway.

— Ainda arfava por ter vindo a correr. — Não sei como, mas eles sabem quem tu és.

Cora agarrara a taça que Caesar fizera e rodava-a nas mãos.

— Eles são muitos — disse Sam. — Não consegui encontrar o Caesar. Ele sabe vir ter aqui ou ao *saloon*... nós tínhamos um plano. Se calhar já vem a caminho.

Sam queria voltar ao Drift para esperar por ele.

— Pensas que alguém nos viu a conversar?

— Se calhar, o melhor era ires para a plataforma.

Arrastaram a mesa da cozinha e afastaram o tapete cinzento e espesso. Abriram os dois a porta no chão — que ficava muito justa — e o ar bafiento agitou a chama das velas. Ela pegou nalguma comida e numa lanterna e desceu pelo escuro. A porta fechou-se por cima dela e a mesa retomou o seu lugar.

Evitara ir à missa nas igrejas da cidade para pessoas de cor. Randall proibira a religião na sua plantação para acabar com aquela história da salvação, e também nunca tinha sido assunto que lhe despertasse o interesse desde que chegara à Carolina do Sul. Sabia que isso fazia com que as outras residentes de cor a achassem estranha, mas há muito tempo que o facto de parecer estranha deixara de a incomodar. Seria suposto rezar numa situação destas? Sentou-se à mesa, iluminada pela pequena lamparina. Estava tão escuro na plataforma que não conseguia ver onde é que o túnel começava. Quanto tempo faltaria para apanharem Caesar? Com que rapidez conseguiria ele fugir? Tinha consciência das concessões que as pessoas eram capazes de fazer quando se encontravam numa situação de desespero: para baixar a febre a um bebé doente, para evitarem a brutalidade de um capataz, para denunciarem um de entre uma horda de escravos do diabo. Por tudo aquilo que vira, essas concessões nunca deram resultado. Por vezes a febre baixava, mas a plantação continuava sempre na mesma. Cora não rezou.

Adormeceu enquanto esperava. Mais tarde, subiu os degraus, sentou-se mesmo por baixo da porta e ficou à escuta. Lá fora tanto podia ser dia como noite. Cora tinha fome e sede. Comeu um pedaço de pão e de chouriço. Andou escada abaixo escada acima, encostava o ouvido à porta e depois afastava-se; passou horas nisto. Quando ficou sem comida, entrou num desespero total. Encostou o ouvido à porta. Nem um som.

O estrondo lá em cima acordou-a e pôs fim ao vazio. Não era uma pessoa, nem duas, mas muitos homens. Saqueavam a casa e berravam, deitavam os armários abaixo e partiam o resto da mobília. O barulho era tão alto, violento e próximo que ela se encolheu nos degraus. Não conseguia perceber o que eles diziam. E depois foram-se embora.

Pelas frinchas da porta não passavam nem luz nem brisa. Não conseguia cheirar o fumo, mas ouviu os vidros a estalarem e a madeira a crepitar.

A casa estava a arder.

Stevens

O Teatro Anatómico da Faculdade de Medicina Proctor ficava a três quarteirões de distância do edifício principal, o segundo a contar do fim do beco. A faculdade não era tão discriminatória como as outras faculdades de medicina mais conhecidas de Boston; a necessidade de inscrições impunha a expansão. Aloysius Stevens trabalhava à noite para satisfazer as condições da sua irmandade. Em troca de uma redução das propinas e de um lugar para trabalhar — o último turno da noite era calmo e propício ao estudo — a faculdade arranjara alguém para receber o ladrão de cadáveres.

Carpenter costumava fazer as entregas pouco antes da alvorada, a uma hora em que a vizinhança ainda não acordara, mas naquela noite aparecera à meia-noite. Stevens apagou o candeeiro na sala de dissecação e subiu as escadas a correr. Quase se esquecia do cachecol, mas depois lembrou-se do frio que fazia da última vez, quando o Outono se insinuava para que não se esquecessem da estação amarga que aí vinha. Chovera de manhã e esperava que não estivesse tudo muito enlameado. As solas dos seus sapatos de atacadores estavam num mísero estado.

Carpenter e o seu ajudante Cobb esperavam no banco do condutor. Stevens instalou-se na carroça com as ferramentas. Baixou-se até ficarem a uma distância segura, não fosse o caso de algum professor ou alunos ainda andarem por ali. Já era tarde, mas um especialista em ossos de Chicago dera uma aula nessa noite e ainda podiam andar a festejar pelos *saloons* das redondezas. Stevens ficara decepcionado por não ter assistido à palestra do homem — a irmandade costumava proibi-lo de assistir às aulas dadas por convidados —, mas o dinheiro ajudaria a recompensar parte da decepção. A maior parte dos outros estudantes pertencia a famílias abastadas do Massachusetts e não tinham de se preocupar com a renda nem com a comida. Stevens tapou a cara com o chapéu quando a carroça passou frente ao McGinty's e ouviu as gargalhadas vindas lá de dentro.

Cobb inclinou-se para trás:

— Hoje vamos para o Concord — disse e ofereceu-lhe o frasco. Por uma questão de princípio, Stevens não aceitava as bebidas que Cobb lhe oferecia. Embora ainda andasse a estudar, não tinha dúvidas quanto aos diferentes diagnósticos que fizera sobre o estado de saúde do homem. No entanto, o vento soprava forte e agreste, além das várias horas de escuridão e lama que os esperavam antes de regressarem ao Teatro Anatómico. Por isso, Stevens deu um grande gole e engasgou-se como se tivesse bebido fogo.

— O que é isto?

— Uma das misturas do meu primo. Demasiado forte para o teu gosto?

Ele e Carpenter soltaram uma gargalhada.

O mais provável é que ele tivesse recolhido os restos dos copos da noite anterior no *saloon*. Stevens encaixou a partida com bom humor, pois ao longo dos meses aprendera a gostar de Cobb. Podia imaginar as queixas do homem quando Carpenter sugeriu que estivesse sempre a postos quando algum do seu gangue estivesse demasiado bêbedo, preso ou indisponível por outro motivo qualquer para as suas missões nocturnas. Quem iria dizer que este menino elegante e rico era capaz de não dar com a língua nos dentes? (Stevens não era rico e, por enquanto, a elegância limitava-se às suas aspirações.) Nos últimos tempos, as autoridades da cidade tinham começado a enforcar ladrões de sepulturas — o que, consoante a perspectiva de cada um, tanto podia ser irónico como justo, já que os corpos dos enforcados eram oferecidos às faculdades de medicina para serem dissecados.

«Não te importes com a forca», dissera Cobb a Stevens. «É muito rápido. O problema são as pessoas... na minha opinião, devia ser um assunto privado. Acho indecente ficarem ali a ver um homem a cagar as entranhas.»

Estreitaram laços de amizade por desenterrarem sepulturas. Agora, quando Cobb o tratava por Doutor, era por respeito e sem ironia. «Tu não és daquela laia», dissera-lhe Cobb uma noite enquanto carregavam um cadáver pela porta das traseiras. «És um malandreco.»

Nem mais. Ajudava bastante ser-se um malandreco desavergonhado e, ao mesmo tempo, um jovem cirurgião, sobretudo no que dizia respeito a materiais *post mortem* para dissecar. A falta de cadáveres agravara-se desde que a anatomia se tornara uma ciência independente. A lei, a prisão e os juízes só tinham contribuído para aumentar o número de assassínios de homens e prostitutas. Sim, era verdade que pessoas que sofriam de doenças raras e de malformações fora do comum tinham vendido os corpos para serem estudados depois de morrerem, e alguns médicos também haviam doado os seus cadáveres em prol da investigação e do espírito científico, mas este número mal dava para a procura. O corpo tornara-se um jogo duro, tanto para compradores como para vendedores. As faculdades de medicina mais abastadas esmagavam a concorrência das menos afortunadas. Os ladrões de cadáveres começaram por cobrar pelos corpos, depois pelos contentores e, por fim, até pelo serviço de entrega. Começavam por aumentar os preços no início das aulas, quando a procura estava em alta, e no final do ano ofereciam verdadeiras pechinchas pois já não eram precisos mais exemplares.

Stevens confrontava-se todos os dias com estes paradoxos mórbidos: a sua profissão destinava-se a prolongar a vida, mas, em segredo, aguardava com ansiedade por um aumento do número de mortos. Um acto de negligência médica obrigava-o a comparecer perante o juiz, que o acusava de falta de conhecimentos, mas, se fosse apanhado com um cadáver obtido por meios desonestos, o juiz condenava-o por estar a tentar obter esses conhecimentos. A Proctor obrigava os estudantes a pagar pelos exemplares patológicos que utilizavam. Ora, o primeiro curso de anatomia de Stevens obrigava-o a realizar duas dissecações completas... onde é que ele ia arranjar dinheiro para isso? Em casa, no Maine, a mãe mimara-o com os seus cozinhados; as mulheres daquele lado da família eram dotadas. Aqui, na cidade, as propinas, os livros, as aulas e a renda obrigavam-no a subsistir dias a fio com restos e pedaços de pão duro.

Quando Carpenter o convidou para trabalhar com ele, Stevens nem hesitou. Uns meses antes, na primeira entrega, assustou-se com o aspecto dele. O ladrão de cadáveres era um gigante irlandês, de uma compleição imponente, sempre com um palavrão na ponta da língua e que exalava um fedor a terra húmida. Carpenter e a mulher tiveram seis filhos; quando dois deles morreram de febre-amarela, vendeu-os para estudos de anatomia. Pelo menos era isto o que se contava. Stevens tinha demasiado medo dele para lhe fazer perguntas sobre o assunto. Quando se traficavam cadáveres, ajudava muito ser-se imune a sentimentalismos.

Não seria o primeiro ladrão de cadáveres que escavava uma sepultura na qual se deparava com um primo perdido ou um grande amigo.

Carpenter recrutava o seu gangue no *saloon*, todos eles arruaceiros. Dormiam de dia, bebiam bem à noite e depois iam ao seu passatempo. «O horário de trabalho pode não ser o melhor, mas adapta-se a determinados tipos de carácter.» O carácter dos criminosos, que, seja como for, é sempre incorrigível. Havia tantos crimes baixos que a invasão de cemitérios seria com certeza o mais baixo da escala. A concorrência formava uma matilha de animais raivosos. Não se podia deixar uma hipótese para o final da noite pois corria-se o risco de descobrir que já alguém se antecipara e gamara o cadáver. Carpenter denunciava à Polícia aqueles que lhe faziam concorrência e invadia as salas de dissecação para mutilar os cadáveres que estes tinham entregado. As brigas eram habituais sempre que os gangues se encontravam no mesmo cemitério. Esmagavam as cabeças uns dos outros contra as lápides. «Foi cá um estrondo!», costumava Carpenter dizer ao acabar de contar uma das suas muitas histórias, com um sorriso que lhe deixava os dentes esverdeados à vista.

Nos seus tempos de glória, Carpenter elevara os estratagemas e artimanhas da sua ocupação ao nível de uma arte diabólica: levava pedras em carrinhos de mão para os coveiros enterrarem e fazia desaparecer o defunto. Um actor ensinou os seus sobrinhos e sobrinhas como se estivessem de luto; depois faziam rondas pela morgue e reclamavam corpos de parentes com quem tinham deixado de contactar há muito tempo — embora Carpenter não gostasse muito deste estratagema e preferisse roubar os corpos da morgue sempre que era preciso. Foram várias as ocasiões em que vendeu um cadáver a uma faculdade de anatomia, denunciou o corpo na Polícia e depois ele e a mulher, vestidos de luto, reclamaram-no como sendo o do seu filho. Depois vendia o corpo a outra faculdade. Poupava ao condado as despesas do funeral; ninguém prestava muita atenção a isto.

O negócio dos corpos acabou por crescer de tal forma que os familiares começaram a organizar vigílias junto das campas, de maneira a impedir que os seus entes queridos desaparecessem durante a noite. De um momento para o outro, cada criança que desaparecia passou a ser considerada vítima de um esquema ilegal: raptada, morta e depois vendida para ser dissecada. Os jornais difundiram a causa em editoriais inflamados; a lei entrou em cena. Perante este novo clima, a maioria dos ladrões de cadáveres foi obrigada a alargar os seus territórios, a escavar à pressa campas em cemitérios afastados entre si. Carpenter virou-se exclusivamente para os pretos.

Os pretos não deixavam sentinelas junto dos seus mortos, não iam bater à porta do xerife nem assombravam os escritórios dos jornalistas. Os xerifes não lhes concediam a mínima importância e os jornalistas não estavam interessados em ouvir as suas histórias. Os corpos dos seus entes queridos desapareciam em sacos e reapareciam nas caves frias das faculdades de medicina a fim de revelarem os seus segredos. Na opinião de Stevens, todos eles eram autênticos milagres, pois forneciam indicações acerca dos intrincados desígnios de Deus.

Carpenter rosnou quando ele disse a palavra, como um cão sarnento a proteger o osso: *preto*. Stevens nunca usava a palavra; não concordava com os preconceitos raciais. Na verdade, um irlandês analfabeto como Carpenter, que a sociedade empurrara para uma vida a revolver campas, tinha mais em comum com um negro do que um médico branco. Se analisarmos o caso em toda a sua extensão. É claro que nunca diria isso em voz alta. Às vezes, e atendendo às tendências do mundo moderno, Stevens interrogava-se se as suas opiniões não seriam excêntricas. Os outros estudantes diziam o pior possível da população de cor de Boston, do seu cheiro, das suas deficiências intelectuais, dos seus comportamentos primitivos. No entanto, sempre que os colegas usavam um bisturi para abrir o cadáver de alguém de cor, estavam a fazer mais pela causa do progresso dos negros do que a maior parte dos abolicionistas mais convictos. Na morte, o negro tornava-se um

172

ser humano; só nessa altura passava a ser igual ao homem branco.

Ao chegarem perto do Concord, pararam junto do pequeno portão de madeira e ficaram à espera do sinal do guarda. O homem balançou a lanterna para trás e para a frente, e Carpenter entrou com a carroça no cemitério. Cobb pagou ao homem e encaminhou-os para o saque daquela noite: dois grandes, dois médios e três crianças. A chuva amolecera a terra. Seria trabalho para três horas. Depois de encherem as campas, ficaria tudo como se nunca tivessem estado ali.

— Toma lá a tua faca de cirurgião. — Carpenter estendeu uma pá a Stevens.

De manhã voltaria a ser um estudante de Medicina. Esta noite não passava de um homem ressuscitador. A designação mais apropriada seria profanador de cadáveres. Homem ressuscitador soava um tanto florido, mas tinha o seu fundo de verdade. Dava a estas pessoas uma segunda oportunidade de contribuírem, algo que lhes fora negado na vida anterior.

De vez em quando Stevens pensava que, se fosse possível fazer um estudo dos mortos, seria possível fazer um estudo dos vivos e obrigá-los a testemunhar, algo que nenhum cadáver podia fazer.

Esfregou as mãos para as aquecer e começou a cavar.

Carolina do Norte

Fugiu ou foi levada da residência do abaixo assinado, perto de Henderson, a 16 do corrente mês, uma rapariga negra chamada MARTHA, que pertence ao abaixo assinado. Esta rapariga tem pele castanho-escura, é baixa, fala muito e tem cerca de 21 anos; usa um gorro preto de seda com penas e tem em seu poder duas colchas de cama de calicó. Julgo que vai tentar fazer-se passar por uma rapariga livre.

RIGDON BANKS
CONDADO DE GRANVILLE, 28 DE AGOSTO DE 1839

Cora perdera as velas. Um dos ratos acordou-a com uma dentada quando ela se aninhara. Rastejou pela terra da plataforma e procurou-as, mas não as encontrou. Passara um dia desde que a casa de Sam tinha sido incendiada, mas não conseguia ter a certeza. Naquela altura, a melhor maneira de avaliar as horas era usar uma das escalas da plantação de algodão dos Randalls: a sua fome e medo aumentavam de um lado, ao passo que do outro as suas esperanças eram cada vez mais reduzidas. A única forma de se saber há quanto tempo se está perdido na escuridão é ser salvo desta.

Nessa altura, e depois de reflectir sobre as condições daquela sua prisão, Cora só precisava da companhia das velas. A plataforma tinha vinte e oito passos de comprimento e cinco e meio desde a parede até aos carris. Eram vinte e seis passos até ao mundo lá em cima. Sentiu que o alçapão ainda estava quente quando lhe encostou a palma da mão. Lembrava-se do degrau em que o vestido se prendera quando subira (o oitavo) e em qual raspara a pele ao descer muito depressa (o décimo quinto). Recordava-se de ter visto uma vassoura num dos cantos da plataforma. Usou-a para tactear o chão como vira fazer a rapariga cega na cidade e tal como Caesar testara o pântano durante a fuga deles, até que se desnorteou ou ganhou confiança a mais e caiu nos carris, acabando por perder tanto a vassoura como qualquer vontade, além de ficar ali encolhida no chão.

Tinha de sair dali. Durante aquelas longas horas não conseguiu parar de imaginar cenas cruéis, de organizar o seu próprio Museu das Maravilhas Terríveis. Caesar algemado por uma multidão enfurecida; Caesar desfeito de pancada no fundo da carroça do caçador de escravos, já a meio do caminho de regresso à plantação, onde Randall aguardava para o punir. Sam na prisão; Sam coberto de alcatrão e penas, a ser interrogado acerca da estrada subterrânea, com os ossos partidos e inconsciente. Um bando de homens brancos sem rosto vasculhava a cabana, puxava o alçapão e entregava-a à desventura.

Estas foram as cenas sangrentas de que se lembrava ao acordar. Nos pesadelos, as imagens eram ainda mais grotescas. Andava de um lado para o outro diante da vitrina, como uma visitante em sofrimento. Ficava fechada na Vida no Navio Negreiro depois de o museu encerrar, de porto em porto e à espera de vento enquanto centenas de almas raptadas gritavam no fundo do porão. Por trás da vitrina seguinte, Miss Lucy cortava o estômago aberto de Cora com um abre-cartas e das suas entranhas saíam milhares de aranhas pretas. Recuou vezes sem conta à noite no fumeiro, agarrada por enfermeiras do hospital enquanto Terrance Randall berrava e a empurrava. Os ratos ou as baratas costumavam acordá-la quando a sua curiosidade aumentava; interrompiam-lhe os sonhos e devolviam-na à escuridão da plataforma.

O estômago rangeu sob os seus dedos. Já passara fome noutras alturas, como quando Connelly metera na cabeça castigar os escravos por mau comportamento e cortara as rações. Contudo, precisavam de comer para trabalhar e o algodão exigia que o castigo fosse breve. Aqui não havia maneira de saber quando voltaria a comer. O comboio estava atrasado. Na noite em que Sam lhes contou a história sobre o sangue — quando a casa ainda estava de pé —, esperava-se a chegada do próximo comboio no prazo de dois dias. Já devia ter chegado. Desconhecia qual era o atraso, mas isso não significava nada de bom. Talvez este ramal tivesse sido encerrado. Toda a linha havia sido descoberta e cancelada. Ninguém vinha aí. Estava demasiado fraca para andar um número de quilómetros que desconhecia até à estação seguinte, e muito menos para enfrentar o que quer que fosse que a esperasse na próxima paragem.

Caesar. Se tivessem sido sensatos e tivessem continuado a fugir, ela e Caesar já estariam nos Estados Livres. Por que razão acreditaram que dois modestos escravos mereciam a generosidade da Carolina do Sul? Que existia uma vida nova tão perto, logo a seguir à fronteira do estado? Aquilo continuava a ser o Sul, e os dedos do diabo eram compridos e velozes. E depois, após tudo aquilo que o mundo já lhes ensinara, como não reconheceram correntes quando tinham acabado de as abrir dos seus pulsos e tornozelos? As correntes da Carolina do Sul eram de fabrico recente — as chaves e as fechaduras correspondiam a um projecto regional —, mas continuavam a desempenhar a função de correntes. Afinal, não tinham viajado muito.

Não conseguia ver a mão à sua frente, mas viu Caesar ser capturado muitas vezes. Apanhado na fábrica, agarrado quando ia ter com Sam ao Drift. Enquanto caminhava pela Main Street de braço dado com a sua namorada Meg. Meg aos gritos quando eles o apanharam e a atiraram ao chão. Tudo teria sido diferente se tivesse feito de Caesar seu amante: poderiam apanhá-los juntos. Não ficariam sozinhos nas suas prisões separadas. Cora dobrou os joelhos junto ao peito e envolveu-os com os braços. Afinal, deve tê-lo desapontado. No fundo, era uma perdida. Uma perdida não só em termos da plantação — órfã, sem ninguém que tomasse conta dela —, mas também em qualquer outra esfera. Algures, há muitos anos, saltara do caminho da vida e já não conseguia encontrar o caminho de regresso para a família das pessoas.

A terra vibrou ligeiramente. Nos dias seguintes, quando se lembrasse da aproximação do comboio, não associaria essa vibração à locomotiva, mas sim à chegada furiosa de uma verdade que conhecia desde sempre: era uma perdida em todos os sentidos. A última da sua tribo.

A luz do comboio tremeu ao descrever a curva. Cora levou as mãos ao cabelo, mas só depois percebeu que não cuidara da sua aparência desde que estava ali enterrada. O maquinista não iria julgá-la; aquele empreendimento secreto era uma fraternidade de almas sem igual. Agitou entusiasticamente as mãos e saboreou a luz cor de laranja quando esta se expandiu pela plataforma como se fosse uma bolha de calor.

O comboio passou pela estação a toda a velocidade e desapareceu.

Quase caiu à linha enquanto gritava pelo comboio, tinha a garganta seca e dorida após dias de privação. Cora pôs-se de pé mas desequilibrou-se, incrédula, até ouvir o comboio a travar nos carris.

O maquinista mostrou-se prestável:

— Também queres a minha sanduíche? — perguntou enquanto Cora bebia água do odre dele. Devorou a sanduíche, sem sequer dar importância à ironia e apesar de nunca ter gostado de língua de porco.

— Não era suposto estares aqui — disse o rapaz ao mesmo tempo que ajustava os óculos. Não tinha mais de quinze anos, era magro e cheio de energia.

— Bem, estás a ver-me, não estás?

Ela lambeu os dedos e souberam-lhe a terra.

O rapaz exclamava «Oh, meu Deus!» e «Minha mãe do Céu!» ao ouvir todos os problemas da história dela, enfiava os polegares nos bolsos do fato-macaco e baloiçava-se sobre os calcanhares. Falava como um dos miúdos brancos que Cora observara na praça da cidade a jogarem à bola, com uma autoridade despreocupada que não combinava com a cor da sua pele e menos ainda com a natureza do seu trabalho. Devia ser uma boa história como é que ele chegara a maquinista da locomotiva, mas não era a altura para histórias inverosímeis sobre rapazes de cor.

— A estação de Geórgia está fechada — acabou ele por dizer, coçando a cabeça sob o boné azul. — Temos de nos manter afastados. As patrulhas devem ter farejado, julgo eu. — Entrou na cabina para pegar no penico e foi despejá-lo ao fundo do túnel. — Os patrões não tiveram notícias do agente da estação, por isso avancei a toda a velocidade. Esta paragem não estava no meu horário. — Via-se que queria arrancar o mais depressa possível.

Cora hesitou, incapaz de evitar olhar para as escadas, como se fosse a última vez que tinha oportunidade de o fazer. O passageiro impossível. Depois encaminhou-se para a cabina.

— Não podes ir aí! — exclamou o rapaz. — É contra o regulamento.

— Não está à espera de que eu vá naquilo! — afirmou Cora.

— Menina, neste comboio os passageiros viajam todos na carruagem. Eles são muito rígidos quanto a isso.

Chamar carruagem àquela carripana era um abuso. Tratava-se de um vagão como aquele em que fora até à Carolina do Sul, mas era um L, ou seja, só tinha a plataforma: um estrado de tábuas de madeira fixado por rebites ao chassis, sem paredes nem tejadilho. Subiu a bordo e os preparativos do rapaz fizeram o comboio abanar. Virou a cabeça para trás e acenou à sua passageira com um entusiasmo exagerado.

Sobre o estrado viam-se cordas e correntes enroladas ou amontoadas que serviam para fixar cargas maiores. Cora sentou-se no meio do vagão, enrolou uma corda à cintura com três voltas e usou outras duas cordas para improvisar umas rédeas, às quais se agarrou com toda a força.

O comboio avançou pelo túnel, rumo a norte. O maquinista gritou: «Todos a bordo!» Embora aquilo fizesse parte do seu trabalho, Cora achou que o rapaz era tonto. Olhou para trás. A sua prisão subterrânea foi ficando cada vez mais pequena à medida que a escuridão a engolia. Interrogou-se se seria a última passageira. Talvez o próximo viajante não tardasse e continuasse a usar a linha, até à liberdade.

No caminho para a Carolina do Sul, Cora dormira no vagão que abanava por todos os lados, aninhada no peito quente de Caesar. Nesta sua segunda viagem de comboio não dormiu. Aquilo a que chamavam a sua carruagem parecia mais resistente do que o vagão, mas a deslocação do ar transformou a viagem num vendaval insuportável. De vez em quando, Cora tinha de se virar para conseguir respirar. O maquinista era mais ousado do que o anterior, conduzia mais depressa e puxava pela máquina a todo o gás. O vagão pulava sempre que descreviam uma curva. O mais perto que estivera do mar fora durante o trabalho no Museu das Maravilhas Naturais; aquelas tábuas recordaram-lhe navios e rajadas de vento. Ouvia o maquinista a cantarolar, canções que não conhecia, restos do Norte trazidos pela ventania. Acabou por desistir e deitou-se de barriga para baixo, mas com os dedos cravados nas frinchas das tábuas.

— Como vão as coisas aí atrás? — perguntou-lhe o maquinista quando pararam. Estavam no meio de um túnel e não se avistava qualquer estação.

Cora largou as cordas.

— Óptimo — disse o rapaz enquanto limpava a fuligem e o suor da cara. — Estamos mais ou menos a meio do caminho. Preciso de esticar as pernas. — Deu uma palmada num dos lados da caldeira. — Esta gaja dá cabo de mim.

Só quando voltaram a pôr-se em andamento é que Cora percebeu que se esquecera de perguntar para onde se dirigiam.

A estação por baixo da quinta de Lumbly estava decorada com um cuidadoso padrão de pedras coloridas, ao passo que as paredes da estação de Sam tinham sido forradas com pranchas de madeira. Para deixarem patente a dificuldade do seu feito, os construtores desta paragem limitaram-se a picar e escavar a terra impiedosa e não fizeram qualquer tentativa para a decorar. Veios brancos, cor de laranja e castanhos percorriam as paredes, os buracos e as saliências. Cora encontrava-se dentro de uma montanha.

O maquinista acendeu uma das tochas na parede. Os operários nem sequer tinham feito uma limpeza depois de terminarem o trabalho: a plataforma estava repleta de caixas de ferramentas das minas e mais parecia uma oficina. Os passageiros sentavam-se em cima de caixas de pólvora vazias. Cora experimentou a água de um dos barris. Parecia fresca. Sentia a boca como se fosse uma velha pá do lixo devido à areia que pairava pelo túnel. Bebeu várias conchas de água enquanto o maquinista a observava, meio nervoso.

— Onde é que fica este lugar? — quis ela saber.

— Carolina do Norte — respondeu o rapaz. — Costumava ser uma paragem, por aquilo que me contaram. Mas já não é.

— O agente da estação? — perguntou Cora.

— Nunca o conheci, mas tenho a certeza de que é um tipo impecável.

Era preciso ter um bom carácter e grande tolerância à escuridão para trabalhar naquele poço. Depois dos dias que passara debaixo da cabana de Sam, Cora não estava disposta a aceitar o desafio.

— Vou contigo — avisou-o. — Qual é a próxima estação?

— Isso era o que eu estava a tentar dizer-lhe, menina. Eu estou em formação.

Contou-lhe que, devido à sua idade, lhe confiaram a máquina, mas não o transporte de pessoas. Depois de terem fechado a estação da Geórgia — ele desconhecia os pormenores, mas os rumores apontavam para que tivesse sido descoberta —, estavam a testar todas as linhas, de modo a reorientarem o tráfego. O comboio pelo qual ela aguardara tinha sido cancelado e ele não sabia quando voltaria a passar outro. Recebera instruções para fazer um relatório das condições e para regressar ao entroncamento.

— Não podes levar-me até à próxima paragem?

Fez-lhe sinal para o seguir até à beira da plataforma e estendeu-lhe a lanterna. O túnel terminava cerca de quinze metros mais adiante, numa zona irregular.

— Passámos por um desvio lá atrás, segue para sul — explicou ele. — Só tenho carvão suficiente para ir até lá ver como está e regressar ao depósito.

— Eu não posso ir para o Sul — disse Cora.

— O agente da estação não deve demorar. Tenho a certeza.

Sentiu a falta dele assim que desapareceu com toda a sua loucura.

Cora tinha luz, e outra coisa que não tinha na Carolina do Sul: som. Por entre os carris corria uma água escura proveniente das gotas que caíam constantemente do tecto da estação. A abóboda de pedra era branca com manchas vermelhas, como o sangue que ensopava a camisa daqueles que eram punidos com chicotadas. Apesar disso, o ruído animava-a, tal como a muita água potável, as tochas e a distância que a separava dos caçadores de escravos. Vista de baixo da terra, a Carolina do Norte dava ideia de ser uma melhoria.

Começou a explorar: a estação pouco mais era do que um túnel escavado em bruto, escorado por vigas de suporte até ao tecto de madeira e com pedras cravadas no piso de terra que a faziam tropeçar. Optou por começar pelo lado esquerdo e por chapinhar na água que escorria das paredes. O caminho estava pejado de ferramentas enferrujadas. Escopros, martelos e picaretas — armamento para combater montanhas. Havia muita humidade no ar e ficou com uma das mãos coberta de pó branco e frio quando a passou pela parede. No final do corredor, uma escada fixada à parede dava acesso a uma passagem estreita. Ergueu a tocha, mas não conseguiu ver até onde chegavam os degraus. Só ganhou coragem para começar a subir depois de ter descoberto que o outro extremo do corredor terminava num beco afunilado.

Alguns metros mais acima, descobriu porque é que as equipas de trabalhadores tinham deixado todas aquelas ferramentas e equipamentos para trás: o túnel estava interrompido por um monte de pedras e terra, desde o chão até ao tecto. Do lado oposto a esta gruta, o túnel terminava uns trinta metros mais adiante, o que confirmou os seus receios. Uma vez mais, encontrava-se encurralada.

Cora escorregou pelas pedras e chorou até se deixar dominar pelo sono.

O agente da estação acordou-a.

— Oh! — exclamou o homem. Do buraco que abrira no cimo do monte de pedras e terra só lhe via a cara vermelha e redonda. — Oh, meu Deus, o que estás aqui a fazer? — perguntou-lhe.

— Senhor, sou uma passageira.

— Sabes que esta estação está fechada?

Ela levantou-se, tossiu e compôs o vestido todo sujo.

— Oh, meu Deus, Valha-me Deus — continuou ele a dizer. Chamava-se Martin Wells. Alargaram os dois o buraco na parede de pedras e ela conseguiu passar para o outro lado. O homem ajudou-a a descer a rampa como se estivesse a ajudar uma senhora que saísse da mais elegante carruagem. Após várias voltas, a boca do túnel representava um convite fácil de recusar. A brisa acariciou-lhe a pele e engoliu o ar como se fosse água, o céu nocturno foi a melhor refeição que alguma vez saboreara e as estrelas pareceram-lhe suculentas e maduras depois de tanto tempo que passara lá em baixo.

Além de ter um corpo em forma de barril, o agente da estação era um homem no final da meia-idade, de rosto pastoso e molengão. Apesar de ser agente da estrada subterrânea e de estar habituado ao perigo, revelou uma personalidade algo nervosa.

— Não devias estar aqui — afirmou, repetindo as palavras do maquinista. — Esta paragem é uma verdadeira miséria.

Martin bufava enquanto lhe dava explicações e afastava da cara o cabelo acinzentado e suado. Os cavaleiros da noite andavam em patrulha, à caça de agentes e passageiros que se encontrassem em situações difíceis. É verdade que aquela velha mina de mica ficava num local remoto, esgotada há muito pelos Índios e esquecida pela maior parte das pessoas, mas as autoridades inspeccionavam regularmente as grutas e as minas, qualquer sítio onde um fugitivo pudesse refugiar-se para escapar à justiça.

A gruta que deixara Cora tão angustiada era um chamariz para camuflar a operação que estava a ser levada a cabo mais abaixo. Apesar dos êxitos, as novas leis da Carolina do Norte decretaram que a estação era inoperável, e ele só fora à mina para deixar uma mensagem aos tipos da estrada subterrânea a informá-los de que não podia receber mais passageiros. Martin não estava minimamente preparado para dar guarida a Cora ou a qualquer outro fugitivo.

— Sobretudo dadas as actuais circunstâncias — sussurrou como se as patrulhas estivessem à espera no cimo do monte.

Martin disse-lhe que tinha de ir buscar uma carroça, mas Cora desconfiou que ele não voltaria. O homem insistiu que não demoraria: a manhã estava prestes a romper e depois disso seria impossível transportá-la. Sentia-se tão grata por estar ao ar livre no mundo dos vivos que resolveu acreditar nele e quase o abraçou quando ele regressou numa carroça a cair de velha, puxada por dois cavalos que eram apenas pele e osso. Arrumaram as sacas de grãos e sementes de maneira a criarem um esconderijo apertado. Da última vez que Cora precisara de se esconder assim, fora preciso espaço para dois. Martin estendeu uma lona sobre a carga e saíram dali, com o agente da estação sempre a praguejar até chegarem à estrada.

Não tinham andado muito quando Martin parou os cavalos, puxou a lona e disse-lhe:

— O Sol não tarda a nascer, mas queria que visses isto.

Cora não percebeu logo aquilo que ele queria dizer. A estrada que atravessava o campo estava em silêncio, coberta de ambos os lados pelas copas das árvores. Viu uma silhueta e depois outra, até que saltou da carroça.

Os corpos pendurados nas árvores como ornamentos a apodrecer. Alguns estavam nus, outros parcialmente vestidos; as calças manchadas pelo derramamento das suas entranhas depois de lhes terem partido os pescoços. Golpes e feridas enormes marcavam a carne daqueles que estavam mais perto, os dois que o agente da estação iluminava com a lanterna. Um tinha sido castrado e no espaço da sua masculinidade só se via agora uma cavidade horrenda. O outro corpo era de mulher, de barriga proeminente. Cora nunca tivera jeito para saber se um corpo transportava uma criança. Os olhos esbugalhados pareciam repreender o seu olhar estupefacto, mas o que era a atenção de uma rapariga, que perturbava o seu descanso, comparada com a maneira como o mundo os castigara desde o dia em que nasceram?

— Agora chamam a esta estrada o Trilho da Liberdade — contou-lhe Martin enquanto voltava a colocar a lona. — Há corpos por todo o caminho até à cidade.

Em que raio de inferno é que o comboio a deixara? Quando voltou a sair da carroça, esgueirou-se por um dos lados da casa amarela de Martin. O céu começava a clarear. Martin levara a carroça o mais para trás da sua propriedade a que se atrevera. As casas de cada um dos lados da dele ficavam muito próximas e quem quer que acordasse com o barulho dos cavalos poderia vê-la. Na direcção da parte da frente da casa, Cora avistou a rua e, mais para lá, um campo relvado. Martin encorajou-a, de modo que ela avançou pelo alpendre das traseiras e acabou por entrar. Uma mulher branca e alta, em camisa de noite, encostou-se à ombreira da porta da cozinha. Bebia um copo de limonada e nem sequer olhou para Cora quando disse:

— Tu vais-nos matar.

Era Ethel. Ela e Martin estavam casados há trinta e cinco anos. Não trocaram uma palavra enquanto ele lavava as mãos trémulas numa bacia. Cora percebeu que já tinham discutido enquanto ela aguardava na mina, e que teria sido esse o seu argumento quando discutiram o assunto entre eles.

Ethel levou-a para o piso de cima e Martin foi arrumar a carroça no armazém. Cora espreitou a sala de estar por breves instantes, modestamente decorada; após os avisos de Martin, a luz da manhã acelerou-lhe o passo. O cabelo comprido e cinzento de Ethel chegava-lhe até meio das costas. Cora sentia medo da forma como a mulher andava: parecia flutuar montada na sua fúria. Ethel parou no cimo das escadas e apontou para a casa de banho.

— Tresandas! Vê se tratas disso depressa — disse-lhe.

Quando Cora voltou ao corredor, a mulher mandou-a subir as escadas que davam acesso ao sótão. A cabeça de Cora quase tocava no tecto daquele espaço pequeno e quente. Entre as paredes inclinadas do telhado, o sótão estava atulhado de tralha acumulada ao longo dos anos. Dois tanques de esfregar roupa partidos, pilhas de colchas comidas pelas traças, cadeiras com os fundos partidos e, a um dos cantos, um cavalo de baloiço meio escondido, coberto por rolos de papel de parede amarelo.

— Agora temos de tapar aquilo. — Ethel referia-se à janela. Afastou um caixote da parede, pôs-se em cima deste e abriu a clarabóia do tecto. — Anda cá, mexe-te! — Aquela carantonha espelhava toda a sua desaprovação. Ainda nem sequer olhara para a fugitiva.

Cora chegou-se para o lado do tecto falso, para o recanto mais apertado, um espaço com um metro de altura e quatro de comprimento. Afastou as pilhas de jornais e livros bolorentos para ganhar espaço. Ouviu Ethel descer as escadas para depois regressar com comida, um jarro de água e um penico.

Ethel olhou para Cora pela primeira vez, com o seu rosto emoldurado pelo caixilho da clarabóia, e anunciou:

— A rapariga está quase a chegar. Se ela te ouve, denuncia-nos e eles matam-nos. A nossa filha e a família do marido chegam hoje à tarde. Não podem saber que estás aqui. Percebeste?

— Quanto tempo é que vão ficar?

— Estúpida. Nem um som. Nem o mais pequeno pio. Se alguém te ouve, estamos perdidos. — E fechou a clarabóia.

Só entrava luz e ar por um buraco na parede que dava para a rua. Cora rastejou até lá e agachou-se sob as vigas.

O buraco irregular fora aberto pelo lado de dentro, obra de um anterior ocupante que tomara a iniciativa devido às condições do alojamento. Imaginou onde estaria agora essa pessoa.

Neste primeiro dia ficou a conhecer como era a vida no parque, o pedaço de relva que vira do outro lado da rua a partir da casa. Encostou um olho àquele orifício que lhe permitia espiar e rodou a cabeça para conseguir uma visão completa. O parque estava completamente rodeado por casas de dois e três andares, todas de madeira, de construção idêntica e que só se distinguiam umas das outras pela cor e pelo tipo de mobiliário nos seus grandes alpendres. O relvado era atravessado por caminhos de tijolo que serpenteavam pelas sombras das árvores altas e dos luxuriosos ramos destas. Jorrava água de uma fonte junto à entrada, rodeada por bancos de pedra que estavam sempre ocupados desde manhã até à noite.

Os turnos sucediam-se: homens de idade com lenços cheios de migalhas de pão para os pássaros, crianças com papagaios e bolas e jovens pares sob o feitiço do romance. O dono do espaço parecia ser um cãozito castanho, que conhecia todas as pessoas, ladrava e corria de um lado para o outro. Durante a tarde, as crianças perseguiam-no pela relva e até ao coreto que ficava num dos extremos do parque. O cão dormia à sombra dos bancos e do carvalho gigante que dominava majestosamente todo aquele espaço verde. Cora reparou que estava bem alimentado, graças às guloseimas e ossos que as pessoas lhe davam e tudo indicava que a sua barriga nunca rangia de fome. Chamou-lhe *Mayor*.

À medida que o Sol se aproximava do zénite e o parque fervilhava com a multidão do meio-dia, o calor transformava o seu esconderijo numa fornalha insuportável. Depois de vigiar o parque, a sua principal actividade era arrastar-se por diferentes zonas do sótão, à procura de imaginários oásis de frescura. Ficou a saber que os seus anfitriões não iriam visitá-la durante o dia, quando Fiona, a empregada, estava a trabalhar. Martin tratava do armazém, Ethel saía e entrava das suas rondas sociais, mas Fiona ficava sempre lá em baixo. Era jovem e tinha um sotaque irlandês bastante acentuado. Cora ouvia-a nos seus afazeres, a suspirar e a murmurar imprecações aos patrões. Fiona não entrou no sótão nesse primeiro dia, mas o som dos seus passos deixou Cora tão hirta quanto o seu velho companheiro de navio, o *skipper* John. Os avisos de Ethel na primeira manhã alcançaram o objectivo pretendido.

No dia em que chegou houve outras visitas: Jane, a filha de Martin e Ethel, acompanhada pela família. Os modos radiantes e agradáveis da rapariga levaram Cora a decidir que saía ao pai e imaginou a cara dela, tomando Martin como modelo. O genro e as duas netas estavam numa agitação constante e pareciam trovejar por toda a casa. A certa altura, as raparigas pensaram em ir ao sótão, mas desistiram depois de conversarem sobre os hábitos e costumes dos fantasmas. Havia, de facto, um fantasma na casa, mas Cora já não tinha nada que ver com correntes, fizessem elas barulho ou não.

À noite, o parque continuava a ser frequentado. A rua principal devia ficar perto, no afunilamento da cidade, pensou Cora. Algumas senhoras de idade, com vestidos de algodão azuis com rendas, pregaram fitas com bandeirinhas azuis e brancas à volta do coreto. Festões de folhas cor de laranja acrescentaram um tom florido. As famílias marcaram lugar diante do palco, estendendo cobertores no chão e tirando comida dos cestos. Aquelas que viviam em volta do parque reuniram-se nos alpendres com jarros e copos.

Preocupada com aquele refúgio desconfortável e com a série de desventuras desde que os caçadores de escravos os tinham descoberto, Cora não se apercebeu imediatamente de um pormenor muito importante no parque: todas as pessoas eram brancas. Nunca saíra da plantação até ter fugido com Caesar e, por isso, na Carolina do Sul teve o primeiro vislumbre da mistura de raças nas cidades. Na Main Street, nas lojas, nas fábricas e nos escritórios, em todos os sectores, pretos e brancos conviviam todos os dias com a maior das naturalidades. O comércio de seres humanos definhava nestas circunstâncias. Na liberdade ou na servidão, o africano não podia ser separado do americano.

Na Carolina do Norte, a raça negra só existia no extremo das cordas.

Dois jovens musculados ajudaram as matronas a pendurar uma bandeira no cimo do coreto: Festival de Sexta-feira. Uma banda subiu ao palco e os sons dos músicos a afinarem os instrumentos atraíram os visitantes dispersos pelo parque. Cora agachou-se e encostou a cara à parede. O tocador de banjo revelou algum talento, o mesmo não se podendo dizer dos que tocavam trompa e violino. As músicas eram fracas quando comparadas com as tocadas pelos músicos negros que ouvira na plantação dos Randalls e noutros sítios, mas o público gostava daqueles ritmos insípidos. A banda terminou com interpretações animadas de duas músicas de negros que Cora reconheceu e que foram as mais apreciadas da noite. No alpendre lá em baixo, as netas de Martin e Ethel guinchavam e batiam palmas.

Um homem que envergava um fato de linho amarrotado subiu ao palco para proferir algumas palavras de agradecimento. Mais tarde, Martin contou a Cora que era o juiz Tennyson, uma figura que a cidade respeitava quando se mantinha abstémio. Mas naquela noite cambaleava. Não conseguira perceber a apresentação do juiz ao próximo momento, um *show* de pretos. Já ouvira falar daquilo, mas nunca assistira a tal aldrabice; no teatro da Carolina do Sul, o espectáculo era diferente na noite para as pessoas de cor. Dois brancos, com as caras escurecidas por rolhas de cortiça queimadas, representaram uma série de sátiras que provocaram gargalhadas sonoras entre a assistência. Vestidos com roupas largueironas de cores berrantes e cartolas, modelavam as vozes para exagerar a maneira de falar das pessoas de cor, e o humor parecia residir todo neste aspecto. Foi uma rábula durante a qual o mais magro descalçou uma das botas em estado miserável e contou várias vezes os dedos dos pés, perdendo-se constantemente na contagem, que provocou a reacção mais efusiva.

A última actuação, que se seguiu após o juiz ter dado informações acerca dos trabalhos de drenagem crónica do lago, foi uma peça curta. Daquilo que Cora conseguiu juntar dos movimentos dos actores e dos pedaços de diálogo que lhe chegaram até ao seu esconderijo sufocante, o assunto dizia uma vez mais respeito aos escravos: de novo, um branco com a cara mascarrada com cortiça queimada — mas com a pele rosada do pescoço e dos pulsos bem visível — fugira para Norte depois de uma ligeira repreensão do dono. Num monólogo piegas contou aquilo que sofrera durante a viagem: fome, frio e o ataque de animais selvagens. No Norte, o dono de um *saloon* dera-lhe guarida, mas era um patrão impiedoso que estava sempre a bater e a insultar o escravo desobediente, não lhe pagando o salário e humilhando-o; o retrato puro e duro das atitudes dos brancos do Norte.

A última cena era o escravo à porta do dono, pois tornara a fugir, desta vez das falsas promessas dos Estados Livres. Implorava-lhe pelo seu antigo trabalho, lamentava-se da sua loucura e pedia que lhe perdoasse. Com palavras amáveis e tolerantes, o dono explicou-lhe que isso seria impossível, pois a Carolina do Norte mudara durante a ausência do escravo. O dono assobiou e dois homens das patrulhas arrastaram o escravo prostrado para fora da propriedade.

A assistência gostou da moral da história e os seus aplausos ecoaram pelo parque. As crianças mais pequenas bateram palmas às cavalitas dos pais e Cora viu o *Mayor* a mordiscar o ar. Não fazia ideia do tamanho da cidade, mas sentiu que agora todos os presentes no parque estavam à espera de qualquer coisa. O propósito daquela noite acabou por se revelar: um homem enorme, de calças brancas e casaco vermelho assumiu o controlo do palco. Apesar do seu tamanho, mexia-se com modos vigorosos e autoritários — Cora lembrou-se do urso embalsamado no museu, caçado no momento dramático em que se preparava para atacar. Vagarosa e divertidamente, retorceu uma das pontas do bigode e a multidão ficou na expectativa. Tinha uma voz firme e clara, de tal maneira que, pela primeira vez naquela noite, Cora percebeu todas as palavras.

Apresentou-se como Jamison, embora todos os presentes naquele parque soubessem quem ele era.

— À sexta-feira acordo sempre cheio de vigor — disse — por saber que dentro de poucas horas nos voltaremos todos a reunir aqui para festejarmos a nossa boa sorte. Costumava ter muita dificuldade em adormecer naquele tempo em que as nossas autoridades ainda não tinham controlado a escuridão. — Apontou para o formidável grupo de homens que se juntara num dos lados do coreto. A assistência aplaudiu quando os homens acenaram e fizeram uma vénia de agradecimento a Jamison.

Jamison agarrou a multidão. Deus concedera um filho a uma autoridade e outros dois já tinham comemorado os seus aniversários.

— Hoje temos connosco um novo recruta — prosseguiu ele —, um jovem de boas famílias que esta semana se alistou nos cavaleiros da noite. Põe-te de pé, Richard, e deixa que eles te vejam.

O rapaz ruivo e magro avançou timidamente. Tal como os companheiros, envergava o uniforme de calças pretas e camisa branca de tecido espesso, mas o pescoço ficava-lhe a nadar no colarinho. Mal se ouviu aquilo que disse, mas, pela conversa de Jamison, Cora ficou a perceber que o recruta andara a fazer rondas pelo condado e a aprender os protocolos da sua brigada.

— E tiveste uma estreia auspiciosa, não foi, filho?

O rapaz desajeitado acenou com a cabeça. Pela sua idade e a silhueta esguia, Cora lembrou-se do maquinista da última viagem de comboio, empurrado pela força das circunstâncias para o trabalho que competia aos homens. Tinha a pele sardenta muito mais clara, mas partilhavam a mesma impaciência frágil. Talvez tivessem nascido no mesmo dia, mas depois foram levados por códigos e circunstâncias a servir interesses opostos.

— Não é qualquer cavaleiro que faz uma captura na sua primeira semana no terreno — afirmou Jamison. — Ouçamos aquilo que o jovem Richard tem para nos contar.

Dois cavaleiros da noite arrastaram uma rapariga de cor até ao palco. Tinha um corpo típico de empregada de casa e encolheu-se ainda mais de vergonha. Vestia uma túnica cinzenta, rasgada, com manchas de sangue e porcaria, e tinham-lhe rapado o cabelo desajeitadamente.

— O Richard estava a fazer uma busca no porão de um barco a vapor que ia para o Tennessee quando encontrou esta rafeira escondida — disse Jamison. — Chama-se Louisa. Fugiu durante a confusão da reorganização da plantação dela e escondeu-se nos bosques durante muitos meses. Acreditava que escapara à lógica do nosso sistema.

Louisa virou-se para observar a multidão, ergueu a cabeça por breves instantes e deixou-se ficar quieta. Os seus olhos estavam de tal modo ensanguentados que não conseguia ver quem tinham sido os seus carrascos.

Jamison ergueu os punhos no ar, como se temesse qualquer coisa vinda do céu. A noite era a sua adversária, concluiu Cora, a noite e os fantasmas com que ele a encheu. Depois afirmou que os negros hereges espreitavam no meio da escuridão para violar as mulheres e filhas dos cidadãos. Na escuridão eterna, a sua herança do Sul ficava indefesa e em perigo, mas os cavaleiros protegiam-nas.

— Todos nós fizemos sacrifícios por esta nova Carolina do Norte e pelos seus direitos — disse Jamison. — Forjámos esta nação separada, livre das interferências do Norte e do contágio de uma raça inferior. A horda negra foi derrotada e corrigiu-se o erro cometido há muitos anos, quando esta nação surgiu. Alguns, como os nossos irmãos logo a seguir à fronteira do estado, abraçaram a ideia absurda da promoção dos negros. É mais fácil ensinar aritmética a um burro. — Curvou-se para esfregar a cabeça de Louisa. — Quando descobrimos um patife estranho, o nosso dever é óbvio.

A multidão abriu alas, já habituada àquela rotina. Com Jamison a comandar a procissão, os cavaleiros da noite arrastaram a rapariga até ao grande carvalho no meio do parque. Nesse dia, Cora tinha visto a plataforma com rodas a um canto do parque; as crianças haviam estado toda a tarde a trepar por ela e a saltar. A certa altura, ao final da tarde, empurraram-na para baixo do carvalho. Jamison pediu voluntários, e pessoas de todas as idades apressaram-se a tomar os seus lugares de cada lado da plataforma. A corda desceu até ao pescoço de Louisa e conduziram-na pelas escadas acima. Com a precisão de muita prática, um cavaleiro da noite só precisou de um lançamento para passar a corda por um ramo grosso e resistente da árvore.

Um daqueles que acorrera para empurrar a rampa foi corrido porque já tinha participado num festival anterior e o seu lugar foi rapidamente ocupado por uma jovem morena de vestido cor-de-rosa às bolinhas.

Cora desviou o olhar antes que a rapariga ficasse a balançar. Arrastou-se para o lado oposto do sótão, para um canto da sua mais recente jaula. Durante os meses seguintes, nas noites que não eram demasiado sufocantes, preferiu dormir naquele canto. Era o mais afastado do parque, o importante e miserável coração da cidade, como pôde perceber.

A cidade calou-se. Jamison impunha a ordem.

Para explicar a razão pela qual ele e a mulher mantinham Cora prisioneira no sótão, Martin teve de recuar no tempo. Tal como quase toda a gente no Sul, também ele começara pelo algodão. A máquina impiedosa do algodão exigia como combustível corpos africanos. Ao atravessarem o oceano, os navios trouxeram corpos para trabalhar a terra e para gerar mais corpos.

Os pistões do motor trabalhavam sem cessar. Mais escravos significavam mais algodão, o que se traduzia em mais dinheiro para comprar mais terras para produzir mais algodão. Apesar do fim do tráfico de escravos, os números tornaram-se insustentáveis em menos de uma geração: havia pretos a mais. A proporção de brancos para escravos era de dois para um na Carolina do Norte, mas na Louisiana e na Geórgia as populações aproximavam-se da paridade. Bastava passar a fronteira para a Carolina do Sul e o número de negros ultrapassava em mais de cem mil o dos brancos. Não era difícil imaginar as consequências quando os escravos se libertassem das suas correntes em busca da liberdade e... de vingança.

Na Geórgia e no Kentucky, na América do Sul e nas Caraíbas, os africanos já se tinham virado contra os proprietários em confrontos breves mas preocupantes. Antes que a revolta no condado de Southampton tivesse sido esmagada, Nat Turner e o seu bando assassinaram sessenta e cinco brancos, entre homens, mulheres e crianças. As milícias civis e as patrulhas lincharam o triplo como retaliação — conspiradores, simpatizantes e inocentes — para servir de exemplo; para deixar a situação bem clara. No entanto, os números permaneceram e davam prova de uma verdade encoberta pelos preconceitos.

— Aqui à volta a coisa mais parecida com um agente da autoridade era uma patrulha — disse Martin.

— Na maior parte dos sítios — acrescentou Cora.

— As patrulhas perseguem-nos sempre que lhes apetece.

Passava da meia-noite da sua primeira segunda-feira. A filha de Martin e a família já tinham regressado a casa, tal como Fiona, que vivia ao fundo da estrada em Irishtown. Martin sentou-se num caixote no sótão e abanou-se. Cora andava de um lado para o outro e esticava as pernas entorpecidas. Há vários dias que não se punha de pé. Ethel preferiu não aparecer. As janelas estavam tapadas por panos azul-escuros e só uma pequena vela luzia no escuro.

Apesar da hora, Martin falava em sussurro. O seu vizinho do lado era um cavaleiro da noite.

Tal como os capatazes dos proprietários de escravos, as patrulhas eram a lei: brancas, retorcidas e implacáveis. Recrutadas entre a mais viciosa ralé, mas demasiado imbecis para serem promovidos a superintendentes. (Cora acenou em sinal de concordância.) Uma patrulha não precisava de outro motivo para mandar numa pessoa que não fosse a cor desta. Os escravos apanhados fora das plantações precisavam de salvo-condutos, a menos que quisessem umas chicotadas e uma visita à prisão do condado. Os negros livres tinham de andar sempre com a sua carta de alforria ou arriscavam-se a ser devolvidos às garras da escravidão; e, mesmo assim, por vezes eram contrabandeados para os leilões. Os negros mais ousados, que não se rendiam, podiam ser abatidos. As patrulhas invadiam as aldeias de escravos à vontade e saqueavam com total impunidade as casas de homens livres, nas quais roubavam bens adquiridos a muito custo e chegavam mesmo a actos mais licenciosos.

Na guerra — e esmagar uma revolta de escravos era o mais glorioso apelo às armas —, as patrulhas transcenderam as suas origens e tornaram-se um verdadeiro exército. Cora imaginou as insurreições como batalhas enormes e sangrentas, travadas sob um céu nocturno iluminado por vastos incêndios de grandes proporções. Por aquilo que Martin contava, por enquanto as revoltas eram pequenas e caóticas. Os escravos percorreram os caminhos entre cidades com as suas armas rudimentares: machados, foices, facas e tijolos. Informados por traidores negros, os brancos organizaram emboscadas bem planeadas, abateram os insurgentes com armas de fogo e perseguiram-nos a cavalo com o apoio do poderoso exército dos Estados Unidos. Aos primeiros sinais de alarme, os voluntários civis juntaram-se às patrulhas para porem termo aos distúrbios, invadiram os bairros de escravos e incendiaram as casas de homens livres. Os suspeitos e os simples espectadores encheram as prisões. Mataram os culpados e, a bem da prevenção, uma percentagem considerável de inocentes. Assim que consideraram que as vítimas tinham sido vingadas — e, ainda mais importante, que o insulto à ordem branca havia sido pago com juros —, os civis regressaram às suas quintas, fábricas e lojas e as patrulhas retomaram as rusgas.

Embora as revoltas tivessem sido esmagadas, o elevado número de população de cor manteve-se. O veredicto dos recenseamentos estava à vista em quadros sombrios.

— Nós sabemos disso, mas não o dizemos — referiu Cora a Martin.

O caixote rangeu quando Martin se mexeu.

— E se o dizemos, não queremos que mais ninguém ouça — afirmou Cora. — Como somos muitos.

Numa noite fria do Outono anterior, os homens mais poderosos da Carolina do Norte tinham-se reunido para resolver a questão dos negros. Políticos atentos às alterações da complexidade do debate acerca da escravatura; agricultores abastados que controlavam a besta do algodão e começavam a sentir que as rédeas lhes escapavam; e os imprescindíveis advogados para protegerem legal e permanentemente os seus esquemas. Jamison esteve presente, contou Martin a Cora, na sua qualidade de senador e plantador local. Foi uma noite bastante longa.

Reuniram-se na sala de jantar de Oney Garrison. Oney vivia em Justice Hill (monte), assim chamado porque a partir deste era possível ver tudo o que ficava em baixo num raio de muitos quilómetros, tornando o mundo proporcional. Após essa noite, a reunião deles ficou conhecida como a Convenção da Justiça. O pai do anfitrião tinha sido um dos pioneiros do algodão e um defensor experiente da colheita milagrosa. Oney cresceu rodeado dos lucros do algodão, e do seu mal necessário, os pretos. Quanto mais pensava nisto — sentado na sua sala de jantar, observando os rostos compridos e pálidos dos homens que bebiam o que lhes oferecera e que já estavam a abusar do tempo de hospitalidade —, aquilo que ele realmente queria era apenas mais dos primeiros e menos dos últimos. Porque estavam a gastar tanto tempo a preocupar-se com revoltas de escravos e com a influência do Norte no Congresso quando o verdadeiro problema era saber quem iria apanhar todo aquele maldito algodão?

Nos dias seguintes, os jornais publicaram os números para todos verem, contou Martin. Viviam cerca de trezentos mil escravos na Carolina do Norte. Todos os anos desembarcava o mesmo número de europeus — na sua maioria irlandeses e alemães, que fugiam da fome e por motivos políticos — nos portos de Boston, Nova Iorque e Filadélfia. Tanto no Capitólio como nos editoriais dos jornais foram formuladas as mesmas perguntas: Porquê ceder esta mercadoria aos *Yankees*? Porque não alterar o curso deste fluxo humano para que alimentasse o Sul? Os anúncios em jornais estrangeiros promoveram os benefícios do trabalho a longo prazo, agentes avançados explicaram-nos nas tabernas, em comícios nas cidades e nos albergues para pobres e, no devido tempo, os navios encheram-se desta carga humana tão disponível, descarregando os sonhadores nas margens de um novo país, e estes acabaram por desembarcar nos campos para trabalhar.

— Nunca vi um branco a apanhar algodão — disse Cora.

— Até ter vindo para a Carolina do Norte, nunca tinha visto uma multidão esquartejar um homem — afirmou Martin. — Quando vemos uma coisas destas, deixamos de dizer aquilo que as pessoas são ou não capazes de fazer.

Era verdade. Apesar de todo o racismo contra eles, não se podia tratar os irlandeses como se tratava os africanos. Por um lado, havia o custo da compra de escravos e da manutenção destes e, por outro, o de pagar salários baixos mas que dessem para os brancos sobreviverem. A realidade da violência da escravatura face à estabilidade a longo prazo. Os europeus já tinham sido camponeses e voltariam a sê-lo. Quando os imigrantes acabassem de pagar as suas dívidas (viagens, ferramentas e alojamento) e ocupassem o seu lugar na sociedade americana, tornar-se-iam aliados do sistema sulista que os alimentara. No dia da eleição do presidente, iriam às urnas e o seu voto valeria por um e não por três quintos. Este cálculo financeiro era inevitável, mas adivinhava-se o conflito a propósito da questão racial e a Carolina do Norte teria de ocupar a posição mais vantajosa entre todos os estados que defendiam a escravatura.

Na verdade, esses estados aboliram a escravatura. Em contrapartida, a resposta de Oney Garrison foi: Nós abolimos os pretos.

— Para onde foram todas as mulheres, crianças e homens? — perguntou Cora. Alguém gritou no parque e os dois que estavam no sótão calaram-se durante algum tempo.

— Tu viste — respondeu-lhe Martin.

O governo da Carolina do Norte, metade do qual enchera a sala de jantar de Garrison naquela noite, comprou os escravos existentes aos agricultores a preços muito baixos, tal como fizera a Grã-Bretanha quando abolira a escravatura umas décadas antes. Os outros estados do império do algodão absorveram este *stock*; a Florida e a Louisiana, com um crescimento explosivo, estavam particularmente famintas de mão-de-obra negra, sobretudo da variedade que tinha experiência. Qualquer observador que desse um breve passeio pela Bourbon Street poderia ver o resultado: um estado mestiço repulsivo no qual, através da mistura com sangue negro, a raça branca se manchou, escureceu, confundiu. Deixem-nos poluir a sua linhagem de sangue europeu com a escuridão egípcia, produzirem um rio de mestiços, mulatos e uma miscelânea de bastardos amarelos esquálidos... estão a forjar as lâminas que serão usadas para lhes cortar a garganta.

As novas leis raciais proibiram que os homens e as mulheres de cor pusessem o pé na Carolina do Norte. Os homens livres que recusaram abandonar as suas terras foram expulsos ou massacrados. Os veteranos das campanhas contra os Índios ganharam bom dinheiro graças à sua experiência mercenária. Depois de os soldados terem terminado o seu trabalho, os antigos elementos das patrulhas assumiram o manto de cavaleiros da noite, perseguiram os vadios: escravos que tentavam fugir da nova ordem, homens livres expropriados que não tinham meios para vingar no Norte e homens e mulheres de cor sem sorte que andavam perdidos pelos campos devido às mais variadas razões.

Ao acordar naquela primeira manhã de sábado, Cora não foi logo espiar pelo olho mágico. Quando finalmente ganhou coragem, já tinham retirado o corpo de Louisa. As crianças brincavam sob o local onde ela estivera pendurada.

— A estrada... o Trilho da Liberdade, como lhe chamou. Vai até onde? — perguntou Cora.

Estende-se até onde houver corpos para a encher, respondeu-lhe Martin. Corpos em putrefacção, corpos devorados por aves de rapina eram constantemente substituídos e o caminho estava sempre a avançar. Todas as cidades com alguma dimensão realizavam o seu Festival de Sexta-feira, que terminava sempre da mesma maneira aterradora. Nalguns locais havia sempre prisioneiros de reserva nas prisões para a eventualidade de uma semana de pousio em que os cavaleiros da noite regressassem de mãos a abanar.

Os brancos punidos segundo a nova legislação eram simplesmente enforcados, mas não ficavam em exposição. Embora, conforme Martin referiu, a excepção tivesse sido aquele caso de um camponês branco que abrigara um grupo de refugiados negros. Quando vasculharam as cinzas da casa, não conseguiram distinguir o seu corpo do daqueles que protegera, porque o fogo apagara as diferenças de pele e tornara-os todos iguais. Assim, penduraram os cinco corpos no trilho e ninguém reclamou pelo facto de o protocolo não ter sido respeitado.

Foi através do tópico da perseguição branca que lhe explicou o motivo da sua clausura naquele sótão.

— Estás a perceber a nossa situação — disse Martin.

Os abolicionistas foram sempre corridos daqui para fora. Na Virgínia ou no Delaware podiam tolerar a sua agitação, mas no estado do algodão, não. Bastava possuir literatura para se ir parar à prisão, e depois de se ser libertado não se ficava muito mais tempo na cidade. De acordo

204

com as emendas à constituição do estado, o castigo pela posse de textos sediciosos, ou por ajudar ou proteger uma pessoa de cor, ficava ao critério das autoridades locais. Na prática, o veredicto era a morte. Os acusados eram arrastados das suas casas pelos cabelos. Os donos de escravos que desobedeciam — por questões de sentimento ou por defenderem os seus direitos de propriedade — acabavam enforcados, tal como os cidadãos de bom coração que escondiam pretos nos sótãos e nas caves e nas carvoarias.

Depois de a prisão de brancos ter acalmado, nalgumas cidades aumentaram-se as recompensas pela entrega de colaboradores. Tipos interessados em dar cabo da concorrência nos negócios, inimigos e vizinhos desavindos de longa data, denunciaram conversas nas quais os traidores tinham revelado as suas simpatias proibidas. As professoras ensinavam as crianças a reconhecer os sinais da sedição para que estas denunciassem os pais. Martin contou a história de um homem da cidade que andava há anos a tentar livrar-se da mulher, mas em vão. Os pormenores do crime dela não resistiriam a um exame minucioso, mas ela acabou por pagar com a vida. O cavalheiro voltou a casar-se passados três meses.

— Está feliz? — perguntou Cora.

— O quê?

Cora fez um gesto com a mão. A dureza do relato de Martin transportara-a para um humor bastante estranho.

Antes, as patrulhas só faziam rusgas à vontade nas instalações das pessoas de cor, fossem elas livres ou escravas. Agora, os seus poderes alargados permitiram-lhes bater à porta da casa de qualquer pessoa para confirmarem uma acusação e também lhes deram liberdade para procederem a rusgas, tudo em nome da segurança pública. As autoridades chamavam-nas a qualquer hora, tanto fosse para fazerem uma visita ao caçador mais pobre como ao magistrado mais rico. Os comboios e as carruagens tinham de parar nos postos de controlo. A mina de mica ficava a apenas alguns quilómetros de distância, mas, mesmo que Martin tivesse coragem para fugir com Cora, não conseguiriam passar para o condado seguinte sem evitar um posto de controlo.

Cora pensou se os brancos não estariam já arrependidos de terem prescindido das suas liberdades, mesmo que fosse em prol da segurança. Sem sequer pensar em incutir--lhe qualquer ressentimento, Martin contou-lhe que o serviço das patrulhas era motivo de orgulho de uns condados para os outros. Os patriotas gabavam-se da quantidade de vezes que tinham sido inspeccionados e de terem sido aprovados. A visita de um cavaleiro da noite a casa de uma jovem atraente já dera origem a vários finais felizes.

Já tinham revistado a casa dele e de Ethel duas vezes antes de Cora ter aparecido. Os cavaleiros foram bastante cordiais e até elogiaram o bolo de gengibre que Ethel confeccionara. Nem sequer olharam para a porta que dava acesso ao sótão, mas ninguém podia ter a certeza de que da próxima vez as coisas corressem da mesma maneira. A segunda visita levou Martin a deixar de colaborar na estrada subterrânea. Por isso, não havia planos para a fase seguinte da viagem de Cora, não havia notícias dos outros colaboradores. Teriam de esperar por um sinal.

Uma vez mais, Martin desculpou-se pelo comportamento da mulher.

— Tu deves perceber que ela está com um medo de morte. Estamos à mercê do destino.

— Você sente-se como um escravo? — perguntou Cora.

A Ethel não escolheu esta vida, respondeu Martin.

— Você nasceu para ela? Como um escravo?

Aquela pergunta pôs fim à conversa dessa noite. Cora subiu até ao esconderijo com comida fresca e um penico limpo.

A sua rotina não tardou a estabelecer-se. Nem poderia ter sido de outra maneira, dadas as limitações. Depois de bater mais de uma dúzia de vezes com a cabeça no tecto, o seu corpo passou a recordar-lhe os limites dos seus movimentos. Cora dormia aninhada entre as vigas como se estivesse no porão exíguo de um navio. Espreitava o parque. Aperfeiçoava a leitura, tentando aproveitar ao máximo os estudos que interrompera na Carolina do Sul, aproveitando para isso a fraca luz que entrava pelo orifício que lhe permitia espiar o mundo lá fora. Interrogou-se porque só existiriam dois tipos de tempo: trabalho duro de manhã e sofrimento a sério à noite.

Todas as sextas-feiras havia festival na cidade e Cora recolhia-se no canto mais afastado do seu esconderijo.

O calor era insuportável quase todos os dias e, nos piores, aspirava o ar vindo do orifício como um peixe preso num balde. Às vezes esquecia-se de racionar a água: bebia muita de manhã e durante o resto do dia olhava sedenta para a fonte. E o raio do cão a saltitar no meio dos salpicos. Num dia em que desmaiou de tanto calor, acordou com a cabeça encharcada e apoiada numa trave do tecto, e sentia o pescoço como um daqueles frangos depois de Alice, a cozinheira, lhes ter torcido o gasganete a fim de os preparar para o jantar. A carne que lhe havia coberto os ossos na Carolina do Sul derreteu por completo. A anfitriã trocou-lhe o vestido sujo por outro que a filha deixara ficar. Jane era magricela, mas agora até as suas roupas ficavam largas a Cora.

Por volta da meia-noite, depois de se terem apagado todas as luzes nas casas que davam para o parque e de Fiona já ter ido para casa há muito tempo, Martin levava-lhe comida. Cora descia até ao sótão propriamente dito para se esticar e respirar um ar diferente. Conversavam um pouco até que, a certa altura, Martin se punha de pé, esboçava uma expressão solene e Cora regressava ao esconderijo. Todos os dias, Ethel dava autorização a Martin para a deixar ir rapidamente à casa de banho. Cora adormecia sempre a seguir à visita dele, por vezes após soluçar um pouco e outras tão depressa que parecia uma vela apagada por uma brisa. Voltou a ter sonhos violentos.

Seguia os frequentadores habituais nas suas caminhadas diárias pelo parque, reunindo notas e especulações tal como os cronistas dos seus almanaques. Martin guardava os jornais e os panfletos abolicionistas no sótão. Eram um perigo; Ethel queria que ele os deitasse fora, mas tinham sido do pai dele e já lá estavam antes de ela chegar, por isso Martin julgava que podia dizer que não lhe pertenciam. Assim que Cora reuniu o que conseguiu daqueles panfletos amarelados, começou pelos almanaques mais antigos, com as suas previsões e congeminações acerca de marés e estrelas e muitos comentários que não compreendia. Martin levou-lhe uma Bíblia. Num dos seus breves interlúdios na parte inferior do sótão, viu um exemplar de *O Último dos Moicanos*, já muito amarrotado por ter apanhado água. Aproximou-se do orifício da parede para ter luz e à noite enrolou-se junto de uma vela.

Cora fazia sempre a mesma pergunta quando Martin ia ter com ela: «Há notícias?»

Passados alguns meses, deixou de a fazer.

O silêncio acerca da estrada subterrânea era absoluto. Os jornais publicavam notícias de rusgas a depósitos e de agentes de estação que tinham sido conduzidos à justiça, mas isto eram histórias habituais nos estados esclavagistas. Antes disto, uns estranhos tinham batido à porta de Martin com mensagens acerca de rotas e, uma vez, notícias de um passageiro confirmado. A pessoa nunca era a mesma. Há muito tempo que não aparecia ninguém, disse Martin. Por aquilo que se passava, dava-lhe ideia de que não havia nada para ele fazer.

— Vocês não me deixam sair — afirmou Cora.

Ele respondeu-lhe quase a chorar:

— A situação não podia ser mais clara. Eles montaram a armadilha perfeita, para toda a gente. Tu não vais conseguir. Eles apanham-te e, depois, tu denuncias-nos.

— Quando nos queriam prender, os Randalls acorrentavam-nos.

— Tu vais ser a nossa desgraça — disse Martin. — De ti, de mim, da Ethel e de todas as pessoas que te ajudaram ao longo do caminho.

Sabia que não estava a ser justa, mas também não se importou pois sentia-se decidida. Martin entregou-lhe o jornal desse dia e fechou a clarabóia.

Nem se mexia ao ouvir o mais pequeno barulho que Fiona fizesse. Só conseguia imaginar como seria o aspecto da rapariga irlandesa. De vez em quando, Fiona levava lixo para o sótão, mas as escadas rangiam à mais ligeira pressão, o que era um alarme eficaz. Assim que a empregada saía, Cora retomava o seu limitado leque de actividades. Os palavrões que a rapariga dizia recordaram-lhe a plantação e o chorrilho de pragas que os escravos rogavam quando o capataz não estava de olho neles. Aquela pequena revolta dos servos em qualquer lugar. Achou que Fiona também cuspia na sopa.

O caminho para casa da empregada não incluía uma passagem pelo parque e, por isso, Cora nunca lhe viu a cara, apesar de já conhecer bem os suspiros da rapariga. Cora imaginou-a, rebitesa e determinada, uma sobrevivente da fome e da difícil integração. Martin contou-lhe que ela viera para a América com a mãe e o irmão num navio fretado pela Carolina. A mãe adoecera dos pulmões e morrera um dia depois de chegar a terra. O rapaz era muito novo para trabalhar e, ainda por cima, fraco de corpo; eram umas velhotas irlandesas quem tomava conta dele a maior parte dos dias. Seria Irishtown semelhante às ruas dos negros da Carolina do Sul? Bastava atravessar uma rua para a maneira como as pessoas falavam, o tamanho e o estado das casas, a dimensão e o carácter dos sonhos mudar por completo.

A colheita teria lugar dentro de alguns meses. Fora da cidade, nos campos, o algodão rebentava em cápsulas e viajava em sacas, mas agora apanhado por mãos brancas. Será que os irlandeses e os alemães se importavam de fazer o trabalho dos pretos, ou a garantia de um salário era o bastante para eliminar essa humilhação? Os brancos sem um cêntimo ocupavam o lugar dos negros sem dinheiro nos campos; a única diferença é que no final da semana os brancos já tinham dinheiro. Ao contrário dos seus colegas mais escuros, podiam pagar as dívidas com os salários e começar um novo capítulo.

Na plantação dos Randalls, Jockey costumava contar que os negreiros tinham de avançar cada vez mais pelo interior de África para capturarem grupos de escravos e raptarem tribos atrás de tribos para alimentarem o algodão, o que convertia as plantações numa mistura de línguas e clãs. Cora considerou que, fugindo de um país que não seria menos abjecto, uma nova vaga de imigrantes acabaria por substituir os irlandeses e o processo recomeçaria novamente. O motor rangia e roncava, mas continuava a trabalhar. Limitavam-se pura e simplesmente a trocar o combustível que accionava os pistões.

As paredes inclinadas da sua prisão serviam-lhe de tela para as suas divagações mórbidas, sobretudo entre o pôr-do-sol e a visita nocturna de Martin. Quando Caesar falara com ela, imaginara dois cenários: uma vida tranquila numa cidade do Norte, conquistada à custa de muito suor, ou a morte. Terrance não se contentaria em dar-lhe uma lição por ter fugido; transformaria a vida dela num inferno rebuscado até se fartar e depois despachá-la-ia num espectáculo sangrento.

Após aquelas primeiras semanas no sótão, as suas fantasias acerca do Norte não passavam de um simples esboço. Vislumbres de crianças numa cozinha radiante — sempre um rapaz e uma rapariga — e de um marido na sala ao lado, invisível mas adorado. À medida que os dias avançavam, a cozinha ia dando acesso a outras divisões. Uma sala de estar com mobília simples mas de bom gosto, coisas que vira nas lojas para brancos na Carolina do Sul. Um quarto. Depois uma cama feita com lençóis brancos que reluziam à luz do sol, os filhos a brincarem em cima desta, o corpo do marido meio visível num dos lados. Noutra cena, anos mais tarde, Cora via-se a caminhar por uma rua bastante movimentada da sua cidade e a encontrar a mãe. A mendigar na berma do passeio, uma velha dobrada pelo peso dos seus erros. Mabel olhava para cima, mas não reconhecia a filha. Cora dava um pontapé na sua caixa de esmolas, as poucas moedas espalhavam-se a tilintar, ela prosseguia o seu caminho da tarde e ia comprar farinha para o bolo de aniversário do filho.

Caesar aparecia de vez em quando para jantar neste lugar no futuro e riam melancolicamente da plantação dos Randalls, das dificuldades da fuga e, por fim, da sua liberdade. Caesar contava às crianças como ficara com aquela pequena cicatriz no sobrolho e passava um dedo por esta: fora apanhado por um caçador de escravos na Carolina do Sul, mas conseguira escapar.

Cora raramente pensava no rapaz que matara. Não precisava de justificar as suas acções naquela noite na floresta; ninguém tinha o direito de a chamar para prestar contas. Terrance Randall fornecera o modelo para uma mente que pudesse conceber o novo sistema da Carolina do Norte, mas ela dificilmente conseguia aceitar aquele grau de violência. Era o medo que movia aquelas pessoas, mais ainda do que o dinheiro do algodão. A sombra da mão negra que regressaria para recuperar aquilo que lhe roubaram. Ocorreu-lhe uma noite que ela era um dos monstros vingativos dos quais eles tanto medo tinham: matara um rapaz branco. Da próxima vez poderia matar um deles. Ora, foi devido a este medo que ergueram um novo patamar de opressão sobre os alicerces de crueldade assentes há centenas de anos. Os donos dos escravos tinham encomendado algodão Sea Island para as suas plantações, mas entre as sementes deste também se contavam as da violência e da morte, e esta produção cresceu muito depressa. Os brancos tinham motivos para terem medo. Um dia, o sistema colapsaria num banho de sangue.

Uma insurreição de um. Sorriu por instantes, antes que as condições da sua mais recente prisão lhe mostrassem a realidade. A arranhar as paredes como um rato. Fosse no campo, num subterrâneo ou num sótão, a América continuava a ser o seu guarda prisional.

Faltava uma semana para o solstício de Verão. Martin colocou uma das colchas velhas numa cadeira sem assento e foi-se afundando pouco a pouco durante a visita. Como era seu hábito, Cora pediu-lhe ajuda para algumas palavras. Desta vez eram da Bíblia, que estava a ler sem método: *contradição, voraz, grisalho*. Martin admitiu que não sabia os significados de contradição nem de voraz. Depois, como que a preparar-se para a nova estação, Martin passou em revista as séries de maus agoiros.

O primeiro ocorrera na semana anterior, quando Cora entornara o penico. Já estava há quatro meses no esconderijo e fizera barulho várias vezes ao bater com a cabeça no tecto ou com os joelhos nas traves. Fiona nunca reagira. Daquela vez, a rapariga estava na cozinha quando Cora pontapeou o penico de encontro à parede. Assim que Fiona subiu as escadas deve ter ouvido os pingos da porcaria a escorrer por entre as tábuas do sótão ou sentido o cheiro.

O apito do meio-dia acabara de soar. Ethel tinha saído. Por sorte, outra rapariga de Irishtown veio fazer-lhe uma visita a seguir ao almoço e as duas ficaram a conversar na sala durante tanto tempo que depois Fiona teve de acelerar o seu trabalho. Ou não sentiu o cheiro ou fingiu não o ter sentido, esquivando-se à responsabilidade de ter de limpar o ninho de um roedor qualquer lá em cima. Quando Martin apareceu nessa noite e eles limparam, disse a Cora que o melhor seria não contarem aquilo a Ethel, pois ficava com os nervos especialmente sensíveis quando havia muita humidade.

A Martin é que competia informar Ethel. Cora não voltara a ver a mulher desde a noite em que chegara. Tanto quanto se lembrava, a sua anfitriã não falava dela — mesmo quando Fiona não estava lá em casa —, à excepção de raras referências *àquela criatura*. A porta do quarto deles a bater antecedia geralmente a visita de Martin ao sótão. Cora concluiu que a única coisa que impedia Ethel de a entregar era a cumplicidade.

— A Ethel é uma mulher simples — disse Martin, afundando-se na cadeira. — Ela não podia prever estes problemas quando eu a pedi em casamento.

Cora sabia que Martin estava prestes a contar-lhe o seu recrutamento acidental, o que significava mais algum tempo fora do esconderijo. Esticou os braços e encorajou-o:

— Como é que você foi capaz, Martin?

— Meu Deus, como é que eu fui capaz — retorquiu Martin.

Ele era um instrumento da abolição bastante improvável. De acordo com aquilo que Martin se lembrava, o pai, Donald, nunca expressara uma opinião acerca daquela instituição peculiar, embora no círculo da sua família fossem raros os que não possuíam escravos. Quando Martin era pequeno, o empregado do armazém da loja de rações era um homem enrugado e corcunda chamado Jericho, que tinha sido libertado há muitos anos. Para desespero da mãe dele, Jericho levava-lhes sempre no Dia de Acção de Graças uma lata cheia de puré de nabo. Donald resmungava em sinal de desaprovação ou abanava a cabeça ao ler as notícias no jornal acerca dos mais recentes incidentes com escravos, mas não se percebia se criticava a brutalidade dos donos ou a intransigência dos escravos.

Martin saíra da Carolina do Norte quando tinha dezoito anos e, após um período em que andou sozinho e sem destino, aceitou um emprego como funcionário de um escritório de um armador em Norfolk. Gostava do trabalho calmo e do ar do mar. Desenvolveu uma predilecção por ostras e a sua constituição física melhorou em termos gerais. Um dia descobriu o rosto de Ethel, luminoso, no meio de uma multidão. Os Delanies tinham velhos laços naquela região, mas a árvore genealógica da família cresceu de modo algo tortuoso: abundante e com muitos primos no Norte, escassa e anónima no Sul. Martin raramente visitava o pai. Quando Donald caiu porque andava a reparar o telhado, Martin já não ia a casa há cinco anos.

A comunicação entre eles nunca tinha sido fácil. Antes da morte da mãe de Martin, o trabalho dela era traduzir as omissões e os apartes murmurados que compunham as conversas entre pai e filho. No leito de morte de Donald, a intérprete já não esteve presente. Obrigou Martin a prometer que terminaria o seu trabalho e o filho pensou que o velhote quisesse que ele tomasse conta da loja de rações. Este foi o primeiro mal-entendido. O segundo foi pensar que o mapa que encontrara entre os papéis do pai indicava a direcção de um esconderijo com ouro. Em vida, Donald envolvera-se numa espécie de quietude que, consoante o observador, tanto podia ser sinal de imbecilidade como de um poço de mistérios. Era mesmo típico do pai, pensou Martin, comportar-se como um pobre quando, no fundo, tinha uma fortuna escondida.

É claro que o tesouro era a estrada subterrânea. Alguns podiam dizer que a liberdade era a mais preciosa de todas as moedas, mas não era nada daquilo que Martin esperava. Pelo diário de Donald — escondido num barril na plataforma da estação e rodeado de pedras de diferentes cores, como se fosse uma espécie de altar —, ficou a saber que o pai sempre detestara a forma como o seu país tratava

215

a tribo etíope. A escravatura por dinheiro era uma afronta a Deus e os negreiros eram enviados de Satanás. Donald ajudara os escravos durante toda a vida, sempre que possível e fossem quais fossem os meios que tivesse ao seu alcance: desde muito pequeno que começara a dar orientações erradas aos caçadores de recompensas que o importunavam com perguntas acerca de fugitivos.

Na verdade, as suas muitas viagens de trabalho durante a infância de Martin tinham sido missões em prol do abolicionismo. Encontros à meia-noite, deixar pistas falsas nas margens dos rios ou planos combinados em encruzilhadas de caminhos. Não deixava de ser irónico que, atendendo às suas dificuldades de comunicação, Donald actuasse como um telégrafo humano, retransmitindo mensagens ao longo de toda a costa. O UGRR[1] (como se lhe referia nas suas notas) não tinha ramais ou paragens operacionais na Carolina do Norte até Donald se encarregar dessa missão. Todas as pessoas consideravam que um trabalho destes tão a sul era puro suicídio. Apesar disso, criou o esconderijo no sótão e, embora o tecto falso tivesse algumas fendas, este suportou bem o peso daqueles que o ocuparam. Quando uma tábua se partiu e o fez desabar, Donald já tinha enviado uma dúzia de almas para os Estados Livres.

O número dos que Martin ajudara era bastante inferior. Tanto ele como Cora concordaram que o seu carácter assustadiço não fora grande aliado durante a situação complicada da noite anterior quando, por ocasião de outro mau agoiro, as autoridades lhe bateram à porta de casa.

A noite acabara de cair, mas o parque continuava cheio de pessoas que pareciam ter medo de ir para casa. Cora

---

[1] UGRR é o acrónimo de Underground Railroad, a rede abolicionista que ajudava os escravos a passarem para os Estados Livres. (*N. do T.*)

interrogou-se acerca do que poderia fazer esperar tão propositadamente aquelas mesmas pessoas que ali se demoravam semana após semana. O homem de passo acelerado que se sentava na beira da fonte enquanto passava os dedos pelo cabelo ralo. A senhora com ar desmazelado e ancas largas que usava sempre um chapéu preto e murmurava para si mesma. Não ficavam por ali para saborear o ar da noite nem para surripiar um beijo. Aquelas pessoas deixavam-se enredar por aquilo que as distraía, olhavam para um lado e para o outro, mas nunca em frente. Como se evitassem o olhar de todos os fantasmas, de todos os mortos que tinham construído a sua cidade. A mão-de-obra negra erguera todas as casas do parque, assentara as pedras da fonte e calcetara os passeios. Construíra o palco onde os cavaleiros da noite levavam a cabo os seus espectáculos grotescos e a plataforma com rodas que atirava os homens e mulheres condenados para o outro mundo. A única coisa que os tipos negros não tinham construído era a árvore. Deus encarregara-se dela, para que a cidade se curvasse às mãos do Diabo.

Não admirava que os brancos vagueassem pelo parque à medida que ia ficando cada vez mais escuro, pensou Cora enquanto encostava a testa às tábuas. Eles também eram fantasmas, apanhados entre dois mundos: o da realidade dos seus crimes e aquele no qual lhes seria vedada a entrada precisamente por esses mesmos crimes.

Cora ficava a saber das rusgas dos cavaleiros da noite através da agitação que varria o parque. A multidão da noite virou-se para olhar boquiaberta na direcção de uma casa do lado oposto. Estavam três agentes à porta de casa de uma jovem de tranças. Cora lembrou-se de que o pai da rapariga tivera problemas com os degraus do alpendre e já não o via há várias semanas. A jovem aconchegou o robe junto ao pescoço e fechou a porta. Dois cavaleiros da noite, altos e musculados, permaneceram no alpendre a fumar cachimbo de modo complacentemente preguiçoso.

A porta abriu-se meia hora mais tarde e o grupo juntou-se no passeio, formando um círculo de lanternas e consultando um livro de registos. Atravessaram o parque e acabaram por ficar fora do campo de visão do orifício que lhe permitia espiar. Cora fechara os olhos e tremeu quando bateram ruidosamente à porta. Estavam mesmo lá em baixo.

Os minutos seguintes passaram com uma lentidão aterradora. Cora escondeu-se num canto, encolhendo--se atrás da última trave do tecto. Os sons transmitiam--lhe pormenores daquilo que estava a passar-se no piso de baixo. Ethel cumprimentou calorosamente os cavaleiros da noite; quem a conhecesse bem via logo que estava a esconder qualquer coisa. Martin foi dar uma vista de olhos rápida ao sótão para ter a certeza de que não havia qualquer problema e regressou para junto deles.

Martin e Ethel responderam rapidamente às suas perguntas e diziam-lhes que só viviam eles os dois ali em casa. A filha vivia noutro sítio. (Os cavaleiros da noite procuraram na cozinha e na sala de estar.) Fiona, a empregada, tinha uma chave, mas além dela mais ninguém tinha acesso à casa. (Alguém subia as escadas.) Nenhum estranho os visitara, não tinham ouvido barulhos invulgares nem reparado em nada fora do comum. (Revistavam os dois quartos.) Não faltava nada. Não tinham cave — com certeza que eles sabiam bem que as casas em volta do parque não tinham cave. Martin estivera no sótão à tarde e não dera por nada fora de ordem.

«Importam-se que vamos lá acima?» Uma voz rude e grave. Cora atribuiu-a ao cavaleiro da noite mais baixo, o que usava barba.

Os passos deles ecoavam pelas escadas do sótão. Vasculharam por entre a tralha. Um deles falou e Cora assustou-se — a cabeça dele estava apenas alguns centímetros por baixo dela. Susteve a respiração. Os homens pareciam tubarões com os focinhos a cheirar por baixo de um barco, à procura de comida que sentiam estar por perto. Apenas umas tábuas finas separavam os predadores da presa.

— Não vimos muito cá acima desde que uns guaxinins fizeram um ninho — disse Martin.

— Nota-se o cheiro da porcaria deles — confirmou o outro cavaleiro da noite.

Os agentes foram-se embora. Martin não fez a sua costumeira visita ao sótão, com medo de que estivessem na boca de uma armadilha bem concebida. Cora, no conforto da sua escuridão, acariciou a parede firme que tão bem a protegera.

Tinham sobrevivido ao penico e aos cavaleiros da noite. O último mau presságio de Martin teve lugar naquela manhã: uma multidão enforcou um homem e uma mulher que esconderam dois rapazes negros no celeiro. Fora a filha quem os denunciara por considerar que lhes davam mais atenção do que a ela. Embora fossem jovens, os rapazes foram engrossar a terrível galeria do Trilho da Liberdade. Um dos vizinhos de Ethel contou-lhe a história no mercado e ela desmaiou, caindo sobre uma pilha de latas de conserva.

As rusgas às casas estavam na ordem do dia. «Tiveram tanto sucesso a perseguir as pessoas que agora estão aflitos para cumprir as quotas», disse Martin.

Cora achou que talvez tivesse sido bom o facto de a casa ter sido revistada; ainda passaria algum tempo até que eles regressassem. Mais tempo para chegar à estrada subterrânea ou para que lhe surgisse outra oportunidade.

Martin ficava incomodado sempre que Cora evocava a ideia de iniciativa. Ele agarrou um dos seus brinquedos de infância, um pato de madeira. Nestes últimos meses preocupara-se com a tinta. «Ou então quer dizer que fica duas vezes mais difícil andar pelas estradas», disse ele.

«Os rapazes hão-de ter fome de uma recordação.» O seu rosto iluminou-se. «Voraz!... julgo que quer dizer ter muita fome.»

Cora sentira-se mal durante todo o dia. Deu as boas--noites e subiu para o esconderijo. Caso algo corresse mal, estava no mesmo lugar onde se encontrava há meses: em plena calmaria. Entre uma chegada e uma partida, em trânsito como a passageira que era desde que fugira. Assim que o vento voltasse a soprar, ela também voltaria a deslocar-se, mas por enquanto só havia um mar vazio e sem fim.

Que mundo este, pensou ela, que faz de uma prisão viva o nosso único refúgio. Saíra da escravidão ou fora apanhada na teia desta: como descrever a situação de um fugitivo? A liberdade era uma coisa que mudava conforme se olhava para ela, tal como uma floresta é densa quando as árvores estão perto, mas vista de fora, de um campo vazio, vemos os seus verdadeiros limites. Ser-se livre não tem nada que ver com correntes ou com o espaço que se tem. Na plantação ela não era livre, mas podia andar sem restrições por uma vasta área, sentindo o ar e observando as estrelas no Verão. O lugar era enorme na sua pequenez. Aqui estava livre do seu dono, mas escondida numa gaiola tão pequena que nem sequer podia pôr-se de pé.

Há meses que Cora não saía dos andares de cima, mas a sua perspectiva vagueava bastante. A Carolina do Norte tinha o seu Justice Hill e ela tinha os montes dela. Observando o universo do parque, via a cidade à deriva por onde este queria, banhada pela luz do sol num banco de pedra, arrefecida pelas sombras da árvore dos enforcados. No entanto, eles eram tão prisioneiros como ela, acorrentados pelo medo. Martin e Ethel viviam aterrorizados com os olhares vigilantes por trás de cada janela escura. A cidade reunia-se nas noites de sexta-feira, na esperança de que os números a protegessem das coisas da escuridão:

a insurreição da tribo negra; o inimigo que está a planear acusações; a criança que empreende uma vingança magnífica por ter sido repreendida e acaba por deitar a casa abaixo. Era melhor ficar-se escondido em sótãos do que enfrentar aquilo que se escondia por detrás dos rostos de vizinhos, amigos e familiares.

Era o parque que os protegia, aquele porto verde que preservavam à medida que a cidade crescia, casa a casa e quarteirão a quarteirão. Cora pensou no seu quintal na plantação dos Randalls, naquele espaço de que tanto gostava. Agora via como era ridículo — um pequeno quadrado de terra que a levara a convencer-se de que possuía alguma coisa. Era tanto dela como o algodão que plantava, tratava e apanhava. O seu quintal era uma sombra de algo que vivia algures, fora do alcance da vista. O modo como o pobre Michael declamava a Declaração de Independência era um eco de qualquer coisa que existia algures. Agora que tinha fugido e vira um pouco do país, Cora já não tinha a certeza se aquele documento descrevia algo verdadeiramente real. A América era um fantasma na escuridão, tal como ela.

Nessa noite, ela adoeceu. Acordou com espasmos na barriga. Devido às tonturas, o esconderijo parecia balançar de um lado para o outro. Vomitou o que tinha no estômago naquele espaço exíguo e não conseguiu controlar os intestinos. O calor sitiara o pequeno recanto, parecia incendiar o ar e a sua pele. Apesar disto, conseguiu aguentar-se até à luz da manhã e ao levantar do véu. O parque continuava no mesmo sítio; durante a noite sonhara que estava no mar e acorrentada num porão. Ao seu lado seguia outro cativo, e mais outro, centenas deles que choravam de terror. O navio balançava nas vagas, picava e embatia em bigornas de água. Ouviu passos nas escadas, o som da clarabóia a abrir, e fechou os olhos.

Acordou num quarto branco, num colchão macio que parecia sugar-lhe o corpo. Pela janela entrava mais do que um ponto de luz do sol. O barulho no parque servia-lhe de relógio: era o final da tarde.

Ethel estava sentada a um canto do quarto de infância do marido. Com as linhas do tricô no regaço, olhou para Cora. Tocou com uma mão na testa da doente.

— Está melhor — disse Ethel.

Estendeu-lhe um copo de água e depois foi buscar uma tigela com caldo de carne.

Ethel mudara de atitude enquanto Cora delirava. A fugitiva gemia tão alto durante a noite e estava tão doente quando a resgataram do esconderijo no sótão que foram obrigados a dispensar Fiona durante alguns dias. Martin estava com varíola venezuelana, disseram à rapariga irlandesa, que apanhara ao pegar numa saca de ração contaminada, e o médico proibira a entrada de todas as pessoas lá em casa até ele se curar. Ele lera qualquer coisa acerca desta quarentena numa revista e foi a primeira desculpa que lhe veio à cabeça. Pagaram o salário de uma semana à rapariga; Fiona guardara o dinheiro na mala e não fizera mais perguntas.

Foi a vez de Martin se ausentar e de Ethel ficar responsável pela hóspede deles, tratando de Cora durante os dois dias em que teve febre e convulsões. O casal travara poucas amizades desde que fora viver para aquele estado, o que facilitou a sua ausência na vida da cidade. Enquanto Cora delirava e se contorcia, Ethel lia passagens da Bíblia para acelerar as suas melhoras. A voz da mulher entrou nos seus sonhos. Tão severa na noite em que Cora saíra da mina, assumia agora um tom carinhoso. Sonhou que a mulher lhe beijava a testa com uma ternura maternal. Apesar de delirar, ouvia as histórias: a arca entregou o que era digno, conduzindo-os para o outro lado da catástrofe. A natureza selvagem estendeu-se por quarenta anos antes que outros encontrassem a sua terra prometida.

As sombras do final da tarde estenderam-se como caramelo e o parque entrou no período menos concorrido à medida que se aproximava a hora do jantar. Ethel sentou-se na cadeira de baloiço, sorriu e folheou as Sagradas Escrituras à procura de uma passagem apropriada.

Agora que já estava acordada e conseguia falar por si, Cora disse-lhe que os versículos não eram necessários.

Ethel cerrou a boca numa linha. Fechou o livro, mas manteve um dedo a marcar a página e disse:

— Precisamos todos da graça do Salvador. Não seria muito cristão da minha parte ter uma pagã na minha casa e não partilhar a Sua palavra.

— Ela tem sido partilhada — afirmou Cora.

Referia-se à Bíblia de infância de Ethel que Martin dera a Cora, com as páginas sujas e manchadas pelos seus dedos. Ethel questionou-a, duvidando que a sua hóspede soubesse ler e pudesse mesmo compreender. Tinha a certeza de que Cora não era uma crente natural e de que a sua educação acabara mais cedo do que ela desejara. No sótão debatera-se com as palavras, insistira e voltara a ler os versículos mais difíceis. As contradições irritavam-na, mesmo aquelas das quais só compreendia metade.

— Eu não compreendo quando Ele diz: aquele que roubar um homem e o vender ficará condenado à morte — confessou Cora. — Mas, depois, diz: os escravos deverão obedecer em tudo aos seus senhores e... serão recompensados. Das duas uma: ou era pecado manter alguém como propriedade ou se alcança a bênção de Deus. Mas, ainda por cima, uma recompensa? Julgo que foi um escravo que entrou na tipografia e escreveu isto aqui.

— Significa o que está aí — respondeu-lhe Ethel.

— Quer dizer que um hebreu não pode escravizar outro hebreu. Mas os filhos de Cam não pertencem a essa

223

tribo. Foram amaldiçoados, com pele escura e caudas. Na parte em que as Sagradas Escrituras condenam a escravatura, não aparece qualquer referência aos escravos pretos.

— A minha pele é escura, mas não tenho cauda... tanto quanto sei... nunca me passou pela cabeça ver — respondeu Cora. — A escravatura é uma maldição, disso não há dúvida. A escravatura passa a ser um pecado quando são os brancos que ficam no pelourinho, mas deixa de ser quando se trata de africanos. Todas as pessoas são criadas da mesma maneira, a menos que alguém decida que não se é uma pessoa.

Sob o sol da Geórgia, Connelly costumava recitar ao mesmo tempo que chicoteava os escravos para os punir das infracções que haviam cometido. «Pretos, obedeçam em tudo aos vossos donos terrenos e não apenas quando eles estão de olho em vocês e conquistarão a graça deles, mas com sinceridade do fundo do coração e reverência ao Senhor.» O estalar de cada chicotada pontuava cada sílaba e cada lamento da vítima. Cora lembrou-se de outras passagens acerca da escravatura do Livro do Bem e partilhou-as com a sua anfitriã. Ethel respondeu-lhe que nessa manhã não acordara disposta a manter discussões de carácter teológico.

Cora gostou da companhia da mulher e ficou de sobrolho franzido quando esta saiu. No que lhe dizia respeito, culpou as pessoas que tinham escrito aquilo. As pessoas distorcem sempre as coisas, seja de propósito ou por acaso. Na manhã seguinte, pediu os almanaques.

Apesar de estarem obsoletos e de anunciarem o tempo que fizera no ano anterior, Cora adorava aqueles velhos almanaques pois parecia-lhe que continham neles o mundo inteiro. Não precisavam de pessoas que dissessem aquilo que pretendiam dizer. As tabelas e os factos não podiam representar aquilo que não eram. As vinhetas e as anedotas entre os mapas das fases da Lua e os boletins meteorológicos — sobre velhas viúvas e pretos simplórios — faziam-lhe tanta confusão como as lições de moral no livro sagrado. Descreviam ambas o comportamento do ser humano muito para lá daquilo que conseguia entender. O que sabia ela, ou precisava de saber, acerca das mais recentes modas dos casamentos ou da maneira como um rebanho de ovelhas se desloca pelo deserto? Um dia, pelo menos, talvez os ensinamentos dos almanaques viessem a ser-lhe úteis. Odes à Atmosfera, Odes à Árvore do Cacau das Ilhas dos Mares do Sul. Até então nunca ouvira falar de odes nem de atmosferas mas, à medida que foi lendo as páginas, tais criaturas foram ganhando lugar na sua mente. Se um dia viesse a ter um par de botas, já saberia os truques para as ensebar e engraxar, de maneira a que durassem muito mais tempo. Se um dia um dos seus filhos ficasse constipado e fanhoso, só teria de misturar sebo com cera e espalhar nas narinas do rebento para este ficar bom num instante.

O pai de Martin precisava dos almanaques de modo a poder fazer planos para as luas cheias — aqueles livros rezavam pelos fugitivos. A Lua crescia gorda e fina, havia solstícios, as primeiras geadas e as chuvas da Primavera. Todas estas coisas ocorriam sem interferência humana. Tentou imaginar como seria uma maré, no seu ir e vir, a mordiscar a areia como um cachorrito, impávida e serena para com as pessoas e as suas maquinações. Começou a sentir que estava a recuperar as forças.

Como, por si só, não conseguia perceber muitas das palavras, pediu a Ethel:

— Pode ler alguma coisa para mim?

Ethel resmungou, mas abriu o almanaque ao sabor das páginas separadas pela lombada partida e, num compromisso consigo mesma, leu com a mesma cadência com que lia a Bíblia:

— Enxertar as árvores perenes. Parece que não dá bom resultado se as macieiras forem enxertadas em Abril, Maio ou Junho...

Quando chegou a sexta-feira, Cora melhorara bastante. Naquela tal manhã tinham combinado com Fiona que esta regressaria na segunda-feira. E por isso concordaram que de manhã Cora deveria regressar ao esconderijo. Martin e Ethel iriam convidar um vizinho ou dois para um bolo, de modo a dissiparem qualquer mexerico ou especulação. Martin ensaiara fazer-se passar por um doente ainda convalescente. Talvez mesmo convidarem alguém para o Festival da Sexta-feira; o alpendre deles tinha uma vista magnífica.

Nessa noite, Ethel deixou que Cora ficasse no quarto dos hóspedes, desde que o mantivesse às escuras e se afastasse da janela. Cora não fazia tenções de assistir ao espectáculo semanal, mas ansiava por uma última noite naquela cama. Por fim, Martin e Ethel acharam que seria melhor convidarem pessoas que estivessem na rua, mas os únicos convidados acabaram por ser aqueles que, sem convite, se afastaram da multidão quando o *show* de pretos estava quase a começar.

As autoridades queriam revistar a casa.

O espectáculo parou e só se ouvia o zumbido da multidão agitada no lado do parque. Ethel tentou travar os cavaleiros da noite, mas estes abriram caminho entre ela e Martin. Cora dirigiu-se para as escadas, mas, como a tinham avisado com tanta certeza e tantas vezes nos últimos meses, percebeu que não conseguiria chegar lá. Rastejou para debaixo da velha cama de Martin e foi aí que a descobriram, puxando-a pelos tornozelos como tenazes de ferro e arrastando-a. Atiraram-na pelas escadas abaixo, ao fundo das quais bateu com um ombro no corrimão. Os seus ouvidos zuniam.

Via pela primeira vez o alpendre de Martin e Ethel. Iria servir de palco à sua captura, um segundo coreto para diversão da cidade, que agora a via deitada sobre as tábuas, aos pés dos agentes da autoridade fardados com uniformes pretos e brancos. Outros quatro prenderam Martin e Ethel. No alpendre estava mais um homem, vestido com um colete de lã axadrezado e calças cinzentas. Era um dos homens mais altos que Cora alguma vez vira, bastante encorpado e com um olhar magnetizante. Observou a cena e sorriu para si mesmo.

A multidão encheu o passeio e a rua, as pessoas acotovelavam-se para conseguirem ver melhor esta nova diversão. Uma jovem ruiva chegou-se à frente.

— Varíola venezuelana! Eu bem vos disse que eles escondiam alguém lá em cima!

Finalmente, lá estava Fiona. Cora ergueu-se para ver a rapariga que tão bem conhecia mas que nunca vira.

— Irás receber a tua recompensa — avisou-a o cavaleiro da noite que usava barba e que já estivera lá em casa na rusga anterior.

— É você quem o diz, idiota! — disse Fiona. — Você disse que tinha visto o sótão da última vez, mas não viu, pois não? — Virou-se para as pessoas da assistência, de modo a que fossem suas testemunhas. — Estão todos a ver… a recompensa é minha. Como é que podia faltar aquela comida toda?

Fiona deu um pontapé ao de leve em Cora.

— Ela fez um pedaço de carne assada enorme e no dia seguinte tinha desaparecido. Quem é que iria comer toda aquela comida? Sempre a olharem para o tecto. Estavam a olhar para onde?

Era tão nova, pensou Cora. Tinha um rosto sardento e redondo como uma maçã, mas um olhar duro. Custava a acreditar que os grunhidos e palavrões que ouvira ao longo dos meses tivessem saído daquela boca tão pequena, mas bastavam os olhos para o confirmar.

— Nós tratámos-te bem — disse-lhe Martin.

— Vocês os dois têm umas maneiras estranhas e horríveis — respondeu-lhe Fiona. — E merecem aquilo que vos espera.

Os habitantes da cidade já haviam perdido a conta às vezes em que a justiça lhes fora servida, mas agora a representação do veredicto era uma experiência nova. E isso incomodou-os. Além de espectadores, agora também faziam parte do júri? Olharam uns para os outros à procura de pistas. Um veterano fechou a mão em cone e usou-a para amplificar o grito sem sentido que largou. Alguém atirou uma maçã meio comida à barriga de Cora. No coreto, os artistas que iam representar a sátira aos pretos ficaram parados, agarrados aos seus chapéus velhos, desanimados.

Foi então que Jamison apareceu, a limpar o suor que lhe escorria da testa com um lenço vermelho. Cora não o via desde a primeira noite, mas ouvira todos os discursos dele no encerramento das sextas-feiras. Todas as piadas e afirmações grandiosas, os apelos à raça e ao estado e, por fim, a ordem para procederem à matança dos sacrificados. Aquela interrupção do seu espectáculo deixara-o baralhado; roubara-lhe o seu brilho habitual e, por isso, guinchava em vez de falar.

— Isto é qualquer coisa — disse ele. — Você não é filho do Donald?

Martin acenou afirmativamente com a cabeça enquanto o seu corpo mole tremia devido aos soluços que tentava reprimir.

— Tenho a certeza de que o seu pai passaria uma vergonha — afirmou Jamison.

— Eu não fazia ideia daquilo que ele andava a tramar — afirmou Ethel, ao mesmo tempo que tentava libertar-se dos cavaleiros da noite que a agarravam. — Ele fez tudo sozinho! Eu não sabia de nada!

Martin desviou o olhar; das pessoas que se encontravam no alpendre, das que assistiam àquilo tudo. Virou a cara para norte, em direcção à Virgínia, onde vivera livre da sua cidade natal durante algum tempo.

Jamison fez um sinal e os cavaleiros da noite empurraram Martin e Ethel para o parque. O plantador olhou para Cora:

— Uma boa prenda — disse Jamison. A sua vítima programada devia estar à espera algures. — Também devemos tratar dela?

O homem alto interveio:

— Essa é minha. Deixei isso bem claro.

Jamison assumiu uma expressão de ira. Não estava habituado a que ignorassem o seu estatuto. Perguntou o nome ao estranho.

— Ridgeway — respondeu o homem. — Caçador de escravos. Ando sempre de um lado para o outro. Já ando atrás dessa há muito tempo. O seu juiz sabe tudo acerca de mim.

— Mas você não pode pura e simplesmente aparecer por aqui e julgar que pode dar ordens.

Jamison tinha consciência que, perante uma situação fora do normal, a sua audiência habitual o observava com expectativas indefinidas. A um novo tremor das suas palavras, dois cavaleiros da noite, ambos jovens e encorpados, avançaram para se juntar a Ridgeway.

Ridgeway não pareceu minimamente preocupado com toda aquela gente.

— Já percebi que estão a decorrer os vossos costumes locais. Divirtam-se. — Pronunciou *divirtam-se* como se estivesse a pregar moderação e bons costumes. — Mas isto não vos pertence. A Lei dos Escravos Fugitivos estabelece que eu tenho o direito de devolver esta propriedade ao seu dono. É isso que pretendo fazer.

Cora soluçou e tomou consciência. Sentia-se tonta como quando Terrance a chicoteara. Este homem ia devolvê-la a ele.

O cavaleiro da noite que atirara Cora pelas escadas abaixo pigarreou e explicou a Jamison que fora aquele caçador de escravos quem os conduzira à casa. O homem encontrara-se nessa tarde com o juiz Tennyson e apresentara um pedido oficial, embora nessa altura o juiz já tivesse emborcado os seus habituais *whiskies* das sextas-feiras e talvez já nem se lembrasse. Ninguém queria efectuar a rusga enquanto o festival estivesse a decorrer, mas Ridgeway insistira.

Ridgeway cuspiu um pedaço de tabaco de mascar para o passeio, aos pés de alguns curiosos.

— Podes ficar com a recompensa — disse para Fiona. Dobrou-se ligeiramente e levantou Cora por um braço.

— Não precisas de ter medo, Cora. Vais voltar para casa.

Na rua apareceu um miúdo negro, com cerca de dez anos, a guiar uma carroça que passou pelo meio da multidão, ao mesmo tempo que gritava para os dois cavalos. Em qualquer outra altura, a sua imagem de fato preto e cartola teria suscitado espanto. Após a captura dramática dos simpatizantes e da fugitiva, o seu aparecimento levou aquela noite para o verdadeiro domínio da fantasia. Foram várias as pessoas a pensarem que aquilo que acabara de acontecer era uma nova atracção do espectáculo das sextas-feiras, uma exibição para quebrar a monotonia das sátiras e linchamentos semanais que, diga-se em abono da verdade, já começavam a ser demasiado previsíveis.

Junto ao alpendre, Fiona aproximou-se de um grupo de raparigas de Irishtown e explicou-lhes:

— Uma rapariga tem de zelar pelos seus interesses, se quer ser alguém neste país.

Além do rapaz, Ridgeway viera a cavalo com outro homem, um tipo branco, alto, de cabelo castanho comprido e que usava ao pescoço um colar feito de orelhas humanas. O seu sócio colocou umas grilhetas nos tornozelos de Cora e depois prendeu a corrente a uma argola no chão da carroça. Acomodou-se no banco, com a cabeça a latejar de agonia a cada batida do coração. Enquanto se afastavam, ainda olhou para Martin e Ethel, que já tinham sido presos à árvore dos enforcamentos. Choravam e tentavam libertar-se das amarras. Aos pés deles, o *Mayor* andava às voltas feito doido. Uma rapariga loura pegou numa pedra e atirou-a contra Ethel, atingindo-a na cara. Uma parte da cidade riu dos gritos aflitivos de Ethel. Outras duas crianças pegaram em pedras e lançaram-nas contra o casal. O *Mayor* guinchava e pulava à medida que cada vez mais pessoas se dobravam para o chão, depois erguiam os braços e avançavam para eles, de maneira que Cora deixou de as ver.

Ethel

Desde que vira uma gravura de um missionário rodeado por nativos da selva que Ethel considerou que servir o Senhor na África Negra e levar a luz aos selvagens a deixaria espiritualmente realizada. Sonhava com o navio que a levaria, uma escuna magnífica com velas como asas de anjo, a enfrentar a violência do mar. A viagem perigosa para o interior, a subida de rios, a travessia de estreitas passagens de montanha e os perigos à solta: leões, serpentes, plantas venenosas ou guias traiçoeiros. E depois a aldeia, na qual os nativos a receberiam como se ela fosse uma emissária do Senhor, um instrumento da civilização. Como gratidão, os pretos elevá-la-iam aos céus e louvariam o seu nome: Ethel, Ethel.

Tinha oito anos. Os jornais que o pai lia publicavam contos sobre exploradores, terras desconhecidas e povos pigmeus. Brincar aos missionários e aos nativos com Jasmine era aquilo que a fazia sentir mais próxima das imagens que via nos jornais. Para ela, Jasmine era como uma irmã. A brincadeira durava pouco, pois a seguir passavam a brincar aos maridos e mulheres e a ensaiar beijos e discussões na cave da casa de Ethel. Devido à cor das suas peles, e apesar de Ethel ter a mania de escurecer a cara com fuligem, nunca houve dúvidas quanto aos papéis de cada uma nesta brincadeira. Depois de mascarrar a cara, treinava expressões de espanto e admiração diante do espelho para ficar a saber aquilo que poderia esperar quando estivesse diante dos seus pagãos.

Jasmine vivia no andar de cima com a mãe, Felice. A família Delany tinha comprado a mãe de Felice e, quando o pequeno Edgar Delany fez dez anos, ofereceram-lhe Felice de presente. Agora que já era um homem, Edgar considerava que Felice era um milagre, pois tratava dos assuntos da sua casa como se aí tivesse nascido. Não se cansava de contar com tal emoção os conhecimentos daquela mulher de cor nem de partilhar as parábolas dela acerca da natureza humana com os seus convidados sempre que ela se retirava para a cozinha, que, quando regressava, os rostos destes reluziam num misto de afecto e inveja. Deu-lhe salvo-condutos para visitarem a plantação dos Parkers em todas as comemorações do dia de Ano Novo; a irmã de Felice trabalhava lá como lavadeira. Jasmine nascera nove meses depois de uma destas visitas e agora os Delanys tinham duas escravas.

Ethel julgava que um escravo era alguém que vivia em sua casa como se fosse da família, mas que não era parente. O pai explicou-lhe as origens dos pretos para lhe tirar essa ideia da cabeça. Havia quem continuasse a afirmar que os pretos eram o que restava de uma raça de gigantes que dominara a Terra em tempos remotos, mas Edgar Delany sabia que eles descendiam do amaldiçoado Cam, que sobrevivera ao Dilúvio por se ter agarrado aos cumes de uma montanha em África. Ethel concluiu então que, se estavam amaldiçoados, aquilo de que mais precisavam era de uma orientação cristã.

Quando Ethel fez oito anos, o pai proibiu-a de brincar com Jasmine, para que ela não pervertesse o estado natural das relações entre as raças. A partir daí, Ethel nunca mais teve facilidade em travar amizades. Chorou e bateu com os pés dias a fio; Jasmine adaptou-se melhor: passou a ocupar-se de funções simples na casa e ocupou o lugar da mãe quando esta teve um ataque cardíaco que a deixou muda e paralisada. Felice ali ficou durante meses, de boca aberta e rosada e olhos enevoados, até que o pai de Ethel a despachou. Ethel não vislumbrou qualquer sinal de mágoa no rosto da sua antiga amiga quando lhe levaram a mãe numa carroça. Nessa altura, já só falavam as duas de assuntos relativos à lida da casa.

A casa tinha sido construída cerca de cinquenta anos antes e as escadas rangiam. Bastava alguém sussurrar num quarto para se ouvir nas duas salas ao lado. Eram muitas as noites em que, após o jantar e as orações, Ethel ouvia o pai subir as escadas, guiado pela luz trémula de uma vela. Às vezes, esgueirava-se até à porta do quarto e ainda o conseguia ver com a roupa de dormir branca a desaparecer numa esquina.

— Onde é que o pai vai? — perguntou-lhe uma noite.

Felice já se fora embora há dois anos e Jasmine tinha então catorze.

— Vou lá acima — respondeu-lhe. E sentiram ambos um alívio a partir do momento em que passaram a ter um motivo para as visitas nocturnas dele. Ele ia escada acima: aonde conduziam essas escadas? O pai explicara-lhe que a separação das raças era um castigo fratricida. As suas visitas nocturnas faziam parte do estabelecido. Os brancos viviam no andar de baixo e os pretos no de cima; ora, fazer a ponte entre tal separação era curar uma ferida bíblica.

A opinião da mãe quanto às visitas do marido escada acima era bastante menos altruísta, mas a senhora não se deixou ficar. Quando a família vendeu Jasmine ao latoeiro do outro lado da cidade, Ethel soube que fora a mãe quem tratara do negócio. As visitas pelas escadas acima acabaram no dia em que a nova escrava entrou ao serviço. Nancy era uma avozinha, de passo lento e meio cega. Agora era a pieira dela que atravessava as paredes, nada de passos ou gemidos. A casa nunca estivera tão limpa e arrumada desde os tempos de Felice; Jasmine tinha sido eficiente, mas distraída. A nova casa de Jasmine ficava do outro lado da cidade, na zona dos negros. Todos comentavam que ela tinha os olhos iguais aos do pai.

Um dia, ao almoço, Ethel declarou que, quando tivesse idade suficiente, pretendia ir espalhar a palavra de Deus aos africanos primitivos. Os pais riram-se dela. Não era uma coisa que as jovens finas da Virgínia fizessem. O pai disse-lhe que, se queria ajudar os selvagens, então podia ir dar aulas na escola, porque o cérebro de uma criança de cinco anos é mais selvagem e indisciplinado do que o do preto mais velho da selva. O seu destino ficou traçado logo ali. Quando a professora habitual se sentia indisposta, Ethel substituía-a. As crianças brancas eram primitivas à sua maneira, barulhentas e subdesenvolvidas, mas não era a mesma coisa. A selva e um círculo de admiradores escuros continuaram a preencher os seus pensamentos mais privados.

A personalidade dela articulava-se em torno do ressentimento. As jovens do seu círculo comportavam-se de acordo com um ritual estranho, indecifrável. Não sentia atracção por rapazes nem, mais tarde, por homens. Quando Martin apareceu, apresentado por um dos primos que trabalhava numa companhia de navegação, já ela estava farta de mexericos e há muito que pusera de parte quaisquer pretensões à felicidade. Martin, um texugo ofegante, deixou-a exausta. Aquela brincadeira de marido e mulher ainda tinha menos piada do que ela imaginava. Embora a sua concepção tivesse sido outra humilhação, Jane, pelo menos, acabara por se revelar uma graça inesperada, um lindo ramo de flores nos seus braços. Os anos na Orchard Street foram passando com um tédio que acabou por se tornar um conforto. Fingia que não via Jasmine ao cruzarem-se na rua, sobretudo quando a sua antiga amiga se fazia acompanhar pelo filho. O rosto dele era um espelho negro.

Foi então que Martin teve de ir à Carolina do Norte. Tratou do funeral de Donald no dia mais quente do ano; pensaram que ela desmaiara de tanta tristeza, mas afinal tudo se ficara a dever àquela humidade bárbara. Assim que arranjassem comprador para a loja de rações poderiam partir, garantiu-lhe ele. O espaço ficava nas traseiras, e quando não era o calor eram as moscas, às quais se seguiam os ratos e, por fim, as pessoas. Pelo menos na Virgínia, a gentalha procedia a linchamentos como se fossem actos espontâneos. Não enforcavam as pessoas no jardim em frente da nossa casa, sempre à mesma hora todas as semanas, como a missa. A Carolina do Norte seria apenas um breve interlúdio, pensava ela até se deparar com um preto na cozinha.

George descera do sótão para ir buscar comida, aquele escravo solitário que Martin ajudara antes de a rapariga ter aparecido. Foi uma semana antes da entrada em vigor das leis raciais e de terem começado em grande os preparativos da violência contra a população de cor. Martin contou-lhe que fora um bilhete que alguém deixara à porta de casa deles que o encaminhara para a mina de mica. George esperava por ele, faminto e furioso. O apanhador de tabaco andou às voltas pelo sótão durante uma semana até que um agente da estrada subterrânea o levou para a etapa seguinte, enfiando-o num caixote que retirou pela porta da frente. Ethel ficara lívida e depois entrara em desespero: George agira como enviado de Donald para iluminar a herança secreta de Martin. Perdera três dedos de uma mão ao cortar canas.

Ethel nunca se interessara pela escravatura como uma questão moral. Se Deus não quisesse que os africanos fossem escravizados, estes não estariam acorrentados. Em contrapartida, tinha ideias firmes quanto ao não querer acabar por ser morta devido aos ideais altruístas de outras pessoas. Ela e Martin discutiram a propósito da estrada subterrânea como não o faziam há muito tempo, e isto teve lugar antes mesmo da publicação das malditas leis raciais assassinas. Fora através de Cora — aquele caruncho no sótão — que Donald se erguera da campa para a punir

239

por aquela piada que proferira muitos anos antes. Quando as suas famílias se encontraram pela primeira vez, Ethel fizera uma observação acerca do fato simples e campónio de Donald. Nessa altura tentara chamar a atenção para as ideias diferentes que cada uma das famílias tinha quanto à roupa mais indicada e de o mandar embora para que pudessem desfrutar da refeição que ela passara tanto tempo a planear. Donald, porém, nunca lhe perdoou, contara ela a Martin, e tinha a certeza disso, e agora iriam ficar a balançar pendurados nos ramos da árvore mesmo em frente à porta de casa deles.

Martin subira as escadas para ir ajudar a rapariga de uma forma completamente diferente daquela que o pai dela subia as escadas, mas os dois homens desceram-nas transformados. Atravessaram a fenda bíblica devido a uma questão de egoísmo.

Se eles puderam, porque não poderia ela?

Ethel vira negarem-lhe tudo durante toda a vida: a missionação, a ajuda, o dar amor da maneira como ela pretendia. Quando a rapariga adoeceu, chegou finalmente aquele momento pelo qual tanto aguardara. Afinal, não tinha ido para África, mas a África viera até ela. Ethel subiu as escadas, como fizera o pai, a fim de enfrentar a estranha que vivia em sua casa como sendo da família. O corpo da jovem deitada entre os lençóis curvava-se como se fosse um rio primitivo. Lavou a rapariga, retirou-lhe a sujidade. Beijou-a na testa e no pescoço durante aquele sono agitado e nos seus beijos combinaram-se duas espécies de sentimentos. Transmitiu-lhe a palavra de Deus.

Finalmente, tinha uma selvagem que lhe pertencia.

Tennessee

25 DÓLARES DE RECOMPENSA

Fugiu ao abaixo assinado a 6 de Fevereiro passado, a sua Rapariga Preta PEGGY. Tem cerca de 16 anos, é mulata de pele brilhante, de altura média, cabelo liso e feições toleravelmente aceitáveis — tem uma grande cicatriz no pescoço provocada por uma queimadura. Não duvido que tentará fazer-se passar por uma rapariga livre e é provável que já tenha obtido um salvo-conduto. Olha para o chão quando falam com ela e não é muito inteligente. Fala muito depressa e com uma voz estridente.

JOHN DARK
Condado de Chatham, 17 de Maio

«Jesus, leva-me para casa, para casa naquela terra...»

Jasper não parava de cantar. Da parte da frente da sua pequena caravana, Ridgeway fartava-se de gritar para o mandar calar, e chegaram mesmo a parar para que Boseman pudesse entrar e dar umas pancadas na cabeça do fugitivo. Jasper passava os dedos pelas feridas, chupava o sangue durante um curto intervalo e recomeçava a cantar. A princípio, muito baixo, de maneira que só Cora o pudesse ouvir. Mas não tardava a subir o tom de voz, cantando à família que perdera, ao seu deus, a todos com quem se cruzavam pelo caminho. Tinha mesmo de voltar a ser disciplinado.

Cora reconheceu alguns hinos, mas achou que ele inventava a maior parte; as rimas deixavam muito a desejar. Se ao menos Jasper tivesse uma voz de jeito, as cantilenas talvez não a incomodassem tanto, mas Jesus não o abençoara nesse domínio, tal como se esquecera dele em termos de aspecto — tinha uma cara de sapo assimétrica e uns braços demasiado magricelas para aquelas manápulas enormes — e, sobretudo, de o bafejar com um pouco de sorte. Pois: sorte era mesmo coisa que ele não tinha.

Aí estava um aspecto que ele e Cora partilhavam.

Tinham apanhado Jasper há três dias na Carolina do Norte; era uma encomenda. Fugira dos campos de cana-de-açúcar na Florida e chegara até ao Tennessee até que um latoeiro o apanhou a roubar comida da sua despensa. Umas semanas mais tarde, o xerife localizou o dono dele, mas o latoeiro não dispunha de meios para o transportar.

Ridgeway e Boseman bebiam uns copos numa taberna mesmo à esquina da prisão enquanto o pequeno Homer e Cora esperavam por eles na carroça. O representante da lei dirigiu-se ao famoso caçador de escravos, chegaram a um acordo e agora Ridgeway tinha o preto acorrentado à carroça. Não apanhara aquele homem por ter reconhecido os seus dotes de cantor.

A chuva caía na copa das árvores. Cora gostou de sentir a brisa, mas sentiu-se imediatamente envergonhada por estar a gostar de qualquer coisa. Pararam para comer quando deixou de chover. Boseman esbofeteou Jasper, largou uma gargalhada alarve e soltou as correntes que prendiam os dois fugitivos ao chão da carroça. Repetiu a sua promessa ordinária quando se ajoelhou diante de Cora e a cheirou. Jasper e Cora continuaram com as grilhetas nos pulsos e nos tornozelos. Nunca estivera tanto tempo acorrentada.

Bandos de corvos planavam no céu. O mundo ardera e fora devastado até onde a sua vista alcançava, um mar de cinzas e carvão desde os campos mais planos até ao cimo dos montes e das montanhas. Árvores carbonizadas e inclinadas, ramos negros decepados pareciam apontar para um lugar distante poupado pelas chamas. Passaram por um sem-fim de restos escurecidos de casas e celeiros, por chaminés que permaneciam de pé como marcos funerários e por paredes descascadas de moinhos e celeiros com as pedras à vista. Cercas chamuscadas que delimitavam os terrenos onde outrora o gado pastara; não era possível que os animais tivessem sobrevivido.

Dois dias de cavalgada por aquela desolação deixaram-nos cobertos de poeira negra da cabeça aos pés. Como filho de ferreiro que era, Ridgeway disse que aquilo o fazia sentir-se em casa.

Quanto a Cora, foi isto que ela viu: nenhum lugar para se esconder; nenhum esconderijo entre aqueles troncos calcinados, mesmo que não estivesse acorrentada, mesmo que tivesse qualquer oportunidade.

Aproximou-se um velhote branco, com um casaco cinzento, a trote num cavalo castanho-claro. Tal como os outros viandantes com quem se cruzaram naquela estrada sombria, a curiosidade fê-lo abrandar o passo. Dois escravos adultos eram absolutamente comuns, mas um rapaz negro, de fato preto, de sorriso estranho e a guiar uma carroça, deixava os estranhos desconcertados. O branco mais jovem de chapéu de coco vermelho usava um colar enfeitado com pedaços de pele amarrotados. Assim que percebiam tratar-se de orelhas humanas, ele exibia uma linha intermitente de dentes escurecidos pelo tabaco. O olhar ameaçador do homem branco mais velho que os comandava desencorajava quaisquer tentativas de conversa. O velhote seguiu caminho, até à curva onde a estrada começava a descer por entre os montes ermos.

Homer estendeu uma colcha comida pelas traças para eles se sentarem e distribuiu-lhes as rações em pratos de alumínio. O caçador de escravos permitiu que os prisioneiros recebessem a mesma quantidade de comida, um hábito que adquirira desde os primeiros tempos em que se dedicara àquele trabalho. Evitava queixas e, no fim, era o cliente quem pagava a conta. Foi à beira daquele campo calcinado e rodeados por bandos de moscas que zuniam à sua volta, que comeram a carne de porco salgada e os feijões que Boseman preparara.

A chuva intensificara o cheiro a queimado e tornara o ar amargo. Cada pedaço de comida e cada gole de água sabiam a fumo. Jasper cantou:

— Saltem, disse o Salvador! Saltem, saltem se querem ver a Sua face!

— Aleluia! — gritou Boseman. — Jesus, bebé pequenino e gordo!

245

As suas palavras ecoavam ao mesmo tempo que começava a dançar e a chapinhar na água escura.

— Ele não está a comer — disse Cora. Jasper recusara as últimas refeições, mantendo a boca fechada e cruzando os braços.

— Então que não coma! — exclamou Ridgeway. Ficou à espera de que ela dissesse alguma coisa, pois já se habituara aos remoques de Cora a seguir aos seus comentários. Compreendiam-se um ao outro. Mas desta vez ela manteve-se calada, para quebrar o costume.

Homer não perdeu tempo e atirou-se à comida de Jasper. Percebeu que Cora olhava para ele e sorriu sem tirar os olhos do prato.

O condutor da carroça era um diabrete muito estranho. Dez anos, a idade de Chester, mas imbuído daquela graça melancólica de um velho escravo da casa e com uma série de gestos muito treinados. Tinha um cuidado extremo com o bonito fato preto e a cartola, puxando os fios do tecido e olhando para estes como se fossem aranhas venenosas antes de tentar reparar o dano. Homer pouco falava, excepto para insultar os cavalos. Não deixou transparecer o mais ligeiro sinal de qualquer afinidade ou simpatia racial. Durante a maior parte do tempo, Cora e Jasper pareciam invisíveis, mais diminutos do que os fios que ele repuxava do fato.

As funções de Homer eram: conduzir a equipa, fazer diferentes manutenções e aquilo a que Ridgeway chamava «manter a escrita em dia». Homer tinha um livro de contas e anotava as histórias de Ridgeway num pequeno bloco que guardava no bolso do casaco. Cora não conseguia perceber que afirmações do caçador de escravos mereciam, ou não, ser anotadas. O rapaz registava com igual zelo banalidades mundanas e observações do estado do tempo sem qualquer interesse.

Uma noite, questionado por Cora, Ridgeway afirmou que nunca possuíra um escravo na vida, excepto durante as catorze horas em que Homer lhe pertenceu. Porque não?, perguntou-lhe ela.

— Para quê? — respondeu-lhe ele. Ridgeway cavalgava pelos arredores de Atlanta, acabara de entregar um casal ao seu proprietário, a caminho de Nova Iorque, quando se deparou com um magarefe que tentava recuperar uma dívida de jogo. A família da mulher oferecera-lhes a mãe do rapaz como presente de casamento. O magarefe vendera-a durante a sua anterior sessão de azar e agora era a vez do rapaz e escrevera um cartaz grosseiro que pendurara ao pescoço dele para anunciar a oferta.

Ridgeway ficou impressionado com a estranha sensibilidade do rapaz. Com uma cara redonda e rechonchuda, os olhos brilhantes de Homer tanto pareciam ferozes como serenos. Um espírito da mesma natureza. Ridgeway comprou-o por cinco dólares e tratou-lhe da carta de alforria no dia seguinte. Homer manteve-se junto dele, apesar das tímidas tentativas de Ridgeway para o mandar embora. O talhante não tinha opiniões firmes sobre a questão da educação das pessoas de cor e permitira que o rapaz estudasse com os filhos de alguns libertos. Para quebrar o tédio, Ridgeway ajudara-o a ler e escrever melhor. Homer fingia que era de origem italiana quando isso lhe convinha e deixava perplexos aqueles que lhe faziam perguntas. O seu traje nada convencional foi evoluindo com o passar do tempo, mas a sua disposição manteve-se inalterada.

— Se ele é livre, porque não se vai embora?

— Para onde? — retorquiu-lhe Ridgeway. — Ele já viu o suficiente para saber que um rapaz negro não tem futuro, tenha papéis ou não. Não neste país. Um tipo de mau carácter deitava-lhe logo a mão e pô-lo-ia à venda enquanto o diabo esfrega um olho. Comigo pode aprender mais acerca do mundo. Encontrar um objectivo.

Todas as noites, com um cuidado extremo, Homer abria a sua sacola e retirava umas algemas. Algemava-se ao banco do condutor, guardava a chave no bolso e fechava os olhos.

Ridgeway apanhou Cora a observar:

— Diz que é a única maneira como consegue dormir. Homer ressonava todas as noites como um velho rico.

Boseman, por seu turno, estava há três anos com Ridgeway. Andava a vadiar pela Carolina do Sul quando descobriu a vocação para caçador de escravos, depois de já ter experimentado uma série de trabalhos penosos: esti-vador, cobrador de impostos e coveiro. Não devia muito à inteligência, mas possuía um dom para prever os desejos de Ridgeway de uma forma que tinha tanto de indispensável como de assustador. O bando de Ridgeway era formado por cinco tipos quando Boseman se juntou a eles, mas os empregados foram desaparecendo um a um. Cora não percebeu logo a razão por que isso acontecera.

O anterior dono do colar de orelhas era um índio chamado Strong. Autoproclamara-se batedor, mas a única coisa que alguma vez conseguiu farejar foi o *whisky*. Bose-man ganhara-lhe aquele adereço num braço-de-ferro e, quando Strong discordou dos termos do jogo, Boseman espancou o pele-vermelha com uma pá. Strong ficou surdo, abandonou o grupo e — a confiar naquilo que se dizia — foi trabalhar como curtidor de peles para o Canadá. Embora as orelhas estivessem secas e mirradas, a verdade é que atraíam as moscas quando fazia calor. Apesar disto, Boseman adorava aquela sua recordação e deliciava-se ao ver a expressão de nojo no rosto de cada novo cliente. De vez em quando, Ridgeway lembrava-o de que as moscas não costumavam assediar o índio quando o colar ainda lhe pertencia.

248

Enquanto comia, Boseman olhou para os montes e ficou com um ar melancólico que ninguém lhe conhecia. Afastou-se para urinar e, ao regressar, disse:

— Julgo que o meu pai andou por aqui. Dizia que nessa altura era tudo floresta. Quando cá voltou, os colonos já tinham abatido as árvores todas.

— Agora está limpo a dobrar — afirmou Ridgeway.

— É verdade aquilo que dizes. Esta estrada era um caminho só para cavalos. Boseman, da próxima vez que precisares de abrir uma estrada, vê se agarras dez mil *cherokees* esfomeados para te fazerem o trabalho. Poupa muito tempo.

— Para onde foram eles? — quis saber Cora. Depois das conversas nocturnas com Martin, ficara a perceber quando é que os homens brancos se preparavam para contar uma história. Isso dava-lhe tempo para pensar nas suas opções.

Ridgeway era um leitor fervoroso de jornais. Os boletins sobre os fugitivos tornavam-nos indispensáveis ao seu tipo de trabalho — Homer conservava uma colecção completa — e geralmente os assuntos corriqueiros ajudavam-no a reforçar as suas teorias acerca da sociedade e do animal humano. O género de indivíduos com que se cruzara no seu emprego tinham-no habituado a explicar os aspectos mais elementares dos factos e da História. Dificilmente esperaria que uma jovem escrava soubesse o significado daquilo que os rodeava.

Fixaram-se naquilo que em tempos fora a terra dos *Cherokees,* contou ele. A terra dos seus pais vermelhos, até que o presidente decidiu outra coisa e mandou expulsá-los. Os colonos precisavam de terras. Ora, se os Índios ainda não tinham aprendido que os tratados dos brancos não prestavam para nada, mereceram aquilo que lhes aconteceu, disse Ridgeway. Naquela altura, alguns amigos deles já colaboravam com o exército. Cercaram os Índios em campos, as mulheres, as crianças e tudo aquilo que conseguissem levar às costas, e obrigaram-nos a ir para oeste do Mississípi. O Trilho das Lágrimas e da Morte, como um sábio *cherokee* disse mais tarde, com toda a razão e com toda aquela veia dos Índios para a retórica. As doenças e a fome, já para não falar do Inverno rigoroso desse ano — do qual Ridgeway se lembrava sem saudades —, mataram milhares. Quando chegaram a Oklahoma ainda tinham mais brancos à espera deles, a ocuparem a terra que fora prometida aos Índios no último tratado inútil. Aquela malta é de compreensão lenta. Mas aqui estavam eles hoje nesta estrada. A viagem até ao Missouri era agora muito mais confortável do que naquele tempo, quando o caminho estava pejado de pequenos pés vermelhos.

— É o progresso — continuou Ridgeway. — O meu primo teve sorte e ganhou algumas terras dos Índios na lotaria, na parte norte do Tennessee. Campos de milho.

Cora olhou para aquele cenário de desolação e afirmou:

— Sorte...

Durante o caminho, Ridgeway contara-lhes que o fogo devia ter começado com um relâmpago. Nuvens de fumo cobriam o céu numa extensão de centenas de quilómetros, tingindo o pôr-do-sol de magníficas tonalidades de carmim e púrpura. Isto era o Tennessee a anunciar-se a si mesmo: animais fantásticos que se entrelaçavam num vulcão. Passava pela primeira vez de um estado para outro sem usar a estrada subterrânea. Os túneis tinham-na protegido. Lumbly, o chefe de estação, dissera-lhes que cada estado era um estado de possibilidades, com os seus costumes próprios. Aquele céu vermelho levava-a a recear as regras deste novo território. À medida que avançavam em direcção ao fumo, os pores-do-sol inspiravam Jasper a partilhar uma sequência de hinos que tinham por tema central a ira de Deus e os flagelos que aguardavam os malvados; o que fez com que Boseman entrasse na carroça diversas vezes.

A cidade na raia da linha do fogo transbordava de foragidos.

— Fugitivos — declarou Cora. Homer virou-se no seu assento para ver. As famílias brancas espalhavam-se por um terreno fora da rua principal, inconsoláveis na sua miséria e com os parcos haveres amontoados pelo chão. As pessoas cambaleavam pela rua com expressões dementes, de olhares tresloucados, roupas chamuscadas e trapos enrolados à volta das queimaduras. Cora conhecia bem o choro dos bebés em sofrimento, famintos, com dores, sem perceberem a loucura daqueles que estavam encarregados de os proteger. Mas era uma novidade ouvir os gritos de tantos bebés brancos. Até aí, a sua comiseração estava reservada aos bebés de cor.

Quando entraram no armazém geral, a recepção de Ridgeway e Boseman limitou-se a várias filas de prateleiras vazias. O dono da loja contou a Ridgeway que uns camponeses com terras concedidas pelo governo é que haviam desencadeado o fogo ao atearem uma queimada para limpar o mato. Não conseguiram controlar o incêndio e este devorou a terra com uma fúria incrível até que, por fim, começara a chover. Mais de um milhão de hectares, acrescentou o comerciante. O governo prometera auxílio, mas ninguém podia dizer quando chegaria. Era a maior catástrofe de que alguém se lembrava.

Quando Ridgeway lhes contou aquilo que o dono da loja lhe dissera, Cora deduziu que os habitantes daquela cidade já deviam ter na memória uma lista considerável de fogos, cheias e tornados. No entanto, não estavam ali para oferecer os seus conhecimentos. Ela não sabia qual a tribo que chamara terra àquele território, mas não tinha dúvidas de que em tempos fora território dos Índios. Afinal, haveria alguma terra que não tivesse sido deles? Nunca estudara História devidamente mas, por vezes, bastam-nos os olhos para nos ensinarem as coisas.

— Devem ter feito qualquer coisa para desencadear a fúria de Deus — proferiu Boseman.

— Basta uma faísca para dar cabo de tudo — contrapôs Ridgeway.

Depois do almoço ainda ficaram parados algum tempo na estrada, enquanto os brancos fumavam cachimbo e recordavam antigas caçadas. Apesar de toda a sua conversa acerca do tempo que andara a persegui-la, Ridgeway não deu sinais de ter qualquer pressa em entregar Cora a Terrance Randall. Não é que ela tivesse urgência em comparecer a tal reunião. Cora caminhou a medo pela terra queimada. Já se habituara a andar com os tornozelos acorrentados. Era difícil acreditar que já passara tanto tempo. Sentira sempre pena quando via aquelas cáfilas a caminharem numa fila patética diante da plantação dos Randalls. Olhem agora para ela. Ainda não compreendera bem esta lição: por um lado, tinha sido poupada durante muitos anos a injúrias; por outro, a desdita servira apenas para adiar o castigo. Não tinha escapatória. As feridas enrugavam-lhe a pele sob o aço das correntes. Os brancos não lhe prestaram atenção enquanto caminhava por entre as árvores calcinadas.

Nessa altura já tentara fugir várias vezes. Quando pararam para comprar mantimentos, Boseman distraiu-se a ver um cortejo fúnebre ao virar de uma esquina e ela ainda conseguira correr alguns metros até que um rapaz lhe pregou uma rasteira. Colocaram-lhe uma coleira de ferro à volta do pescoço, da qual os elos da corrente escorriam até aos pulsos como musgo, o que a obrigou a assumir a postura de um mendigo ou de um louva-a-deus. Também fugira quando os homens pararam à beira do caminho para se aliviarem, e nessa altura conseguira fugir um pouco mais. Uma vez, escapou-se ao crepúsculo, através de um regato, por julgar que a água a correr lhe agilizaria os movimentos. Acabou por escorregar nas pedras lisas e por cair na água; Ridgeway agarrou-a e bateu-lhe. Depois disso, desistiu de fugir.

Pouco falaram durante os primeiros dias após terem deixado a Carolina do Norte para trás. Pensou que o confronto com aquela gente toda os deixara esgotados, tal como a esgotara a ela, mas a verdade é que, de um modo geral, o silêncio era a política deles — até que Jasper o quebrasse. Boseman ia murmurando as suas sugestões ordinárias e, do lugar do condutor, Homer virava-se para trás para sorrir com aquele ar impenetrável, mas o caçador de escravos manteve a distância, só olhava para a frente e, de vez em quando, assobiava.

Cora percebeu que se dirigiam para oeste e não para sul. Até conhecer Caesar, nunca prestara atenção às posições do Sol, mas ele disse-lhe que podiam ajudá-los durante a fuga. Certa manhã pararam diante de uma padaria. Cora encheu-se de coragem e perguntou a Ridgeway quais eram os planos dele.

Ele arregalou os olhos, como se não estivesse à espera da pergunta dela. A seguir a esta primeira conversa, Ridgeway passou a incluí-la nos planos deles como se ela tivesse voto na matéria.

— És uma verdadeira surpresa — disse —, mas não te preocupes, levamos-te a casa a tempo e horas.

Também lhe disse que tinha razão, que estavam a dirigir-se para oeste. Um plantador da Geórgia chamado Hinton encarregara-o de lhe devolver um dos seus escravos. O preto em questão era um tipo astuto e engenhoso que tinha família numa das colónias para negros do Missouri; informações fidedignas confirmavam que Nelson andava a caçar em plena luz do dia sem se preocupar com quaisquer castigos. Hinton era um agricultor respeitado e tinha ligações importantes: era primo do governador. Lamentavelmente, um dos seus capatazes contara o caso a uma jovem escrava e agora o comportamento de Nelson ridicularizara o dono na sua própria terra. Hinton andara a preparar o moço para este vir a ser capataz. Prometera uma generosa recompensa a Ridgeway e chegara mesmo ao ponto de divulgar um contrato numa cerimónia pretensiosa. Um velho escravo serviu de testemunha, mas esteve o tempo todo a tapar a mão com a boca enquanto tossia.

Dada a impaciência de Hinton, o caminho mais sensato passava pelo Missouri.

— Assim que tivermos o nosso homem — disse-lhe Ridgeway —, poderás ir ter com o teu dono. Por aquilo que vi, vai preparar-te uma recepção à maneira.

Ridgeway não fez por esconder o desdém que sentia por Terrance Randall; o homem tinha aquilo a que ele chamava imaginação «rebuscada» no que dizia respeito a disciplinar os pretos. Isso ficara bem patente a partir do momento em que o bando dele seguia pelo caminho que ia dar ao casarão e viu três patíbulos. A jovem encontrava--se pendurada pelas costelas, suspensa por um gancho de metal enorme. Debaixo dela, uma poça de porcaria e sangue. Os outros dois patíbulos pareciam aguardar pelas vítimas.

— Se eu não me tivesse atrasado pelo interior do estado — disse Ridgeway —, tenho a certeza de que vos tinha apanhado aos três antes que o vosso rasto arrefecesse. Lovey... seria esse o nome do bicho?

Cora tapou a boca com uma das mãos para abafar um grito e desmaiou. Ridgeway esperou dez minutos até ela recuperar os sentidos. As pessoas da cidade olharam para a rapariga de cor ali desmaiada no chão e passaram por cima dela para entrarem na padaria. O aroma da doçaria inundou a rua, doce e sedutor.

254

Boseman e Homer esperaram na carroça enquanto ele conversava com o dono da casa, contou-lhe Ridgeway. A casa tinha sido animada e convidativa quando o pai era vivo — sim, já lá estivera para ir procurar a mãe de Cora e regressara de mãos vazias. Bastava um minuto com Terrance para se perceber o motivo daquela atmosfera aterradora. O filho era ruim, com um tipo de maldade que infectava tudo à sua volta. A luz do dia era cinzenta e viscosa devido às nuvens que anunciavam trovoada, e os pretos da casa lentos e soturnos.

Os jornais gostavam de transmitir a ideia fantasiosa da plantação feliz e dos escravos contentes que cantavam, dançavam e adoravam Massa. As pessoas gostavam deste género de coisas e era politicamente útil atendendo ao combate com os estados do Norte e contra o movimento antiescravatura. Ridgeway sabia que esta imagem era falsa — não precisava de disfarçar acerca do negócio da escravatura —, mas também não era verdade que a plantação dos Randalls representasse uma ameaça. Aquela terra estava assombrada. Quem poderia criticar os escravos pelo seu triste comportamento perante aquele cadáver que rodopiava pendurado num gancho à vista de todos?

Terrance recebeu Ridgeway no salão. Estava bêbedo e nem sequer se preocupara em vestir-se, usava um roupão vermelho e esparramara-se no sofá. Pareceu-lhe trágico, comentou Ridgeway, observar a degeneração que pode ocorrer no espaço de apenas uma geração, mas às vezes o dinheiro faz isso às famílias. Revela as impurezas. Terrance recordou a Ridgeway a visita anterior, quando Mabel desaparecera no pântano, tal como este último trio, e contou-lhe que o pai ficara bastante sensibilizado pelo facto de ele ter ido pessoalmente apresentar desculpas pela sua incompetência.

— Mesmo que tivesse dado duas bofetadas naquele puto do Randall, tenho a certeza de que não perderia o contrato — afirmou Ridgeway. — Mas, graças aos meus muitos anos de experiência, resolvi esperar até te apanhar a ti e ao outro. As bofetadas podiam ficar para mais tarde. — Devido à ânsia de Terrance e ao valor da recompensa, concluíra que Cora era a concubina dele.

Cora abanou a cabeça em sinal de negação. Deixou de chorar, levantou-se, conseguiu controlar as tremuras e cerrou os punhos.

Ridgeway fez uma pausa.

— E mais uma coisa: seja lá como for, tu exerces uma influência poderosa. — Retomou a narrativa da visita que fizera à plantação Randall. Terrance pusera o caçador de escravos a par das últimas notícias desde a captura de Lovey. Precisamente nessa manhã, Connelly, o seu homem de confiança, contara-lhe que Caesar costumava frequentar a loja de um negociante local e, supostamente, este homem vendia os artigos de madeira que o preto fazia. Talvez o caçador de escravos pudesse fazer uma visita a esse tal senhor Fletcher e ver o que conseguia ficar a saber. Terrance queria a rapariga viva, mas não se importava com o estado em que o outro lhe fosse devolvido. Ridgeway sabia que o rapaz viera da Virgínia?

Ridgeway desconhecia este pormenor. Tratava-se de uma espécie de ajuste de contas com o seu estado natal. Embora tivessem fechado as janelas, a sala cheirava mal.

«Foi lá que ele aprendeu aqueles maus hábitos», dissera Terrance. «Eles são muito brandos lá para aqueles lados. Certifique-se de que ele aprende como se fazem as coisas na Geórgia.» Não queria a lei metida ao barulho neste assunto. A dupla era procurada por ter matado um rapaz branco e não a teria de volta se o povo soubesse por onde andavam aqueles dois. O valor da recompensa incluía a sua discrição.

O caçador de escravos saiu. O eixo da sua carroça vazia rangeu, uma queixa habitual quando não suportava pesos. Ridgeway prometeu a si próprio que a carroça não viria vazia quando regressasse. Não estava disposto a pedir desculpas a outro Randall, e muito menos àquele puto que agora mandava na plantação. Ouviu um som e virou-se para a casa. Fora a rapariga, Lovey, que mexera um braço. Afinal, não estava morta.

— Por aquilo que me contaram, ainda esteve ali mais meio dia.

As mentiras de Fletcher foram por água abaixo num instante — um daqueles beatos religiosos muito fracos — e revelou o nome do seu sócio na estrada subterrânea, um homem chamado Lumbly. De Lumbly nem sombra: nunca mais regressara depois de ter levado Cora e Caesar para fora do estado.

— Para a Carolina do Sul, não foi? — perguntou Ridgeway. — Ele também foi um dos que mandou a tua mãe para Norte?

Cora não respondeu. Não teve dificuldade em imaginar qual teria sido o destino de Fletcher, e talvez também da mulher. Pelo menos Lumbly fugira. E eles não tinham descoberto o túnel por baixo do celeiro. Um dia talvez outra alma desesperada pudesse usá-lo. Para um futuro melhor, se tivesse sorte.

Ridgeway abanou a cabeça.

— Não interessa. Temos muito tempo para contarmos histórias. A viagem até ao Missouri é muito longa.

Depois contou-lhe que as autoridades tinham apanhado um chefe de estação no sul da Virgínia que lhes fornecera o nome do pai de Martin; Donald já morrera mas, se pudesse, Ridgeway queria ficar com uma ideia do modo como o homem operava para compreender como funcionava aquela conspiração a um nível mais alto. Não esperava encontrar Cora, mas acabara por ficar bastante satisfeito.

Boseman acorrentou-a à carroça. Agora ela já conhecia o som da fechadura. Ficava presa por instantes antes de ir ao lugar. Jasper juntou-se a eles no dia seguinte. O corpo tremia-lhe tanto como o de um cão que tivesse apanhado uma surra. Cora tentou animá-lo fazendo-lhe perguntas sobre o lugar para onde fugira, como era trabalhar nos campos de cana-de-açúcar ou como conseguira escapar. Jasper respondeu-lhe com hinos e orações.

Isso tinha sido há quatro dias. Agora estava de pé num prado escuro daquele agoirento Tennessee, esmagando a madeira carbonizada com os pés.

O vento decidiu dar um ar da sua graça e a chuva também. A paragem deles terminara. Homer tratou das limpezas a seguir à refeição. Ridgeway e Boseman puxaram dos cachimbos e o mais jovem assobiou para a chamar. Os montes e as montanhas do Tennessee rodearam-na como se estivesse dentro de uma enorme bacia escura. As chamas deviam ter sido mesmo aterradoras e violentas para terem provocado uma tal ruína. Estamos a arrastar--nos por uma bacia de cinzas. É o que resta quando tudo aquilo que vale a pena foi consumido, pó negro que o vento se encarrega de levar.

Boseman passou as correntes dela pela argola no chão da carroça e prendeu-as. Estavam fixadas dez argolas ao estrado, duas filas de cinco, mais do que suficientes para uma grande caçada. Davam e sobravam para estes dois. Jasper exigiu o seu lugar preferido no banco e cantarolou cheio de vigor, como se tivesse acabado de devorar um jantar de Natal.

— Quando o Salvador te chamar, vais deitar o fardo ao chão, deitar esse fardo ao chão.

— Boseman... — disse Ridgeway em voz baixa.

— Ele irá olhar para a tua alma e ver aquilo que tu fizeste, pecador. Ele irá olhar para a tua alma e ver aquilo que tu fizeste.

— Oh! — exclamou Boseman.

O caçador de escravos entrou na carroça pela primeira vez desde que tinha apanhado Cora. Empunhou a pistola de Boseman e deu um tiro na cara de Jasper. A lona ficou manchada de sangue e pedaços de osso, que também salpicaram a roupa suja de Cora.

Ridgeway enxugou o rosto e explicou o seu raciocínio. A recompensa por Jasper era de cinquenta dólares, quinze dos quais para o latoeiro que levara o fugitivo para a prisão. Ora, o Missouri ficava para trás e a leste da Geórgia e isso pressupunha várias semanas até entregarem o homem ao seu proprietário. Dividir trinta e cinco dólares por, digamos, três semanas, e ainda descontar a parte de Boseman... e a recompensa perdida era um preço muito baixo a pagar por silêncio e descanso.

Homer abriu o bloco, verificou a contabilidade do patrão e concluiu:

— Ele tem razão.

As desgraças continuaram pelo Tennessee adentro. As chamas tinham devorado as duas cidades seguintes naquela estrada de cinzas. De manhã, apareceram em redor de um monte os destroços do que restava de uma pequena colónia, um monte de madeira queimada e pedras calcinadas. Primeiro viram-se as traves das casas que outrora abrigaram os sonhos dos pioneiros e depois a cidade propriamente dita numa fila de estruturas em ruínas. A cidade a seguir era maior, mas não ficava atrás em termos de destruição. O centro era um cruzamento amplo para o qual convergira um projecto de avenidas agora desaparecidas. Um forno de padeiro no meio das ruínas da loja fazia lembrar um totem assustador, restos humanos pendurados nas grades de ferro da cela de uma prisão.

Cora não conseguia perceber que aspecto da paisagem teria persuadido os colonos a plantarem ali os seus futuros: se a terra fértil, a água ou a vista. Tinha sido tudo apagado. Se os sobreviventes algumas vez regressassem seria apenas para confirmar a decisão de voltarem a tentar a sorte noutro lugar e de regressarem a correr para leste ou avançarem ainda mais para oeste. Ali não havia ressurreição possível.

Até que saíram, por fim, do alcance do fogo selvagem. Os vidoeiros e a erva vibravam com uma cor inimaginável, depois de terem resistido naquela terra queimada, edénica e fortificante. Na brincadeira, Boseman imitou o canto de Jasper para assinalar a mudança de humor; aquele cenário negro marcara-os de uma maneira que nem eles adivinha-vam. O milho robusto nos campos deixava antever uma colheita exuberante; com a mesma força com que havia sido destruído, aquele território arruinado parecia anun-ciar a vingança que preparava.

Ridgeway ordenou uma paragem logo a seguir ao meio-dia. O caçador de escravos ficou tenso ao ler em voz alta o aviso no cruzamento. A cidade ao fundo da estrada tinha sido devastada pela febre-amarela, anunciou ele. Todos os viajantes eram aconselhados a afastar-se. Um caminho alternativo, mais estreito e de piso irregular, seguia em direcção a sudoeste.

O sinal era novo, reparou Ridgeway. Se calhar a doença ainda proliferava.

— Os meus dois irmãos morreram de febre-ama-rela — disse Boseman. Crescera no Mississípi, onde a febre gosta de fazer visitas sempre que o tempo aquece. A pele dos seus dois irmãos mais novos ficara amarelada e cerosa, sangraram dos olhos e do cu e os seus pequenos corpos foram atormentados por convulsões. Uns homens tinham levado os cadáveres num carrinho de mão que rangia. Deixara de se sentir bem-humorado e limitou-se a dizer:

— É uma morte miserável.

Ridgeway conhecia a cidade. O presidente da câmara era um brutamontes corrupto e a comida pô-lo a cagar as tripas. Apesar disso, dedicou um pensamento de sentimen-tos pelos habitantes. Aquele desvio iria aumentar bastante o tempo da viagem.

— A febre vem nos barcos — afirmou Ridgeway. Das Índias Ocidentais, do continente negro, segue a esteira do comércio. — É um imposto que os seres humanos têm de pagar pelo progresso.

— Quem é o cobrador que faz a colecta? — quis Bose-man saber. — Nunca o vi. — O medo deixara-o nervoso e petulante. Não queria ficar por ali, nem sequer naquele cruzamento tão próximo do abraço da febre. Sem esperar por ordens de Ridgeway ou obedecendo a um sinal partilhado pelo caçador de escravos e pelo seu secretário, Homer afastou a carroça do caminho da cidade condenada.

No caminho para sudoeste apareceram mais dois sinais com o mesmo aviso. Os trilhos que davam acesso às cidades de quarentena não apresentavam quaisquer indícios do perigo mais adiante. Viajar pela devastação do fogo durante tanto tempo fez com que uma ameaça invisível parecesse ainda mais aterradora. Só muito tempo depois, já após ter escurecido, é que voltaram a parar. Tempo suficiente para Cora recordar o que fizera desde que fugira da plantação dos Randalls e para tecer uma longa trança dos seus infortúnios.

O livro de registo da escravidão estava repleto de listas atrás de listas. Os nomes começaram por ser reunidos na costa africana em dezenas de milhares de cartas de porte: aquela carga humana. Os nomes dos mortos eram tão importantes como os nomes dos vivos, como se cada perda por doença ou suicídio — e outros acidentes rotulados como tal para fins contabilísticos — tivesse de ser justificada àqueles que haviam feito a encomenda. Nos leilões por atacado registavam as almas compradas em cada lote e nas plantações os capatazes mantinham os nomes dos trabalhadores em cadernos de letra muito apertada. Cada nome era um bem, capital que respirava, lucro feito de carne.

Devido àquela estranha instituição, Cora também se tornara uma fazedora de listas. No seu inventário de perdas, as pessoas não eram reduzidas a quantias mas antes multiplicadas pela sua bondade. Pessoas que amara, pessoas que a tinham ajudado. As mulheres do Hob, Lovey, Martin e Ethel, Fletcher. As que tinham desaparecido:

Caesar, Sam e Lumbly. Jasper não era da sua responsabilidade, mas as manchas do sangue dele na carroça e na sua roupa também podiam representar a sua própria morte.

O Tennessee estava amaldiçoado. Começou por atribuir a devastação do Tennessee — o braseiro e a doença — à justiça. Os brancos receberam aquilo que mereciam. Por escravizarem o povo dela, por massacrarem outra raça, por lhe roubarem a terra que lhe pertencia. Deixem-nos arder nas chamas ou com febre, deixem a destruição começar por aqui, hectare atrás de hectare, até que os mortos sejam vingados. Contudo, se as pessoas recebessem a sua dose justa de infortúnio, o que tinha feito ela para merecer todos os seus problemas? Noutra lista, Cora registou as decisões que a conduziram até àquela carroça e às suas correntes de ferro. Não podia faltar o miúdo Chester e a maneira como o protegera. O chicote era o castigo-padrão para a desobediência. A fuga era uma transgressão de tal maneira grave que a punição abrangera todas as almas generosas do seu breve périplo pela liberdade.

Enquanto as molas da carroça a faziam balançar, cheirava a terra húmida e as árvores que floresciam. Por que razão este campo escapara e o outro, a uns cinco quilómetros de distância, ardera? A justiça na plantação era má e permanente, mas o mundo era indiscriminado. No mundo lá fora, os malvados escapavam ao castigo que mereciam e as pessoas decentes é que ocupavam o lugar deles na árvore das chicotadas. Os desastres do Tennessee eram fruto de uma natureza indiferente, sem ligação com os crimes dos colonos a quem o governo dera terras. Sem ligação com a maneira como os *Cherokees* tinham vivido as suas vidas.

Tratara-se apenas de uma faísca.

Não havia correntes que prendessem os infortúnios de Cora ao seu carácter ou acções. Tinha a pele preta e era assim que o mundo tratava as pessoas de cor. Nem mais, nem menos. Cada estado é diferente, dissera-lhe Lumbly. Se o Tennessee tinha um temperamento, foi buscá-lo à personalidade sombria do mundo, com um gosto para as punições arbitrárias. Ninguém fora poupado, independentemente da forma dos seus sonhos ou da cor da pele.

Um jovem de cabelo castanho encaracolado e olhos cinzentos sob a sombra das abas do chapéu conduzia uma parelha de cavalos do oeste. As suas bochechas rosadas deviam-se a um escaldão que lhe devia doer. Interceptou o passo ao bando de Ridgeway e informou-os de que mais adiante havia um acampamento de tipos com fama de serem briguentos e que, pelo menos nessa manhã, a febre-amarela ainda não os apanhara. Ridgeway contou ao homem aquilo que o esperava pela frente e agradeceu-lhe.

O trânsito pela estrada não tardou a intensificar-se, incluindo o de animais e insectos que contribuíam para a animação. Os quatro viajantes voltaram a captar as imagens, sons e cheiros da civilização. Nos arrabaldes da cidade, os candeeiros cintilavam nas casas das quintas e nas cabanas, à medida que as famílias se preparavam para a noite que se aproximava. Embora de construção recente, a cidade ergueu-se à vista deles, e era a maior que Cora vira desde a Carolina do Norte. A rua principal muito comprida, com os seus dois passeios e aquela sequência de tabernas barulhentas bastou para que se lembrasse dos dias no dormitório. Por aquilo que se via, a cidade parecia não acalmar à noite: lojas abertas e muitas pessoas a vaguearem nos passeios de madeira.

Boseman insistiu para que não passassem a noite ali. Se a febre andava tão perto, o próximo sítio onde poderia atacar seria ali, e talvez até já tivesse invadido os corpos de algumas pessoas da cidade. Ridgeway ficou aborrecido, mas acabou por ceder, apesar de perder a oportunidade de dormir numa cama decente. Assim, depois de terem comprado mantimentos, acabaram por montar o acampamento na estrada à saída da cidade.

Cora continuou acorrentada enquanto os homens faziam as compras. Os transeuntes observavam-lhe a cara pelas aberturas da lona que servia de cobertura e desviavam o olhar. Os rostos deles eram sinistros. Usavam roupas grosseiras e mal feitas, muito menos sofisticadas do que as das pessoas que viviam nas cidades do Leste. Eram roupas de colonos, não de gente bem instalada na vida.

Homer subiu para a carroça a assobiar uma daquelas cantilenas monótonas de Jasper. O escravo morto continuava com eles. O rapaz estendeu-lhe uma coisa embrulhada em papel pardo e disse:

— Isto é para ti.

O vestido era azul-escuro com botões brancos, de um algodão macio que emanava um cheiro a remédios. Pegou no vestido de maneira que este tapasse as manchas de sangue na lona, bem visíveis através da contraluz proveniente dos candeeiros da rua.

— Veste-o, Cora — ordenou Homer.

Cora ergueu as mãos, as correntes chocalharam.

Ele abriu-lhe as argolas que tinha à volta dos pulsos e dos tornozelos. Como era seu costume nessas ocasiões, Cora considerou as hipóteses de fuga, mas achou que o resultado não valeria a pena. Numa cidade como aquela, rude e selvagem, a multidão juntava-se num instante. As notícias do rapaz da Geórgia tinham chegado lá? O tal acidente em que nunca pensava e que não incluíra na sua lista de transgressões. Esse rapaz pertencia à sua lista muito pessoal, mas quais seriam os seus termos?

Homer ficou a observá-la enquanto ela se vestia, como um criado que tratara dela desde o berço.

— Eu fui apanhada — afirmou Cora. — Tu escolheste estar do lado dele.

Homer parecia baralhado. Sacou do seu bloco, folheou-o até à última página e rabiscou qualquer coisa. Quando terminou, voltou a fechar-lhe os grilhões. Depois deu-lhe uns tamancos de madeira que não eram o número dela. Preparava-se para a acorrentar ao fundo da carroça quando Ridgeway lhe deu ordens para a mandar sair.

Boseman continuava à procura de um barbeiro e de um lugar onde tomar banho. O caçador de escravos entregou a Homer os jornais e os prospectos de fugitivos que o xerife lhe dera na prisão.

— Vou levar a Cora a jantar — disse Ridgeway ao conduzi-la para o meio da multidão. Homer atirou a roupa suja dela para a sarjeta e o sangue seco acastanhado diluiu-se na lama.

Os tamancos apertavam-lhe os pés, mas nem por isso Ridgeway abrandou o passo para a acompanhar no seu caminhar difícil; continuou à frente dela sem se mostrar minimamente preocupado com a hipótese de ela poder fugir. As correntes dela eram melhores do que um chocalho. Os brancos do Tennessee nem sequer lhe prestaram atenção. A única pessoa que deu pela sua presença foi um jovem negro que estava encostado à parede de um estábulo. Pelo aspecto, parecia um liberto, vestido com calças de riscas cinzentas e um colete de cabedal. Mirou-a como ela costumava olhar as filas de escravos acorrentados passarem pela plantação dos Randalls. Ver uma pessoa acorrentada e sentir-se feliz por não estar no lugar dela — tal era a sorte permitida às pessoas de cor, mas que se sabia poder ser pior a qualquer momento. Se os seus olhares se cruzavam, todos os desviavam. No entanto, este homem não fez o mesmo. Acenou-lhe antes que os transeuntes lhe passassem à frente e ela deixasse de o ver.

Cora tinha espreitado para dentro do *saloon* de Sam na Carolina do Sul, mas nunca lá entrara. Se ela pareceu uma figura estranha naquele ambiente, bastou um olhar de Ridgeway para que todos os outros se metessem na sua vida. O gordo que atendia ao balcão enrolou um cigarro enquanto fixava a parte de trás da cabeça de Ridgeway.

Ridgeway conduziu-a até uma mesa instável junto à parede do fundo. O cheiro de carne estufada sobrepôs-se ao da cerveja velha impregnado nas tábuas do soalho, nas paredes e no tecto. A empregada de tranças era uma jovem de ombros largos e braços grossos como os de um carregador de algodão. Ridgeway fez o pedido.

— Não fui eu que escolhi os sapatos, mas o vestido fica-te bem — disse-lhe ele.

— Está limpo — comentou Cora.

— Agora estás muito bem. Não podíamos ter a nossa Cora a parecer o chão de um talho.

Queria obrigá-la a reagir, mas ela não foi na conversa. Começou a ouvir-se o som de um piano vindo do *saloon* ao lado. Soava como se um guaxinim andasse para a frente e para trás a pisar as teclas.

— Durante todo este tempo não fizeste perguntas acerca do teu cúmplice — afirmou Ridgeway. — O Caesar. Ele foi notícia dos jornais na Carolina do Norte?

Ele queria espectáculo, como aqueles de sexta-feira à noite no parque. Por isso a vestira para ir ao teatro à noite. Ela preferiu aguardar.

— É tão estranho teres ido para a Carolina do Sul — recomeçou Ridgeway —, agora que eles têm aquele sistema novo. Antigamente andavam por lá muitos bandidos. Mas os velhos tempos também não estão assim tão longe. Apesar de toda a conversa deles acerca do progresso dos pretos e de civilizarem os selvagens, continua a ser o mesmo lugar esfomeado de sempre.

A empregada trouxe fatias de pão e tigelas cheias de carne estufada com batatas. Ridgeway sussurrou-lhe qualquer coisa ao mesmo tempo que olhava para Cora, algo que não conseguiu perceber. A rapariga riu e Cora percebeu que ele estava bêbedo.

Ridgeway sorvia o estufado.

— Nós apanhámo-lo na fábrica depois de ele terminar o turno. Apesar de muito fanfarrões, aqueles calmeirões pretos recuperaram o seu velho medo depois de terem pensado que já o tinham mandado para trás das costas. Ao princípio foi um bocado confuso. Outro fugitivo apanhado. Depois correu a notícia de que o Caesar era procurado pelo assassínio de um rapazito...

— Já não era pequeno — afirmou Cora.

Ridgeway encolheu os ombros.

— Eles invadiram a prisão. O xerife abriu a porta, para dizer a verdade, não foi assim tão dramático. Entraram na cela e desfizeram-lhe o corpo em pedaços. As pessoas decentes da Carolina do Sul com as suas escolas e créditos para as sextas-feiras.

As notícias acerca de Lovey tinham-na deixado de rastos diante dele. Mas agora isso não iria repetir-se. Estava preparada — os olhos dele brilhavam sempre que se preparava para cometer uma crueldade. Além disso, já há muito tempo que sabia que Caesar estava morto. Não era preciso fazer perguntas acerca daquilo que lhe acontecera. Surgira diante dela certa noite no sótão, como uma faísca, uma verdade pequena e simples: Caesar não se safara. Não andava pelo Norte com um fato, sapatos e um sorriso completamente novos. Sentada às escuras, encostada às traves do sótão, Cora percebera que estava outra vez sozinha. Eles tinham-no apanhado. Ela já deixara de chorar por ele quando Ridgeway fora bater à porta de Martin.

Ridgeway escarafunchou os dentes com os dedos.

— Ganhei pouco dinheiro com a captura, mas, de qualquer maneira, durante o caminho ainda entreguei outro rapaz ao dono. Acabou por ser tudo lucro.

— Você parece um preto velho à cata do dinheiro do Randall — afirmou Cora.

Ridgeway pousou as mãos enormes na mesa instável, fazendo com que esta se inclinasse para o seu lado. O estufado de carne escorreu das tigelas.

— Eles deviam arranjar isto — reclamou.

O estufado estava grumoso por ter sido engrossado com farinha. Cora desfez os grumos com a língua, como costumava fazer quando era uma das ajudantes de Alice que preparava as refeições e não a velha cozinheira. Do outro lado da parede, o pianista tocava uma música alegre. Um casal já bem bebido abriu a porta com estrondo para ir dançar.

— Não foi a multidão que matou o Jasper — afirmou Cora.

— Há sempre despesas inesperadas — replicou Ridgeway. — Não vou ser reembolsado por toda a comida que lhe paguei.

— Você só fala de razões — disse Cora. — Chama as coisas por outros nomes como se isso as mudasse. Mas isso não as torna verdadeiras. Você matou o Jasper a sangue--frio.

— Isso foi mais um assunto pessoal — concedeu Ridgeway — e não é disso que estou a falar. Tu e o teu amigo mataram um rapaz. Tinham os vossos motivos.

— Eu estava a fugir.

— Pois é disso que tenho estado a falar, de sobrevivência. Sentes-te mal devido ao que aconteceu?

A morte do rapaz tinha sido um contratempo da sua fuga, tal como a ausência de uma lua cheia ou o facto de o desnorte ter começado quando descobriram que Lovey não estava na cabana dela. Mas tivera uma visão, na qual vira o rapaz a tremer na cama e a mãe dele a chorar junto da campa dele. Sem saber, Cora também sofrera por causa dele. Outra pessoa apanhada nesta história em que escravos e patrões ficavam presos nas mesmas circunstâncias. Afastara o rapaz da lista solitária que tinha na cabeça e colocara-o abaixo de Martin e Ethel, embora não soubesse o nome dele. X, como assinava antes de ter aprendido a escrever.

Apesar de tudo isto, respondeu a Ridgeway:

— Não.

— Claro que não… não é nada. Mais vale chorar por um daqueles campos de milho que arderam ou pela vaca que está a nadar na nossa sopa. Fizeste o que tinhas a fazer para sobreviver. — Limpou a boca. — É a verdade, apesar das queixas contra ti. Servimo-nos de todo o tipo de palavras bonitas para escondermos as coisas. É como agora nos jornais, todos os homens inteligentes falam sobre o Destino Manifesto[1]. Como se fosse uma ideia nova. Não sabes do que estou a falar, pois não? — perguntou-lhe Ridgeway.

Cora recostou-se na cadeira.

— São mais palavras para coisas bonitas.

— Significa agarrares aquilo que é teu, que te pertence, seja lá o que tu achares que é. E todos os outros ocuparem os seus devidos lugares, de modo a permitirem que possas ficar com aquilo que entenderes. Quer se trate de homens vermelhos quer africanos, desistimos deles ou damos-lhes tempo para podermos ficar com aquilo que legitimamente nos pertence. Os franceses põem de lado as suas reivindicações territoriais. Os ingleses e os espanhóis vão-se embora à socapa. O meu pai gostava muito da conversa dos Índios sobre o Grande Espírito. Passados todos estes anos, eu prefiro o espírito americano, aquele que nos chamou do Velho para o Novo Mundo para conquistarmos, construirmos e civilizarmos. E destruirmos

---

[1] Manifest Destiny, em inglês, doutrina que vigorou no século XIX segundo a qual os colonos estavam destinados por Deus a expandirem-se por todo o território dos Estados Unidos. (*N. do T.*)

aquilo que precisa de ser destruído. Para desenvolvermos as raças inferiores. E, se não for para desenvolver, para subjugarmos. E, se não for para subjugar, para exterminarmos. É o nosso destino por indicação divina... é o imperativo americano.

— Preciso de ir à casa de banho — disse Cora.

Ele cerrou os lábios e fez-lhe um gesto para ela ir à frente. Os degraus para o beco estavam escorregadios de vomitado e agarrou-lhe o cotovelo para ela não cair. Há muito tempo que não sentia um prazer tão genuíno como aquele que foi fechar a porta da casa de banho e deixá-lo do lado de fora.

Ridgeway prosseguiu animadamente a sua palestra:

— Vê o caso da tua mãe, Mabel. Roubada ao dono dela por uns brancos com ideias malucas e uns tipos de cor numa conspiração criminosa. Tenho estado sempre vigilante durante todo este tempo, já virei Boston e Nova Iorque do avesso, todos os ajuntamentos para pessoas de cor. Siracusa. Northampton. Ela está no Canadá, a rir-se dos Randalls e de mim. Tomo isso como uma ofensa pessoal. Foi por isso que te comprei esse vestido. Para me ajudar a imaginá-la embrulhada como um presente para o dono dela.

Detestava a mãe tanto como ela. Isto e o facto de terem ambos um sexto sentido significava que tinham duas coisas em comum.

Ridgeway fez uma pausa; um bêbedo queria ir à casa de banho, mas enxotou-o e prosseguiu:

— Andaste fugida durante dez meses. Um insulto mais do que suficiente. Tu e a tua mãe pertencem a uma linhagem que tem de ser extinta. Uma semana juntas, acorrentadas, e estariam sempre a rogar-me pragas durante o vosso maldito caminho de regresso a casa. Os abolicionistas gostam muito de se referirem a gente da vossa espécie, de discursarem para brancos que não fazem a mínima ideia de como é que o mundo funciona.

O caçador de escravos estava enganado. Se ela tivesse ido para norte, teria desaparecido numa vida fora das condições deles. Tal como a mãe dela. Uma coisa que a mulher lhe passara a ela.

— Cada um de nós faz a sua parte — disse Ridgeway —, escravos e caçadores de escravos. Donos e capatazes pretos. Os recém-chegados que desembarcam nos portos, os políticos, os xerifes, os jornalistas e as mães que criam filhos fortes. Pessoas como tu e a tua mãe são o melhor da vossa raça. Os fracos da vossa tribo foram exterminados, morreram nos navios negreiros, morreram de varíola europeia e nos campos a tratarem do nosso algodão e do nosso índigo. Vocês têm de ser fortes para resistirem ao trabalho e nos enriquecerem. Nós engordamos os porcos, não porque nos agrade mas porque precisamos de porcos para sobrevivermos. Mas não vos podemos ter tão espertos. Nem vos podemos ter em tão boa forma que consigam fugir-nos.

Fez o que tinha a fazer e agarrou no prospecto de fugitivos do molho de papéis para se limpar. Depois ficou à espera. Uma pausa miserável, mas a que achou ter direito.

— Tu ouviste o meu nome quando eras uma fedelha — disse ele. — O nome do castigador, daquele que farejava todos os passos dos fugitivos e mesmo quaisquer ideias de fuga. Por cada escravo que devolvi, houve outros vinte que desistiram dos seus esquemas de lua cheia. Eu sou uma noção de ordem. O escravo que desaparece... também é uma noção. De esperança. De desfazer aquilo que eu faço para que o escravo da plantação ao lado fique com a ideia de que também pode fugir. Se permitíssemos uma coisa destas, aceitaríamos que o imperativo tem uma falha. E eu não aceito isso.

Agora a música que vinha da porta ao lado era lenta. Casais agarrados uns aos outros, dançando e rodando. Aquilo é que era conversa a sério, dançar devagar com outra pessoa, e não todo aquele palavreado. Ela sabia disso, apesar de nunca ter dançado assim com outra pessoa e de ter recusado o convite de Caesar quando este lhe pedira. A única pessoa que alguma vez lhe estendeu a mão e lhe disse: Aproxima-te. Talvez tudo aquilo que o caçador de escravos tinha dito fosse verdade, pensou ela, todas as justificações: os filhos de Cam estavam amaldiçoados e o dono dos escravos cumpria a vontade do Senhor. Mas talvez ele não passasse de um simples homem que falava para a porta de uma casa de banho enquanto esperava que alguém limpasse o rabo.

Cora e Ridgeway regressaram à carroça e deram com Homer a passar os polegares pelas rédeas e com Boseman a emborcar *whisky* de uma garrafa.

— Esta cidade está doente — disse Boseman num tom de voz arrastado. — Consigo cheirar. — O homem mais jovem apontava o caminho para fora da cidade e partilhava as suas desilusões. A barba e o banho tinham corrido bem; com a cara fresca, o homem tinha quase um ar inocente. No entanto, não fora capaz de se comportar como um cavalheiro no bordel. — A *madame* estava a transpirar que nem um porco e eu percebi que estavam todas com febre; ela e as putas dela. — Ridgeway deixou-o decidir a distância que teriam de percorrer até poderem acampar.

Ela adormecera por breves instantes quando Boseman apareceu e lhe tapou a boca com uma mão. Estava preparada.

Boseman levou os dedos aos lábios. Cora acenou com a cabeça, tanto quanto as correntes lho permitiam: não iria gritar. Poderia armar confusão agora e acordar Ridgeway; Boseman dar-lhe-ia uma desculpa qualquer e seria o fim de tudo. Contudo, há dias que andava a pensar naquele momento, desde que Boseman se deixara levar pelos seus desejos carnais. Ainda estava mais bêbedo do que na Carolina do Norte. Elogiou-lhe o vestido quando pararam para passar a noite. Ela tentou compor-se. Se conseguisse convencê-lo a soltá-la, uma noite escura como aquela tinha sido feita para fugir.

Homer ressonava ruidosamente. Boseman passou as correntes pela argola da carroça, com cuidado para os elos não baterem uns nos outros. Abriu-lhe as argolas dos tornozelos e ajustou a corrente das algemas para não fazer barulho. Desceu primeiro e ajudou Cora a sair. Só conseguia ver a estrada até alguns metros mais adiante. Estava suficientemente escuro.

Ridgeway praguejou entre dentes, atirou-o ao chão e começou a pontapeá-lo. Boseman defendeu-se e Ridgeway deu-lhe um pontapé na boca. Ela estivera quase a fugir. Quase conseguira. Porém, foi agarrada pela rapidez com que a violência cortou tudo. Ridgeway aterrorizava-a. Quando Homer regressou da carroça com uma lanterna e iluminou a cara de Ridgeway, o caçador de escravos fitava-a com uma fúria indiscritível. Ela tivera a sua oportunidade e perdera-a e, ao olhar para a cara dele, sentiu-se aliviada.

— O que vais fazer agora, Ridgeway? — Boseman choramingava. Encostara-se a uma roda da carroça para se apoiar. Olhou para o sangue nas mãos. O colar partira-se e as orelhas no chão davam a ideia de que a terra estava a ouvir. — Ridgeway, doido, fazes o que te dá na gana. Eu sou o último que resta. Só fica o Homer para bateres quando eu me for embora. Acho que ele vai gostar.

Homer sorriu. Trouxera da carroça as correntes que prendiam os tornozelos de Cora. Ridgeway massajava os nós dos dedos e respirava ofegantemente.

— Tens um vestido muito bonito — disse Boseman ao mesmo tempo que puxava um dente.

— Vão faltar mais dentes se algum de vocês se mexer — disse um homem. Ficaram os três sob a luz.

Quem falava era o jovem negro da cidade, aquele que lhe acenara. Agora não olhava para ela, preocupado em vigiar Ridgeway. Os seus óculos com aros de metal reflectiam o brilho da lanterna, como se tivesse labaredas dentro dele. Como se fosse um pau de vedor, apontava a pistola alternadamente para os dois homens brancos.

Um segundo homem empunhava uma espingarda. Era alto e bastante musculado, vestia roupa grossa de trabalho que ela conhecia bem. Tinha um rosto largo e o cabelo arruivado penteado como a juba de um leão. Pela pose do homem percebia-se que não gostava de receber ordens, e a insolência nos seus olhos não era aquela insolência de escravo, uma pose impotente, mas um dado adquirido. O terceiro homem agarrava uma faca. O corpo tremia-lhe com os nervos e o som da sua respiração ofegante sobrepunha-se à conversa dos amigos. Cora reconheceu a sua atitude: era a de um fugitivo, a de alguém que se sentia inseguro na última fase da fuga. Já a tinha visto em Caesar, nos corpos dos que acabavam de chegar aos dormitórios, e sabia que também ela a assumira várias vezes. A tremer, apontou a faca na direcção de Homer.

Nunca tinha visto homens de cor a empunharem armas. A imagem chocou-a, era uma ideia nova demasiado grande para encaixar na sua mente.

— Rapazes, vocês estão perdidos — disse Ridgeway, que estava desarmado.

— Sim, estamos perdidos porque não gostamos muito do Tennessee e preferíamos estar em casa — disse o chefe.

— Vocês também parecem ter-se perdido.

Boseman tossiu e trocou olhares com Ridgeway. Sentou-se, mas via-se que estava tenso. As duas espingardas apontaram na sua direcção.

O chefe disse:

— Nós vamos prosseguir o nosso caminho, mas pensámos em perguntar à senhora se quer vir connosco. Somos muito melhor companhia para viajar.

— De onde é que vocês são, rapazes? — perguntou Ridgeway. Falou de uma maneira que Cora percebeu que ele já estava a planear qualquer coisa.

— Somos de toda a parte — respondeu-lhe o homem. Pela voz via-se que era do Norte, o sotaque era de lá, como o de Caesar. — Mas encontrámo-nos uns aos outros e agora trabalhamos juntos. Acalme-se, senhor Ridgeway — virou ligeiramente a cabeça. — Eu ouviu-o chamar-te Cora. É esse o teu nome?

Ela acenou com a cabeça afirmativamente.

— Ela é a Cora — afirmou Ridgeway. — Vocês conhecem-me. Aquele é o Boseman e o outro é o Homer.

Ao ouvir o seu nome, Homer atirou a lanterna contra o homem que empunhava a faca. Primeiro bateu no peito do homem e só depois é que o vidro se partiu quando caiu ao chão. O fogo espalhou-se. O chefe disparou contra Ridgeway, mas falhou. O caçador de escravos atirou-se a ele e rebolaram os dois pelo chão. O de cabelo arruivado teve melhor pontaria e Boseman voou para trás, ao mesmo tempo que uma flor escura desabrochava na sua barriga.

Homer foi a correr buscar uma arma, seguido pelo homem da espingarda. O chapéu do rapaz voou para o fogo. Entre grunhidos e gritos, Ridgeway e o seu adversário continuavam a lutar no chão, até que se aproximaram do petróleo em chamas. O medo que Cora sentira há momentos regressou: Ridgeway domara-a muito bem. O caçador de escravos ganhou vantagem e manteve o homem no chão.

Ela podia fugir; agora só tinha as algemas nos pulsos.

Cora saltou para as costas de Ridgeway e estrangulou-o com a corrente das algemas, apertando-lhe o pescoço.

O grito que deu vinha do fundo das suas entranhas, como o apito de um comboio a ecoar por um túnel. Torceu e usou toda a força que tinha, até que o corpo do caçador de escravos tombou para trás e a esmagou contra o chão. Quando a afastou de cima dele, o homem da cidade já recuperara a pistola.

O fugitivo ajudou-a a levantar-se.

— Quem é aquele rapaz? — perguntou-lhe.

Homer e o homem da espingarda ainda não tinham voltado. O chefe mandou o homem da faca ir dar uma vista de olhos, mas manteve a arma apontada a Ridgeway.

O caçador de escravos passou os dedos grossos pelo seu pescoço dorido. Não olhou para Cora, o que a fez voltar a sentir medo.

Boseman continuava a choramingar, até que explodiu:

— Ele vai olhar para a tua alma e ver o que fizeste, pecador... — Embora a luz do petróleo a arder não fosse constante, conseguiam ver facilmente a poça de sangue cada vez maior.

— Ele vai esvair-se em sangue até morrer — exclamou Ridgeway.

— Estamos num país livre — afirmou o homem da cidade.

— Isto não te pertence — resmungou Ridgeway.

— É o que diz a lei. A lei branca. Existem outras. — Dirigiu-se a Cora num tom educado: — Se a menina quiser, posso dar-lhe um tiro por si. — O rosto dele transmitia serenidade.

Desejava o pior de tudo a Ridgeway e Boseman. E Homer? Não sabia o que o seu coração pretendia quanto àquele estranho rapaz negro, que parecia um emissário de outro país.

Antes que ela conseguisse falar, o homem disse:

— Embora preferíssemos acorrentá-los. — Cora apanhou-lhe os óculos do chão, limpou-os ao vestido e ficaram os três à espera. Os amigos dele regressaram de mãos vazias.

Ridgeway sorria enquanto os homens lhe amarravam os pulsos a uma das rodas da carroça.

— O rapaz é dos transviados — disse o chefe. — Disso tenho a certeza. Temos de ir andando. — Olhou para Cora. — Tu vens connosco?

Cora pontapeou Ridgeway três vezes na cara com os seus tamancos novos, enquanto pensava: Já que o mundo não mexe uma palha para punir os malvados. Ninguém tentou impedi-la. Contou mais tarde que os três pontapés tinham sido por três assassínios e que nessa altura se lembrara de Lovey, Caesar e Jasper para que ressuscitassem por breves instantes nas suas palavras. Mas não era verdade. Os pontapés foram todos por sua conta.

Caesar

Graças à excitação em torno do aniversário de Jockey, Caesar pôde visitar o seu único refúgio nos Randalls. A escola em ruínas junto dos estábulos costumava estar vazia. À noite os namorados iam para lá, mas ele nunca aí entrara a essas horas; precisava de luz e não iria arriscar-se a acender uma vela. Entrou na escola para ler o livro que Fletcher lhe dera após muitos protestos; entrou quando se sentia em baixo, para chorar os fardos que carregava; foi para observar os outros escravos que andavam pela plantação. Vendo-os da janela, era como se não pertencesse à sua tribo infeliz, limitando-se a mirar o que faziam, como alguém pode ficar a admirar os estranhos que passam diante da nossa porta. Na escola sentia-se como se nem sequer lá estivesse.

Escravizado. Com medo. Condenado à morte.

Se o seu plano fosse bem-sucedido, aquela seria a última vez que comemoraria o aniversário de Jockey. Se Deus quisesse. Conhecendo-o como o conhecia, o velho era bem capaz de anunciar outro no mês seguinte. As pessoas das cabanas pareciam satisfeitíssimas com aqueles pequenos prazeres que conseguiam esgaravatar em conjunto na plantação dos Randalls. Um aniversário inventado, um baile a seguir ao trabalho e iluminado pela última lua cheia antes do Outono. Na Virgínia, os festejos eram espectaculares: Caesar e a família iam na charrete de viúva visitar as quintas de homens livres e parentes aos domingos e no dia de Ano Novo. Bifes de porco e de veado, tartes de gengibre e bolos de milho. As brincadeiras duravam o dia todo, até Caesar e os amigos caírem para o lado esgotados. Na Virgínia, os senhores mantinham-se à parte durante esses dias festivos. Como é que os escravos da plantação dos Randalls podiam usufruir verdadeiramente com aquela ameaça sombria sempre à espreita e pronta a atacar? Como não sabiam as datas dos seus aniversários, tinham de as inventar. Metade daquelas pessoas nem sequer conhecia as mães ou os pais.

Eu nasci a 14 de Agosto. A minha mãe chama-se Lily Jane e o meu pai Jerome. Não sei onde é que eles estão.

Através da janela da escola, delimitada por duas das cabanas mais antigas — o branco da cal já estava cinzento, gasto tal como aqueles que dormiam lá dentro —, viu Cora dirigir-se para a linha de partida com o seu favorito. Chester, o rapaz que rondava pelo meio das cabanas com uma alegria de fazer inveja. Era evidente que nunca tinha levado uma tareia.

O rapaz virou a cabeça, envergonhado com qualquer coisa que Cora lhe disse. Ela sorriu por instantes. Sorria para Chester, para Lovey e para as mulheres da sua cabana, de modo rápido e eficiente. Como quando reparamos na sombra de um pássaro no chão e olhamos para cima, mas já não vemos nada. A sua vida era toda racionada. Caesar nunca falara com ela, mas imaginava bastantes vezes como ela seria. Era sensata: sabia o valor inestimável daquilo a que chamava seu. As suas alegrias, o seu terreno, o banco de ácer no qual se empoleirava como um abutre.

Uma noite, estava a beber *whisky* de milho com Martin na parte de cima de um celeiro — o rapaz nunca diria onde arranjara a garrafa —, quando começaram a falar acerca das mulheres da plantação dos Randalls. Qual delas seria mais provável que esmagasse a cara de um homem entre as mamas e gritasse tão alto que o pessoal de todas as cabanas ficaria a saber, mas que nunca o diria. Caesar fez perguntas acerca de Cora.

«Ó preto, não te metas com uma mulher do Hob», dissera-lhe Martin. «Elas cortam-te o instrumento e fazem uma sopa com ele.» Contou-lhe a velha história de Cora com o seu terreno e a casota do cão de Blake, e Caesar ficou a pensar: «Parece-me a pessoa indicada.» Depois Martin disse-lhe que ela gostava de se esgueirar para ir fornicar com animais do pântano e Caesar percebeu que o apanhador de algodão ainda era mais estúpido do que ele julgara.

Nenhum dos homens da plantação dos Randalls devia grande coisa à inteligência: aquele lugar dera cabo deles. Gracejavam, trabalhavam depressa quando os capatazes estavam de olho neles ou armavam-se em fortes, mas à noite, nas cabanas, começavam a chorar passada a meia-noite, gritavam com pesadelos e recordações lastimáveis. Na cabana de Caesar, nas cabanas ao lado e em todas as aldeias de escravos, ficassem perto ou longe. Quando o trabalho e as punições do dia chegavam ao fim, a noite esperava-os como uma arena para a sua verdadeira solidão e desespero.

Vivas e gritos: acabara outra corrida. Cora levou as mãos às ancas e inclinou a cabeça como se procurasse uma música no meio daquele barulho todo. Como transferir aquele perfil para a madeira, preservar a sua graciosidade e força — ele não se sentia confiante e temia estragar tudo. O trabalho no campo dera-lhe cabo das mãos para a carpintaria mais delicada. A inclinação das maçãs do rosto de uma mulher, lábios a meio de um sussurro. Os braços tremiam-lhe ao final do dia, os músculos latejavam.

Como lhe mentira a velha puta branca! Ele devia ter ficado a viver com a mãe e o pai na casa que lhes pertencia, a arredondar tábuas para os barris do tanoeiro ou a aprender outra profissão com um dos artífices da cidade. É claro que as suas perspectivas estavam condicionadas pela sua raça, mas Caesar crescera a acreditar que era livre de escolher o seu próprio destino. «Podes ser tudo aquilo que quiseres ser», dizia-lhe o pai.

«Mesmo ir para Richmond?» De tudo aquilo que ouvira, Richmond parecia-lhe distante e esplêndida.

«Mesmo para Richmond, se gostares.»

No entanto, a velha mentira-lhe e agora a sua encruzilhada limitava-se a um destino, a uma morte lenta na Geórgia. Para ele e para toda a sua família. A mãe era frágil e fraca, não fora feita para o trabalho no campo, demasiado delicada para aguentar a bateria de crueldades de uma plantação. Burro como era, o pai aguentaria mais, mas também não muito. A velha destruíra-lhe a família de tal maneira que não podia ter sido por acaso. Não tinha sido a ganância da sobrinha: a velha andara a pregar-lhes uma partida desde sempre. A apertar ainda mais os nós sempre que pegava em Caesar ao colo e lhe ensinava uma palavra.

Caesar imaginou o pai a cortar canas no inferno da Florida, a queimar a pele sempre que se inclinava sobre as caldeiras enormes onde o açúcar era derretido. O chicote a flagelar as costas da mãe quando esta não conseguia caminhar devido ao fardo que carregava. A obstinação quebra, quando não parte, e a família dele passara demasiado tempo com os tipos brancos e simpáticos do Norte. Simpáticos porque não tinham interesse em matar os escravos depressa. Uma coisa acerca do Sul: eles não perdiam tempo quando se tratava de matar pretos.

Viu nos homens e nas mulheres incapacitados da plantação aquilo que estava reservado aos seus pais. Com o tempo, seria também o dele. À noite tinha a certeza de que estavam mortos; durante o dia, apenas enfermos e meio mortos. Fosse como fosse, estava sozinho no mundo.

Caesar acercou-se dela depois das corridas. É claro que ela o mandou dar uma volta; não o conhecia. Podia ser uma partida ou uma armadilha inventada pelos Randalls num momento de tédio. Fugir era uma ideia demasiado grande: era preciso deixá-la assentar, pensar bem nela. Caesar levara meses a aceitá-la e precisara do incitamento de Fletcher para lhe dar vida a sério. É preciso sempre a ajuda de alguém. Embora não soubesse se ela diria que sim, ele fê-lo. Contou-lhe que a queria para dar sorte: a mãe dela fora a única que alguma vez o conseguira. Provavelmente um erro, para não dizer um insulto, para alguém como ela. Cora não era uma pata de coelho para levar numa viagem, mas a própria locomotiva. Ele não conseguiria fazê-lo sem ela.

Aquele incidente terrível no baile foi a prova disso. Um dos escravos da casa disse-lhe que os irmãos estavam a beber no casarão. Caesar considerou isso um mau agoiro. Quando o rapaz carregou a lanterna até às barracas, os patrões vieram atrás dele, e a violência era mais do que certa. Chester nunca tinha sido chicoteado. Agora já fora e amanhã teria o seu primeiro dia de trabalho. Para ele acabavam-se as brincadeiras de criança, as corridas e as escondidas e começavam as provações aterradoras dos escravos. Ninguém da aldeia fizera um gesto para ajudar o rapaz... como o poderiam fazer? Já tinham assistido àquilo centenas de vezes, como vítimas ou como testemunhas, e continuariam a assistir outras centenas de vezes até morrerem. No entanto, Cora fez. Protegeu o rapaz com o seu próprio corpo e foi chicoteada à conta dele. Era uma verdadeira estranha, tão distante de tudo aquilo como se já há muito tivesse escapado daquele lugar.

Após a sessão de castigos corporais, Caesar entrou pela primeira vez na escola à noite. Só para agarrar o livro nas mãos; para ter a certeza de que continuava ali, para recordar aquela época em que tivera todos os livros que desejara e o tempo todo para os ler.

Não posso dizer aquilo que aconteceu aos meus companheiros do barco, nem àqueles que escaparam pelos rochedos ou que ficaram a bordo; mas deduzi que tinham morrido todos. Este livro vai ser a sua morte, avisara-o Fletcher. Caesar escondera *As Viagens de Gulliver* no chão da escola, embrulhado em dois pedaços de serapilheira. Espera um pouco mais até podermos começar a preparar a tua fuga. Depois poderás ter todos os livros que quiseres, dissera--lhe o comerciante. No entanto, se não o lesse, continuaria a ser um escravo. Antes daquele livro, a única coisa que lera tinham sido as letras impressas num saco de arroz. O nome da empresa que produzia as correntes, impressas no metal como uma promessa de sofrimento.

Agora, as páginas que ia conseguindo ler à luz dourada do pôr-do-sol davam-lhe força. Estratagemas atrás de estratagemas, Gulliver, o homem branco do livro, saltitava de perigo em perigo à medida que se ia deparando em cada ilha visitada com novos desafios que teria de ultrapassar antes de poder regressar a casa. Aquele é que era o verdadeiro problema do homem, não as civilizações selvagens e estranhas que ia encontrando — continuava a esquecer aquilo que tinha. Era tudo sobre pessoas brancas: construir uma escola e deixá-la a apodrecer, edificar uma casa e continuar a vaguear. Se Caesar encontrasse o caminho para casa, nunca mais voltaria a viajar. Caso contrário, da vez seguinte estaria sujeito a ir parar a uma ilha cheia de problemas, sem nunca saber onde estava até que o mundo acabasse. A menos que ela fosse com ele. Com Cora iria encontrar o caminho para casa.

Indiana

50 DÓLARES DE RECOMPENSA

Deixou a minha casa na tarde de sexta-feira 26, por volta das 10 da noite (sem qualquer provocação), a minha rapariga preta SUKEY. Tem cerca de 28 anos, pele ligeiramente clara, os ossos da cara salientes, figura esbelta e aspecto bastante limpo. Quando fugiu vestia uma túnica de algodão às riscas azuis. Sukey pertenceu até há pouco tempo ao senhor L. B. Pearce e antes disso pertencera a William M. Heritage, já falecido. Neste momento é (ao que parece) membro da Igreja Metodista neste lugar, e não há dúvida de que a maior parte dos membros a conhece.

JAMES AYKROYD
4 DE OUTUBRO

Então começou a deixar-se ficar para trás nas aulas, rodeada por crianças impacientes. Cora orgulhava-se dos progressos que alcançara com as leituras na Carolina do Sul e no sótão. A insegurança perante cada palavra nova, um território desconhecido para desbravar letra a letra. Considerava cada vista de olhos pelos almanaques de Donald uma vitória, e depois voltava à primeira página para uma nova leitura.

Na sala de aulas de Georgina, percebeu a pequenez das suas conquistas. Não reconheceu a Declaração de Independência no dia em que se juntou a eles na casa das orações[1]. A pronúncia das crianças era clara e firme, muito diferente das declamações rígidas de Michael na plantação dos Randalls. Agora as palavras pareciam música, ouvia-se a melodia à medida que cada criança recitava um trecho, decidida e confiante. Os rapazes e as raparigas levantaram-se dos bancos, viraram os papéis onde tinham copiado as palavras e entoaram as promessas dos Pais Fundadores.

Com Cora, eram vinte e cinco na aula. Os mais novos — com seis e sete anos — estavam isentos da declamação. Sussurravam e mexiam-se nos bancos até Georgina os mandar calar. Cora também não participou porque era nova na aula e na quinta, e não conhecia os hábitos deles. Sentiu-se observada, muito mais velha do que todos os outros e num lugar tão atrás. Ao lembrar-se da escola

---

[1] *Meeting house*, no original: casa usada pelos quacres para as orações. (*N. do T.*)

de Miss Handler, percebeu então por que o velho Howard chorara. Um intruso, tal como um rato que roera a parede.

Uma das cozinheiras tocou a campainha e a aula acabou ali. Depois do almoço, os alunos mais novos voltariam às aulas, ao passo que os mais velhos se ocupariam das suas tarefas. À saída da casa das orações, Cora travou Georgina e disse-lhe:

— Você ensinou estes minorcas a falarem muito bem, pode ter a certeza.

A professora olhou em volta para confirmar que nenhum dos seus alunos ouvira aquilo que Cora acabara de dizer e retorquiu:

— Aqui chamamos-lhes crianças.

Cora ruboresceu. Nunca fora capaz de perceber o que aquilo queria dizer, apressou-se a acrescentar. Eles sabiam o significado de todas aquelas palavras tão estranhas?

Georgina nascera no Delaware e mantinha aqueles tiques afectados das senhoras do Delaware, deliciando-se com charadas. Cora já conhecera algumas e não gostava dessa peculiaridade regional, ainda que soubessem fazer uma boa tarte. Georgina disse-lhe que as crianças iam fazendo o que podiam, e que aquilo que não compreendessem hoje talvez percebessem amanhã.

— A Declaração é como um mapa. Confia que está certo, mas só pode ter a certeza se o seguir e confirmar por si própria.

— Acredita nisso? — perguntou Cora. Pela expressão da professora ficou sem perceber.

Tinham decorrido quatro meses desde aquela primeira aula. A colheita estava feita. Entretanto, haviam chegado mais pessoas à quinta dos Valentines e, por isso, Cora deixara de ser uma novidade, uma pacóvia. Dois homens da idade dela passaram a assistir às aulas na casa das orações, fugitivos nervosos e mais ignorantes do que ela fora. Passavam os dedos pelos livros como se as palavras estivessem enfeitiçadas e saltassem de lá por magia. Cora sabia o que tinha a fazer: quando preparar a sua refeição porque hoje a cozinheira estava atrapalhada com a sopa, quando usar um xaile porque à noite fazia bastante frio no Indiana, nunca sentira tanto frio. Também já conhecia os lugares tranquilos à sombra onde podia ficar sozinha.

Agora ocupava uma das carteiras da frente e, quando Georgina a corrigia — pela caligrafia, aritmética ou maneira de falar —, já não ficava envergonhada. Eram amigas. Georgina era de tal maneira fala-barato que as aulas serviam para aliviar os seus relatórios constantes acerca do funcionamento da quinta. *Aquele homem encorpado da Virgínia tem um olhar malicioso, não achas? A Patricia comeu todos os pés de porco quando virámos costas.* As mulheres do Delaware gostavam de dar à língua, mais uma das suas características.

Naquela tarde em particular, Cora saiu com Molly assim que o sino tocou. Partilhava uma cabana com a rapariga e a mãe dela. Molly tinha dez anos, olhos amendoados e era reservada, cuidadosa com as amizades. Tinha muitos amigos, mas preferia ficar de fora do círculo. A rapariga guardava um frasco verde no quarto para os seus tesouros — pedaços de mármore, pontas de setas, uma medalha sem face — e gostava mais de os espalhar no chão da cabana, de sentir o frio do quartzo azul nas bochechas, do que de brincar lá fora.

Era por isso que Cora gostava daquela sua rotina do final da tarde. Cora começara a fazer tranças no cabelo da rapariga quando a mãe saía para o trabalho diário e, nos últimos dias, a rapariga passara a dar-lhe a mão quando a escola acabava. Era uma coisa nova entre elas. Molly puxava-a com força e Cora gostava de ser arrastada. Desde os tempos de Chester que nunca mais voltara a ser escolhida por um dos mais pequenos.

Não havia refeição do meio-dia por causa do grande jantar de sábado à noite, e o aroma atraía os alunos até aos grelhadores. Os homens assavam os porcos desde a meia-noite e pareciam enfeitiçar toda a propriedade. Muitos dos que ali residiam já tinham sonhado com empanturrarem-se num banquete magnífico, só para acordarem frustrados. Chegara a altura. Cora e Molly juntaram-se aos espectadores famintos.

Os dois porcos estavam espetados numas varas compridas e rodavam sobre as brasas fumegantes. Jimmy era o mestre dos assadores. O pai crescera na Jamaica e transmitira-lhe os segredos do lume dos Maroons[1]. Jimmy apalpou a carne assada com os dedos, ajeitou as brasas e contornou a fogueira como se estivesse a avaliar um adversário numa luta. Era um dos mais antigos residentes da quinta, fugira da Carolina do Norte quando começaram os massacres, e preferia a carne quando esta se derretia de tão macia. Tinha apenas dois dentes.

Um dos seus aprendizes agitou um frasco com vinagre e pimenta. Fez um sinal a uma miúda que estava junto ao lume e ajudou-a a espalhar a mistura pelas entranhas do porco. Os pingos estalaram ao tocarem nas brasas incandescentes. A multidão recuou devido às plumas de fumo branco e a garota deu um grito. Ia ser uma refeição extraordinária.

Cora e Molly tinham encontro marcado em casa. A caminhada era curta. Tal como a maioria dos edifícios de trabalho da quinta, as cabanas de troncos mais antigas também ficavam na extremidade leste, erguidas à pressa quando ainda não se sabia que aquela comunidade se tornaria tão grande. Chegaram pessoas de toda a parte, plantações que tinham favorecido este ou aquele tipo

---

[1] Nome por que eram conhecidos os escravos fugitivos que chegaram a criar comunidades. Pensa-se que a designação derive do espanhol *cimarrón*. (*N. do T.*)

de disposição dos aquartelamentos, por isso as cabanas foram surgindo com formas diferentes umas das outras. As mais novas — os últimos acrescentos que os homens tinham construído depois da apanha do milho — seguiram um estilo idêntico, com quartos mais espaçosos e foram erguidas na propriedade com mais cuidado.

Desde que Harriet se casara e fora embora, Cora, Molly e Sybil passaram a ser as únicas a ocupar a sua cabana e dormiam em dois quartos fora da área principal. De um modo geral, viviam três famílias em cada casa. De vez em quando, recém-chegados e visitas partilhavam o quarto de Cora, mas durante o resto do tempo as outras duas camas ficavam vazias.

Um quarto só para ela. Outro presente inesperado da quinta dos Valentines após todas as suas prisões.

Sybil e a filha estavam orgulhosas da casa delas. Tinham caiado as paredes exteriores misturando a cal com tinta cor-de-rosa. A tinta amarela rematada a branco fazia o quarto da frente brilhar à luz do sol. Decorado com flores selvagens na estação quente, o quarto mantinha-se agradável no Outono com arranjos de folhas vermelhas e douradas. As janelas tinham cortinas roxas. De vez em quando, dois carpinteiros que viviam na quinta também lhes faziam alguns móveis — eram simpáticos para Sybil e mantinham-lhe as mãos ocupadas para a distraírem da sua apatia. Sybil tingira uns sacos de serapilheira para fazer um tapete, no qual Cora se deitou quando teve uma das suas dores de cabeça. Corria uma brisa fresca pelo quarto da frente, o que afastava os ataques dos mosquitos.

Molly chamou a mãe quando chegaram ao alpendre. Sybil estava a ferver salsaparrilha para preparar um dos seus tónicos e o aroma sobrepunha-se ao da carne assada. Cora foi logo para a cadeira de baloiço, que reivindicou como sua desde o primeiro dia; Molly e Sybil não se importaram. Rangia de um modo extravagante e tinha sido obra do pretendente menos habilidoso de Sybil. Esta desconfiava que a fizera assim de propósito, de maneira que não se esquecesse da devoção dele por ela.

Sybil apareceu à porta de casa, a limpar as mãos ao avental.

— O Jimmy tem estado a trabalhar no duro — disse, a agitar a cabeça e esfomeada.

— Mal posso esperar — disse Molly. A rapariga abriu a arca de pinho junto à lareira e tirou de lá a manta delas. Estava determinada a finalizar o seu mais recente projecto antes do jantar.

Agarraram as duas na colcha. Desde a partida de Mabel que Cora só pegara numa agulha para fazer uns remendos. Algumas mulheres do Hob ainda tentaram ensiná-la, mas em vão. Tal como fazia na sala de aulas, olhou para as amigas a fim de saber o que devia fazer. Recortou um pássaro, um pardal; mas ficou com um aspecto como se os cães já o tivessem mordido. Sybil e Molly encorajaram-na — não se cansaram de lhe dar conselhos durante o passatempo delas —, mas a manta estava mal feita. Insistia que as pulgas tinham descoberto os retalhos. As costuras franziram e os cantos não ajustavam bem. A manta suscitava-lhe pensamentos de raiva: só pensava em hasteá-la num poste como se fosse a bandeira da sua terra selvagem. Quis desistir, mas Sybil proibiu-a:

— Só começas outra coisa qualquer quando acabares esta. E esta ainda não está acabada.

Cora não precisava de conselhos acerca das virtudes da perseverança. No entanto, pegou naquela coisa ao colo e continuou do ponto em que ela a deixara.

Sybil era doze anos mais velha do que ela. Os vestidos faziam-na parecer um pouco gorda, mas Cora sabia que era apenas o resultado do tempo longe de uma plantação que começava a exercer os seus efeitos da melhor maneira: a sua nova vida exigia um tipo de força diferente. Tinha muito cuidado com a postura, caminhava direita, à maneira das pessoas que haviam sido feitas para se dobrarem mas que não voltariam a dobrar-se. O dono fora um terror, contou Sybil a Cora, um homem do tabaco que todos os anos competia com os plantadores vizinhos pela maior colheita. O seu mau carácter levou-o à maldade.

— Tratava-nos muito mal — disse ela, enquanto pensava em antigas misérias. Molly apareceu, sentou-se ao colo dela e fez-lhe festas.

Ficaram as três a trabalhar durante algum tempo sem dizer uma palavra. Ouviram-se vivas vindos do churrasco, como acontecia sempre que rodavam os porcos. Cora estava demasiado distraída para corrigir os erros da colcha. O silêncio daquele amor verdadeiro entre Sybil e Molly transportava-a sempre para outro lugar. A maneira como a criança não precisava de falar para pedir ajuda pois a mãe prestava-lhe uma atenção constante, limitando-se a acenar com a cabeça ou a esboçar um trejeito para a filha corrigir algo que fizera mal. Cora não estava habituada a uma cabana sossegada: na plantação dos Randalls ouviam-se sempre gritos, choros ou suspiros que interrompiam os breves momentos de silêncio; e desconhecia por completo este tipo de demonstração maternal.

Sybil fugira com Molly quando a filha tinha apenas dois anos e carregou-a durante todo o caminho. De acordo com os rumores vindos do casarão, o seu dono preparava-se para se desfazer de alguns escravos, de modo a pagar as dívidas acumuladas por uma má safra. Sybil iria ser vendida em hasta pública. Fugiu nessa noite: a lua cheia protegeu-a e guiou-a através da floresta.

— A Molly não fez um único barulho — disse Sybil. — Sabia aquilo que estávamos a fazer. — Depois de avançarem uns cinco quilómetros para lá da fronteira da Pensilvânia, arriscaram-se a bater à porta de um camponês de cor. O homem deu-lhes de comer, talhou uns brinquedos para a criança e, através de uma rede de intermediários, entrou em contacto com a estrada subterrânea. Após trabalhar para uma modista em Worcester, Sybil e a filha puseram-se a caminho do Indiana. A quinta já era muito falada.

Já tinham sido tantos fugitivos que haviam passado por Valentine que era quase impossível dizer quem não estivera lá durante algum tempo. Sybil chegara a conhecer uma mulher da Geórgia?, perguntou-lhe Cora uma noite, pois estivera à guarda dela durante algumas semanas. Bastaram-lhe duas ou três noites de sono para recuperar parte do peso que perdera no sótão. O zumbido das moscas-varejeiras interrompeu-lhes a conversa e deixou espaço para mais uma pergunta: uma mulher da Geórgia, que talvez desse pelo nome de Mabel, ou talvez não?

Sybil abanou a cabeça.

É claro que não conhecera. Uma mulher que deixa a filha para trás fez algo de tão vergonhoso que só o quer esconder. Ainda assim, mais cedo ou mais tarde, Cora acabou por fazer a pergunta a todas as pessoas da quinta, pois esta funcionava um pouco como um depósito que atraía gente que se encontrava de passagem de uns sítios para outros. Questionou quem já vivia em Valentine há anos e quem acabava de chegar, importunou as visitas que iam à quinta confirmar se aquilo que se dizia era verdade, homens e mulheres livres de cor, fugitivos que ficavam ou estavam apenas de partida. Fazia-lhes a pergunta no campo de milho entre as canções entoadas durante o trabalho ou numa carroça a caminho da cidade: olhos cinzentos, uma cicatriz nas costas da mão direita devida a uma queimadura, talvez desse pelo nome de Mabel, ou talvez não.

— É possível que esteja no Canadá — respondera-lhe Lindsey quando Cora decidira que chegara a vez de lhe fazer a pergunta. Além de magricela, Lindsey era uma mulher livre, qual passarinho fugido do Tennessee, mas que mantinha uma alegria demente que Cora não conseguia entender. Por aquilo que vira, o Tennessee pouco mais tinha para ver do que fogos, doenças e violência. Não obstante, fora lá que Royal e os amigos a tinham salvado.

— Agora muitas pessoas vão para o Canadá, apesar de ser terrivelmente frio — disse Lindsey.

Noites frias para corações gelados.

Cora dobrou a manta e retirou-se para o seu quarto. Deitou-se muito enroscada, demasiado absorta para pensar em mães e filhas. Estava preocupada com Royal, de quem nada sabia há três dias. A dor de cabeça aproximou-se como um trovão. Virou a cara para a parede e não se mexeu.

O jantar foi servido no exterior da casa das orações, o maior edifício da propriedade. Rezava a lenda que fora construído num só dia, antes de uma das maiores reuniões, quando perceberam que todos os que ali se encontravam já não cabiam na casa da quinta dos Valentines. Servia de escola durante a maior parte dos dias; aos domingos funcionava como igreja e nas noites de sábado era aí que todas as pessoas se juntavam para uma refeição em comum e algumas diversões. Os pedreiros que trabalhavam na construção do tribunal regressavam famintos e as costureiras que já haviam terminado o seu dia de trabalho para as senhoras brancas aproveitavam para exibir os seus vestidos mais bonitos. A moderação era regra, excepto nas noites de sábado, quando aqueles que gostavam de participar na exaltação dos espíritos tinham qualquer coisa em que pensar acerca do sermão da manhã seguinte.

A prioridade eram os porcos assados, trinchados na comprida mesa de pinho e regados com molho de pimenta-vermelha. Os bonitos pratos da quinta dos Valentines enchiam-se de legumes salteados, nabos, tarte de batata-doce e de muitas outras delícias que iam saindo da cozinha. Os residentes formavam um grupo servido à parte, excepto quando o churrasco começava a sair: nessa altura viam-se as senhoras mais finas acotovelarem-se umas às outras em busca do melhor naco. O mestre dos assados retribuía cada elogio com uma vénia e pensava já na maneira de aprimorar o próximo churrasco. Recorrendo a toda a sua habilidade, Cora conseguiu apanhar uma orelha crocante, a parte preferida de Molly, e ofereceu-a à rapariga.

Já há muito que deixara de se contar as famílias que viviam em Valentine. Considerou-se que cem almas seria um bom número para parar — um valor fantástico, qualquer que fosse a medida — e sem sequer incluir os outros camponeses negros que tinham comprado terras ao lado e dado continuidade à operação. Das cerca de cinquenta crianças, a maioria tinha menos de cinco anos. «A liberdade torna os corpos férteis», dizia Georgina. Isso e o facto de saberem que não iriam ser vendidos, acrescentava Cora. As mulheres dos dormitórios da Carolina do Sul julgavam saber o que era a liberdade, mas os cirurgiões com os seus bisturis iriam provar-lhes que estavam enganadas.

Assim que os porcos desapareceram, Georgina e algumas das mulheres mais novas levaram as crianças para brincarem e cantarem no celeiro. As crianças nunca ficavam quietas enquanto os adultos conversavam nas reuniões. Quando se afastaram, todos puderam prestar mais atenção aos pontos de interesse das discussões; finalmente podiam fazer planos para os mais novos. Embora os adultos já estivessem livres das correntes que os prendiam, a escravatura roubara-lhes demasiado tempo e só as crianças poderiam tirar todo o proveito dos seus sonhos. Se os brancos as deixassem.

A casa das orações encheu. Cora sentou-se num banco ao lado de Sybil. Nessa noite iriam tratar de um assunto sem grande importância. Contudo, no mês seguinte, após a debulha do milho, iria ter lugar na quinta uma importante reunião na qual se abordariam os recentes debates das próximas mudanças. Antecipando-se a isso, os Valentines já tinham reduzido as diversões de sábado à noite. O tempo agradável e os primeiros sinais do Inverno do Indiana que se avizinhava, que assustaram aqueles que nunca tinham visto neve, mantiveram-nos ocupados. As idas à cidade transformaram-se em expedições diárias. Agora as reuniões sociais prolongavam-se pela noite dentro, uma vez que muitos colonos de cor haviam assentado raízes, a guarda avançada de uma grande migração.

Muitos dos responsáveis pela quinta estavam fora, e o próprio Valentine deslocara-se a Chicago para reuniões com banqueiros e levara os dois filhos, pois já tinham idade suficiente para darem uma ajuda na contabilidade da quinta. Lander encontrava-se em viagem com uma das novas sociedades abolicionistas de Nova Iorque, numa campanha de discursos pela Nova Inglaterra que o mantinha bastante ocupado. Aquilo que ia aprendendo durante esta sua mais recente digressão iria, sem dúvida, constituir o tema principal da sua participação na grande reunião.

Cora estudou as suas vizinhas. Alimentara a esperança de que os porcos de Jimmy tivessem atraído Royal, mas ele e os amigos continuavam empenhados na missão da estrada subterrânea. Não havia palavras para o trabalho que levavam a cabo. Chegaram à quinta notícias aterradoras sobre um bando que enforcara alguns negros desordeiros na noite anterior. Isso acontecera a uns cinquenta quilómetros dali e, supostamente, as vítimas colaboravam na estrada subterrânea, mas não se sabia mais nada além disto. Uma mulher sardenta que Cora não reconheceu — naquela altura havia muitas caras novas — continuou a falar em voz alta acerca dos linchamentos. Sybil virou-se e mandou-a calar, depois abraçou rapidamente Cora no preciso momento em que Gloria Valentine subia ao púlpito.

Gloria trabalhava na lavandaria de uma plantação de índigo quando John Valentine a conheceu. «Foi a visão mais deliciosa que estes olhos alguma vez admiraram», gostava Valentine de dizer aos recém-chegados, arrastando a palavra *deliciosa* como se fosse caramelo quente. Naquele tempo, Valentine não tinha por costume visitar aqueles que se serviam de trabalho escravo, mas fora entregar um carregamento de mantimentos ao dono de Gloria. No final dessa semana conseguiu comprar-lhe a liberdade e, passada mais uma semana, casaram-se.

Continuava maravilhosa, além de tão graciosa e serena como se tivesse frequentado uma escola de boas maneiras para senhoras brancas. Afirmou que não gostava de representar o marido, mas o à-vontade com que se dirigiu à multidão levava a pensar o contrário. Gloria trabalhara arduamente para pôr fim aos maus tempos da sua quinta — Cora ouviu-a falar de uma maneira mais popular —, mas era de uma naturalidade impressionante, quer falasse à maneira dos negros quer dos brancos. Quando Valentine falava, assumia um tom sério; era o seu pragmatismo a sobrepor-se à sua generosidade. Em contrapartida, o discurso de Gloria era muito mais agradável.

— Tiveram todos um bom dia? — perguntou Gloria quando a sala ficou em silêncio. — Eu estive todo o dia na cave do celeiro e, quando vim cá acima, vi o presente que Deus nos ofereceu hoje. Aquele céu… e todos aqueles porcos.

Pediu desculpa pela ausência do marido. John Valentine queria aproveitar a boa colheita para renegociar os empréstimos.

— Só Deus sabe que podem acontecer tantas coisas no futuro, que é bom termos um pouco de paz de espírito.

— Inclinou-se para Mingo, que se sentara à frente, ao lado do lugar habitualmente reservado a Valentine. Mingo era um homem encorpado de estatura mediana, com uma fisionomia de índio do Oeste, realçada nessa noite pelo seu fato de xadrez vermelho. Retribuiu-lhe o cumprimento com um ámen e virou-se para saudar os seus aliados na casa das orações.

Sybil deu um ligeiro toque com o cotovelo em Cora naquela altura em que se confirmavam os argumentos políticos da quinta que, no fundo, reconheciam e legitimavam a posição de Mingo. Agora eram frequentes as conversas acerca da fuga para Oeste, onde começavam a despontar cidades de pessoas de cor na outra margem do rio Arkansas. Sobre regiões que não faziam fronteira com estados esclavagistas e que nunca toleraram a abominação da escravatura. Mingo defendia que deviam manter-se no Indiana, mas com uma redução drástica daqueles que albergavam: os fugitivos, os perdidos. Pessoas como Cora. As visitas de tantas pessoas famosas reforçaram a fama da quinta como lugar e símbolo do progresso dos negros... ao mesmo tempo que a tornaram um alvo. No fundo, o espectro da revolução negra, de todos aqueles rostos escuros e furiosos que os rodeavam, tinham levado os colonos brancos a abandonar o Sul. Eles vêm para o Indiana e na porta ao lado começa a nascer uma nação negra. O fim disto seria sempre violento.

Sybil desprezava Mingo, não lhe agradava a sua personalidade nem as suas piadas constantes; desconfiava que sob o manto do seu gregarismo escondia tendências imperiais. Era indiscutível que o homem possuía uma aura louvável: depois de trabalhar aos fins-de-semana para outros patrões, conseguira comprar a liberdade da mulher, dos filhos e, por fim, a sua. No entanto, Sybil não considerava que esse feito tivesse algo de prodigioso: o homem limitara-se a ter sorte com o dono e mais nada. Mingo nunca passaria de um oportunista, de um tipo que continuaria a importunar a quinta com as suas noções muito pessoais acerca do progresso dos negros. Juntamente com Lander, subiria ao púlpito na reunião do próximo mês para decidir o futuro de todos eles.

Cora recusou partilhar as críticas da amiga. Mingo mantivera-se afastado dela porque os fugitivos atraíam sempre as atenções sobre a quinta, e então, a partir do momento em que ficou a saber que era procurada por assassínio, evitou-a por completo. No entanto, o homem salvara a família e bem podia ter morrido antes de concluir a tarefa... e isto era coisa digna de todo o respeito. No seu primeiro dia de escola, as filhas dele, Amanda e Marie, tinham proferido a Declaração com firmeza. Eram raparigas admiráveis. Por outro lado, Cora não gostava da lábia dele. Havia algo no seu sorriso que lhe recordava Blake, aquele gabarola dos velhos tempos. Mingo não precisava de um terreno para instalar uma casota de cão, mas era evidente que andava à espreita para expandir os seus domínios.

A música não tardaria, sossegou-os Gloria. Nessa noite, e embora tivessem comparecido alguns convidados do condado, não estavam presentes entre eles aqueles a quem Valentine chamava «dignitários» — de fatiotas vistosas e sotaques *yankee*. Gloria pediu-lhes que se levantassem, dissessem os nomes e lhes dessem as boas-vindas. Chegou, por fim, a altura das diversões.

— Enquanto digerem esta magnífica refeição — proferiu ela. — Podem reconhecer a sua cara de uma visita anterior a Valentine, um jovem distinto do mundo das artes.

No sábado anterior tinha sido a vez de uma cantora de ópera de Montreal que estava grávida. No sábado antes desse, o espectáculo ficara a cargo de um violinista do Connecticut que pusera metade das mulheres a chorar, tão emocionadas ficaram com a sua música. Naquela noite, o serão pertencia ao poeta. Rumsey Brooks tinha tanta solenidade como magreza, esta última acentuada pelo seu fato e laço pretos. Parecia mesmo um daqueles pregadores ambulantes.

Estivera lá três meses antes com uma delegação do Ohio. A quinta dos Valentines seria merecedora de uma figura assim tão famosa? Fora uma velha senhora branca, devota da causa do progresso dos negros quem organizara a visita. Viúva de um conceituado advogado de Boston, angariava fundos para diferentes obras, mas tinha uma preocupação particular pela publicação e difusão da literatura escrita por pessoas de cor. Depois de ouvir uma das declamações de Lander, organizara a distribuição da sua autobiografia; antes disso, o impressor já publicara algumas tragédias de Shakespeare. O primeiro volume esgotara-se ao fim de alguns dias, uma edição cuidada gravada com o nome de Elijah Lander a folha de ouro. O original de Rumsey ficaria pronto no próximo mês, anunciou Gloria.

O poeta beijou a mão da anfitriã e pediu autorização para partilhar alguns dos seus poemas. Cora teve de admitir que se tratava de uma figura carismática. Por aquilo que Georgina contou, Rumsey cortejara uma das raparigas que ordenhavam as vacas, mas a sua adulação era de tal modo liberal que se via logo tratar-se de um jovem aberto aos doces mistérios do destino. «Quem pode saber aquilo que o destino nos reserva? E que tipo de pessoas teremos o prazer de conhecer?», perguntara Cora na primeira visita dele. De súbito, Royal apareceu de repente ao lado dela, a libertá-la do palavreado meloso do poeta.

Pela sua experiência, já devia saber quais eram as intenções de Royal. Se soubesse como as ausências dele a iriam deixar, tê-lo-ia rejeitado.

Com a bênção de Gloria, o poeta aclarou a garganta.

— Vi aqui uma maravilha imaculada — começou a recitar num tom de voz ora alto ora baixo, como se enfrentasse um vendaval. — Esvoaçando pelos campos, pairando com asas de anjo e brandindo um escudo em chamas...

A assistência presente na casa das orações adorou e suspirou. Rumsey esforçou-se por não sorrir perante tal reacção, pelo efeito do seu espectáculo. Cora não conseguiu perceber grande coisa dos poemas dele: a visitação de uma presença magnificente, alguém que esperava por uma mensagem. Uma conversa entre uma bolota, uma árvore jovem e um carvalho imponente. E também um tributo a Benjamin Franklin e ao seu génio. Os versos suscitavam-lhe indiferença. Os poemas assemelhavam-se demasiado a orações, à exaltação de paixões miseráveis. Esperar que Deus nos salvasse quando isso estava nas nossas mãos. A poesia e as orações metiam ideias na cabeça das pessoas que acabavam por as matar, pois distraíam-nas do mecanismo impiedoso que governava o mundo.

Depois da poesia foi a vez de os músicos subirem ao palco, alguns executantes que tinham acabado de chegar à quinta. O poeta preparara bem a pista de dança, intoxicando toda a gente com visões de voos e libertações. Se aquilo os deixara felizes, quem era Cora para os contrariar? Transferiram pedaços de si mesmos para as personagens dele, moldando as faces de acordo com as figuras das rimas. Conseguiriam rever-se em Benjamin Franklin ou nas suas invenções? Os escravos eram ferramentas, talvez as melhores de todas, mas ali ninguém era escravo. Longe dali talvez alguém já os tivesse contabilizado como meros bens, mas ali não.

Toda a quinta ultrapassava a sua imaginação. Os Valentines tinham realizado um milagre. Ela era uma prova disso; mais do que isso, ela fazia parte desse milagre. Entregara-se tão facilmente às falsas promessas da Carolina do Sul que, agora, uma parte amarga do seu ser recusava os tesouros da quinta dos Valentines, apesar de todos os dias florescer alguma bênção: numa garota que lhe agarrava a mão, nos medos que sentia por um homem de quem começara a gostar.

Rumsey terminou com um apelo ao incentivo do temperamento artístico de novos e velhos: «para alimentar a chama de Apolo em todos os seres mortais». Um dos recém-chegados levou o púlpito para fora do palco. Uma deixa para os músicos e para Cora. Sybil já conhecia os gostos da amiga e deu-lhe um beijo de despedida. O ambiente da sala era sufocante; lá fora estava frio e escuro. Cora levantou-se do banco corrido e tentou arranjar espaço para dançar. No caminho cruzou-se com alguém que lhe disse:

— Vais pelo caminho errado, rapariga!

Quando chegou a casa, Royal estava encostado a uma das colunas do alpendre. Mesmo no escuro, não havia dúvidas de que era a silhueta dele.

— Pensei que vinhas embora assim que o tipo do banjo começou a tocar — disse ele.

Cora acendeu o candeeiro e viu que ele tinha um olho negro, inchado e roxo-amarelado.

— Oh! — exclamou, ao mesmo tempo que o abraçava e encostava a cara ao pescoço dele.

— Foi só uma briga. Nós fugimos — explicou ele.

Cora tremeu e ele murmurou:

— Eu sei que estavas preocupada. Mas hoje não tinha vontade nenhuma de me misturar com o resto das pessoas, por isso preferi esperar aqui.

Ficaram no alpendre, sentaram-se nas cadeiras dos carpinteiros pinga-amor e aproveitaram a noite. Ele aproximou-se dela até os ombros de ambos se tocarem.

Ela contou-lhe o que ele perdera: o poeta e a refeição.

— Haverá mais — disse ele. — Tenho uma coisa para ti. — Procurou na sua sacola de cabedal. — É a edição deste ano, mas achei que ias gostar, apesar de já estarmos em Outubro. Quando passar por um lugar onde tenham a do próximo ano, compro-a para ti.

Ela agarrou-lhe a mão. O almanaque tinha um cheiro estranho, a sabão, e as páginas pareciam fazer o barulho de fogo à medida que as folheava. Nunca tinha sido a primeira pessoa a abrir um livro.

Após um mês na quinta, Royal levou-a ao túnel fantasma.

Cora começara a trabalhar logo no segundo dia, fiel ao lema de Valentine: «Fica e contribui.» Um pedido e uma cura. Começou por contribuir na lavandaria. A chefe da lavandaria era uma mulher chamada Amelia que conhecera os Valentines na Virgínia e viera ter com eles dois anos depois. Avisou delicadamente Cora contra o «abuso das roupas». Cora aprendera a trabalhar depressa na plantação dos Randalls. O trabalho manual despertou-lhe a sua velha e temida subserviência. Ela e Amelia decidiram que talvez fosse melhor outra tarefa. Deu apoio na vacaria durante uma semana e também ajudou Aunty a tomar conta dos bebés enquanto os pais estavam a trabalhar. Depois disso, estrumou os campos quando as folhas do milho-índio ficaram amarelas. Enquanto caminhava dobrada pelos carreiros, estava sempre a olhar em volta à procura de um capataz escondido.

— Pareces cansada — dissera-lhe Royal numa noite de Agosto após um dos discursos de Lander. A conversa de Lander mais parecia um sermão acerca do dilema de se encontrar um objectivo depois de se escapar do jugo da escravidão. As infindáveis frustrações da liberdade. Tal como todas as outras pessoas da quinta, Cora admirava aquele homem. Era um príncipe exótico que viajara de uma terra distante para lhes ensinar como é que as pessoas se deviam comportar em lugares decentes. Lugares de tal maneira remotos que nem sequer apareciam nos mapas.

O pai de Elijah Lander era um advogado branco e abastado de Boston que vivia à vista de toda a gente com a sua mulher negra. Foram alvo das críticas do seu círculo e, de acordo com os mexericos sussurrados a meio da noite, a sua prole era o resultado da união de uma deusa africana e um pálido mortal. Um semideus. De tanto ouvir os dignitários brancos contarem isto nas prolongadas introduções aos seus discursos, Lander começou a dar mostras da sua genialidade desde tenra idade. Como era uma criança doente, fez da biblioteca da família o seu recreio e estudou a fundo os livros que tirava a custo das estantes. Com seis anos, já tocava piano como um mestre europeu. Dava concertos num salão vazio e agradecia com uma vénia os aplausos silenciosos.

Alguns amigos da família intercederam e conseguiram fazer dele o primeiro aluno de cor de uma das mais conceituadas universidades dos brancos. «Deram-me um passe de escravo», como costumava dizer, «e usei-o para provocar estragos.» Lander viveu numa arrecadação de vassouras, pois ninguém queria ser seu companheiro de quarto. Passados quatro anos, os colegas elegeram-no como melhor aluno e aquele a quem caberia fazer o discurso final do curso. Transpôs todos os obstáculos como uma criatura primitiva que tivesse enganado o mundo moderno. Lander poderia ter sido tudo o que quisesse. Cirurgião, juiz. Brahmins incitou-o a ir para a capital da nação e seguir a carreira política. Irrompeu num pequeno nicho do êxito americano onde a sua raça não o amaldiçoou. Alguns podiam ter vivido felizes nesse espaço, progredindo por si sós, e Lander queria criar espaço para muitos mais. Às vezes, as pessoas eram companhias maravilhosas.

Por fim, optou por proferir discursos. Primeiro no salão dos pais para uma audiência de habitantes distintos de Boston, depois nas casas destes mesmos bostonianos, em casas de oração de pessoas de cor, igrejas metodistas e auditórios por toda a Nova Inglaterra. Houve ocasiões em que foi a primeira pessoa de cor a pôr os pés nalguns edifícios, à excepção daqueles que os tinham construído e das mulheres que os limpavam.

Chegou a ser preso por xerifes vermelhos de raiva que o acusaram de sedição. Esteve na prisão por incitar tumultos que nada tinham de revolta e eram apenas manifestações pacíficas. O honorável juiz Edmund Harrison de Maryland emitiu um mandato de prisão acusando-o de «propagar uma ortodoxia infernal que põe em perigo o tecido da boa sociedade». Foi espancado por uma multidão de brancos até que acabou por ser salvo por aqueles que tinham ido ouvi-lo ler as suas «Declarações dos Direitos dos Negros Americanos». Primeiro os seus panfletos, e depois a sua autobiografia, foram queimados em fogueiras juntamente com a sua efígie desde a Florida até ao Maine. «É melhor em efígie do que em pessoa», comentava ele.

Ninguém poderia dizer que sofrimentos o atormentavam sob aquela atitude tão plácida. Mantinha-se imperturbável e surpreendente. «Sou aquilo a que os botânicos chamam um híbrido», afirmou da primeira vez que Cora o ouviu. «Uma mistura de duas famílias diferentes. Nas flores, esta combinação agrada ao olhar. Porém, quando esta amálgama adquire forma de carne e sangue, alguns consideram-na uma ofensa terrível. Nesta sala reconhecemo-la por aquilo que é: uma beleza nova que veio ao mundo e está a florescer à nossa volta.»

Depois de Lander ter terminado o seu discurso naquela noite de Agosto, Cora e Royal sentaram-se nos degraus da casa das orações. Os outros residentes passaram pelo meio deles. As palavras de Lander tinham transportado Cora para um lugar melancólico.

— Não quero que eles me mandem embora — disse ela.

Royal pegou-lhe numa das mãos e passou um polegar pelos calos recentes. Tentou tranquilizá-la dizendo-lhe que não precisava de se preocupar com isso. Propôs-lhe que dessem uma volta para verem mais do Indiana e fazerem uma pausa no trabalho.

No dia seguinte partiram numa charrete puxada por dois cavalos malhados. Com o dinheiro do salário comprou um vestido novo e um gorro. O gorro tapava grande parte da cicatriz que tinha na têmpora; nos últimos tempos, a cicatriz deixava-a nervosa. Até aí nunca perdera tempo a pensar em marcas, nos «X», «T» e trevos com que os donos ferravam os escravos. Sybil tinha uma ferradura enrugada no pescoço, feia e roxa: o seu primeiro dono criava cavalos de tiro. Cora estava agradecida a Deus pelo facto de a sua pele nunca ter sido queimada assim. No entanto, mesmo que não se veja, já todos fomos marcados, quanto mais não seja por dentro — e a ferida da bengala de Randall significara o mesmo: marcara-a como sendo dele.

Cora já tinha ido muitas vezes à cidade, chegara mesmo a subir os degraus da padaria dos brancos para comprar um bolo. Royal levou-os na direcção oposta. O céu estava bastante escuro, mas ainda fazia calor, uma tarde de Agosto que deixava antever que o Verão se aproximava do fim. Pararam para um piquenique à beira de um prado, debaixo de uma macieira-brava. Ele preparara pão, compota e uns enchidos. Ela deixou-o pousar a cabeça no seu colo; pensou em acariciar-lhe os caracóis macios e escuros que lhe rodeavam as orelhas, mas absteve-se quando a recordação de uma antiga violência a travou.

No regresso, Royal conduziu a charrete por um caminho coberto de vegetação alta. Cora não o teria visto se não fosse assim, pois os salgueiros tapavam a entrada.

Disse que lhe queria mostrar uma coisa e ela imaginou que pudesse ser um lago ou um lugar tranquilo que ninguém conhecesse. Em vez disso, descreveram uma curva e pararam junto de uma cabana abandonada, a cair aos bocados e cinzenta como carne seca. As portadas das janelas estavam penduradas e do telhado desciam ervas daninhas. Erodida pelo tempo, seria a palavra correcta: a casa não passava de uma ruína açoitada pelos elementos. Parou a certa distância. A sujidade e o musgo fizeram-na sentir-se sozinha, apesar de Royal estar ali.

As ervas daninhas também tinham invadido o soalho da divisão principal. Apertou o nariz com os dedos para não sentir aquele fedor.

— Comparado com isto, o cheiro do estrume parece perfume — exclamou ela. Royal riu-se e respondeu-lhe que sempre achara o cheiro do estrume agradável. Abriu o alçapão que dava acesso à cave e acendeu uma vela. Os degraus da escada rangiam. Os animais que estavam na cave ficaram agitados ao ouvir barulho de intrusos. Royal deu seis passos, começou a escavar, parou ao deixar o segundo alçapão à vista e desceram até à estação. Avisou-a para ter cuidado com os degraus, escorregadios devido ao musgo que os cobria.

Era a estação mais triste de todas, nem sequer havia um espaço até aos carris, que passavam rente aos degraus e seguiam pelo túnel escuro. Via-se uma pequena vagoneta parada na linha, à espera de que algum ser humano activasse a alavanca que a poria em andamento. Tal como na mina de mica da Carolina do Norte, o tecto e as paredes eram sustidos por tábuas e vigas de madeira.

— Não está feito para uma locomotiva — afirmou Royal. — O túnel é demasiado pequeno, estás a ver? Nem sequer tem ligação ao resto da linha.

Há muito tempo que ninguém ia ali. Cora quis saber onde ia dar.

Royal esboçou um sorriso.

— É muito mais velho do que eu. O maquinista que substituí mostrou-mo quando passei a tomar conta desta estação. Ainda andei alguns quilómetros na vagoneta, mas metia muito medo. As paredes começavam a estreitar cada vez mais.

Cora percebeu logo que o melhor era nem sequer perguntar quem tinha construído aquilo. Desde Lumbly a Royal, todos os homens envolvidos na estrada subterrânea responderiam à sua pergunta com ligeiras diferenças, mas que se resumiam a isto: «Quem pensas que construiu isto? Quem é que constrói tudo?» Por isso decidiu que um dia ele haveria de lhe contar a história toda.

Por aquilo que se sabia, aquele túnel fantasma nunca havia sido usado, contou-lhe Royal. Ninguém sabia quando fora escavado nem quem vivera por cima dele. Uns maquinistas disseram-lhe que quem construíra a casa tinham sido uns velhos pioneiros, do estilo de Lewis e Clark, que exploraram e cartografaram o território americano desconhecido.

— Se já tivesses visto o país todo, desde o Atlântico até ao Pacífico, as grandes Cataratas do Niágara e o Rio Grande, irias construir uma casa aqui, no meio das florestas do Indiana? — perguntou-lhe Royal. Um velho chefe de estação contara-lhe que tinha sido a casa de um major--general durante a Guerra da Independência, um homem que assistira a demasiado sangue derramado e optara por se isolar da jovem nação depois de a ter ajudado a nascer.

A história deste eremita fazia muito mais sentido, mas Royal desconfiava que a parte militar era pura invenção. Teria Cora reparado que não havia sinais de alguém ter vivido ali alguma vez, nem sequer um palito no chão ou um prego na parede?

Foi assaltada por uma ideia sombria: a de que esta estação não era o início de qualquer linha, mas tão-só o seu terminal. A construção não começara por baixo da casa, mas na outra extremidade daquele buraco negro. Como se no mundo não existissem lugares para onde escapar, apenas locais de onde era preciso fugir.

Na cave mais acima, os roedores despertaram com o barulho e reiniciaram a sua actividade.

Aquilo não passava de um buraco do qual a humidade se apropriara. Qualquer viagem a partir dali só poderia estar condenada ao fracasso. A última vez que estivera numa das estações de partida da estrada subterrânea fora brilhantemente iluminada, confortada de maneira generosa e conduzida até à magnífica quinta dos Valentines. Isso tinha sido no Tennessee, quando esperavam que os salvassem da perigosa perseguição que Ridgeway lhes movia. O seu coração ainda acelerava quando recordava os acontecimentos dessa noite.

Assim que deixaram o caçador de escravos e a sua carroça para trás, os seus salvadores disseram-lhe como se chamavam. Royal era o homem que a observara na cidade; o colega dava pelo nome de Red, devido ao tom arruivado do seu cabelo aos caracóis. O mais tímido era Justin, um fugitivo, tal como ela, e que não estava habituado a apontar facas a brancos.

Depois de Cora ter concordado em acompanhá-los — nunca lhe tinham apresentado uma proposta irrecusável com tal delicadeza —, os três homens apressaram-se a apagar os vestígios de toda aquela altercação. A presença ameaçadora de Homer, que se escondera algures no meio da escuridão, obrigou-os a trabalharem com toda a urgência. Red manteve-se de vigia com a espingarda enquanto Royal e Justin começaram por acorrentar Boseman e, depois, Ridgeway à carroça. O caçador de escravos não abriu a boca, mas, apesar dos lábios ensanguentados, ainda esboçou um sorriso escarninho para Cora.

— Aquela — disse ela apontando, e Red acorrentou-o à argola a que eles costumavam prender Jasper.

Levaram a carroça do caçador de escravos até um dos extremos do pasto, de maneira que não ficasse visível da estrada. Red ainda acorrentou Ridgeway mais cinco vezes servindo-se de todas as algemas e correntes que encontrou na carroça. Depois atirou as chaves para o meio das ervas. A seguiram soltaram os cavalos. Nem sinais de Homer; talvez estivesse fora do alcance da luz da lanterna. Todas aquelas precauções deveriam ser suficientes. Boseman gemeu de agonia enquanto se afastavam e Cora achou que se tratava do seu derradeiro estertor.

A carroça dos seus salvadores ficara na estrada, um pouco mais abaixo do acampamento de Ridgeway. Ela e Justin esconderam-se na parte de trás, tapados por uma manta grossa, e arrancaram a uma velocidade perigosa, atendendo à escuridão e ao mau estado das estradas do Tennessee. Royal e Red ainda estavam tão excitados da luta que só ao fim de alguns quilómetros é que se lembraram de vendar os seus passageiros. Royal pareceu envergonhado com aquela medida de precaução e desculpou-se:

— É pela segurança do depósito, menina.

Aquela terceira viagem pela estrada subterrânea começou por baixo de um estábulo. Até aí, uma estação significava uma descida por degraus incrivelmente íngremes e a descoberta da figura do chefe da estação seguinte. O proprietário daquelas instalações ausentara-se para tratar de negócios, contou-lhes Royal enquanto lhes desatava as vendas, um estratagema para os impedir de saberem onde se encontravam. Cora nunca soube o nome do dono da estação nem o da cidade de partida. Reparou, no entanto, que seria uma pessoa com inclinações para os subterrâneos e que devia gostar muito de azulejos importados, pois estes serviam de revestimento às paredes da estação.

— Sempre que aqui vimos, há qualquer coisa de novo — comentou Royal. Esperaram os quatro pelo comboio à volta de uma mesa coberta por uma toalha branca e sentados nuns cadeirões forrados com um tecido carmim. Havia uma jarra com flores frescas e nas paredes estavam pendurados quadros com paisagens campestres. Além disso, tinham um jarro de cristal com água para beberem, um cesto cheio de fruta e um pão enorme de centeio escuro para comerem.

— Isto é casa de gente rica — afirmou Justin.

— Ele gosta de manter um bom ambiente — explicou Royal.

Red mostrou-se agradado com os azulejos brancos, que considerou serem uma melhoria em relação ao anterior revestimento de pranchas de madeira.

— Não faço ideia como é que ele sozinho os conseguiu aplicar — acrescentou.

Royal disse esperar que a ajuda não desse com a língua nos dentes.

— Mataste aquele homem — afirmou Justin. Estava bêbedo. Tinham descoberto um jarro com vinho guardado num armário e o fugitivo já bebera demais.

— Pergunta à rapariga se ele teve aquilo que merecia — disse Red.

Royal agarrou o braço de Red para que este deixasse de tremer. O amigo nunca tinha matado um homem. A gravidade daquele infortúnio era suficiente para os condenar à forca, mas o assassínio garantia-lhes uma boa sessão de espancamento antes de serem enforcados. Royal ficou estupefacto quando, mais tarde, Cora lhe contou que era procurada por assassínio na Geórgia.

Recuperou do choque e disse-lhe:

— Então o nosso destino já estava traçado a partir do momento em que olhei para ti, naquela rua nojenta.

315

Royal era o primeiro homem nascido livre que Cora alguma vez conhecera. Havia muitos homens livres na Carolina do Sul que se tinham mudado para as chamadas oportunidades, mas antes disso tinham sido escravos. Royal era livre desde que respirara pela primeira vez.

Tinha sido criado no Connecticut; o pai era barbeiro e a mãe parteira. Também eles nasceram livres, em Nova Iorque. Por ordem deles, Royal tornara-se aprendiz de tipógrafo assim que tivera idade para trabalhar. Os pais acreditavam na dignidade dos trabalhos honestos e sonhavam com a futura ramificação das gerações da sua família, cada uma mais bem-sucedida do que a anterior. Se o Norte abolira a escravatura, um dia esta instituição abominável desapareceria por toda a parte. A história dos negros podia ter começado neste país pela degradação, mas um dia haveriam de conquistar o triunfo e a prosperidade.

Se os pais tivessem percebido o poder das suas reminiscências sobre o filho, talvez tivessem sido mais contidos nas histórias que contavam acerca da sua cidade natal. Royal pirou-se para Manhattan aos dezoito anos e a primeira imagem daquela cidade majestosa que observou da amurada do *ferry* confirmou o seu destino. Arrendou um quarto com outros três homens numa pensão para pessoas de cor em Five Points e fez uns biscates como barbeiro até conhecer o famoso Eugene Wheeler. O branco começou a conversar com ele numa reunião contra a escravatura; impressionado, Wheeler disse-lhe para ir ter com ele ao seu escritório no dia seguinte. Royal lera acerca dos feitos do homem no jornal: advogado, cruzado abolicionista, terror dos proprietários de escravos e de todos os envolvidos naquele negócio sujo. Royal visitou a prisão da cidade à procura de fugitivos que o advogado pudesse defender, passou mensagens através de pessoas enigmáticas e distribuiu fundos de sociedades antiesclavagistas para a recolocação dos fugitivos. Depois de ser oficialmente introduzido na estrada subterrânea, já actuava como instrumento desta há algum tempo.

«Eu lubrifico os pistões», gostava ele de dizer. Royal publicava mensagens codificadas nos anúncios classificados para manter os fugitivos e os maquinistas informados das partidas. Subornou capitães de navios e polícias, atravessou rios em frágeis barcos a remos para salvar mulheres grávidas que tremiam por todos os lados e entregou ordens de libertação passadas por juízes a xerifes que as receberam de sobrolho franzido. De uma maneira geral, fazia dupla com um aliado branco, mas a velocidade de raciocínio e a pose arrogante de Royal tornavam evidente que a cor da sua pele não era motivo para qualquer impedimento. «Um negro livre caminha de uma forma diferente de um escravo», dizia ele. «Os brancos vêem isso imediatamente, mesmo que não o saibam. Andam de outra maneira, falam de modo diferente, comportam-se de outra maneira. Está nos ossos.» Os polícias nunca o prenderam e os raptores de escravos mantiveram-se sempre à distância.

A sua associação a Red começara no posto do Indiana. Red era da Carolina do Norte e fugira depois de as autoridades terem enforcado a sua mulher e o seu filho. Percorrera vários quilómetros do Trilho da Liberdade à procura dos corpos para se despedir deles. Não conseguira encontrá-los: o rasto de cadáveres parecia não ter fim e dava ideia que se espalhava em todas as direcções. Para rumar a norte, Red seguira pela estrada subterrânea e depois dedicou-se à causa com uma desenvoltura sinistra. Quando ouviu Cora contar que matara o rapaz por acidente na Geórgia, sorriu e disse: «Bem feito.»

Desde o início que a missão de Justin era fora do comum. O Tennessee ficava fora do posto de Royal, mas o representante local da estrada subterrânea ficara incontactável desde o incêndio e seria um desastre se o comboio fosse cancelado. Como não havia mais ninguém disponível,

317

os superiores de Royal enviaram relutantemente os dois agentes de cor para o interior árido e rochoso do Tennessee.

Fora Red quem tivera a ideia das armas. Até esse momento, Royal nunca pegara numa.

— Cabe-nos na mão, mas é pesada como um canhão — afirmou Royal.

— Tu metias um medo terrível — disse Cora.

— Eu estava a tremer, mas por dentro — confidenciou--lhe.

O dono de Justin emprestava-o frequentemente para serviços de pedreiro e um empregador simpático arranjou-lhe umas obras na estrada subterrânea por conta própria. Havia uma condição: Justin não poderia abrir caminho enquanto o outro não terminasse o muro de pedra em volta da propriedade do homem. Concordaram que um espaço de três pedras era aceitável, desde que Justin deixasse instruções pormenorizadas para a conclusão.

No dia combinado, Justin preparou-se para ir trabalhar pela última vez. Só dariam pela sua ausência ao anoitecer; o seu empregador insistiu que Justin nunca chegara a aparecer nessa manhã. Às dez horas já estava na parte de trás da carroça de Royal e Red. O plano mudara quando viram Cora na cidade.

O comboio chegou à estação do Tennessee. Era a mais extraordinária das locomotivas, de tal maneira que, mesmo com aquela camada de fuligem, o vermelho da sua pintura reflectia a luz. O maquinista era um tipo jovial, com uma voz pujante, e abriu a porta da carruagem dos passageiros com todas as cerimónias. Cora suspeitou que aquilo poderia ser uma espécie de loucura dos túneis que afectava todos os maquinistas, sem excepção.

Depois do vagão decrépito e da plataforma de carga que a levara até à Carolina do Norte, sentiu um prazer enorme ao entrar numa verdadeira carruagem para passageiros — bem feita e confortável como aquelas acerca

318

das quais lera nos seus almanaques. Tinha assentos que davam à vontade para trinta pessoas, espaçosos e macios, além de varões de bronze que reflectiam a luz dos candeeiros. O cheiro a verniz fresco fê-la sentir-se uma passageira convidada para uma viagem inaugural mágica. Cora ocupou três assentos e, pela primeira vez em muitos meses, dormiu livre de correntes e daquele sótão sombrio.

O cavalo de ferro ainda relinchava pelo túnel quando ela acordou e se lembrou das palavras de Lumbly: *Se quiserem ver como esta nação é, têm de andar pelos carris. Olhem para fora à medida que forem ganhando velocidade e irão ver o verdadeiro rosto da América.* Desde o princípio que aquilo não passara de uma piada. Durante as suas viagens, do outro lado das janelas estava sempre tudo às escuras e a escuridão haveria de continuar eternamente.

Justin ia no assento em frente ao dela e contou-lhe que o irmão e três sobrinhas que nunca conhecera viviam no Canadá. Iria passar uns dias na quinta e depois continuaria a avançar para norte.

Royal garantiu ao fugitivo que a estrada subterrânea estava à sua inteira disposição. Cora sentou-se e ele repetiu-lhe o que acabara de dizer ao seu companheiro fugitivo. Ela poderia continuar até uma ligação no Indiana ou ficar na quinta dos Valentines.

Os brancos tomam John Valentine por um dos deles, contou Royal. Tem a pele muito clara, mas qualquer pessoa de cor reconhece imediatamente a sua herança etíope: aquele nariz, aqueles lábios, o cabelo, bom ou não. A mãe dele era costureira e o pai um vendedor ambulante que estava meses sem aparecer. Quando o homem morreu, deixou-lhe a propriedade, foi a primeira vez que o reconheceu como filho fora das paredes da sua casa.

Valentine tentou a sorte a cultivar batatas e contratou seis homens livres para trabalharem na sua terra. Nunca afirmou ser aquilo que não era, mas também não desiludiu as pessoas que desconfiavam de qualquer coisa, e quando comprou Gloria ninguém voltou a ter dúvidas. Uma maneira de conservar uma mulher era mantê-la na escravidão, sobretudo, como no caso de John Valentine, para quem não tinha experiência em ligações românticas. Só John, Gloria e um juiz do outro lado do estado sabiam que ela era livre. Ele gostava muito de livros e ensinou a mulher a ler e escrever. Criaram dois filhos e, muito tolerantemente, os vizinhos consideraram que seria um desperdício se ele os libertasse.

Quando o rapaz mais velho tinha cinco anos, um dos condutores de carroças de Valentine foi enforcado e queimado por olhar para quem não devia. Os amigos de Joe afirmaram que nesse dia ele nem sequer tinha ido à cidade; um amigo de Valentine que trabalhava num banco contou-lhe que se dizia que a mulher tentara fazer ciúmes a um namorado. Segundo a opinião de Valentine, à medida que os anos iam passando, a violência racial ia assumindo uma expressão cada vez mais viciosa. Não iria amainar nem desaparecer, não nos tempos mais próximos, e muito menos no Sul. Ele e a mulher decidiram que a Virgínia não era o lugar mais indicado para criar uma família. Venderam a quinta e mudaram-se de armas e bagagens. A terra era barata no Indiana. Lá também viviam pessoas brancas, mas não tão perto.

Valentine estudou as características do milho-índio e teve a sorte de conseguir três estações boas de seguida. Quando foi visitar os amigos à Virgínia, exortou as vantagens do seu novo lar. Contratou velhos amigos, que poderiam viver na sua propriedade até encontrarem sustento, e expandiu os seus terrenos de cultivo.

Foram estes os hóspedes que convidou. A quinta como Cora a conhecera tinha surgido numa noite de Inverno após um enorme nevão. O aspecto da mulher que batera à porta era aterrador, enregelada e quase a morrer.

Margaret fugira do Delaware. A viagem até à quinta dos Valentines tinha sido extremamente difícil: um grupo de tipos de mau carácter levara-a por um caminho aos ziguezagues para longe do seu dono. Um caçador de peles e um aldrabão que vendia remédios em feiras. Depois andou de cidade em cidade com um dentista ambulante que acabou por se tornar violento. A tempestade apanhara-a pelo caminho. Margaret rezou a Deus pela salvação, prometeu pôr termo à maldade e aos pecados que cometera durante a sua fuga. As luzes de Valentine romperam a escuridão.

Gloria tratou o melhor que pôde desta visita; o médico foi de propósito a cavalo para a observar. Os arrepios de Margaret nunca passaram. Acabou por morrer uns dias mais tarde.

Da vez seguinte em que Valentine partiu para leste a fim de tratar de negócios, um folheto que promovia uma reunião de luta contra a escravatura impediu-o de prosseguir caminho. A mulher na neve era a emissária de uma tribo que tinha sido expropriada e ele curvou-se para a servir.

Nesse Outono, a sua quinta tornou-se o mais recente escritório da estrada subterrânea, sempre numa azáfama com fugitivos e condutores. Alguns fugitivos decidiram permanecer mais tempo; se dessem uma ajuda poderiam ficar o tempo que quisessem. Plantaram o milho. Num espaço coberto, um pedreiro fugido de uma plantação construiu uma forja para um ferreiro que escapara de outra plantação. A forja produziu pregos a uma velocidade incrível. Os homens cortavam árvores e construíam cabanas. Um dia, um destacado abolicionista fez uma paragem quando ia a caminho de Chicago e ficou durante uma semana. Figuras famosas, oradores e artistas começaram a participar nas discussões de sábado à noite acerca da questão dos negros. Uma mulher livre tinha uma irmã no Delaware que estava em dificuldades; a irmã acabou por vir para o Oeste a fim de começar uma vida nova. Valentine e os pais da quinta pagavam para que os filhos estudassem e passou a haver cada vez mais crianças.

Com a sua cara de branco, contou Royal, Valentine foi à sede do condado e comprou terras para os amigos que tinham rostos pretos, a antiga mão-de-obra dos campos que viera para oeste, os fugitivos que tinham encontrado um refúgio na sua quinta. Que acabaram por descobrir um objectivo. Quando os Valentines ali chegaram, aquela zona do Indiana estava despovoada. À medida que as cidades começaram a surgir, aceleradas pela sofreguidão americana, a quinta negra permanecia como um elemento natural da paisagem, tal como uma montanha ou um ribeiro. Metade das lojas dos brancos dependia da clientela da quinta; as pessoas que viviam em Valentine enchiam as praças e os mercados de domingo para venderem os seus produtos. «É um lugar de cura», dissera Royal a Cora no comboio para norte. «Onde se pode armazenar e fazer preparativos para a próxima etapa da viagem.»

Na noite anterior, no Tennessee, Ridgeway afirmara que Cora e a mãe dela eram uma falha no esquema americano. Se duas mulheres eram uma falha, então o que seria uma comunidade?

Royal não mencionara as disputas filosóficas que dominavam as reuniões semanais. Mingo, com os seus esquemas para a fase seguinte do progresso da tribo de cor, e Lander, cujos apelos elegantes mas opacos não ofereciam um remédio fácil. O condutor também evitara o verdadeiro problema do ressentimento crescente dos colonos brancos face àquele posto avançado dos negros. As divisões tornar-se-iam conhecidas dentro de pouco tempo.

Enquanto avançavam aos solavancos pela passagem subterrânea, como um barquito neste mar impossível, a prelecção de Royal alcançou o seu objectivo: Cora bateu com as mãos nas almofadas da carruagem e disse que a quinta lhe servia muito bem.

Justin ficou dois dias, encheu a barriga e foi ter com a família ao Norte. Mais tarde escreveu uma carta na qual descreveu como tinha sido bem recebido e falou do seu novo trabalho numa empresa de construção. As sobrinhas também assinaram os nomes com tintas de cores diferentes, vivas e inocentes. Assim que descobriu Valentine e toda a sua sedutora abundância, Cora nunca mais pensou em partir. Contribuiu para a vida da quinta. Era trabalho que reconhecia, compreendia os ritmos básicos da sementeira e da colheita, as lições e os imperativos da alternância das estações. As suas visões da vida na cidade nublaram-se: o que sabia ela acerca de lugares como Nova Iorque ou Boston? Tinha crescido com as mãos na terra.

Um mês depois de ter chegado, e à boca daquele túnel fantasma, Cora continuava segura da sua decisão. Ela e Royal preparavam-se para regressar à quinta quando uma rajada soprou das profundezas lúgubres do túnel. Como se algo velho e escuro avançasse na direcção deles. Agarrou-se ao braço de Royal.

— Porque me trouxeste aqui? — perguntou Cora.

— Não é suposto falarmos daquilo que fazemos aqui em baixo — disse Royal. — E espera-se que os nossos passageiros não falem da maneira como a estrada subterrânea funciona... isso deixaria muitas pessoas em perigo. Poderiam falar se quisessem, mas não querem.

Era verdade. Quando ela contara a sua fuga, omitira os túneis e limitara-se aos aspectos essenciais. Era um assunto privado, um segredo seu que nunca lhe passara pela cabeça partilhar. Não era um segredo mau, mas um assunto de tal maneira íntimo que parecia fazer parte dela e do qual não poderia separar-se. Morreria se fosse partilhado.

— Mostrei-te isto porque já viste mais da estrada subterrânea do que a maior parte das pessoas — prosseguiu
Royal. — Quis que visses isto... para veres como tudo
encaixa. Ou não.

— Eu sou uma simples passageira.

— Por isso mesmo — disse ele enquanto limpava os
óculos à fralda da camisa. — A estrada subterrânea é muito
maior do que os seus operadores... e também são todos
vocês. As agulhas, as grandes linhas de entroncamento.
Temos locomotivas novas em folha e os motores obsoletos, e também temos dresinas como aquela. Vai a qualquer
parte, a lugares que conhecemos e a outros que desconhe-
cemos. Temos este túnel mesmo aqui, a passar por baixo
de nós, e ninguém sabe até onde vai. Se mantivermos a
estrada subterrânea em funcionamento, e ninguém consegue imaginá-la no seu todo, talvez tu possas.

Respondeu-lhe que não sabia porque estava ali ou o
que aquilo queria dizer. Tudo o que ela sabia é que não
queria voltar a fugir.

O mês de Novembro brindou-os com aquele frio do Indiana, mas dois acontecimentos fizeram com que Cora se esquecesse do estado do tempo. O primeiro foi o aparecimento de Sam na quinta. Quando bateu à porta da cabana dela, abraçou-o com tal força que ele teve de lhe pedir para parar. Choraram e depois Sybil preparou-lhes chávenas com chá de raízes para se recomporem.

A sua barba espessa já tinha partes esbranquiçadas e a barriga crescera-lhe, mas continuava a ser o mesmo fala-barato que tomara conta dela e de Caesar muitos meses antes. Na noite em que o caçador de escravos chegara à cidade, perdeu para sempre a sua velha vida. Ridgeway apanhara Caesar na fábrica antes de Sam o conseguir avisar. A voz tremeu-lhe enquanto lhe contava como tinham batido no amigo na prisão. Não denunciou os amigos, mas um homem disse que tinha visto várias vezes aquele preto a conversar com Sam; que Sam saíra do *saloon* a meio do seu turno; e o facto de alguns tipos da cidade conhecerem Sam desde criança e não gostarem do seu carácter presunçoso bastou para lhe pegarem fogo à casa.

— A casa do meu avô. A minha casa. Tudo o que era meu. — Quando a multidão invadiu a prisão e desfez Caesar mortalmente, já ele ia a caminho do norte. Pagou a um vendedor ambulante para o levar e no dia seguinte embarcou num barco para o Delaware.

Um mês mais tarde, e a coberto da noite, uns operacionais taparam a entrada do túnel por baixo da casa dele, por política da estrada subterrânea. A estação de Lumbly foi alvo do mesmo tratamento.

— Eles não gostam de correr riscos — explicou. Os homens levaram-lhe uma recordação: uma caneca de latão deformada pelo fogo. Nem sequer a reconheceu, mas, apesar disso, decidiu guardá-la.

— Eu era um agente de estação. Eles arranjaram-me outras coisas diferentes para eu fazer. — Sam conduziu fugitivos para Boston e Nova Iorque, ficou a par das investigações mais recentes para encontrar rotas de fuga e encarregou-se dos preparativos finais que salvariam a vida aos fugitivos. Chegou mesmo a disfarçar-se de caçador de escravos, com o nome de «James Olney», para inspeccionar escravos na prisão a pretexto de os entregar aos seus donos. Aqueles polícias e xerifes são tão estúpidos, os preconceitos raciais diminuíram-lhes as capacidades, disse ele. Cora e Sybil divertiram-se quando ele imitou a voz e a bazófia do seu caçador de escravos.

Acabara de trazer a sua carga mais recente para a quinta dos Valentines, uma família de três que se escondera em Nova Jérsia. Tinham-se misturado com a comunidade negra de lá, contou Sam, mas um caçador de escravos andou a meter o nariz pelas redondezas e chegara a altura de fugirem. Seria a sua última missão para a estrada subterrânea. Sentia-se atraído pelo Oeste.

— Todos os pioneiros que conheço gostam de *whisky*. Com certeza que vão precisar de empregados de balcão na Califórnia.

Ela gostou de ver o seu amigo alegre e gordo. Tantos daqueles que a haviam ajudado acabaram por ter finais terríveis. Ela nunca pensara que ele tivesse morrido.

Foi então que lhe deu notícias da plantação, o segundo acontecimento que a fez esquecer o frio do Indiana.

Terrance Randall tinha morrido.

Segundo todos os relatos, a obsessão do dono dos escravos com Cora e com a sua fuga foi-se agravando cada vez mais com o passar do tempo. Negligenciou os assuntos da plantação. O seu dia-a-dia na propriedade consistia em organizar festas sórdidas no casarão e servir-se dos escravos para divertimentos deprimentes nos quais faziam o papel de vítimas em vez de Cora. Terrance continuou a publicar avisos para a captura dela nos anúncios classificados de jornais de estados distantes, com a sua descrição e pormenores do seu crime. Aumentou o valor da recompensa, que já era considerável, várias vezes: Sam chegara a ver os cartazes e ficara espantado; além disso, convidava qualquer caçador de escravos que passasse pelas redondezas para lhe entregar um retrato mais completo das vilanias de Cora e também para envergonhar o incompetente Ridgeway, que falhara primeiro com o pai e depois com ele.

Terrance morrera em Nova Orleães, num quarto de um bordel crioulo. O coração não aguentou, enfraquecido por tantos meses de devassidão.

— Ou então foi o coração que se fartou da maldade dele — disse Cora. Quando Sam esgotou as novidades que tinha para lhe dar, ela perguntou-lhe sobre Ridgeway.

Sam acenou desdenhosamente a mão:

— Ele agora é alvo de chacota. Já estava no final da carreira mesmo antes — fez uma pausa — do incidente no Tennessee.

Cora assentiu. Não falaram do assassínio cometido por Red. Os responsáveis pela estrada subterrânea dispensaram os serviços dele quando souberam da história toda, mas nem por isso ficou aborrecido. Tinha ideias novas para dar cabo do domínio da escravidão e recusou-se a depor as armas. «Assim que deita mãos ao trabalho não é homem para desistir», comentara Royal, que ficara triste por ver o amigo partir, mas a verdade é que os métodos de cada um divergiam bastante, sobretudo após o Tennessee.

Desculpara o assassínio cometido por Cora porque o considerara um acto de legítima defesa, mas a fúria sanguinária de Red era um assunto muito diferente.

A tendência de Ridgeway para a violência e as suas estranhas obsessões fizeram com que tivesse dificuldade em encontrar homens dispostos a acompanhá-lo. A sua reputação manchada, a par da morte de Boseman e da humilhação de ter sido vencido por pretos fora-da-lei, converteram-no num pária entre a sua coorte. É claro que os xerifes do Tennessee continuavam à procura dos assassinos, mas Ridgeway não participava na caçada e nem sequer se ouvia falar dele desde o Verão.

— E quanto ao rapaz, o Homer?

Sam tinha ouvido falar dessa criatura, pequena e estranha. Fora ele quem acabara por socorrer o caçador de escravos no meio da floresta. Os modos bizarros de Homer em nada ajudaram a reputação de Ridgeway: e o facto de andarem sempre juntos até alimentou especulações maliciosas. De qualquer maneira, desapareceram os dois e a sua amizade manteve-se intacta, apesar do ataque que sofreram.

— Para uma gruta húmida, como convém a merdosos sem valor como eles — comentou Sam.

Sam ficou três dias na quinta, durante os quais andou a arrastar a asa a Georgina, mas em vão. Mesmo assim, deixou-se ficar até à debulha.

A competição teve lugar na primeira noite de lua cheia. As crianças andaram o dia todo a arrumar o milho em duas pilhas gigantescas, num espaço delimitado por folhas vermelhas. Mingo comandou uma das equipas e, pelo segundo ano consecutivo, Sybil não ficou nada satisfeita com aquilo que viu. Ele escolheu uma equipa cheia de aliados e não se preocupou minimamente em organizar um grupo que representasse toda a sociedade da quinta.

Oliver, o filho mais velho de Valentine, juntou um grupo heterogéneo de recém-chegados e velhos trabalhadores. «E o nosso ilustre convidado», disse por fim Oliver acenando para Sam.

Um rapaz deu a partida com um apito e a debulha começou num frenesim. Este ano, o prémio era um espelho de prata enorme que Valentine comprara em Chicago. O espelho ficou entre as duas pilhas, enfeitado com uma fita azul e a reflectir o laranja tremeluzente das lanternas feitas de abóboras. Os capitães gritavam ordens aos seus homens enquanto a audiência assobiava e aplaudia. Um violinista tocou um acompanhamento num ritmo rápido e cómico. As crianças mais novas corriam à volta das pilhas e iam apanhando as folhas, por vezes antes mesmo de estas caírem no chão.

— Apanhem esse milho!

— É melhor despacharem-se aí em cima!

Cora ficou a assistir de lado, com Royal a agarrá-la pela cintura. Deixara que ele a beijasse na noite anterior, o que ele entendeu, com toda a razão, como um sinal de que ela permitira finalmente que ele intensificasse os seus esforços. Mas ela fê-lo esperar. E ainda esperaria mais. Embora tivesse ficado mais aliviada quando Sam lhe contara que Terrance tinha morrido, ainda era assaltada por visões de vingança: via o antigo dono enrolado em mortalhas, com a língua roxa a sair-lhe da boca. A pedir socorro que nunca chegaria. A desfazer-se no caixão no meio de uma pasta de sangue e depois a penar tormentos num inferno que nem sequer constava da Revelação. Pelo menos, Cora acreditava naquela parte da Bíblia: considerava que descrevia uma plantação de escravos em código.

— As colheitas em Randall não eram assim. Fazíamos a colheita na lua cheia, mas havia sempre sangue — disse Cora.

— Já não estás na plantação dos Randalls. És livre —
disse Royal.

Ela manteve o seu ponto de vista e sussurrou:

— Como assim? A terra é propriedade. As ferramentas são propriedade. Alguém irá licitar a plantação dos
Randalls, com os escravos incluídos. As relações vêm sempre ao de cima quando alguém morre. Eu continuo a ser
propriedade, mesmo no Indiana.

— Ele está morto. Nenhum primo se irá dar ao trabalho de te obrigar a regressar, pelo menos não da maneira
como ele o fez. És livre — retorquiu ele.

Royal juntou-se aos cânticos para mudar de assunto
e para a lembrar que existiam coisas que podiam fazer
com que um corpo se sentisse bem. Uma comunidade
que se unira, desde a sementeira, passando pela colheita e
terminando na debulha. No entanto, Cora conhecia bem
aquela canção de trabalho dos carreiros de algodão, o que
a fez reviver as crueldades dos Randalls e lhe provocou um
aperto no coração. Connelly costumava dar início àquela
canção como um sinal para voltarem ao trabalho depois
de terem sido chicoteados.

Como é que uma coisa tão dolorosa alguma vez poderia
transformar-se em algo agradável? Em Valentine era tudo o
oposto: o trabalho não pressupunha sofrimento, podia unir
as pessoas. Uma criança brilhante como Chester poderia
progredir e prosperar, tal como sucedia com Molly e os seus
amigos. Uma mãe que cria a filha com amor e carinho. Aqui,
uma alma maravilhosa como Caesar poderia ter sido tudo
aquilo que quisesse, todos eles poderiam ter sido: donos de
terra, professores ou defensores dos direitos dos negros. Até
mesmo poetas. Durante a miséria na Geórgia imaginara
a liberdade e não se assemelhara nada a isto. A liberdade
era uma comunidade a trabalhar para algo adorável e raro.

Mingo ganhou: os seus homens carregaram-no em braços
à volta das pilhas de caroços debulhados e deram-lhe vivas

até enrouquecerem. Jimmy comentou que nunca tinha visto um homem branco trabalhar tanto e Sam sorriu de contentamento. No entanto, Georgina manteve-se indiferente.

No dia em que Sam se foi embora, Cora abraçou-o e deu-lhe um beijo no rosto barbudo. Prometeu que daria notícias quando assentasse, fosse lá onde fosse.

Chegara o tempo dos dias curtos e das noites longas. Cora ia frequentemente à biblioteca sempre que fazia mau tempo. Levava Molly quando a conseguia convencer. Sentavam-se ao lado uma da outra, Cora com um livro de História ou um romance, e Molly a virar as páginas de um conto de fadas. Um dia, um condutor de carroças deteve-as quando iam a entrar e contou-lhes:

— O meu dono dizia que a única coisa mais perigosa do que um preto com uma arma era um preto com um livro. Então, vocês devem levar aí muita pólvora negra!

Quando, como prova de agradecimento, alguns residentes propuseram construir um acrescento à casa de Valentine para os seus livros, Gloria sugeriu que fosse um edifício à parte:

— Assim, qualquer pessoa que tenha vontade de ler um livro poderá ir buscá-lo e ficar à vontade. — Além disso, também concedia mais privacidade à família. Eles eram generosos, mas havia limites.

Construíram a biblioteca perto do fumeiro. A sala cheirava agradavelmente a fumo quando Cora se sentou numa das grandes cadeiras para ler os livros de Valentine. Royal disse-lhe que era a maior colecção de literatura negra deste lado de Chicago. Ela não sabia se isso era verdade, mas o facto é que não lhe faltava material para ler. Além de tratados sobre agricultura e cultivo de diferentes produtos, havia filas e filas de livros de História. As ambições dos Romanos e as vitórias dos Mouros ou os feudos reais da Europa. Livros de grandes dimensões continham mapas de terras sobre as quais ela nunca ouvira falar, os contornos do mundo por conquistar.

E literatura variada acerca das tribos negras. Relatos de impérios africanos e dos milagres dos escravos egípcios que tinham erguido as pirâmides. Os carpinteiros da quinta eram verdadeiros artistas: tinham mesmo de ser para não deixarem que todos aqueles livros caíssem das estantes, tantas eram as maravilhas que estas guardavam. Panfletos em verso escritos por poetas negros, autobiografias de oradores negros. Phillis Wheatley e Jupiter Hammon. Havia um homem chamado Benjamin Banneker que organizava almanaques... almanaques! Devorou-os todos... e serviu de confidente a Thomas Jefferson, que redigira a Declaração. Leu os relatos de escravos que tinham nascido acorrentados e haviam aprendido a ler e a escrever; de africanos que tinham sido roubados, expulsos das suas casas e separados das famílias, e a seguir descreviam as misérias da sua escravidão e as suas fugas arrepiantes. Aquelas histórias também eram a sua história. Eram as histórias de todas as pessoas de cor que já conhecera, mas também as histórias dos negros que ainda estavam para nascer, os alicerces dos seus triunfos.

As pessoas tinham passado tudo aquilo para o papel em quartos minúsculos. Algumas até tinham a pele escura como ela. Aquilo deixava-lhe a cabeça a arder sempre que abria a porta. Teria de começar, se pretendia ler aqueles livros todos.

Uma tarde, Valentine aproximou-se dela. Cora travara amizade com Gloria, que lhe chamava «a Aventureira» devido a todas as atribulações da sua viagem, mas até aí as conversas com o marido de Gloria tinham-se limitado aos cumprimentos diários. A enormidade da sua dívida para com ele era incomensurável e, por isso mesmo, preferia evitá-lo.

Ele olhou para a capa do livro que ela estava a ler, um romance sobre um rapaz mouro que acaba por tornar-se o flagelo dos Sete Mares. A linguagem era simples e ela conseguia lê-lo depressa.

— Nunca li esse — disse Valentine. — Disseram-me que gostas de passar o tempo aqui. Tu és aquela da Geórgia?

Ela acenou em confirmação.

— Nunca gostei muito de histórias... são tão depressivas que era capaz de perder a cabeça e deixar a minha mulher viúva.

Cora retribuiu-lhe o sorriso. Ele tinha sido uma presença constante nos meses de Verão, sempre atento ao desenvolvimento do milho. Os trabalhadores sabiam como cuidar do índigo, do tabaco e, como era evidente, do algodão, mas o milho era o seu assunto pessoal. Transmitia as instruções num tom simpático e paciente. Quando a estação mudava, dava-se menos a ver. As pessoas diziam que se sentia mal. Passava a maior parte do tempo em casa, a fazer a contabilidade da quinta.

Dirigiu-se à estante onde estavam os mapas. Agora que se encontravam na mesma sala, Cora sentia-se obrigada a compensar os seus meses de silêncio e, assim, fez-lhe perguntas acerca dos preparativos para a reunião.

— Ah, sim, isso — exclamou Valentine. — Pensas que irá mesmo acontecer?

— Tem de ser — respondeu-lhe Cora.

A reunião já tinha sido adiada duas vezes devido a compromissos de Lander com outras palestras. Fora à mesa da cozinha de Valentine que, já depois da meia-noite, tivera início o ritual dos debates na quinta, quando Valentine e os amigos — e, mais tarde, universitários de visita e abolicionistas conceituados — começaram a discutir a questão dos negros. A necessidade de faculdades de economia e medicina para negros; de uma voz no Congresso, senão mesmo de um representante, e a seguir de uma aliança forte com brancos de ideias liberais. Como

333

tratar os efeitos da escravatura sobre as capacidades mentais? Muitos homens libertos continuavam a sentir-se escravos devido aos horrores que tinham sofrido.

As conversas a seguir ao jantar tornaram-se um ritual, extravasaram a casa e transferiram-se para a casa das orações, altura em que Gloria parou de lhes servir de comer e beber e os deixou desenvencilharem-se por conta própria. Aqueles que defendiam uma visão mais gradual do progresso dos negros esgrimiam farpas com os que eram a favor de um avanço mais rápido. Quando Lander chegou — o mais conceituado e eloquente homem de cor que todos eles jamais tinham visto —, as discussões adoptaram um carácter mais local. A direcção da nação era um assunto, o futuro da quinta era outro.

— O Mingo prometeu que irá ser uma reunião memorável — disse Valentine. — Um espectáculo de retórica. Hoje em dia só espero que façam o espectáculo cedo para eu poder retirar-me a uma hora decente. — Pressionado por Mingo e pelos amigos deste, Valentine acabara por aceitar ser o organizador do debate.

Mingo vivera na quinta durante muito tempo e, quando se tratava de dar resposta aos apelos de Lander, era sempre bom contar com uma voz nativa. Não seria um orador tão dotado quanto o outro, mas, na qualidade de antigo escravo, falava por uma grande parte da quinta.

Mingo aproveitara os adiamentos para forçar uma melhoria das relações com as cidades brancas. Conseguira atrair alguns do lado de Lander, embora ninguém soubesse ao certo aquilo que Lander tinha em mente. Lander falava de uma maneira directa e franca, mas nada transparente.

— Que acontece se eles decidirem que nos devemos ir embora? — Cora ficou admirada com a dificuldade que sentira em juntar as palavras.

— Eles? Tu és uma de nós.

Valentine sentou-se na cadeira que Molly costumava ocupar nas suas visitas. Visto de perto, tornavam-se evidentes os sinais do fardo de tantas almas; aquele homem estava exausto.

— Pode não estar ao nosso alcance — disse ele.

— Aquilo que construímos aqui... existem muitas pessoas brancas que não querem que o tenhamos. Mesmo que nem desconfiem da nossa aliança com a estrada subterrânea. Olha à tua volta. Se eles matam um escravo por saber ler, o que pensas que sentem quanto a uma biblioteca? Estamos numa sala que fervilha de ideias. Ideias a mais para uma pessoa de cor, homem ou mulher.

Cora já adorava de tal maneira os tesouros impossíveis da quinta dos Valentines que se esquecera do quanto estes eram impossíveis. A quinta, e as outras ali perto geridas pelos interesses de pessoas de cor, era demasiado grande, demasiado próspera. Uma bolsa de negritude num jovem estado. Anos antes, todos haviam ficado a saber da herança negra de Valentine e houve quem se sentisse enganado por ter tratado um preto como um igual e, ainda por cima, aquele preto arrogante envergonhava-os com o seu sucesso.

Contou a Valentine um incidente ocorrido na semana anterior, quando caminhava pela estrada e quase foi atropelada por uma carroça. Ao passar por ela, o cocheiro ofendera-a com palavrões. Cora não era a única vítima de insultos. Os recém-chegados às cidades vizinhas, os arruaceiros e os brancos pobres já tinham começado brigas quando os residentes iam abastecer-se e assediavam as raparigas. Na semana passada, uma mercearia afixara um aviso: SÓ BRANCOS. Um pesadelo que vinha do Sul para os caçar.

— Enquanto cidadãos americanos, temos o direito legal de estar aqui — afirmou Valentine. Mas a Lei dos Escravos Fugitivos também era um facto legal. A colaboração deles com a estrada subterrânea complicou as coisas. Os caçadores de escravos não costumavam mostrar muito a cara, mas por vezes davam-se a conhecer. Na Primavera anterior tinham aparecido dois caçadores com um mandado que os autorizava a fazerem buscas em todas as casas da quinta. A presa deles já se tinha ido embora há muito tempo, mas a recordação das patrulhas que caçavam escravos foi uma prova da natureza precária da vida dos que ali viviam. Uma das cozinheiras urinou para os cantis deles enquanto revistavam as cabanas.

— O Indiana era um estado esclavagista — prosseguiu Valentine. — Esse diabo está enterrado no solo. Alguns dizem que está a agitar-se e a ficar cada vez mais forte. Talvez este sítio não seja o melhor. Talvez eu e a Gloria devêssemos ter continuado para lá da Virgínia.

— É isso que sinto agora quando vou à cidade — disse Cora. — Vejo nos olhos deles aquele olhar que conheço. — Não eram apenas os selvagens Terrance, Connelly e Ridgeway que ela reconhecia. Observara os rostos no parque, na Carolina do Norte, durante o dia e à noite quando se reuniam para as atrocidades. Caras brancas e redondas, como um campo a perder de vista de cápsulas de algodão, todas feitas do mesmo material.

Ao ver a expressão de desconsolo de Cora, Valentine disse-lhe:

— Sinto-me orgulhoso daquilo que construímos aqui, mas tratou-se de um novo começo e podemos voltar a fazê-lo. Agora tenho dois filhos fortes que me podem ajudar, e conseguiremos bom dinheiro pela terra. A Gloria sempre quis ver o Oklahoma, embora jure pela minha vida que não sei porquê. Tento fazê-la feliz.

— Se ficarmos — disse Cora —, o Mingo não irá permitir gente como eu. Fugitivos. Aqueles que não têm sítio para onde ir.

— É bom falar — respondeu Valentine. — Falar limpa o ar e permite-nos ver as coisas tal como elas são. Vamos ver qual será o estado de espírito da quinta. É minha, mas também é de todos. É tua. Eu irei respeitar a decisão das pessoas.

Cora reparou que a conversa o deixara exausto e perguntou-lhe:

— Para que fez isto tudo? Para todos nós?

— Eu julgava que tu eras uma das mais espertas — respondeu-lhe Valentine. — Não sabes? O branco nunca iria fazer uma coisa destas. Tivemos de ser nós a fazê-la.

Se ele viera à procura de um livro específico, foi-se embora de mãos vazias. O vento soprava pela porta aberta e Cora apertou o xaile. Se continuasse a ler, poderia começar outro livro à hora de jantar.

A reunião final na quinta dos Valentines teve lugar numa noite de Dezembro. Durante os anos que se seguiram, os sobreviventes partilharam as suas versões daquilo que acontecera naquela noite e do porquê. Até ao dia em que morreu, Sybil insistiu sempre que Mingo era o informador. Nessa altura, já era uma senhora de bastante idade, vivia num lago do Michigan rodeada por um bando de netos que tinham de ouvir as histórias da sua família. De acordo com ela, Mingo disse às autoridades que se encontravam fugitivos refugiados na quinta e forneceu-lhes pormenores para montarem uma emboscada bem-sucedida. Um assalto dramático poria fim às ligações com a estrada subterrânea, a uma infindável corrente de negros necessitados e garantiria a longevidade da quinta. Quando lhe perguntavam se ele antevira toda aquela violência, Sybil cerrava os lábios numa fina linha e não dizia mais nada.

Outro sobrevivente — Tom, o ferreiro — destacava que Lander era perseguido pela lei há muitos meses. Ele era o alvo pretendido. A retórica de Lander inflamava paixões; fomentava a rebelião e era demasiado ousado para que permitissem que andasse à solta. Tom nunca aprendera a ler, mas gostava de mostrar o seu exemplar de *Appeal*, que Lander, o grande orador, lhe autografara.

Joan Watson nasceu na quinta e tinha seis anos nessa noite. A seguir ao ataque vagueara pela floresta durante três dias, alimentando-se de bolotas até ser descoberta por uma caravana de carroças. Já crescida, descrevia-se a si própria como estudante de História Americana, em sintonia com o inevitável. Dizia que as cidades brancas se tinham limitado a juntar-se para se livrarem daquele bastião negro no meio delas. Afirmava ser assim que as tribos europeias actuavam: destruíam tudo aquilo que não conseguiam controlar.

Se alguém da fazenda sabia o que estava para acontecer, ninguém deu sinais disso. Aquele sábado decorreu com uma calma vagarosa. Cora passou a maior parte do dia no seu quarto a ler o almanaque mais recente que Royal lhe oferecera; comprara-o em Chicago e batera-lhe à porta de casa por volta da meia-noite para lho oferecer, pois sabia que estava acordada. Já era tarde e não quis incomodar Sybil nem Molly. Cora levou-o pela primeira vez para o quarto dela.

Não resistiu assim que viu o almanaque do ano seguinte, da espessura de um missal. Cora falara a Royal dos dias que passara no sótão na Carolina do Norte, mas, ao ver o ano na capa — um objecto chegado do futuro —, deixou-se tomar pela sua própria magia. Contou-lhe da infância na plantação dos Randalls, onde apanhara algodão e arrastara as sacas; da avó Ajarry, que tinha sido retirada à família em África e cuidara de um pedaço de terra minúsculo, a única coisa a que chamava sua. Cora falou-lhe da mãe, Mabel, que fugira um dia e a deixara à mercê inconstante do mundo. Falou-lhe sobre Blake e a casota do cão e como o enfrentara com um machado. Quando contou a Royal da noite em que a violaram por trás do fumeiro e lhe pediu desculpas por ter deixado que isso acontecesse, ele pediu para ela se calar. Quem merecia um pedido de desculpas por todas as injustiças que sofrera era ela, afirmou ele. Disse-lhe que todos os seus inimigos, todos os donos e capatazes que a fizeram sofrer acabariam por ser punidos, se não neste mundo no outro, porque a justiça pode ser lenta e invisível mas acaba sempre por proferir o seu verdadeiro veredicto. Envolveu-a com o corpo para lhe tentar acalmar as tremuras e o choro e acabaram por adormecer assim no quarto das traseiras de uma cabana da quinta dos Valentines.

Ela não acreditou naquilo que ele dissera acerca da justiça, mas, apesar disso, gostara de o ouvir.

Depois acordou na manhã seguinte e sentiu-se melhor, acabando por ter de admitir que acreditava, nem que fosse apenas um pouco.

Sybil julgou que Cora estivesse deitada devido a uma das suas dores de cabeça e levou-lhe qualquer coisa para comer por volta do meio-dia. Provocou-a pelo facto de Royal ter passado lá a noite. Estava a remendar o vestido que iria usar na reunião quando ele «saiu à socapa com as botas na mão, como um cão que tivesse roubado uns restos». Cora limitou-se a sorrir.

— Não foi só o teu homem que andou por aqui ontem à noite. O Lander também voltou — informou-a Sybil.

Aquilo explicava a troça de Sybil: admirava bastante Lander e sentia-se forte durante muitos dias após cada uma das visitas dele. Aquelas palavras doces dele. Agora regressara finalmente a Valentine. A reunião iria ter lugar, mas ninguém sabia qual seria o resultado. Sybil não queria mudar-se para o Oeste nem deixar a sua casa, mas todos desconfiavam ser esta a solução que Lander apresentaria. Ela mostrara-se inflexível quanto a permanecer ali desde que tinham começado a falar em mudar de lugar. No entanto, não apoiaria as condições de Mingo, segundo as quais deviam deixar de dar guarida àqueles que desta precisassem.

— Não existe outro lugar como este, em parte nenhuma e ele quer dar cabo dele.

— O Valentine não vai deixar que ele dê cabo dele — disse Cora. Embora, depois de ter conversado com o homem na biblioteca, tivesse ficado com a ideia de que ele já aceitara esta ideia.

— A ver vamos — respondeu Sybil. — Se calhar ainda vou ter de fazer um discurso e dizer àquelas pessoas aquilo que elas precisam de ouvir.

Nessa noite, Royal e Cora sentaram-se na primeira fila, ao lado de Mingo e da sua família, a mulher e as filhas que ele salvara da escravidão. A mulher dele, Angela, manteve-se calada, como sempre; para a ouvir falar, era preciso uma pessoa esconder-se sob uma das janelas da cabana deles enquanto ela dava conselhos ao marido em privado. As filhas de Mingo usavam vestidos azuis brilhantes e tinham as suas longas tranças atadas com laçarotes de fita branca. Lander ia fazendo jogos de adivinhas com os mais novos enquanto os moradores enchiam a casa das orações. Chamava-se Amanda e levava um raminho de flores de pano; ele inventou uma piada acerca daquilo e riram-se todos. Quando Cora apanhava Lander num momento como aquele, num breve lapso de tempo entre as suas representações, ele recordava-lhe Molly. Apesar de toda a sua conversa simpática, achou que ele preferia estar sozinho em casa, a dar concertos para salas vazias.

Tinha dedos compridos e delicados. Era muito curioso que alguém que nunca apanhara algodão, escavara um rego ou apanhara uma chicotada fosse ali falar para as pessoas que se definiam por estas mesmas coisas. Era magro e a sua pele brilhante denunciava as suas origens mestiças. Nunca o vira a correr ou com pressa de qualquer coisa. Aquele homem deslocava-se com uma calma estranhíssima, como uma folha a pairar à superfície de um lago, aproveitando as correntes mais favoráveis para criar o seu próprio caminho. Depois abria a boca e via-se que as forças que o tinham levado até ali nada tinham de gentileza.

Nessa noite não houve visitas de brancos. Todos os que viviam e trabalhavam na quinta marcaram presença, tal como as famílias das quintas de negros das redondezas. Ao ver todas aquelas pessoas numa sala, Cora percebeu pela primeira vez como eles eram muitos. Estavam pessoas que nunca tinha visto, como o miúdo traquina que lhe piscou o olho quando os seus olhares se cruzaram. Apesar de desconhecidos, faziam todos parte da mesma família, primos que nunca tinham sido apresentados uns aos outros. Estava rodeada por homens e mulheres que haviam nascido em África ou já acorrentados, que conseguiram a liberdade à própria custa ou por terem fugido. Marcados a ferro, espancados, violentados. Agora estavam ali. Eram livres, negros e senhores dos seus próprios destinos. Isto provocou-lhe um arrepio.

Valentine agarrou-se ao púlpito para se apoiar.

— Não nasci da mesma maneira que vocês. A minha mãe nunca temeu pela minha segurança. Nenhum negreiro iria raptar-me de noite para me vender no Sul. Os brancos viam a cor da minha pele e isso bastava-lhes para me deixarem em paz. Disse a mim próprio que não estava a fazer nada de mal, mas agi na ignorância durante muitos dos meus dias. Até que vocês vieram para aqui e começaram a construir uma vida connosco.

Contou-lhes que saíra da Virgínia para poupar os filhos aos efeitos nefastos dos preconceitos e da sua companheira inseparável, a violência. No entanto, salvar duas crianças não é suficiente quando Deus nos ofereceu tanto.

— Num Inverno muito rigoroso veio ter connosco uma mulher, doente e desesperada. Não conseguimos salvá-la. — A voz de Valentine revelava a sua irritação. — Tinha descurado as minhas obrigações. Enquanto alguém da nossa família sofria os tormentos da escravidão, eu era um homem livre, mas só de nome. Quero expressar a minha gratidão a todos os presentes por me terem ajudado a seguir pelo caminho certo. Quer estejam connosco há anos ou apenas há algumas horas, vocês salvaram-me a vida.

Ficou hesitante. Gloria foi ter com ele e abraçou-o. Depois de aclarar a voz, Valentine prosseguiu:

— Agora alguns da nossa família têm coisas que querem partilhar convosco. Espero que os ouçam como me ouviram a mim. Há espaço suficiente para diferentes opiniões quando se trata de planear o nosso caminho pela selva. Quando a noite está escura e cheia de armadilhas.

O patriarca da quinta abandonou o púlpito e Mingo ocupou o seu lugar. As filhas foram atrás dele, beijaram--lhe as mãos para lhe desejarem sorte e regressaram aos seus lugares.

Mingo começou por contar a história da sua caminhada, as noites que passara a pedir orientação a Deus, os longos anos que levara a comprar a liberdade da família.

— À custa do meu trabalho honesto, uma a uma, tal como vocês se salvaram.

Esfregou os olhos com os nós dos dedos e depois mudou de tema:

— Realizámos o impossível, mas nem todos têm o nosso carácter. Nem todos o conseguirão. Alguns já se afastaram demasiado. A escravidão retorceu-lhes as mentes, como um demónio que lhes enche a cabeça de ideias doidas. Entregaram-se ao *whisky* e aos seus falsos consolos; ao desespero e aos seus permanentes demónios. Vocês já viram estes perdidos nas plantações, nas ruas das cidades e aldeias: aqueles que não querem nem conseguem ter respeito por si próprios. Vocês já os viram aqui, a receberem a dádiva deste lugar, mas incapazes de se adaptarem a ele. Desaparecem sempre a meio da noite porque, no fundo dos seus corações, sabem que não prestam. Para eles, já é demasiado tarde.

No fundo da sala, alguns dos seus amigalhaços aprovaram. Tratava-se de realidades que era preciso enfrentar, explicou Mingo. Os brancos não iam mudar de um dia para o outro. Os sonhos da quinta eram meritórios e verdadeiros, mas exigiam uma abordagem gradual.

— Não podemos salvar toda a gente e, se continuarmos a agir como se isso fosse possível, será o fim de todos nós. Pensam que os tipos brancos, que estão só a alguns quilómetros daqui, vão aguentar a nossa impertinência para sempre? Andamos a troçar da fraqueza deles, a dar guarida a fugitivos. Agentes da estrada subterrânea que entram e saem com armas. Pessoas que são procuradas por homicídio. Criminosos!

Cora cerrou os punhos quando Mingo olhou para ela.

A quinta dos Valentines dera passos gloriosos para o futuro, disse ele. Alguns benfeitores brancos tinham oferecido livros escolares para as crianças; porque não fazer um peditório para escolas a sério? E não apenas uma ou duas, mas dezenas? Mingo ainda argumentou que, ao dar mostras da sua inteligência e de que sabe gerir o dinheiro, o negro acabaria por entrar na sociedade americana como um elemento produtivo de pleno direito.

— Para quê pôr tudo isto em risco? Temos de abrandar as coisas. Arranjar alojamento para os nossos vizinhos e, sobretudo, acabar com as actividades que possam atrair a fúria sobre nós. Construímos aqui uma coisa fabulosa, mas é algo precioso e precisa de ser protegido, alimentado, caso contrário acabará por murchar como uma rosa apanhada por uma geada repentina — concluiu.

Durante os aplausos, Lander sussurrou qualquer coisa à filha de Mingo e voltaram os dois a rir. Ela puxou uma das flores de pano do ramo e espetou-a na casa de cima do fato verde dele. Lander fingiu cheirar o aroma e desmaiar.

— Está na hora — disse Royal enquanto Lander apertava a mão a Mingo e ocupava o lugar deste no púlpito. Royal passara o dia com ele, a passear pela propriedade e a conversar. Royal não contou nada daquilo que Lander iria dizer nessa noite, mas tinha um ar optimista. Antes disso, quando o assunto da recolocação viera à baila, Royal dissera a Cora que ele preferia o Canadá ao Oeste. «Lá eles sabem como tratar os negros livres», tinham sido as suas palavras. Então e o trabalho dele na estrada subterrânea? Um dia teria de acabar, respondeu-lhe Royal. Não é possível criar uma família ao mesmo tempo que se anda a passar recados de um lado para o outro do caminho. Cora mudara de assunto quando ele enveredara por tal conversa.

Agora ela iria ver — todos eles veriam — aquilo que o homem de Boston tinha em mente.

— O irmão Mingo tocou nalguns pontos muito bons — afirmou Lander. — Não podemos salvar toda a gente. Mas isso não quer dizer que não tentemos. Às vezes, uma ilusão útil vale mais do que uma verdade inútil. Não irá crescer nada neste frio terrível, mas ainda podemos ter flores.

»Vejamos uma ilusão: que podemos escapar da escravidão. Não podemos. As suas cicatrizes nunca fecham. Quando viram a vossa mãe ser vendida, o vosso pai ser chicoteado, a vossa irmã ser violada pelo dono ou por um capataz, alguma vez pensaram que hoje estariam aqui sentados, sem correntes, sem o jugo e no meio de uma nova família? Tudo aquilo que vocês sempre conheceram dizia-vos que a liberdade era um truque... apesar disso, eis-vos aqui. Continuamos a fugir, à procura da boa lua cheia que nos levará ao santuário.

»A quinta dos Valentines é uma ilusão. Quem vos disse que os negros mereciam um lugar de refúgio? Quem vos contou que tinham esse direito? Cada minuto da vossa vida de sofrimento tem sido uma prova do contrário. Atendendo a todos os factos da História, não pode existir. Este lugar também deve ser uma ilusão. No entanto, cá estamos.

»E a América também é uma ilusão, a maior de todas. A raça branca acredita, e acredita do fundo do coração, que tem o direito de ficar com a terra, de matar os Índios, de fazer guerra e de escravizar os seus irmãos. Se há alguma justiça no mundo, esta nação nem devia existir porque assenta em assassínios, roubos e crueldade. No entanto, cá estamos.

»Era suposto eu responder ao apelo do Mingo quanto ao progresso gradual e a fecharmos as nossas portas aos necessitados. Era suposto eu responder àqueles que pensam que este lugar está demasiado perto da influência dolorosa da escravidão e que deveríamos mudar-nos para Oeste. Pois eu não tenho resposta para vos dar. Não sei aquilo que devemos fazer. A palavra *nós*. De certa maneira, a única coisa que nós temos em comum é a cor da pele. Os nossos antepassados vieram todos do continente africano, mas este é bastante grande. O irmão Valentine tem mapas do mundo na sua esplêndida biblioteca, podem ver com os vossos olhos. Eles tinham diferentes formas de subsistência, costumes diferentes e falavam centenas de línguas distintas. E foi esta mistura enorme que veio para a América nos porões dos navios negreiros. Para norte e para sul. Os filhos e filhas deles apanharam tabaco, cultivaram algodão, trabalharam em propriedades gigantescas e em pequenas quintas. Somos artífices, parteiras, pregadores e vendedores ambulantes. Foram mãos negras que construíram a Casa Branca, a sede do governo da nação. A palavra *nós*. Nós não somos um só povo, mas muitos povos diferentes. Como é que uma pessoa pode falar em nome desta grande e maravilhosa raça, que não é uma raça mas muitas, com um milhão de desejos, esperanças e aspirações para nós e para os nossos filhos?

»Somos africanos na América e isto é algo de novo na história do mundo, por isso não existem modelos quanto àquilo que poderemos vir a ser.

»A cor deve ser suficiente. Foi ela que nos trouxe aqui esta noite, para esta discussão, e será ela que nos levará para o futuro. Tudo aquilo que verdadeiramente sei é que avançamos e caímos como uma só, uma família de cor que vive ao lado de uma família branca. Podemos não conhecer o caminho através da floresta, mas podemos seguir por outro quando cairmos, e lá chegaremos juntos.

Passados muitos anos, sempre que os antigos residentes da quinta dos Valentines recordavam aquele momento quando contavam a estranhos e aos netos como costumavam viver e como tudo acabou, as suas vozes ainda tremiam. Em Filadélfia, em São Francisco, nos campos e nos ranchos onde acabaram por construir uma casa, continuavam a chorar por todos os que morreram naquele dia. Contavam às suas famílias que o ambiente da sala se tornara agreste, como que espicaçado por uma força invisível. Tivessem nascido livres ou acorrentados, viveram aquele momento como se fossem um só: aquele momento em que se olha para a Estrela Polar e se decide fugir. Talvez estivessem no limiar de uma nova ordem, prestes a juntar a razão à desordem, a reunirem todas as lições da sua história para enfrentarem o futuro. Ou talvez o tempo, por assim dizer, tivesse conferido à ocasião uma gravidade que esta não tinha e era tudo como Lander repetira: eles estavam iludidos.

No entanto, isso não significava que não fosse verdade.

O tiro atingiu Lander no peito. Ao cair para trás, arrastou o púlpito consigo. Royal foi o primeiro a levantar-se, mas, enquanto corria para socorrer o orador alvejado, foi alvejado três vezes nas costas, o que lhe provocou espasmos por todo o corpo como se afligido pela doença de São Vito até ficar prostrado no chão. Ouviu-se então uma salva de fogo de espingarda acompanhada por um coro de gritos e vidros partidos que espalharam a confusão por toda a sala.

No exterior, os brancos gritavam e urravam ao contemplarem tal carnificina. Aos atropelos, os residentes correram para as saídas, apertando-se por entre os bancos, pondo-se em cima destes e saltando de uns para os outros. Como a porta principal estava obstruída, as pessoas agacharam-se junto aos parapeitos das janelas. Ouviram-se mais tiros de espingarda. Os filhos de Valentine ajudaram o pai a dirigir-se para a porta. À esquerda do palco, Gloria debruçou-se sobre Lander; viu que não era possível fazer nada e foi atrás da família.

Cora segurou a cabeça de Royal no seu colo, tal como fizera na tarde do piquenique. Passou-lhe os dedos pelos caracóis, embalou-o e chorou. Apesar do sangue que lhe borbulhava nos lábios, Royal sorriu e disse-lhe para não ter medo, pois o túnel voltaria a salvá-la.

— Vai para a casa na floresta. Depois poderás dizer-me até onde é que chega. — O corpo dele afundou-se.

Dois homens agarraram-na e afastaram-na de Royal. Disseram-lhe que ali não estava segura. Um deles foi Oliver Valentine, que voltara atrás para ajudar as pessoas a fugirem da casa das orações. Chorava e gritava. Cora afastou-se dos seus salvadores assim que saíram e desceram os degraus. A quinta estava num alvoroço. A horda branca arrastara homens e mulheres para a escuridão e via-se pelos seus rostos hediondos que aquilo a satisfazia. Um tiro de arcabuz abateu um dos carpinteiros de Sybil; o homem segurava um bebé nos braços e caíram ambos no chão. Ninguém sabia qual o melhor sítio para fugir e no meio daquela confusão nem sequer era possível ouvir uma voz de comando. Cada um por si, como sempre tinha sido.

Amanda, uma das filhas de Mingo, ajoelhou-se desolada na terra, pois não encontrava a família. As flores do seu ramo tinham perdido as pétalas. Agarrou os caules nus, arames que na semana anterior o ferreiro modelara na bigorna de propósito para ela. Agarrou-os com tal força que os arames lhe cortaram as palmas das mãos. Mais sangue no chão. Na velhice, sempre que lia acerca da Grande Guerra na Europa lembrava-se daquela noite. Nessa altura, e depois de deambular por todo o país, vivia em Long Island, numa casa pequena com um marinheiro *shinnecock* que a amava perdidamente. Passara algum tempo na Louisiana e na Virgínia, onde o pai abrira instituições de ensino para pessoas de cor, na Califórnia e passara por Oklahoma, para onde os Valentines se tinham mudado. Costumava dizer ao seu marinheiro que o conflito na Europa era terrível e violento, mas abria uma excepção quanto ao nome. A Grande Guerra tinha sido sempre entre o branco e o negro. E assim seria para sempre.

Cora chamou por Molly. Não via ninguém que reconhecesse; os seus rostos estavam transformados pelo medo. Sentiu o calor das fogueiras: a casa dos Valentines estava a arder. Um barril com petróleo explodiu contra o segundo andar e incendiou o quarto de John e Gloria. Os vidros das janelas da biblioteca estilhaçaram e Cora viu os livros a arder lá dentro. Deu dois passos na direcção do edifício, mas Ridgeway agarrou-a. Lutaram e ele rodeou-a com os seus braços enormes; Cora ficou a espernear no ar como os enforcados numa árvore.

Homer estava ao lado dele: era o rapaz que tinha visto nos bancos e que lhe piscara o olho. Usava suspensórios e uma camisa branca, dando ares da criança inocente que teria sido num mundo diferente. Ao vê-lo, Cora juntou a sua voz ao coro de lamentos que ecoava pela quinta.

— Há um túnel, senhor — disse Homer. — Eu ouvi-o falar.

Mabel

Desculpa; foi a primeira e a última coisa que pediu à filha. Cora dormia no seu estômago, do tamanho de um punho, quando Mabel lhe pediu desculpa por aquilo em que a estava a meter. Dez anos mais tarde, Cora dormia junto a ela no sótão quando Mabel lhe pediu desculpas por a deixar ao abandono. Cora não a ouviu, de nenhuma das vezes.

Assim que chegou ao primeiro descampado, Mabel viu a Estrela Polar e conseguiu orientar-se. Recuperou forças e continuou a fugir por entre a água escura. Só olhava para a frente, pois se olhasse para trás veria os rostos daqueles de quem fugia.

Viu o rosto de Moses. Lembrou-se de quando ele era pequeno: tão pequeno e engelhado que ninguém esperava que sobrevivesse até à idade de começar a fazer o trabalho dos miúdos, na equipa do lixo ou na que distribuía conchas de água pelos que trabalhavam nos campos de algodão. Não, porque em Randall a maioria das crianças morria antes de dar os primeiros passos. A mãe recorreu às curas das bruxas, a cataplasmas e a poções de raízes e cantava em voz baixa para ele todas as noites na cabana. Canções de embalar, de trabalho e dos seus próprios desejos maternos num tom monocórdico: guarda a comida na barriga, manda a febre embora, respira até amanhã. Ele sobreviveu à maior parte dos rapazes que tinham nascido nesse ano. Todos sabiam que fora a mãe, Kate, quem o salvara de tal aflição e daquele crivo prematuro que é a primeira provação de todos os escravos da plantação.

Mabel lembrou-se de quando o velho Randall vendera Kate porque esta ficara com um braço paralisado e já não podia trabalhar. Da primeira chicotada de Moses por ter roubado uma batata e da segunda por preguiça, e de então Connelly lhe ter esfregado as feridas com pimenta até berrar. Nenhum destes castigos fez de Moses um homem vil; tornaram-no calado, forte e rápido, mais rápido do que qualquer outro apanhador do seu grupo. Só se tornou mau quando Connelly fez dele o seu capataz, os olhos e ouvidos do dono que vigiavam os da sua própria espécie. Foi nessa altura que se tornou Moses, o monstro, Moses que deixava os outros escravos a tremer, o terror negro nos carreiros.

Quando a mandou ir à escola, ela arranhou-lhe a cara e cuspiu-lhe, mas ele limitou-se a sorrir e a dizer-lhe que, se não queria alinhar na brincadeira, encontraria outra pessoa. Que idade tem agora a tua Cora? Cora tinha oito anos. Depois disso, Mabel nunca mais lhe fez frente. Ele despachava-se depressa e não voltou a ser bruto depois da primeira vez. Costumava dizer que só era preciso vergar as mulheres e os animais uma vez; depois disso ficavam vergados para sempre.

Todos aqueles rostos, de vivos e de mortos. Ajarry a contorcer-se no campo de algodão, com o sangue a espumar da boca. Viu Polly pendurada numa corda, a doce Polly, com quem fora viver para o bairro de barracas, nascidas no mesmo mês. Connelly transferiu-as do terreiro para os campos de algodão no mesmo dia. Sempre juntas até que Cora sobreviveu, mas o bebé de Polly não: as jovens deram à luz com uma diferença de duas semanas, mas o bebé de uma chorou quando a parteira o puxou e o outro não emitiu absolutamente qualquer som. Recém-nascido e já morto. Quando Polly se enforcou no celeiro com um baraço de cânhamo, o velho Jockey dissera: Vocês as duas fazem sempre as mesmas coisas, como se então Mabel também devesse enforcar-se.

Começou a ver o rosto de Cora e desviou o olhar. Continuou a fugir.

As pessoas nascem boas e, depois, o mundo torna-as más. O mundo é mau desde o início e vai ficando cada vez pior à medida que os dias passam. Serve-se das pessoas até que estas só desejem morrer. Mabel não iria morrer na plantação dos Randalls, nem que pelo menos uma vez na vida estivesse a um quilómetro de distância daquela terra. Uma vez, a meio da noite e naquele sótão sufocante, decidiu: *Eu vou sobreviver* — e, na noite seguinte, estava no pântano, com uns sapatos que roubara e à procura da Lua. Pensara na fuga durante todo o dia, não permitindo que outras ideias se intrometessem nos seus intentos ou tentassem dissuadi-la. Havia ilhas no pântano; bastava segui-las para alcançar o continente da liberdade. Levou os legumes que cultivara, pederneira, rastilho e um machado. Deixou ficar para trás tudo o resto, incluindo a filha.

Cora dormia na cabana onde nascera, a mesma em que Mabel viera ao mundo. Ainda uma miúda, antes que o pior tivesse chegado, antes de ter descoberto o tamanho e o peso dos fardos de uma mulher. Se o pai de Cora não tivesse morrido, Mabel estaria agora ali a chafurdar no meio daquele pântano? Mabel tinha catorze anos quando Grayson chegara à metade sul, depois de ter sido vendido por um bêbedo que cultivava índigo na Carolina do Norte. Alto e negro, de feitio bonacheirão, olhar sorridente e mantendo sempre aquele estilo, mesmo após os trabalhos mais duros. Não podiam ter tocado nele.

Topou-o logo no primeiro dia e decidiu: é ele. Quando ele sorria era como se a Lua a iluminasse, um astro que a abençoava. Abraçou-a e ergueu-a enquanto dançavam. Com palhas no cabelo do monte de feno onde se tinham deitado, ele dissera-lhe: Vou comprar a nossa liberdade. O velho Randall não ia nessas conversas, mas ele conseguiria convencê-lo. Seria preciso trabalhar no duro, ser o melhor da plantação para deixar de ser escravo e também a libertaria. Prometes?, perguntara-lhe ela, desconfiando que ele não seria capaz. Grayson, o doce, morrera de febre quando ela ainda nem sequer sabia que estava grávida dele. O nome dele nunca mais saiu da sua boca.

Mabel tropeçou numa raiz de cipreste e caiu no meio da água. Cambaleou pelo meio das canas até à ilhota seguinte e deitou-se, de rastos. Estava tão cansada e arfava de tal maneira que não fazia ideia da distância que já percorrera.

Tirou um nabo, maduro e tenro, do saco e deu-lhe uma dentada. Embora tivesse um sabor a água do pântano era, sem dúvida, o melhor produto que alguma vez plantara na parcela de Ajarry. Pelo menos, a mãe deixara--lhe como herança aquele pedaço de terra cuidado para ela tomar conta. Espera-se que deixemos algo de útil para os nossos filhos, mas tudo aquilo que Ajarry tinha de bom nunca criou raízes em Mabel: o seu espírito indomável, a sua perseverança. Restara, porém, um terreno com três metros quadrados e as coisas saborosas que nele nasciam. A mãe protegera-o com todas as forças do seu coração. Era o pedaço de terra mais valioso de toda a Geórgia.

Deitou-se de costas e comeu outro nabo. Quando deixou de chapinhar e de arfar, voltaram a ouvir-se os sons do pântano: sapos, tartarugas e outras criaturas rastejantes, o som dos grilos. Lá em cima, por entre as folhas e os ramos do arvoredo do pântano, o céu mostrava-se em toda a sua plenitude e deixava-se percorrer por novas constelações enquanto ela descontraía. Nem vestígios de patrulhas ou capatazes, nada de gritos de angústia que a atirassem outra vez para as amarras do desespero. Ali não havia cabanas cujas paredes a transportassem para mares nocturnos nem para os porões de um qualquer navio negreiro. Apenas o restolhar de grous-canadianos, toutinegras e lontras. O ritmo da sua respiração acalmou naquele leito de terra húmida e tudo aquilo que fazia dela uma estranha no meio do pântano desapareceu. Estava livre.

Naquele momento.

Tinha de voltar atrás. A filha estava à espera dela. Precisava de resolver esse assunto quanto antes. O desespero apoderara-se dela e sobrepusera-se aos seus pensamentos como um demónio. Guardaria aquele momento para sempre, como um tesouro. Quando encontrasse as palavras para o partilhar com Cora, a filha iria perceber que havia algo mais para lá da plantação, muito para lá de tudo o que conhecia. Que um dia, desde que se mantivesse forte, a rapariga poderia ter para si.

O mundo pode ser mau, mas as pessoas não têm de o ser, pelo menos se se recusarem.

Mabel agarrou no saco e recomeçou a andar. Se mantivesse um bom ritmo, estaria de volta antes do nascer do dia e do despertar dos mais madrugadores da plantação. A fuga não passara de uma ideia absurda, mas mesmo o mais ínfimo pedaço desta equivalia à melhor aventura de toda a sua vida.

Mabel sacou de outro nabo e deu-lhe uma dentada. Era mesmo doce.

A cobra deu com ela mal começara a fazer o caminho de regresso. Estava a atravessar o canavial quando lhe interrompeu o sossego. A víbora mordeu-a duas vezes, na barriga da perna e na coxa. Nem um som, só dor. Mabel nem quis acreditar. Era uma cobra-d'água, tinha de ser. Velhaca, mas inofensiva. Teve a certeza quando começou a sentir um gosto a menta na boca e a perna dormente. Ainda andou mais um quilómetro, mas deixou cair o saco pelo caminho e perdeu-se no meio daquela água escura. Poderia ter avançado muito mais — o trabalho na plantação dos Randalls fizera dela uma pessoa forte, quanto mais não fosse de corpo —, mas tropeçou num leito de musgo macio e sentiu-se bem. Limitou-se a dizer: Aqui, e o pântano engoliu-a.

O Norte

FUGIU

ao seu dono legal mas não legítimo há quinze meses, uma rapariga escrava chamada CORA; é de altura média e tem pele castanho-escura; tem uma cicatriz em forma de estrela na têmpora devido a um ferimento; é de natureza espirituosa e manhas desonestas. Possivelmente responderá pelo nome de BESSIE.

Vista pela última vez com os foras-da-lei da quinta de John Valentine.

Ela deixou de fugir.

A recompensa ainda não foi reclamada.

ELA NUNCA FOI PROPRIEDADE.

23 DE DEZEMBRO

O seu ponto de partida para aquela derradeira viagem na estrada subterrânea era uma pequena estação por baixo de uma casa abandonada. A estação fantasma.

Cora levou-os até lá depois de a terem apanhado. A horda de brancos sedentos de sangue continuava a festejar por toda a quinta dos Valentines quando eles saíram. Ao longe, ainda se ouviam os tiros e os gritos vindos da propriedade. As cabanas novas, o moinho. Se calhar o caos espalhara-se por toda a área de Livingston e chegara mesmo às quintas vizinhas. Os brancos queriam acabar com todos os colonos de cor.

Cora debateu-se e pontapeou Ridgeway quando ele a levou para a carroça. As labaredas que saíam da biblioteca e do casarão da quinta iluminavam o chão. Depois de lhe apontar uma arma à cara, Homer conseguiu finalmente prender-lhe os pés e meteram-na lá dentro, prendendo--lhe os pulsos à velha argola do fundo da carroça. Um dos jovens brancos que tomava conta dos cavalos aplaudiu e pediu para que também o deixassem provar quando estivessem despachados. Ridgeway deu-lhe uma chapada na cara.

Acabou por dizer onde ficava a casa na floresta quando o caçador de escravos lhe apontou a pistola aos olhos. Cora deitou-se no banco, assaltada por uma das suas dores de cabeça. Como apagar os seus pensamentos como uma vela? Royal e Lander estavam mortos e os outros tinham sido abatidos.

— Um dos xerifes disse que aquilo lhe fez lembrar os velhos tempos dos ataques aos Índios — afirmou

Ridgeway. — Bitter Creek e Blue Falls. Desconfio que o tipo era demasiado novo para se lembrar daquilo. Talvez o paizinho dele. — Sentou-se atrás no banco diante do dela; tudo o que possuía limitava-se àquela carroça e às duas pilecas que a puxavam. O fogo bailava lá fora, iluminando os buracos e os choros derramados naquele cenário.

Ridgeway tossiu; ficara muito fraco desde o Tennessee. O caçador de escravos não passava de uma sombra acinzentada, desalinhada e pálida. Falava de uma maneira diferente, menos autoritária. Pusera uma dentadura para substituir os dentes que Cora lhe partira no último encontro.

— Enterraram o Boseman num daqueles cemitérios para os que morreram devido à peste — contou ele. — O gajo deve ter ficado lixado, mas também já não podia protestar. O que ficou a sangrar no chão era o desgraçado do filho da mãe que nos montou aquela emboscada, não era? Reconheci-o pelos óculos.

Porque mantivera ela Royal à distância durante tanto tempo? Porque pensara que teriam tempo suficiente. Outra coisa que nunca chegou a ser, cortada pela raiz tal como o doutor Stevens faria com os seus instrumentos cirúrgicos. Permitira que a quinta a convencesse de que o seu mundo era diferente daquilo que sempre tinha sido. Ele devia ter sabido que ela o amava, mesmo que não lho tivesse dito. Sabia, com certeza.

Ouvia-se o chilrear das aves nocturnas. Passado algum tempo, Ridgeway disse-lhe para dar uma vista de olhos pelo caminho. Homer abrandou os cavalos. Ela perdeu-se duas vezes, não reparou na bifurcação na estrada que indicava que já tinham andado de mais. Ridgeway deu-lhe um estalo e ordenou-lhe que prestasse atenção ao que ele dizia:

— Levei algum tempo a recuperar depois daquilo no Tennessee. Tu e os teus amigos fizeram-me passar por um mau bocado. Mas isso já lá vai. Vais para casa, Cora. Finalmente. Assim que eu dê uma vista de olhos à famosa estrada subterrânea. — E deu-lhe mais uma estalada. Na passagem seguinte ela viu os algodoeiros-de-praia que indicavam a curva.

Homer acendeu a lanterna e entraram na velha casa soturna. Entretanto, mudara de roupa e voltara a vestir o seu fato preto e a cartola.

— Por baixo da cave — disse Cora. Ridgeway parecia desconfiado. Abriu o alçapão e saltou para trás, com se o bando de negros fora-da-lei o tivesse apanhado numa armadilha. O caçador de escravos passou-lhe uma vela e mandou-a descer à frente.

— A maior parte das pessoas pensa que é só um jogo de palavras — disse ele. — Subterrâneo. Mas eu soube sempre mais do que elas. O segredo por baixo de nós, desde sempre. Depois desta noite vamos descobri-los a todos, todas as linhas, todos eles.

Quaisquer que fossem os animais que viviam na cave, nessa noite nenhum deles fez o mais pequeno ruído. Homer inspeccionou os recantos da cave e regressou com a pá que entregou a Cora.

Ela agitou as correntes que lhe prendiam os pulsos e Ridgeway consentiu:

— Tem de ser, se não for assim ficamos aqui a noite toda. — Homer tirou-lhe as algemas. O homem branco estava estupefacto e, pelo tom da sua voz, via-se que recuperava o seu velho autoritarismo. Na Carolina do Norte, Martin pensara que era o tesouro que o pai enterrara na mina e, em vez disso, deparara-se com um túnel. Agora, para o caçador de escravos, aquele túnel parecia ser todo o ouro do mundo.

— O teu dono já morreu — disse Ridgeway enquanto Cora escavava. — Não fiquei admirado quando me disseram, o tipo era um degenerado. Não sei se o actual proprietário da plantação dos Randalls me vai a pagar a recompensa por ti. Mas a verdade é que nem me importo. — Pareceu ficar admirado com aquilo que acabara de dizer. — Eu devia ter logo calculado que não ia ser fácil. És mesmo filha da tua mãe.

A pá bateu no alçapão. Ela afastou a terra até formar um quadrado. Deixara de o ouvir e, apercebendo-se disso, Homer ria maldosamente. Ela, Royal e Red podiam ter dado cabo do caçador de escravos da última vez que se encontraram, mas fora Mabel quem primeiro dera cabo dele. Vinha da mãe dela a obsessão que ele tinha pela sua família. Se não fosse ela, o caçador de escravos não estaria tão obcecado por apanhar Cora. Aquela que conseguira fugir. Depois de tudo o que lhe custara, Cora já não sabia se devia sentir-se orgulhosa ou odiar ainda mais a mãe.

Agora foi a vez de Homer abrir o alçapão, e o cheiro a mofo veio ao de cima.

— É isto? — perguntou Ridgeway.

— Sim, senhor — respondeu Homer.

Ridgeway apontou para Cora com a pistola.

Ele não seria o primeiro homem branco a ver a estrada subterrânea, mas antes o primeiro inimigo. Depois de tudo aquilo por que passara, envergonhava-se por estar a trair aqueles que tinham tornado possível a sua fuga. Hesitou no primeiro degrau. Tanto na plantação dos Randalls como na quinta dos Valentines, Cora nunca se juntara aos grupos que dançavam. Evitara a proximidade dos corpos, receara estar tão perto de outra pessoa, de perder o controlo sobre si própria. Há muitos anos que os homens lhe tinham incutido medo. Mas hoje, disse para si própria, hoje vou colar-me a ele, como se estivéssemos a dançar uma música lenta. Como se fôssemos as duas únicas pessoas num mundo solitário, coladas uma à outra até ao final da canção. Esperou até que o caçador de escravos pisasse o terceiro degrau. Rodopiou sobre si mesma e envolveu-o com os braços como se fossem uma corrente de ferro. A vela caiu. Ele tentou equilibrar-se aproveitando o peso e procurando apoiar-se na parede, mas ela agarrava-o como se ele fosse o seu amante e o par caiu pelos degraus abaixo até à escuridão.

Lutaram violentamente agarrados um ao outro enquanto iam caindo. No meio de toda aquela confusão, Cora bateu com a cabeça na parede de pedra. Quando chegou ao fim dos degraus, tinha uma perna ferida e um braço torcido por baixo do corpo. Mas Ridgeway não ficara melhor. Homer parecia choramingar ao ouvir os grunhidos do patrão ao longo da queda. O rapaz começou a descer devagar e a luz tremeluzente da lanterna iluminou a estação, até aí mergulhada na escuridão. Cora conseguiu que Ridgeway a largasse e, apesar das dores na perna esquerda, arrastou-se até à dresina. O caçador de escravos manteve-se em silêncio. Ela procurou uma arma, mas em vão.

Homer ajoelhou-se ao lado do patrão. Ficou com a mão encharcada em sangue que escorria da parte de trás da cabeça de Ridgeway. O osso maior da coxa do homem saía-lhe das calças e a outra perna não estava em melhor estado. Homer aproximou a sua cara da de Ridgeway, que gemeu.

— Estás aí, meu rapaz?
— Sim, senhor.
— Ainda bem.

Ridgeway sentou-se e berrou de dores. Olhou em volta da estação às escuras, sem saber onde estava. Nem sequer prestou atenção ao ver Cora.

— Onde é que estamos?
— À caça — respondeu Homer.
— Há sempre tantos pretos para caçar. Tens o teu diário?
— Sim, senhor.
— Tenho um pensamento.

Homer tirou o bloco da sacola e abriu-o numa página em branco.

— O imperativo é... não, não. Não é isso. O imperativo americano é uma coisa esplêndida... um farol... um farol brilhante. — Tossiu e o seu corpo foi tomado por espasmos. — Nascido da necessidade e da virtude, entre o martelo... e a bigorna... Estás aí, Homer?

— Sim, senhor.

— Deixa-me começar do princípio.

Cora apoiou-se à bomba da dresina. A máquina não se mexeu, por mais que apoiasse todo o peso do seu corpo na alavanca. Sob os pés dela, na plataforma de madeira, via-se uma pequena argola de metal. Abriu-a e a bomba rangeu. Tentou accionar a alavanca de novo e a dresina começou a avançar. Cora olhou para trás, para Ridgeway e Homer. O caçador de escravos ditava o seu discurso e o rapaz negro escrevia. Ela continuou a accionar a alavanca sem parar e acabou por se afastar da zona iluminada. Avançou pelo túnel que ninguém abrira e que não conduzia a lugar algum.

Acabou por encontrar o ritmo certo, dando aos braços e pondo todo o seu corpo em movimento. Ia a caminho do Norte. Estaria a andar pelo túnel fora ou a escavá-lo? Sempre que baixava os braços, cravava uma picareta na rocha, deslizava um trenó nas travessas da linha. Nunca conseguira que Royal lhe falasse dos homens e mulheres que construíam a estrada subterrânea. Daqueles que escavavam milhares de toneladas de rocha e terra, que trabalhavam nas entranhas da Terra para libertarem escravos como ela; que estavam ao lado de todas aquelas almas que levavam os fugitivos para suas casas, lhes davam de comer, os conduziam para o Norte às costas e davam a vida por eles. Os chefes de estação, os maquinistas e os simpatizantes. Quem é uma pessoa depois de concluir algo tão magnífico, e que durante a construção também viajou através desta até ao outro lado? Numa das extremidades ficava quem se tinha sido antes de fugir e na outra uma pessoa nova que alcançava a luz do dia. O mundo lá em cima deve ser tão vulgar quando comparado com o milagre lá debaixo, o milagre que as pessoas fizeram à custa de sangue e suor. O triunfo secreto que se guarda para sempre no coração.

À medida que os quilómetros iam ficando para trás, ela também foi deixando para trás os falsos santuários, as amarras intermináveis e o massacre da quinta dos Valentines. Só havia a escuridão daquele túnel e, algures mais à frente, uma saída. Ou um beco, se fosse essa a vontade do destino: nada, a não ser uma parede vazia e impiedosa. A última piada sem graça. Por fim, exausta, enroscou-se no estrado da dresina e adormeceu, como se estivesse no cimo da escuridão, aninhada no recanto mais profundo do céu nocturno.

Quando acordou, decidiu fazer o resto do caminho a pé; já não tinha força nos braços. Coxeava e tropeçava nas travessas. Cora passou a mão pela parede do túnel, por cumes e desfiladeiros. Os seus dedos dançavam sobre vales, rios, pelos picos das montanhas, pelos contornos de uma nova nação escondida por baixo da velha. *Olhem para fora à medida que forem ganhando velocidade e irão ver o verdadeiro rosto da América.* Não conseguia vê-lo, mas sentia-o transmitido através do seu coração. Receou que se tivesse enganado depois de dormir: estaria a avançar ou a regressar ao ponto de onde partira? Confiou que a sua intuição de escrava a guiaria... para qualquer sítio, menos para aqueles dos quais se está a fugir. Já a tinha levado tão longe. Iria encontrar o terminal ou morrer no meio da linha.

Adormeceu mais duas vezes e sonhou que estava com Royal na sua cabana. Contou-lhe como fora a sua antiga vida e ele abraçou-a, depois virou-a para que ficassem face a face. Puxou-lhe o vestido por cima da cabeça e despiu as calças e a camisa. Cora beijou-o e percorreu-lhe todo o corpo com as mãos. Quando lhe abriu as pernas, ela estava húmida e ele deslizou dentro dela, dizendo o seu nome como jamais alguém dissera e jamais haveria de dizer, com tanta doçura e ternura. Acordou sempre no vazio do túnel e, quando parava de chorar por ele, levantava-se e continuava a caminhar.

O fim do túnel surgiu como um pequeno orifício na escuridão. À medida que apressou o passo, este tornou-se um círculo e depois a entrada de uma gruta, tapada por mato e silvas. Afastou os ramos espinhosos e respirou ar puro.

A temperatura era amena. Mantinha-se aquela luminosidade pouco intensa do Inverno, mas fazia mais calor do que no Indiana e o Sol encontrava-se quase a pique. A abertura dava para uma floresta de pinheiros e abetos. Não fazia ideia de qual era o aspecto do Michigan, do Illinois ou do Canadá. Talvez já nem estivesse na América, mas para lá desta. Ajoelhou-se para beber água de um ribeiro no qual tropeçou. Água fresca e limpa. Lavou a cara e os braços cobertos de fuligem e porcaria. Recordou-se de um artigo que lera num daqueles velhos almanaques: «Das montanhas, neve derretida». A fome toldou-lhe o espírito. O Sol indicou-lhe em que direcção ficava o Norte.

Começava a escurecer quando avistou o trilho, estreito e meio escondido. Sentou-se numa rocha e, passado algum tempo, começou a ouvir as carroças. Eram três, carregadas com todo o tipo de coisas para uma longa viagem; a carga era tanta que alguma até estava amarrada aos painéis laterais. Dirigiam-se para oeste.

O primeiro condutor era um branco, alto, de chapéu de palha, cabelo grisalho e tão impassível como uma rocha. A mulher seguia sentada ao lado dele, no lugar do cocheiro; protegida por uma manta axadrezada, mal se lhe viam a face e o pescoço rosados. Olharam para ela com indiferença e seguiram caminho. Cora não falou com eles. Era um jovem quem conduzia a segunda caravana, um tipo ruivo com ar de irlandês. Fitou-a com os seus olhos azuis e parou.

— Tu és uma visão — disse ele. Comovente como o chilrear de um pássaro. — Precisas de alguma coisa?

Cora abanou a cabeça.

— Perguntei se precisas de alguma coisa.

Cora voltou a abanar a cabeça e esfregou os braços um no outro devido ao frio.

A terceira caravana era conduzida por um negro de idade. Gorducho, atarracado e de cabelo grisalho, vestia um casaco de rancheiro já bastante coçado. Achou que tinha um olhar meigo, familiar, apesar de não o conseguir definir. O fumo do cachimbo cheirava a batatas e o estômago de Cora fez um barulho.

— Tens fome? — perguntou-lhe o homem. — A julgar pelo sotaque, era do Sul.

— Tenho muita fome — respondeu-lhe Cora.

— Sobe e come qualquer coisa — disse-lhe.

Cora trepou para o lugar do cocheiro. O homem abriu um cesto. Ela agarrou num pedaço de pão e engoliu-o.

— Há mais — disse-lhe ele. Tinha uma ferradura gravada no pescoço e ajeitou a gola do casaco para a tapar quando reparou que Cora a fixava. — Vamos apanhá-los?

— Acho bem — respondeu-lhe ela.

Berrou para os cavalos e seguiram caminho.

— Para onde vão? — perguntou Cora.

— Para Saint Louis. Daí seguimos o caminho para a Califórnia. Nós e algumas pessoas com quem nos vamos encontrar no Missouri. — Como ela não disse nada, ele perguntou: — Tu vens lá de baixo, do Sul?

— Eu estava na Geórgia. Fugi. — E disse que se chamava Cora. Pegou na manta que tinha aos pés e enrolou-se nela.

— Eu chamo-me Ollie — disse ele. As outras duas caravanas apareceram depois da curva.

A manta era rija e áspera sob o queixo, mas isso não a incomodou. Ficou a imaginar de onde é que ele escapara, se tinha sido muito duro e quanto ele teria andado antes de deixar tudo para trás.

Agradecimentos

O meu obrigado a Nicole Aragi, Bill Thomas, Rose Courteau, Michael Goldsmith, Duvall Osteen e (ainda) Alison Rich por terem levado este livro até às vossas mãos. À Hanser, ao longo dos anos: Anna Leube, Christina Knecht e Piero Salabe. Também a: Franklin D. Roosevelt por ter descoberto o Federal Writers' Project, que recolheu as histórias da vida de antigos escravos na década de 1930. A Frederick Douglass e Harriet Jacobs, como é óbvio. O trabalho de Nathan Huggins, Stephen Jay Gould, Edward E. Baptist, Eric Foner, Fergus Bordewich e James H. Jones foi uma grande ajuda. Às teorias da «amalgamação» de Josiah Nott. *The Diary of a Resurrectionist.* Os avisos sobre os escravos fugitivos são provenientes das colecções digitalizadas da Universidade da Carolina do Norte, em Greensboro. As primeiras cem páginas foram alimentadas pela primeira formação dos Misfits («Where Eagles Dare [versão abreviada]», «Horror Business», «Hybrid Moments») e Blanck Mass («Dead Format»). David Bowie está em todos os livros e ouço sempre *Purple Rain* e *Daydream Nation* quando escrevo as últimas páginas; por isso, obrigado a ele, a Prince e aos Sonic Youth. E, por último, a Julie, Maddie e Beckett por todo o amor e apoio.